JN000147

背中を預けるには1

Minami Kotsuna

小綱実波

Contents

登場人物紹介
グラヴィス
王弟であり、王国軍将軍。親友であるイオニアの死後、厭世的になる。
レオリーノ
絶世の美貌を持つ辺境伯四男。騎士・イオニアとして生きた記憶がある。

ルーカス

イオニアの学友で、王国軍副将軍。レオリーノがイオニアの転生者だと疑う。

イオニア

数奇な運命によってグラヴィスと出会い騎士となり、後に戦死した。

アウグスト

レオリーノの父。ブルングウルト辺境伯。美貌の末子の将来を案じている。

ヨセフ

レオリーノの幼馴染で護衛役。女性的な顔立ちだが、気の強い性格をしている。

カイル

現王太子で、グラヴィスの甥。未だ結婚をしておらず、掴めない性格をしている。

ディルク

イオニアの弟。現在は王国軍でグラヴィスの副官を務める。

ユリアン

レーベン公爵家の嫡男。レオリーノに一目惚れして、求婚する。

背中を預けるには1

プロローグ

男の力は圧倒的だった。

「……か弱いものだ。手ごたえがなさすぎて欠伸が出そうだぞ、レオリーノ」

「……っ、この馬鹿力！　……んんっ、っ」

手首をひねるように反らせば、簡単に拘束を外せるはずだ。だが、圧倒的な握力で握られた手首は、ぴくりとも動かせない。

レオリーノは必死で抗った。しかし、男にとってその抵抗は児戯にも等しいのだろう。簡単に腕をつかみ上げられ、再び寝台に縫い止められる。

「あぅっ！」

手首をつかむ指に、一瞬強い力が込められた。

「……これ以上暴れるな。おまえが壊れてしまう」

そう言って男は、レオリーノの膝を割ってそのあいだに身体をねじ込むと華奢な身体にゆっくりとのしかかる。

「ん……っ」

苦しい。何よりも怖い。

大柄な男に容赦なく体重をかけられたら、男の言うとおり、この脆弱な身体は壊れてしまう。

うまく息が吸えなくなり、徐々に青年の目がうつろになっていく。

限界を見極めた男は、ゆっくりと身体を起こした。

「……息を吸え」

レオリーノは空気を求めて必死で喘ぐ。

両手を頭上に放り出したまま、レオリーノは呆然と横たわっていた。

「……レオリーノ」

指先に徐々に血が巡り、ずきずきと疼きはじめる。

手首だけではない。全身が痛い。

ここに来るまでも暴れたせいで、いまや身体中が痛みでばらばらになりそうだった。

痛苦に歪(ゆが)んだ目尻(めじり)から、次々と大粒の涙が溢(あふ)れる。

「……っ、……っ」

嗚咽(おえつ)を漏らすレオリーノを見て、男は顔を歪めた。

「乱暴にしすぎたか……加減が難しいな。おまえは脆弱すぎる」

その言葉に、痛みよりも屈辱で、いっそう涙が止まらなくなる。

本当はわかっている。

こんな状態でさえ、男はレオリーノを気遣ってくれている。腕力の差を思い知らせる一方で、限界を見極められずに暴れて、自分自身を壊しかねないレオリーノを守っている。

与えられた痛みもそうだ。レオリーノの無謀さを罰しているようで、実際は怪我(けが)をさせないように慎重に加減してくれているのだ。

わかっている。だからこそ悔しい。

己の脆弱さ、そして男に対する甘えが悔しかった。

男は悔やむように端整な眉(まゆ)を顰(ひそ)める。

「泣くな……痛かったか。すまない」

レオリーノとて、こんな風になさけない姿など見せたくなかった。しかし、一度高ぶった感情は、なかなか鎮まってくれない。

嗚咽を必死に呑(の)み込みながら、男を見上げる。

「……あ、謝るくらいなら、放してください……」

懇願することしかできなくなったレオリーノを、男は憐憫(れんびん)に満ちた表情で見下ろした。

「一度決めたら譲らない性格は……あいつもおまえも、同じだな」

男はそう呟いてかすかに笑うと、レオリーノの後頭部に手を回して、ぐいと引き寄せた。

完璧(かんぺき)な美貌(びぼう)が、吐息がかかるほど近くに迫る。

「レオリーノ、俺を見ろ」

「や……いや」

「駄目だ。俺を拒むことは許さない」

「いやだ……っ、ん」

男の唇がレオリーノのそれをゆっくりと塞ぐ。

レオリーノは必死でもがいた。しかし、男の唇はレオリーノの抵抗を許さない。甘く、徹底的に、柔らかな口内のすみずみまで蹂躙する。

レオリーノはなす術もなく、甘く苦しい罰を受け入れることしかできなかった。どんどん口の中に蜜が溢れる。柔らかく脆い粘膜に容赦なく注がれ続ける快感に、だんだん気が遠くなっていく。


男は小さな唇を思いのままに堪能しきると、ようやく唇を離した。ぺろりと濡れた唇を舐める。

その目は剣呑な光を帯びて、金色に光っていた。

「さあ、これからはもうひとつ……おまえが隠してきたことについて話を聞こう」

レオリーノは咄嗟に身をよじって再び逃走を図る。

「放してください！　いやだっ！　……いたっ！」

反らした白い喉元に噛みつかれる。


暴力を知らないレオリーノにとって、急所に与えられたその鮮烈な痛みは衝撃だった。

「……馬鹿者が。やっとつかまえたんだ。二度と放すものか」

ぶるぶると震えるレオリーノをあやすように、男は自ら与えた咬傷を舐め上げる。

「……っ、で、殿下……」

こらえきれない嗚咽が漏れる。震える唇を、男は指先でそっと撫でた。

「……あの頃のように『ヴィー』と呼べ」

痛みを与えたくせに、それを慰撫するような男の指が、レオリーノの心を弱くする。


あの頃のように。

愛しい男にそう言われて、揺らがないはずがない。

レオリーノがいやいやと首を振ると、男はせつなげに眉間に皺を寄せた。

「……呼んでくれ、レオリーノ……それとも……」

男の声には切実な祈りが宿っていた。

「こう呼べば応(こた)えてくれるか？　――イオ」

その瞬間、レオリーノは、自身の内側から湧(わ)き上がってくる強烈な感情に圧倒された。

『ヴィー』と、『イオ』。

かつてお互いだけに呼ぶことを許した、特別な呼び名。

レオリーノの菫色(すみれいろ)の目から、先程とは違う種類の涙がぽろぽろとこぼれ落ちた。

涙に濡れた瞳(ひとみ)で、男を見上げる。

記憶とまったく変わらない、波打つ黒髪。藍色(あいいろ)に金の粒が散らばったような、星空の瞳。しかし、いまレオリーノの目の前にいるのは、十八年の時を経て、あの頃(ころ)よりずっと成熟した大人の男だ。

男は華奢な身体をきつく抱きしめる。

「イオ……イオニア、会いたかった」

――俺も、ずっと会いたかったよ。ヴィー。

そう叫ぶのは、記憶の中の『もうひとりの自分』だ。同時に、レオリーノの心が悲鳴を上げる。

――でも、僕はイオニアじゃない。

イオニアは十八年前に死んだ。

だから、どんなに戻りたくても、もう二度とあの頃の二人には戻れない。

この身体では、もう二度と、貴方とともに戦うことはできないのだから。

辺境の天使が見る夢は

アガレア大陸の中央に位置するファノーレン王国。レオリーノ・カシューは、王国の国境沿いに領地を持つブルングウルト辺境伯アウグスト・カシューの四男として生まれた。

レオリーノの母マイアは、名門ヴィーゼン公爵家の出身である。王家主催の舞踏会で十歳違いのアウグストと出会い、大恋愛の末に十八歳でこの辺境に嫁ぎ、その翌年に長男オリアーノを、さらにその翌年次男ヨーハンを授かった。

長男と次男は、父親にそっくりだった。濃茶色の髪、青緑色の瞳に、恵まれた体格。顔立ちもしっかりした男子だった。

五年後、三男ガウフが誕生した。マイアは、次こそは女子かと、ひそかに期待していた。

しかし、ガウフはこれまたアウグストにそっくりで、ひときわ体格に恵まれた赤ん坊だった。

夫によく似た三人の息子達を、マイアはもちろんこよなく愛している。

しかし、可愛(かわい)らしいものが大好きなマイアにとっては少々残念なことに、三人の息子達は幼少期から逞(たくま)しく、致命的に可愛らしい格好が似合わなかった。

三男の誕生からさらに六年後、四男レオリーノがこの世に生を享(う)けた。

レオリーノが生まれた当時は隣国との戦争中で、国境に近いブルングウルトにも戦禍が迫っていた。

そんなときに無事に新しい命をこの世に送り出すことができただけで、マイアは幸福だった。

四番目の子も男子だとわかった瞬間、マイアは今回もアウグスト似の子だろうと思っていた。

フリルなぞ似合わなくとも、元気で生まれてくれただけでよい。そう思っていた。

ところが生まれたばかりの赤子を一目見るなり、マイアは、ついに長年の夢が叶うと喜びを爆発させた。


レオリーノ・ウィオラ・マイアン・カシューと名づけられた四男は、真っ白な髪に、類稀なる菫色の瞳を持つ、天使のように美しい赤子だった。

長男の誕生から十二年、マイアが用意した愛らしい産着は、ようやく日の目を見ることとなった。


生まれたときは真っ白だった髪は、成長するにつれて少しずつ色づき、光に蕩けるような白金色に変化した。

紫紺に一筋の暁の色が差し込む菫色の瞳。愛らしい稜線を描く鼻梁。いつも微笑んでいるような薔薇色の唇。それらが、ふっくらとした陶器のような顔に、完璧な配置で収まっている。

どれだけフリフリとした服を着せても、何でも似合ってしまう、恐るべき美幼児だった。

その天使のような美幼児は、そのまま天使のような美少年に育った。

末っ子らしくおっとりとした性格もあいまって、レオリーノは両親や三人の兄達、そして領民達に大切に守られ、愛されて、健やかに育っていた。


十一歳の誕生日を迎えた頃から、レオリーノはある少年の夢を見るようになった。

夢の中で、レオリーノは『イオニア』という名前で呼ばれていた。

質素な寝室で目を覚ましたところから、その夢ははじまった。小さな部屋の一角に置いた洗面器の前に立ち、少年は鏡を覗いた。

愛嬌のある顔立ちに、寝癖で飛び跳ねた赤毛、そして、とてもめずらしい菫色の瞳。

（ああ……これは『僕』だ……）

イオニア少年が住んでいるのは王都の平民街だった。一度も王都を訪れたことはないが、レオリーノはなぜかそこが王都だとすぐにわかった。

イオニア少年は、寡黙な鍛冶職人の父と優しい母、生まれたばかりの弟と四人家族だった。平民街の一角に住居兼工房を構え、けして裕福ではないものの、家族仲良く暮らしていた。

年の割に大柄でケンカにも強く、平民街の子ども達のガキ大将のような存在で、近隣でも評判の明るくやんちゃな少年だ。

とはいえ家業もちゃんと手伝い、弟の面倒もよく見る、家族思いの子でもあった。

イオニア少年は、区域の教会に併設された予備学校に週三日ほど通いながら、平民用の基礎教育学校に入学するのを楽しみにしていた。

「レオリーノ様、何か良いことでもございましたか」

朝から何かを思い出しては楽しそうに微笑むレオリーノに、専任侍従のフンデルトが尋ねる。

レオリーノはついに秘密を打ち明けることにした。

「最近、よく同じ夢を見るの」

「夢、でございますか？　はたしてどのような夢かお聞かせいただいてもよろしいでしょうか」

「ふふ……おもしろいのだよ。少し前から毎晩続いているの。まるで物語みたいに続きものなの」

「それは不思議なことですねぇ」

レオリーノは頷いた。

実際、それはとても不思議な体験だった。

夢というものは、通常ならば一過性のあやふやなものだ。しかしイオニア少年の夢は、ほとんど毎晩続いている。それも彼の人生をなぞるように、きちんと時系列で進んでいくのだ。

そのあまりに奇妙な夢が、はたして単なる妄想の産物なのか、レオリーノにはわからない。

　しかし、辺境で代わり映えのしない日々を過ごす貴族の少年にとって、平民の少年の人生を追体験するような連日の夢は、まさに冒険だった。

　目が覚めた途端に夢の大部分は朧(おぼろ)げになってしまうが、それでも印象的な情景はちゃんと覚えている。

　毎晩、眠るのが楽しみでしかたがなかった。

「夢の中ではね、僕は赤毛の平民の少年なの。でもね、僕と同じ目の色をしているんだよ。同い年なのだけれど、僕よりずっと立派な体でね。もう、ガウフ兄様くらいの体格なの。基礎教育学校に入学するのを楽しみにしているんだよ」

「ほぅ、ガウフ様のように逞しく、レオリーノ様の瞳と同じ色の瞳を持つ少年とは」

　兄のように逞しくなりたいという願望が見せた夢なのだろうかと、侍従はひそかに思いを巡らせた。

「鍛冶職人の父親と、黒髪の母親とちっちゃな弟がいてね。弟はとてもかわいいんだよ」

　おっとりした主(あるじ)にしてはめずらしく多弁に、瞳をキラキラさせながら夢の内容を語る。

　そんな主の様子に、専任侍従は微笑ましい気持ちで相槌(あいづち)を打った。


　それからもレオリーノは、イオニア少年の夢を定期的に見続けた。

　それは同時に、もうひとつの人生を生きているような、とても不思議な体験だった。

　レオリーノには、自分が『レオリーノ・カシュー』である自覚がある。

　しかし、イオニア少年の人生は、レオリーノ自身の記憶として、徐々に鮮明な輪郭をつくっていった。

　ある日、レオリーノは鏡を見ながら唸(うな)っていた。

「うーん……」

レオリーノはいつからか、鏡に映る自分の姿にどこか違和感を感じるようになっていたのだ。

目覚めてからずっと鏡の前で自分を観察し続ける幼い主の様子に、フンデルトは首をかしげる。

「うーん……何がおかしいんだろう」

「先程から、お顔に何かついてございますか？」

どの角度から見ても完璧な美貌は、今日ももちろん非の打ちどころがない。

「いや、顔がというか……」

（顔はお母様に似ているからしかたがないとして、全体的に軟弱な感じなのは、なんでなのかなぁ）

主の様子に首をかしげながらも、侍従は服の候補を二着掲げて主人に見せる。

「今日の装いはどちらになさいますか」

侍従が勧めてきた選択肢は、淡紅色の刺繍がほどこされたデイドレスと、裾に細い水色のリボンで飾り縫いが施されたデイドレスだ。

レオリーノはようやく最近鏡を見るたびに感じていた違和感の正体に気がついた。

「……ねえ、フンデルト、聞いてもいい？」

「はい、なんでございましょうか」

「ええと、それはドレスだよね？」

「そうでございますね」

よくよく考えれば、兄達も、そしてイオニア少年もドレスを着ている姿を見たことがない。

「ドレスって、男子も着るのかな」

「着用なさらないですね」

レオリーノは首をかしげる。

「なら、どうして僕は女子の服を着ているの？」

「お似合いになるからではないでしょうか」

幼い頃から現在に至るまで、マイアの指示でレオリーノはドレスを着せられて育った。

あまりに似合っていたせいで、誰も違和感を覚えることはなかった。レオリーノ自身もなんの疑問もなくこれまで生きてきた。

「……でも、僕は男子だよね？」

侍従は、たしかに、と首をかしげた。


ファノーレン王国では十八歳が成年とされる。十二歳は『半成年』と言われ、いわゆる半人前の大人として、徐々に社会に参加することを許される年齢だ。

レオリーノは、まもなくその半成年を迎える。

「……ねえ、ガウフ兄様。僕はもうすぐ半成年になるのに、いつまでこんな格好をしないといけないのかなあ」

レオリーノはすぐ上の兄ガウフを馬房まで追いかけ、何度目かの愚痴をぶつけていた。

自分の格好を見下ろして、ひらひらとしたドレスの裾をつまむ。

ガウフは愛馬の鼻面を撫でながら、うなだれる弟を同情に満ちた目で見つめた。

「……母上が満足するまでじゃないか」

「……そんな可哀想なものを見る目で見ないで」

「でも、いまの格好も似合っているぞ。大丈夫、まったく違和感ないから」

レオリーノは地団駄を踏んだ。

「違うんだ。似合うとか、似合わないとか、そういう問題じゃないんだ！」

ガウフは驚いた。おっとりとした弟が地団駄を踏む様子を、初めて見たのだ。

「……リーノ、おまえ、反抗期って本当だったのか」

「お願い。ガウフからも、僕にドレスを着るのを止めさせるべきだって、お母様に言って！」

レオリーノはなさけない表情で自身の格好を見下ろした。

水色のリボンが、馬房に吹き込む風に揺れる。

「僕も兄様達みたいに、男子の格好がしたい！」

少年の悲痛な叫びが馬房に響き渡る。

それに釣られたように、馬達が次々といなないた。


半成年ともなれば、社会に参加し家族以外の人と会う機会も増える。その前になんとかせねばと、レオリーノはいよいよ母に向かって宣言した。

「母上。僕は明日から男の格好に戻ります」

マイアは優雅に首をかしげる。

「どうしてかしら？」

「僕が男子だからです」

「ええ、もちろんわかっていますよ。でも、似合っているものを着ればよいじゃないの」

「いえ。僕はドレスは似合わないと思うのです。ですから、もう女子の服は着ません」

その後、レオリーノは実力行使に出た。ドレスを廊下に放り出し、ガウフの昔の服を見つけてきて着るようになったのだ。

ブルングウルト辺境伯領に、天使が反抗期を迎えたという知らせが駆けめぐった。


家族と使用人達は、マイアとレオリーノのどちらに味方するべきか悩んでいた。

道理からすればレオリーノの要望を叶えてあげるべきだろう。半成年にならんとする男子が、男子の服を着たいというのはまっとうな要望だからだ。

しかし身勝手だが、マイアの言うとおり、似合う格好を続けてほしいという思いもあった。

性別を超越した清らかな美貌に、女の子用の華やかなドレスは完璧に似合っている。城の中に可憐な白薔薇が咲いているようで、とにかくレオリーノを眺めているだけで、誰もが幸福になるのだ。

最終的には、家長であるアウグストの判断に委ねられることになった。

「父上。僕も男らしい格好がしたいです」

「うむ……そうだな。だが、レオリーノ」

「父上。生まれて十二年近く経(た)って、本当にいまさらなのですが……もうドレスは着たくないです」

アウグストは悲しげな目で末息子を見つめる。

「父上……僕の話を聞いてくださっていますか？」

「リーノ……もう儂(わし)を『お父様』とは呼ばんのか」

論点がずれている。

「もう、父上！」

普段はおっとりとたおやかなレオリーノが、ガウフにそうしてみせたように地団駄を踏んだ。

「父上の呼び方は、この際どうでもよいのです。いまは僕が今後着るべき服の話です！」

「儂のことは、どうでもいいのか……」

レオリーノは尊敬する父親を、生まれてはじめて不信感たっぷりに見つめた。

今度はマイアが、ハンカチを揉(も)み絞りながら夫に訴える。

「貴方(あなた)、いまどき男子も女子も関係ありませんわ。リーノほど愛らしい子が似合う服を身につけて何が悪いのですか」

「ううむ……たしかに一理あるかもしれん」

マイアは静観する長男をびしりと指差す。

「オリアーノをご覧になって。たしかに男らしいですが、ただの白のシャツに濃紺の上着なんて味気なくありませんか？　貴方はあのような地味な格好がリーノに似合うと思いますか？」

「味気ない……地味……」

はたから見ればたいそう立派な男ぶりの長男も、マイアにかかってはかたなしだ。

レオリーノは母に同意するように頷いた。

「たしかに兄上の格好は地味です」

「おい」

思わずオリアーノが突っ込む。

「僕がドレスを着たいのなら、母上のお考えは常識にとらわれず、素晴らしいと思います。でも僕は男子らしく、兄上のような地味な格好が好みです」

「おい」

「僕は、元々男子なのですから、兄上のような地味な格好を望んで何がいけないのですか！」

「おまえは何回私を『地味』と言えば気がすむんだ」


その後もマイアとレオリーノは互いに一歩も譲らない主張を繰り広げた。

ブルングウルト中を巻き込んだレオリーノの反抗の行方は、結論から言えばレオリーノが勝利した。

アウグストが溺愛する末息子に嫌われたくないあまりに、その主張を呑んだのだ。

それから、ようやくレオリーノは男子らしい服を着用することになった。またそのおかげで、若干男子らしく見えるようにもなった。

ドレスより飾り気はないが、マイアとの妥協点でもある繊細な襞飾りのついたシャツを着たレオリーノは、やはりこれまでどおり天使のように麗しい。

それでも、レオリーノは満足であった。

イオニア少年のように、逞しくなれたような気さえしていた。


レオリーノは十二歳の誕生日が近づくにつれ、王都の学校に通うことを夢見るようになっていた。

「フンデルト、僕は、やっぱり王都の高等教育学校に通いたい」

歴代のカシュー家の男子は全員、十二歳になる年には王都の高等教育学校に通っている。

しかし辺境伯夫妻は、レオリーノだけは半成年となっても、王都から家庭教師を呼び寄せ、ブルングウルト領で教育すると決めていた。

レオリーノはこれまで両親の方針に文句を言うこともなかったのに、ここにきて突然そんなことを言いはじめたのだ。

すわドレス戦争の再来かと、侍従は冷や汗をかく。

「レオリーノ様……その件に関しては、旦那様と奥様がすでにお決めになられて」

「わかっている。だからまた説得に協力してね」

王都の学校に通いたいというのは、表向きの理由だ。

レオリーノはイオニア少年の素性を調べたかったのだ。少年が単なる妄想の産物なのか、あるいは本当に実在する人物なのか、どうにか調べる術はないかと、レオリーノは考えはじめていた。

イオニア少年の人生をたどる夢は、いまも定期的に続いている。レオリーノはそのことに運命的なものを感じていた。

だから、どうしても王都に行きたかった。

一方の辺境伯夫妻には、レオリーノを領地に留めておきたい理由があった。

ひとつは、レオリーノのその美貌のせいだ。

レオリーノは四男で、爵位を継がない。つまり将来は、職を見つけて身を立てる必要がある。

しかし、アウグストとマイアには、末息子が普通の人生を望むことが難しいと、すでにわかっていた。庇護者を持たずにレオリーノが一人で生きていくことは難しい。それほどの美貌だ。

王都には次男と三男がいるが、兄達も爵位は持たず、保護者としては不十分だ。とうてい幼いレオリーノを、アウグストの目が届かぬところに置くことはできなかった。

そしてもうひとつの理由。

レオリーノが『天使』と呼ばれるのは、その浮世離れした天使のような容姿だけが理由ではない。

古い歴史を持つカシュー家は縁起を担ぐ。

レオリーノが生まれた日——それは、ブルングウルトにとって特別な日だった。

希望の夜明け

レオリーノが生まれた年、ファノーレン王国は隣国ツヴェルフとの戦争の只中にあった。

原因は前年の冬にアガレア大陸を襲った大寒波である。大陸の北方に位置する多くの国が甚大な被害を被った。

ファノーレンも例外ではない。

人的被害を最小限に抑えようと、北部から比較的被害の少ない南部に国民を移動させるなど、国は大規模な対策を講じた。

ファノーレンは国土も南北に広く、豊かな国である。国民全体の半年分の食料をまかなえるくらいの備蓄があったことも幸いし、どうにか危機を乗り越えることができた。

一方、大陸の最北に位置する隣国ツヴェルフは、どこよりも多くの凍死者、飢餓による死者を出した。

鉱物資源は豊富だが、国土全体が寒冷地で土地も瘦せている。飢え、凍え、ツヴェルフは荒れた。

自国の貧しさに絶望したツヴェルフが目をつけたのが、隣国ファノーレンの肥沃な土地だった。

当時の王太子ヴァンダレンが先頭に立ち、国土の拡張を主張すると、ツヴェルフは一気に戦争に傾いていった。

翌年、ツヴェルフはファノーレンに侵攻した。

ファノーレンはすでに隣国の不穏な動静を把握し、準備をしていた。

ツヴェルフが攻め入ってくるとすれば、北東部の森林地帯を抜けた国境線上の城砦、通称『ツヴァイリンク』側か、あるいは北西部のベーデカー山脈側のどちらかだ。

ファノーレン王国軍は、敵はまずツヴァイリンク側を攻めてくるだろうと予想した。

ツヴァイリンクは、国境線に長々と築かれた外砦と内砦からなる二重の防護砦壁だ。とくに外砦は人の身長の十倍ほどある巨大な建造物で、難攻不落の砦壁と言われている。

　しかし、残雪深い険しい山脈を大軍を率いて越えてくるよりは、まだ道中の命の危険は少ない。


　ツヴァイリンクには、王都から王国軍の先鋭部隊が配備された。

　ツヴァイリンクに接するブルングウルト領にとっても他人事ではない。領主アウグストは粛々と自治軍の軍備を補強し、そのときに備えた。


　しかし、ツヴァイリンク側から攻め入ってくるだろうという王国軍の読みは外れた。

　ツヴェルフはなんと、北西部のベーデカー山脈から、ファノーレンに攻め入ったのだ。ツヴァイリンクに向けて進軍していた王国軍は、急遽北西部へ進路を変え、ベーデカー山脈に主戦力を展開した。

　ツヴェルフ軍は山脈内に戦力を分散して侵入してきた。山脈の各所で、小競り合いのような衝突が延々と続いた。王国軍は戦力を分散せざるをえなかった。

　しかし、それこそがツヴェルフの狙いだった。

　ファノーレン王国軍が自国の地の利を活かし、ツヴェルフ軍を山脈の向こう側まで撤退させることができた矢先だった。手薄になった北東部の国境砦ツヴァイリンクに、大量の敵軍が侵攻してきた。ベーデカー山脈の敵軍は、ファノーレン王国軍を容易に引き返せないところまで誘い込む囮だったのだ。


　ブルングウルトにも、戦禍の足音が聞こえはじめていた。

　アウグストはすぐに手を打った。

　家族を集め、ブルングウルトがこれから戦場になる可能性があることを伝える。当時のアウグストは四十歳。そして臨月の妻マイアのお腹には、後にレオリーノと名づけられる第四子が宿っていた。

カシュー家の血を残すために、アウグストは長男だけを残し、次男と三男を王都に脱出させた。疎開先は、王都のマイアの実家である。

しかし、いつ産気づいてもおかしくない臨月のマイアに、全速で走る馬車での逃避行は難しい。

アウグストは泣く泣く身重の妻を城に残した。

王国軍の援軍が到着するのは、早くとも七日後。

アウグストは援軍が到達するまで、どうにか自領内で敵の侵襲に耐えようと覚悟した。

深夜、国境からブルングウルトに伝書が届いた。

『ツヴェルフ軍に急襲され外砦が奪取された。ツヴァイリンク内に火が放たれ、守護警備隊はほぼ壊滅』

アウグストはいよいよかと覚悟した。


ツヴァイリンクからブルングウルト領までは、馬で駆けて半日ほどの距離だ。

このままツヴァイリンクが陥落すれば、翌日にはこの城に敵軍が到達する。そしてブルングウルトから向こうは、大河を一本挟むのみで、あとは王都までなだらかな平原が続く。

ブルングウルトが突破されれば、国内で大規模な戦闘が展開され、悲惨な状況に陥ることは必至だ。

そのとき、ブルングウルトにさらなる緊張が走った。伝書が届いた直後に、マイアが産気づいたのだ。

なんというタイミングだと、アウグスト達は絶望と不安に頭を抱えた。

ブルングウルト城は、かつてないほど暗い夜を迎えていた。夜明け間近、いよいよそのときを迎えたマイアの悲鳴が、何度も夜を切り裂く。

「父上！　ツヴァイリンクから伝書が！」

オリアーノが伝書を持って、大広間に駆け込んできた。アウグストは受け取り、震える手で伝書を開く。短い文を読み、かっと目を見開いた。

そのときだった。

産屋から飛び出してきたマイアの侍女が、大広間に駆け込み、アウグストに向かって叫んだ。

「旦那様、お子様がお生まれになりました！」

アウグストは身震いした。

「なんということだ……」

思わず伝書を取り落とす。

オリアーノはあわてて伝書を拾って目を通す。父と同様に目を見開いた。

『王弟殿下が率いる部隊により外砦を奪還。ツヴァイリンクは敵より取り戻され、我らがファノーレンに勝機あり』

「父上……」

「ああ……王弟殿下が、やってくださった」

戦争はまだ続いている。しかし、ひとまずブルングウルトの危機は去った。王国軍はツヴァイリンクを奪還し、敵を退けたのだ。

遠くから、小さくたよりない産声が聞こえてくる。

「何という奇跡だ……」

長い夜が終わり、夜が明ける。紫紺の空を切り裂くように、一筋の朝日が差した。

ツヴァイリンク奪還の一報と同時にもたらされた新しい命の誕生に、領内が安堵（あんど）と歓喜に包まれた。

その日生まれたのは、紫紺に一筋の暁の色が交ざった菫色の瞳を持つ、美しい赤子だった。夜明けをそのまま映したような瞳が、まだ現実を何も映さず、ただ未来だけをそこに湛（たた）えていた。

アウグストは生まれたばかりの我が子を抱いて涙ぐんだ。

「この子は、ブルングウルトの……いや、我が国の守護天使。奇跡の子だ」

朝日に照らされた赤子は、ファノーレンの希望、そして未来そのものだった。

焔(ほのお)の記憶

レオリーノの十二歳の誕生日が近づいていた。

レオリーノの誕生日前日は、ファノーレン王国にとって重要な記念日である。その日は十二年前、当時ツヴェルフとの戦で国境の城砦ツヴァイリンクを奪還した日であり、同時にその地で多くの兵士達の命が喪(うしな)われた日であった。

毎年ツヴァイリンクで行われる慰霊祭には、王族をはじめ王国軍の関係者や王宮の要職にある人物が出席する。国境ツヴァイリンクに最も近いブルングウルト辺境伯の城が、賓客達をもてなす場となる。

慰霊祭の翌日に十二歳になり、半成年と認められるレオリーノは、今年初めて慰霊祭に参加できることになった。

レオリーノはその日が近づくにつれ、不安にも似た気持ちに苛(さいな)まれはじめた。

それは、罪悪感だったのかもしれない。

レオリーノはことあるごとに、自分の生まれたときのことを家族に教えられてきた。

その日、ツヴァイリンクを守るために、大勢の兵士の命が喪われたこと。その夜明け、奪還の知らせと同時にレオリーノが誕生したこと。

家族はそれを『奇跡』と言い、レオリーノを守護天使と呼ぶ。しかし、レオリーノはそう言われるたびに、まるで誰かの命を犠牲にして自分が生まれてきたように感じるのだ。

レオリーノはその夜も夢を見ていた。いつものように、イオニアの夢だ。

だが、いつもの少年の夢ではない。

（……イオニア？）

イオニアは一足飛びに大人になっていた。そして、剣を振るい、戦場で戦っていた。

背中に感じるすさまじい熱。そして激痛。

満身創痍の身体に、炎が襲いかかってくる。

握った剣の重さ。髪を焦がす熱風。傷の痛み。夢の中のすべてが現実味を帯びていた。

レオリーノには、イオニアが立っている場所がどこなのか、すでにわかっていた。

（ああ、これは『あの日』の夢だ……）


国境を守るように建てられた二重の城砦。

その外砦が敵軍に占拠されたのだ。

敵襲は夜の闇に紛れて実行された。完全に不意をつかれた国境警備隊は、圧倒的に不利だった。

負傷した仲間を支えながら、イオニア達は外砦を脱出する。平原に火が放たれていた。

乾いた冬の空気に、火はまたたくまに燃え広がる。

ブルングウルトには辺境伯の自治軍が待機している。しかし、そこまで敵軍を侵入させるわけにはいかない。王国軍の援軍が間に合わなければ、そして、万が一ブルングウルトが突破されれば、この国は終わってしまう。

燃える平原を横断し、敵兵と戦いながら内砦までたどり着く。

そこでイオニア達は、信じられない光景を目の当たりにした。内砦の門の前に、人間の身長よりもさらに大きな巨石が置かれている。

突然出現したその巨石のせいで、門が閉まらない。

――早く門を閉めなくては。

門さえ閉めることができれば、内砦さえ突破されなければ、勝機はまだある。たとえそのせいで、自分も含めて内側の人間が逃げ遅れたとしても。

平原の火が下火になるのを待ってから、再び外砦を奪取すればよい。まだ勝機はある。

――あいつが来るまで、この砦を守ってみせる。

そのために俺はここにいるんだ。

イオニアは、覚悟を決めた。命をふり絞り、心を燃え立たせて、《力》を再び練り上げる。

目の前の巨石に手をかざし全力を注いだ。爆発したような轟音が砦に響く。巨石が割れた。

急速に生きる力を失っていく肉体を死力で奮い立たせながら、砕いた石をさらに細かく粉砕していく。

――閉めろ。門を閉めてくれ。あの門さえ閉まれば、俺達は負けない。

必死の声が誰かに届いた。轟音を立てて巨大な門が閉まりはじめる。

すると、門の向こうから別の誰かが叫ぶ声が聞こえる。

イオニアがその血と忠誠を捧げた『彼』が、門の向こうに立っていた。背後に見える大勢の援軍。

間に合った。『彼』が来てくれたのだ。

――これで、俺達は負けない。

『彼』は絶望の表情を浮かべ、イオニアに向かって叫びながら、手を伸ばしている。

駄目だ、戻れないと、イオニアは首を振った。

門はすでに閉まりかけている。

己が二度と『向こう側』に戻れないことはわかっていた。しかし、命が尽きかけようとも、たとえ全身が炎に包まれていても、まだ戦える。

イオニアは剣を振るい続けた。そして門が閉まった。


――俺はやりきった。『彼』の国を守りきれた。


次の瞬間、腹に衝撃を受けた。見下ろすと、剣が深々と腹を貫いている。

地面に倒れたイオニアの目が、赤く燃える炎と煤煙の向こうに星空を捉えた。


――ああ。あの美しい星空を、もう少しだけでいいから、見ていたい。そして、どうか『彼』に……


イオニアの命は尽きた。イオニアは最期の瞬間まで、祈り続けていた。

誰か、『彼』に伝えて。誰か、どうかこの想いを。


レオリーノは高熱に悶えて目を覚ました。

燃えるように身体が熱い。あまりの熱さに叫び声を上げた。

この一年、まるで記憶を共有するかのように、レオリーノは夢の中でイオニアの人生を生きてきた。

王都で暮らす少年の、平和で平凡な日常が繰り返される夢。

だが、今日の夢でわかった。イオニアは若くして死ぬ。戦場で戦い、その身を敵の剣に貫かれ、全身を炎にまかれて死んでしまうのだ。

少年のレオリーノが追体験するには、イオニアのその死に様はあまりに壮絶だった。

イオニアはその最期に、誰に、何を伝えたかったのだろうか。

レオリーノはイオニアの無念を思い、熱に浮かされながら泣き続けた。

運命の輪が廻る

突然高熱に倒れたレオリーノだったが、慰霊祭の直前には起き上がれるようになっていた。

レオリーノは父に、なぜこれまでツヴァイリンクに連れていってもらえなかったのかと尋ねた。

兄達は半成年を迎える前から慰霊祭に参加していたという。恨み節というより単純な質問であった。

「幼い頃に、一度連れていったことがある」

「そうでしたか」

父の言葉にレオリーノは首をかしげた。まったく記憶になかった。

「まだおまえが本当に幼い時分だ。たしか三つくらいのときだったか」

三歳なら多少なりとも覚えていそうなものだが、やはりレオリーノにその記憶はない。

「では、なぜその後は、ツヴァイリンクへ連れていってもらえなかったのでしょう」

アウグストは眉を顰める。

「ツヴァイリンクに着いた途端に、おまえは突然泣き出した。私が抱いても、ガウフが手を握っても、フンデルトが抱っこしながらあやしても、どうにも泣き止まなかった」

もちろん記憶はない。子どもがしでかしたことだけに、レオリーノは言い訳のしようもない。しかし、父が続けた言葉に、レオリーノは衝撃を受けた。

「おまえは、身が切られるような声で、ずっと、『門を閉めて』と言いながら泣き叫んでいた」

レオリーノは何かをこらえるようにぎゅっと自ら

をかき抱く。炎に炙(あぶ)られたような錯覚を覚えた。

「最後には、熱い、と泣きわめきながら気絶したのだ。おまえの尋常ではない様子に、儂も、そこにいた誰もが背筋を震わせた。幼子のおまえに、十二年前に何が起こったのかなど教える者はいないだろうに、なぜ、おまえがそんなことを言ったのか……儂は、おまえがあの場で亡霊にでも憑依(ひょうい)されたかと、そう思ったのだ」

「……まったく覚えていません」

アウグストは頷いた。

「そうだろう。おまえは城に戻った後に、今回のように高熱を出した。目が覚めると、ツヴァイリンクに行ったことも、己が泣き叫び気絶したことも、まったく覚えていなかった」

レオリーノは頷いた。

「それ以来、儂はおまえをツヴァイリンクに連れていくのはやめた。今回もおまえはなぜか直前に高熱を出した。本音を言えば、おまえを連れていきたくはないのだ」

あの夜の夢と、少しずつ現実が繋(つな)がっていく。

イオニアは、おそらくツヴァイリンクで戦没した兵士だ。レオリーノは、その兵士の子どもの頃からの人生をなぞるように、夢に見ているのだ。


――ツヴァイリンクに、行かなくてはならない。


「父上、連れていってください」

「レオリーノ……」

「僕がこうして平穏に生きていられるのも、ツヴァイリンクを守ってくれた兵士達のおかげです。僕は彼らのために祈りたい。ツヴァイリンクに行きたいのです」


慰霊祭の準備は佳境を迎えていた。

領内では辺境伯夫人マイアの指示のもと、使用人達があわただしく来賓を迎える支度を整えていた。

要人とその従者達の部屋は、ブルングウルト城内の貴賓室と城の横に延びた迎賓用の棟に割り当てられた。すでに十二年目となれば領内の動きは整然と統率されたもので、準備は着々と整っていった。

今回の慰霊祭に参列する要人は、王太子カイル、宰相マルツェル・ギンター、王国軍の将軍代行でルーカス・ブラント副将軍、近衛(このえ)騎士団のジョシュア・カーン副団長、ロイス大司教。そしてアウグストの親友でもある内政長官のラガレア侯爵だった。

最初の来賓がまもなく到着する。

レオリーノは緊張しながら、来賓を迎える列に並んだ。三男のガウフまでは、半成年の前でも毎年来賓を迎える列に並び挨拶(あいさつ)させられたものだが、なぜかレオリーノが参列を許されたのは、今年が初めてだ。

先触れによると、到着するのはギンター宰相とブラント副将軍とのことだ。もちろんレオリーノにとってはどちらも初めて会う男達だ。

細身で穏やかな顔立ちの男と、立派な体格の金髪の男が馬車から下りてくる。

細身の男性が宰相で、軍服を着た男が副将軍なのは間違いない。どちらも四十がらみの、迫力のある偉丈夫だ。

レオリーノは大きな目をまん丸にして、二人の男をじっと見つめていた。

するとその視線に気がついたのか、男達と目が合う。その瞬間、男達はレオリーノを見て言葉を失った。宰相は咄嗟に口を引き結び、副将軍は己の後頭部を掌(てのひら)で擦(さす)る。

（驚いたときの癖は、変わらないんだな）

突然、埒もない考えが頭に浮かんだ。レオリーノは謎の既視感に首をひねる。


先に我に返ったのは副将軍のブラントだった。当主アウグストに対して王国軍式に敬礼する。

「ご無沙汰しております、ブルングウルト辺境伯。お出迎えありがとうございます」

「ようこそおいでくださった、ブラント殿」

宰相ギンターは貴族式の礼を取りながら、出迎えに対する謝辞を述べた。

「毎年のことながら、祭礼のご準備、貴殿はもとよりご家族や領地の皆様もさぞやご腐心されたことかと。心より感謝申し上げます」

「ギンター宰相。ようこそブルングウルトへ」

アウグストと挨拶を交わした後、二人は順番に家族に挨拶をはじめた。

まずはマイアに、そして長子オリアーノから順に、ヨーハン、ガウフと挨拶を交わしていった。

いよいよレオリーノの番が来た。

「はじめまして。アウグスト・カシューが四男のレオリーノ・カシューと申します。ようこそブルングウルトへおいでくださいました」

緊張したが、きちんと挨拶ができたと思う。

父を見上げると軽く頷いて微笑んでくれた。兄達も笑顔で見守ってくれている。

しかし男達はレオリーノを凝視したままだ。レオリーノは何か粗相をしたのかと不安になった。


するとギンターとブラントは険しい表情を一転させて、口々にレオリーノを褒めたたえはじめた。

「いやいや、アウグスト伯、これはずるい。『ブルングウルトには天使がいる』と噂には聞いていましたが、まさか本当に実在したとは」

「この世のものとは思えないほどの美貌だ。よくぞここまで麗しい造形で生まれたものだ」

容姿に関して、これほど直接的な賛辞と賞賛の視線を寄せられたことなど経験がない。

　レオリーノは恥ずかしさに頬に血を昇らせる。

　ありがとうございますと、なんとか狼狽えずに礼を述べることができた。


　一方、アウグストは眉を顰めた。

　男達の視線から末息子をそれとなく隠す。

「過分なお言葉をありがとうございます。この子はまだまだ世間知らずゆえ、あまりおからかいになりませぬように」

　硬い表情でそう告げたアウグストは、二人を城内へ促す。同時に、後ろに控えていたレオリーノの専任侍従に目配せした。侍従はレオリーノを応接間へ向かう列からさりげなく引き離し、家族専用の区域へと即座に退去させた。


　ブラントとギンターに、少年へ邪心を抱くような趣味はない。ただ純粋にその類稀な美貌を褒めただけだ。しかし男達は同時に、レオリーノのその菫色の瞳に衝撃を受けていた。

「マルツェル、あの子の目を見たか」

「……ああ、信じられない」

　昼と夜が交わる一瞬を切り取ったような、紫紺の空に、暁の光が一筋差し込んだような、この世に二つとない稀有な色。

　少年の瞳は、十二年前のあの日、ツヴァイリンクで喪った友人とそっくりだったのだ。


　ギンターとブラントは応接間に通された。

　歴史ある城らしく、部屋も石壁にタペストリのかかった堅牢な印象の一室だった。

　茶の用意を指示した後は、家族も侍従達も退室させ、アウグストは二人に向きなおる。

「ブラント副将軍閣下、ギンター宰相。改めてようこそ辺境へお越しくださった」

「水臭いですぞ、アウグスト殿。可愛がっていただいた仲ではないですか。どうか昔のようにマルツェルと。そしてこいつもルーカスとお呼びください」

アウグストの表情がほころぶ。

ブラントとギンターにとって、自治軍を率いて大陸の要衝であるこの地を守り続けている大貴族のアウグストは、昔から尊敬する人物である。

その思いは、男達がそれなりの地位を築いてからも変わらなかった。

ところで、とアウグストが前置きする。

「マルツェル殿、ルーカス殿……貴殿方はどうやらレオリーノに常ならぬ興味を抱いたようだが……」

ブラントとギンターは苦笑した。

たしかにあの類稀な儚い美貌、とくにあの菫色の瞳に衝撃を受けたのは間違いない。

「あれは本当にまだ幼く、世間知らずなのだ。どうかご放念いただきたい」

アウグストの懸念することを正確に察したのは宰相ギンターだ。

「ご安心ください。ファノーレンでも……いや、いずれこの大陸でも比類なき美貌と評判になるほどのご子息ではありますが、さすがに私達が成年前の子どもに邪心を抱くことはありません」

苦笑するギンターに向かって、アウグストは生真面目に謝罪する。

「失礼した。実は我が子ながら行く末が不安になるほどでな……フワフワしたどうにも頼りない子で、最近はようやくしっかりしてきたが、成年になっても城から出すべきかどうか悩むほどなのだ」

本来は男子に不要な懸念だとは思うが、実物を見た後ではなんとも言えない。

「貴殿のお気持ちはよくわかります。あれはたしかに放っておくのは難しい」

家族であれば、心配が尽きることはないだろう。まだまだ幼げだが、長じれば性別を超えて、おそらく大陸一の美貌と称されるようになるだろう。それほど浮世離れした麗容だった。

「それに……あの夢を見ているような風情は、エレオノラ王女殿下によく雰囲気が似ておられる」

エレオノラは前々国王の妹であったレオリーノの祖母である。アウグストは頷いた。

「ああ、義母上によく似て、どうにも浮世離れした雰囲気の子でな。目が離せん。今年から慰霊祭に参加させることにしたのだが、これから世に晒されるかと思うと、親としてはつい神経質になってしまった。改めてお詫び申し上げる」

「今年で半成年におなりか。まさに天使のごとき美少年でしたな」

「そうだ。実際に我が領内では天使と呼ばれておる」

男達は微笑ましく思った。父親としては可愛くてしかたがないのだろう。

しかし、アウグストは首を振った。

「あれが我が領内で『天使』と呼ばれているのは、あの容姿だけが理由ではないのだ」

ブラントが目で続きを問う。

「あれは……十二年前のあの日の翌朝、ツヴァイリンク奪還の知らせが届いたと同時に生まれたのだ」

その話を聞いた男達は衝撃を受けた。

「なんと……それはまさに奇跡ですな」

ブラントの目に、少年に対する明らかな関心が宿ったのがわかる。

少年の、類稀な菫色の瞳、そしてその生まれた日。単なる偶然にしては、あまりにも運命的なものを感じる。ブラントならばなおさらであろう。

ギンターはちらりと隣のブラントを見た。

ノックの音が響き、三人の会話はそこで一旦途切れた。茶を供し終えた執事が退室すると、アウグストが再び口火を切る。

「さて……多忙なお二人が早めに到着されたのは何

か理由があってのことだろう」

男達はブルングウルトに来たもうひとつの目的を思い出し、厳しい顔つきに変わった。

「ええ、将軍閣下からのご伝言が。アウグスト殿のお耳に入れておきたいことがありまして」

「それは、あちらが何やらキナ臭い……ということですかな」

ギンターは目を光らせる。


「さすが、アウグスト殿は情報が早くていらっしゃる。その出どころが知りたくありますな」

「たいして隠すことでもない。ツヴァイリンクの門から国境を越え、我が領地に入る者はいまだに厳しく審査をしているのだ。停戦後は商業的な交流は再開しておるが、まだ何があるかわからんからな。それで、あちらから出入りする商人達からレーヴが仕入れてきたのよ」

レーヴは、ブルングウルト自治軍の軍隊長である。


ギンターは頷いた。

「話が早くてありがたい。我々の情報と突き合わせるためにも、まず、レーヴ殿がどのような情報を仕入れてきたか教えていただいても？」

「ああ、商人達から酒場で仕入れた話だ。どうやら半年ほど前から、商人達が『ツヴェルフ産の鉄が市場に出回らなくなった』と言っているらしい」

ギンターは眉を顰めた。


「ツヴェルフの鉄鉱脈が途絶えつつあるという話は聞かない。半年前から鉄が市場に出回らなくなった……ということは、ツヴェルフが何らかの理由で鉄の輸出規制をかけているということですね」

アウグストはそうだと頷く。

「ギンター殿、さすがの慧眼だ。さらには、『ツヴェルフの貴族どもが宝石や金塊を買いあさっている』とも言っていたそうだ。一部の貴族達がツヴェルフ国外に逃げているという話もあったらしい」

ブラントがアウグストに質問した。

「その商人達にあやしげなところは？　例えば先方の工作部隊だという疑いは」

「レーヴによると、戦前から出入りしているいずれも馴染(なじ)みの、身元のしっかりした商人達だそうだ。疑ってみればキリがないが……いまのところ何かしらの意図を以(もっ)て情報を流しているわけではなさそうだ。そもそもレーヴが偶然に声をかけて聞き出した話なのだから」

「なるほど」

そこでギンターは両手で三角を作ると、口元で祈るようなポーズを取る。彼が考えるときの癖である。

「鉄の占有、貴族達が資産を動産に変えて国外に逃亡する動きを見せているとすると……」

「ツヴェルフ国内の情勢が荒れておるのかもしれん。あるいは、再び我が国と戦争を起こすつもりか」

ギンターは頷いた。

「こちらが入手した情報とほぼ相違ありません。細かくは言えませんが、協調派の高官達が追われ、一部の人事が、とくに軍部の人事が変わったという情報も得ている――内乱か、戦争か、近々何らかの出来事が起こることは間違いないでしょう」

アウグストは十二年前の当時を思い出して、大きく息をついた。あの暗い気配が再びブルングウルトを覆い尽くすかと思うと、なんともやるせない。

「だがいまのツヴェルフに、我が国、もしくは他国に戦争をしかける体力はなかろう」

ツヴァイリンク侵攻に失敗してから、ツヴェルフは一気に劣勢になっていった。それまで専守防衛の姿勢だったファノーレンが、ツヴァイリンク奪還後は一転して猛烈な反撃に出たのだ。

やがて敗戦が濃厚になると、ツヴェルフはファノーレンに停戦を申し入れる使者を派遣した。

王国軍は当初停戦協定を結ぶことを拒否した。しかしファノーレンも、大寒波の影響で国内の状況が良かったわけではない。復讐心に燃える王国軍を王宮はなんとか説得し、ファノーレンの要求を全面的に呑むことを条件に、ツヴェルフの停戦の申し出を受け入れた。

ファノーレンが提示した停戦条件は三つだ。戦争の発端となった国王と王太子、軍の幹部に責任を取らせること。

次に、第二王子の息子である当時六歳の王子を国王に据えることを許す代わりに、他国と協調姿勢をとる穏健派の文官を執政代行として立てること。最後の条件は、賠償金を二十年間払い続けること。

この三つの停戦条件を呑むことを条件に、ファノーレンは大寒波と戦争によって国庫の備蓄が尽きたツヴェルフに、その後三年間食料支援を行うことを決定した。

王族と軍部に戦争の責任を果たさせる一方で、戦争と寒波で飢え疲れたツヴェルフの国民を救済するための人道的判断であった。

「あのとき彼の国で即位した国王は……今年で成年となるか」

「ええ。そして執政代行は宰相となる予定です」

「国王は穏健派の教育もあって、他国と協調する姿勢を保ち人柄も良く育っていると聞く。執行代行もまだ壮健で、国内の統制も取れているのであろう?」

「そうなのです。そしてツヴェルフ軍の穏健派の将軍にも変わりはない……が、幹部が一人急逝して顔ぶれが入れ替わった。我々も注視していなかった男だ。たしか名前をズベラフといったか……」

そこまで静かに二人の話を聞いていたブラントが、口を開いた。

「廃嫡された王太子、いや、ヴァンダレンの様子はどうだ?」

　ギンターが首を振る。

「幽閉先でおとなしくしていると報告を受けているが……それがどうした？」

「俺の従姉妹（いとこ）が、ツヴェルフの王太子妃の実家の係累に嫁いでいる。終戦のときに、それが裁判で問題になっていたことを覚えているか？　従姉妹は終戦後、離婚してファノーレンに戻ってきた」

　ギンターが頷いた。

「ああ、そのせいでおまえもあらぬ疑いをかけられたからな。よく覚えている」

「ああ。だから、当時王太子とその周辺をひととおり調べた。王太子妃はカチャノフ公爵の娘だ。そして、王太子妃の母親カチャノフ公爵夫人は、サビーネ侯爵家出身。だが、サビーネ侯爵の実の娘ではない。侯爵の養女だ」

「……ルーカス殿、何が言いたいのだ？」

　アウグストが結論を急がせる。

「カチャノフ公爵夫人がサビーネ侯爵の養女になる前の姓が『ズベラフ』といった。おそらくその男は、王太子妃の血縁だ」

　三人は顔を見合わせた。廃嫡された王太子と、新たに軍部に台頭した男のきな臭い繋がり。

「……ヴァンダレンはクーデターを起こす気だ」


　慰霊祭に参加する要人達が次々とブルングウルトに到着する。

　アウグスト達は王太子の部屋を訪れた。

　王太子カイルは二十二歳。黒髪の癖毛と青い瞳の、高貴に整った顔立ちの青年だ。体格も大柄である。剽悍（ひょうかん）な印象だが、実際は冷静に頭が切れる頭脳派で、次代の国王として認められている。

「なるほど。廃嫡された王太子一派が、なんだ？　嫁の母親の実家の、そのまた生家を通じて、ひそかにクーデターを企んでいる可能性があると。おい、ギンター。万が一クーデターが起こったとして、我が国にどんな影響がある」

「ツヴェルフはいま他国と戦争を行う余力はありません。その点ではクーデターが実行されたところで、直近で直接的な被害は少ないだろうと思われます」

カイルが忌々しそうにつぶやいた。

「民の生活に影響が出るのは避けたい」

「あの戦以来、重要な必需品をツヴェルフとの交易に頼ることはやめていますので民が困ることはございません。ご安心ください」

「なるほど、わかった。では次に、こちらが何らかの介入をする意味はあるか」

カイルが重ねてギンターに聞く。ギンターはふむ、と思案するように顎に拳を当てた。

「ありません、と申し上げたいところですが……あの王太子はきわめて強欲な人物です。再び王位を簒奪することになれば、近隣の国の富を奪おうと再び戦を起こしかねません」

「そもそも彼が王になることは、我が国との停戦協定に違反する。さっさと何がしかの対応を要求すべきですぞ、宰相」

内政長官であるラガレア侯爵の発言に、ギンターは首を振った。

「いや、まだ事が起こったわけではなく、あくまで我々の憶測にすぎません。外交ルートではなくひそかに穏健派の宰相だけに伝えたほうがいい。誰が王太子一派に取り込まれているかわかりませんから」

ブラントも頷いた。

「安易に鉄の流通を止めるなど底の浅い企みだ。どこかの線を追えばなんらかの証拠は出るだろう」

カイルが苦笑する。

「どこもかしこも、王位で揉めるのは変わらんな」

殿下、といさめたラガレア侯爵を、カイルは笑っていなした。

「ギンターは叔父上に報告してくれ。こうなると、正直俺の手に余る。叔父上でないと処理できない。ラガレア侯爵は、陛下への報告をまかせる」

一同は了承の印に頷いた。

「よし、堅苦しい話は終わりだ。慰霊祭の前にこんな辛気臭い話など続けていられるか」

重々しい空気を払うようにカイルが叫ぶ。

「というか、アウグスト！　アレはなんだ！　なぜいままで隠していたんだ」

アウグストは途端に渋面をつくる。

「『アレ』とは、なんのことでございましょう」

「白を切るな。アレといったらアレだ、尋常ならざる面のおまえの末息子だ。生身の人間とは思えない」

あまりの言い草にアウグストは顔を顰める。

「殿下、我が子を何だとお思いか。外見こそ多少整っておりますが、中身はいたって普通の子どもです」

「馬鹿を言え。あれが『いたって普通』なら、普通の人間なぞこの世に存在しなくなるぞ」

アウグストはすでにうんざりしはじめていた。

最初はレオリーノに対する称賛を純粋に喜んでいたマイアも、あまりにも息子が男達の視線を集めてしまうため、一連の儀式にどこまで参加させるべきかを迷いはじめていた。

父と三人の兄達の心配は募るばかりだ。

「あいにく俺にはまだ妃はおらん。成人まで六年か、そのくらい余裕で待てるぞ」

過保護な父は瞬間的に沸騰した。

「あれを嫁に出す気はござらん！」

王太子はニヤリと笑う。

「俺と結婚すれば王妃だぞ。悪くない話だろうが」

「殿下は同性の結婚は許されてないでしょうが！」

カイルは声を出して笑った。

「ハハハ……！　許せ、冗談が過ぎた。だが実際に、あの子はこれから、さらに美しく成長するだろう。世継をもうける義務がなければ、本気で考えていたかもわからん。ブルングウルトならば、我が王家と家格も釣り合いが取れるからな」

近衛騎士団のカーン副団長も同調する。

「失礼ながら、レオリーノ殿は継がれる爵位もないとすると、いかなカシュー家出身でも貴族としての立場は弱いでしょう。男子とはいえ、あの美貌では……将来は独立させるよりも、誰かの庇護下に置くべきでは？」

アウグストは深々と嘆息する。

「だから心配でたまらないのです。あれは独立心が芽生えはじめた普通の男子です。外見は男らしくなる気配はまったくないが……そろそろ将来のことを考える頃合いで、外の世界を体験させたいとも思うが、あのままでは外に出すこともままならん」

父の悩みは、男達が思うより深刻だった。

「儂が守れるうちはまだ良い。だが将来を考えると……あの子の自立心を尊重して独り立ちを支援するか、あるいは誰かの庇護の手に託すべきかと、正直悩んでおります」

男達は、まばゆいほどの美貌を思い浮かべ、庇護者に立候補する者は後を立たないだろうと思った。

慰霊祭の前日は、午前中に礼拝堂で司教による祈りを終えた後、少なめの午餐を取り、各自早々に部屋に引き上げた。慰霊祭の前夜は食事を満足に取れずに亡くなった兵士達の霊に報いるべく、参列者は断食するのがしきたりだ。

レオリーノは午餐への同席は許されず、家族用の食事室でガウフと二人で食べることになった。

三男のガウフは十八歳だ。王都の高等教育学校を卒業して、近衛騎士団に入団することが決まっている。

一番年が近いガウフと二人だけの午餐ということもあって、レオリーノはたくさんおしゃべりをした。

ガウフは近衛騎士団を志望するだけあって、国の中枢にいる人物にも詳しく、知るかぎりの来賓の来歴や人となりを教えてくれる。

レオリーノが驚いたのは、マルツェル・ギンター宰相もかつて王国軍に所属する軍人で、ルーカス・ブラント副将軍とともに王弟殿下率いる部隊に所属していたという事実だ。

ギンターは十二年前の戦で大怪我を負ったせいで退役を余儀なくされ、その後文官に転身し、宰相まで登りつめたという。

一方のブラントは、終戦の立役者となった王弟殿下の腹心として、現在は副将軍の地位にあるという。

「グラヴィス殿下……ってことは、いまの将軍閣下が奪還部隊を指揮していたの?」

「そうだ。王弟殿下は、王族の中でも、きわめて強い異能をお持ちだそうだ。その《力》がどんなものか詳しくはわからないけど、全速で馬を飛ばして七日はかかるツヴァイリンクまで、王都から一日で奪還部隊を移動させたんだって」

「すごいね……僕も兄さんも一応貴族の端くれだけど、なんの《力》もないのに。将軍閣下の異能って、いったいどういうものなのだろう」

「貴族の端くれ、っておまえ。父上があういう方だからあまり自覚がないかもしれないが、カシュー家といえば、一応ファノーレンでも公爵家に並ぶほどの高位の貴族だぞ」

「それはわかっているけど……でも、お父様もお母様も王族の血筋を引いていらっしゃるのに、なんの異能も持ってないじゃない」

するど、ガウフから意外なことを教えられた。

「母上は《力》をお持ちだぞ」

「えっ? うそっ! 本当に?」

「腐っても王族のお血筋の方だ。病や怪我の回復を少しだけ早めることができるらしい」

「腐っても、って……ガウフ、僕よりひどい。でも、そうなんだ。僕、ぜんぜん知らなかった。なんで教えてもらえなかったのだろう」

「俺は知ってたぞ。実際、手当てしてもらったこともある。まあ、たしかに治りが早かったような気がするな」

レオリーノは驚く。なんとなく兄が羨ましい。

「僕も母上に手当てをしていただきたい！」

「馬鹿。こっちは怪我していたんだぞ」

レオリーノは首をすくめた。たしかに不謹慎だ。

「ごめんなさい。不謹慎でした」

「誰よりもひ弱そうなくせに、おまえはほとんど風邪も引かないからな。ぽやっと生きているから、怪我らしい怪我もしたことないだろ？」

「もう！　ぽやっとしていたわけじゃなくて、ドレスのせいで何もできなかったんだよ。破いちゃったりしたらお母様が泣いてしまうから」

兄達に倣って父上、母上と呼ぶ癖をつけたいが、気を抜くとつい、お父様、お母様と、子どものような話し方になってしまうレオリーノだった。

「まあそういうものさ。おおっぴらにこんな異能を持っていますなんて、王家の方々は誰も吹聴しない。王太子殿下もどんな《力》をお持ちなのか、俺には想像もできないよ」

「将軍閣下は、考えられない速さでツヴァイリンクに兵を送ったのだよね。すごい異能だね」

「そうだなぁ。機会があれば《力》をお使いになるところを、実際にこの目で見てみたいな」

レオリーノも将軍に会ってみたかった。

グラヴィス殿下にお会いする機会があったら、《力》を見せてくださいと、こっそり頼むことができないだろうかと、埒もないことを考える。

「将軍閣下は、慰霊祭にいらっしゃらないの？」

ガウフはその言葉に首をひねった。

「……そう言えば、そうだな。俺の記憶にあるかぎり、参列されたことはない……ってことはこれまで一度も式典にはご来臨されてないいってことだ」

「なぜかな……会いたいな」

グラヴィス殿下。どんな方なのだろうか。

星空の瞳

慰霊祭前夜も、レオリーノはイオニアの夢を見ていた。

あのつらく苦しい戦場の夢ではない。ちょうど自分と同じ年頃のイオニア少年の夢だった。

イオニアは来年から平民用の基礎教育学校に通うことになっていた。十二歳以上の子どもなら、誰でも無償で学ぶことができる学校だ。

基礎教育学校の授業は、歴史数学などの『基礎教養』と、『専学』と呼ばれる選択性の職業訓練科目で構成されている。平民の子ども達は半成年を迎えるまえに、親と相談しながら、将来の職業選択を見据えて科目を決める。だいたいは親の跡を継ぐことになる。

イオニアは体格に恵まれた子だった。鍛冶屋である父の仕事を手伝う中で、工房にやってくる軍人達と顔馴染みになり、彼らが武器の手入れを待つ間に剣術などを教えてもらっていた。

大人並みの体格で機敏に動くイオニアは、軍人に向いているとおだてられた。やがて少年自身もいつか王国軍に入団することを夢見るようになった。

父とよく話し合い、鍛冶屋は継がないと決めた。専学の科目も兵士になるために選んでいた。

ある日、父ダビドの工房に、イオニアもよく知る軍人がやってきた。剣の手入れに定期的に訪れるその男は、その威風堂々たる立ち姿から、相応の地位にいる軍人と思われる。男の名はストルフといった。

　その日、ストルフは黒髪の少年を伴って工房を訪れた。

　その少年をひと目見た瞬間、イオニアは驚きに固まった。これまで見たことがないほど美しい少年だったからだ。

　ストルフは、ダビド達に少年を紹介することはなく、またダビドも紹介をとくに求めなかった。

　少年は所在なげに、退屈そうな顔で工房内を観察している。

　イオニアは少年に話しかけたくて仕方がなかった。平民から貴族に声をかけるのは無礼なことだと、すでにある程度の分別がつくイオニアだったが、生来の人懐こい性格がうずいてしまったのだ。

　勇気を出して少年に声をかける。

「あの……いらっしゃい。俺はここの工房の息子、イオニアです」

　まさか平民から声をかけられると思わなかったのだろう。少年はわずかに驚いた様子でイオニアを見つめている。薄い被膜のような拒絶を感じて、イオニアは声をかけたことを後悔した。

　しかしその後悔を一瞬で吹き飛ばしたのは、間近で見た少年の瞳だった。遠目からは暗い色だと思ったが、実際は、宵闇（よいやみ）に金色の粒が散らばっている。

　まるで満天に輝く星だ。

（すごい……！　星空みたいな目だ）

　工房の奥から静観するストルフの視線と、心配そうな父の視線を感じる。

「あの、よかったら……きみの名前を教えてもらえない？」

「……なぜ？」

なぜと言われると困った。

仲良くなりたいだけで、理由はとくにない。

「うーん、だって名前を教えてもらわなきゃ、なんて話しかけていいかわかんないし……？」

少年の硬質な眼差しが、かすかにゆるんだ。

「……変わった奴だな、おまえ」


（あ、いま少し、笑ったかもしれない！）


「変な奴でいいからさ、きみの名前を教え……て、ください」

少年は今度こそ口角を上げた。その笑顔は年相応に可愛らしい。

イオニアは途端にうれしくなる。もっと笑えばいいのにな、と思った。

「聞き苦しいから敬語は使わなくていい」

「えっ？　聞き苦しい？　ごめんな。じゃあ、ありがとう。俺はイオニア」

「イオニアか。俺は……そうだな。ヴィスだ」

きっと本名はもっと長いのだろうなと思った。なにせ貴族だ。それに少年は、家名を名乗ることはなかった。

だが、名前がわかればいい。呼びかけたときに応えてくれれば、それでいいのだ。


「ヴィス、ヴィス……なあ、『ヴィー』って呼ばれたことある？」

「……いや、呼ばれたことはない」

「うん、そしたら『特別な名前』だ。なあ、これからヴィーって呼んでいい？　俺のこともイオって呼んでいいよ」

「特別な名前？」

「そう！　友達になろうよ、ヴィー」

少年はまじまじとイオニアを見つめたあと、やがてゆっくりと頷いた。

その日から『ヴィー』という呼び方は、イオニアだけの『特別』になった。

ヴィーは、その後もストルフと一緒に、時折工房を訪れるようになった。

どうやらストルフはヴィーのお目付け役のような立場らしい。相変わらずイオニアには、ヴィーがどういった身分の貴族なのか、ストルフとどういう関係なのかわからなかった。

興味がないわけではない。ただ、ヴィーと一緒にいるときは、本人に夢中で気にならなかっただけだ。

最初はなかなか心を開かなかった少年も、少しずつ変わっていった。

イオニアの面倒見がよく人懐こい性格が、かたくなな黒髪の少年の心を、徐々に溶かしていった。

工房で父親の道具をこっそり持ち出し、何時間も遊びながら語り合った。模擬刀を使い、工房の裏でおふざけで打ち合いっこもした。

たった一度だけだが、平民街をこっそり二人だけで探索したときは、さすがにストルフとダビドに大目玉を食らった。しかし、イオニアは心底楽しそうなヴィーの表情が見られただけで満足だった。

たまにしか会えないからこそ、イオニアはその瞬間を大切に、心から楽しみにしていた。

やがて二人の少年は、身分の差も年の差も超えて、『親友』と呼べる間柄になっていた。


ある日のことだ。

いつものようにストルフを伴って工房を訪れたヴィーは、なぜか入口で立ち止まったまま、入ってこようとしなかった。

「しばらくここに来ることができなくなる」

何かをこらえているような、暗い表情だった。

イオニアは悲しくなった。

しばらく会えないと告げられたこともつらかった

が、なによりも少年が、初めて会ったときのような暗い瞳をしていたからだった。

少年には、ずっと笑っていてほしかった。

「必ず、また会いにくる」

そう言って、星空の瞳を持つ少年は、イオニアの世界から、彼の世界へ帰っていった。

慰霊祭

参列者達は夜明け前にツヴァイリンクに向けて出発した。ツヴァイリンクは国境最前線の軍事組織の城砦だ。貴賓をもてなすようには造られていないため、要人達は当日の早朝にブルングウルトからツヴァイリンクまで移動し、三時間程度の行事を終えるとすぐにブルングウルトまで引き返す。

レオリーノは、アウグストと長兄オリアーノ、そしてラガレア侯爵ブルーノ・ヘンケルと同じ馬車に乗りこんだ。

ラガレア侯爵は現国王の外戚、すなわち伯父にあたる大貴族である。アウグストの親友でもある。

ラガレア侯爵はこれまでも何度かブルングウルトを訪れていた。おかげで馬車の中でもそれほど緊張せずにすんだ。

馬車は乗り心地も良く安定していたが、これほどの長距離を馬車で移動した経験はない。

酔って醜態を晒しませんようにと祈りながら、レオリーノはおとなしく父の隣に座っていた。

しかし退屈だ。

長兄オリアーノとは十二歳も離れている。跡継ぎとして厳しく育てられ、すでに領地運営にも携わっているオリアーノは、レオリーノにとっては第二の父親みたいなものである。

レオリーノを溺愛し可愛がってくれる長兄はもち

ろん大好きだが、年の近いガウフほど気安く話せる相手でもない。

アウグストとラガレア侯爵が何やら最近の宮廷の様子について話している。オリアーノも時折交ざっていたが、会話の内容が理解できないレオリーノは終始退屈だった。

レオリーノは昨夜の夢を反芻しはじめる。

夢を見るたびに、朧げなイオニアの人生が少しずつ鮮明になっていく。

レオリーノとしての人生の中に、イオニアとしての記憶が徐々に分かちがたく、混ざりあっていく。

イオニアはツヴァイリンクで亡くなった実在の人物だと、レオリーノは確信していた。

それに、昨夜はとても大切なことを思い出した。

あの戦場でイオニアが待っていた男は、おそらく、昨夜の夢に現れた少年だ。

類稀な星空の瞳を持つ高貴な少年に、鍛冶場で出会った。イオニアは、身分も立場も超えて親友となったその少年が大好きだった。

細かいことはすでに不鮮明になりつつある。残念だが、それが夢というものだ。しかたがない。

しかし、星空を閉じ込めたようなあの瞳だけは、目が覚めてもはっきりと覚えている。

昨夜の夢ではイオニアと少年が再会できないまま終わってしまったのがひどく残念だ。

あの少年に、現実でも会えたらうれしい。あの星空のような瞳を、実際に見てみたい。

(『ヴィス』って名乗っていたけど、貴族だから調べたらわかるかな……いつか、僕も会えたらいいな)

イオニアは少年を『ヴィー』と呼んでいた。イオニアだから許した特別な呼び名だと、後からヴィーも言ってくれた。

レオリーノは音を発せず、唇だけでその特別な名前を呼んでみる。

――ヴィー。

どこかなつかしい響きに、なぜか胸が痛む。

「ブルーノ、そういえば、カイル王子のご正妃探しはどうなっている。お相手候補は決まったのか」

「いや、まだだ。二代続けて国外から正妃を迎えたからな。今度は国内の有力な貴族から正妃を迎えるべきだという派閥と、他国の姫を迎えるべきだという意見が拮抗してなかなか進まん。しかし、なぜカイル様の結婚が気になるのだ、アウグスト」

「いや、とくに他意はない。カイル王子にはただ早くお身を固めていただきたいだけだ」

アウグストの言葉に首をひねるラガレア侯爵だったが、話を続けた。

「アデーレ王太后、エミーリア王妃ともにフランクル王国出身だから、今回フランクルは嫁取り先の候補から外れる。しかし関係を結びたい国には、あいにくカイル様と年の頃合いの良い王族の姫がおらん。王族以外から娶るなら、国内の貴族でも良かろうと血統主義者どもが騒いでおるのだ」

「王族のお立場としては、二十二歳で未婚は遅いからな」

「……ふむ、そろそろ本気で決着をつけなくてはいかんな」

王家の外戚で内政長官でもあるラガレア侯爵が本気になれば、カイルはすぐに本人の意向を無視して結婚させられかねない。

カイルと年が近く仲の良いオリアーノは、カイル本人の意向を聞いていた。微力ながら助け舟を出す。

「未婚といえば、王弟殿下も三十一歳にしてまだ未婚でいらっしゃるではないですか。まずは王弟殿下にお妃を娶られることをおすすめしては？」

「グラヴィス殿下か……王弟殿下は、おそらく生涯、どなたとも結婚はされないだろう」

昨夜ガウフと話題にしていた男の名前に、レオリーノの意識が、大人達の会話に向く。

この国の誰よりも強いという将軍。レオリーノがいま、夢の中で出会った少年と同じくらい、会ってみたい人物だ。

「あの……グラヴィス殿下とは、どのような御方なのでしょうか？」

「こら、レオリーノ」

長兄は話に割り込んだ弟を叱る。

「無断でお話に割り込んでしまって申し訳ありません……ツヴァイリンク奪還は、殿下のおかげと伺っております。僕は殿下にお会いしてみたいです」

レオリーノが無邪気に願望を伝えると、アウグストとラガレア侯爵が難しい顔になる。

「殿下がツヴァイリンクへいらっしゃることは、おそらく今後もないだろうな」

レオリーノはがっかりした。

「では、せめて、どのような御方か教えていただけますか？　たいそうお強い御方なのでしょう？」

英雄に興味津々の子どもに、大人達は苦笑する。

「そうだ。大変にお強い御方だ。我が国の防衛を一手に担っておられる。ファノーレンに戦を仕掛けてくる国がないのは、先の戦いで殿下の勇猛ぶりが、大陸中に知れ渡っているからだとも言える」

「そうなのですか。どんなお姿ですか？　お父様よりも大きくて立派な御方ですか？」

その質問には、ラガレア侯爵が答えてくれた。

「ああ、そなたの父親に匹敵するほど大柄な御方でいらっしゃる。それに、カイル様にお顔立ちも雰囲気もよく似ておられる。黒髪で……ああ、ただし、目の色は違うな」

「目の色？　王弟殿下はどんな目の色なのですか」

アウグストが教えてくれた。

「会えばすぐにわかる。グラヴィス殿下は、それは美しい星空のような瞳をお持ちなのだ」

王都の星

「失礼いたします。閣下、追加で決裁を賜りたい書類をお持ちしました」

軽いノックの音を響かせ、書類を腕に抱えた赤毛の青年が将軍の執務室に入室する。副官のディルク・ベルグントだ。

ここは防衛宮にある将軍の執務室である。

「書類、ここに置かせていただきますね」

中央に据えられた巨大な執務机に、ディルクは掌(てのひら)ほどの高さの書類を置いた。

午前中も大量の書類を処理したにもかかわらず、午後になってさらに積み上げられた書類に、うんざりした表情を隠さない。その男は、『ツヴァイリンクの英雄』と呼ばれるグラヴィス・アードルフ・ファノーレン将軍であった。

「無能どもが回してきた書類を簡単に受け付けるな」

グラヴィスは冷たい目つきで副官を睨(にら)む。

ディルクは、その目にドキリと胸を震わせた。長い付き合いだが、毎回見惚(みと)れてしまう。

グラヴィスの最大の特長は、その瞳だ。

夜空の藍色に金色の光が散らばったようなその瞳は、通称『星空の瞳』と呼ばれている。

母方のフランクル王家にのみ稀に顕(あらわ)れる、希少な瞳の色だ。

その虹彩に散らばる金色の光は、本人の気分に応じて瞳自体が金色に見えるほど強く輝くこともあれば、闇夜(やみよ)のごとく完全に消えることもある。

神々しささえ感じるほど、不思議な、美しい瞳だ。完璧な美貌とあいまって、たいていの人間はその目に睨まれると萎縮してしまう。

　しかし、赤毛の副官は慣れたもので、上官の迫力にもまったく怯むことはない。

「財務長官に決裁を受けた書類がようやく回ってきたんです。しかたないでしょう」

「これ以上糞みたいな雑務をやってられるか」

「ブラント副将軍は慰霊祭ご参列のため、ツヴァイリンクなんです。お戻りになるまでは、副将軍閣下の分も、閣下に決裁いただくしかないです」

「ほぼ戦闘部の決裁案件ならルーカスが戻ってきたら処理させろ」

　副官は呆れたように反論する。

「貴方じゃあるまいし。すぐには戻ってこられませんよ。申し訳ないですが、どうしても本日中に決裁いただきたいものがあります。さあ、さくっと終わらせましょう」

「……最低限のやつだけ回せ」

　うんざりとした口調の上官に向かって、副官はにっこりと微笑む。

　強い覇気で常に周囲を威圧しているグラヴィスだが、慣れるとこれで付き合いやすい。誰に対しても理不尽に怒ることもなく、身分を笠に着て、不当な要求をすることもない。

　踏み込むラインさえ間違えなければ、むしろ気安く付き合える部類の人間なのだ。

「副将軍閣下ならば、五日ほどで戻ってこられるでしょう。それまでの辛抱です」

　グラヴィスがしかたなく書類を手に取ったそのときだ。執務室にノックの音が響く。

「閣下宛てに副将軍閣下から伝書が届きました」

「寄越せ」

ディルクは伝書を受け取ると上官に手渡した。

　手紙を読むうちに、グラヴィスの表情が一瞬翳（かげ）ったのを、ディルクは見逃さなかった。

「副将軍閣下は何と？　何か彼の地で問題でも？」

「いや。『ブルングウルトで我々にとって興味深いものを見つけた』と言ってきた。完全に私信だ」

「興味深いもの、ですか？」

「絶対にひと目見るべきだ、と。だから俺に、『いまからでもツヴァイリンクに来てほしい』そうだ」

　副官は片眉を上げた。

「副将軍閣下も無茶を言いますね。まあ、たしかに閣下ならすぐあちらに跳べるでしょうが」

「……ルーカスめ。奴はなぜこんなくだらない内容を、わざわざ伝書を使って寄越した」

　グラヴィスは手紙を放り投げた。

　ディルクは賢明にも沈黙を保ち、上官の様子を見守る。

「おい、とっととこれを片付けるぞ」

　放り投げた手紙には目もくれず、グラヴィスは書類を手に取った。

よみがえる記憶

　太陽が頭上を越え、地平にやや傾きかけた頃、レオリーノ達はようやくツヴァイリンクに到着した。

　昨夜から三食抜いた腹が空腹を訴えている。長時間の移動と空腹でフラフラしていると、オリアーノが肩をつかんで支えてくれた。レオリーノは感謝の気持ちを込めて長兄に微笑む。

　お腹（なか）が鳴ったら恥ずかしいなあと、レオリーノはそっとみぞおちを押さえる。その様子を父や長兄は、目を細めて見守っていた。

　来賓達も次々に馬車から下りてくる。

しかし、ブラント副将軍やカーン副団長は、どうやら馬で移動したようだ。

三食抜いた後でよくもあれほど長時間馬を走らせ続けられるものだと、レオリーノは戦う男達の体力に感動した。馬も人間も信じられないほど鍛えられているのだろう。

レオリーノは石造りの城砦の迫力に圧倒された。

これは本当に人間が築いた建造物なのだろうか。見上げるほど高い砦だ。屋上に登れば、いったいどれほどの高さなのだろう。

「こら、リーノ。お口を閉じてちゃんと前を向いて歩きなさい」

ぽかんと口を開けてキョロキョロとあちらこちらを眺めていると、オリアーノに背中を押されて進むように促された。あわてて口を閉じ、神妙に大人達について歩く。

右を見ても左を見ても、巨大な石壁はどこまでも見通せないくらい遠くまで続いている。

さらに中央門は、信じられないほど巨大だった。

門をくぐると、青々とした平原のはるか向こうにもうひとつの外砦が見える。

ツヴァイリンクは隣国との国境を分かつ石積みの砦壁である。

約二百年前の先人達が国土を定めたときに、人の身長の十倍程度ある高さの城砦を十年ほどかけて完成させたのだ。

その国境沿いに延々と長い回廊のように続く砦壁が、通称『外砦』である。

広々とした草原を挟んで、内側にまた同じように長い城砦が建てられている。外砦よりわずかに低いファノーレン側の砦壁が、通称『内砦』だ。

この二重の砦壁からなる城砦が、通称『ツヴァイリンク』と呼ばれている。

そして、難攻不落と呼ばれたツヴァイリンクが、ただ一度だけ敵の侵攻を許したのが、十二年前の戦争だった。

今回の参列者の中で最年少のレオリーノは、家族や周囲に気遣われながら、なんとか一連の行事についていった。しかし、三食も絶食した後の長時間の馬車での移動に加えて、休みなく続く行事に、すぐにレオリーノの体力は尽きた。

見栄を張って倒れるよりはと、途中からは長兄に手を繋がれて移動した。

大人達は、儀式の合間もレオリーノを気遣ってていた。抱き上げて運ぶのは簡単だが、レオリーノの自尊心も尊重して、なるべくできるところまで一人で頑張らせようと様子を見ていた。

いくつかの儀式を終え、一同はようやく外砦に到着した。ここで来賓は半刻ほど休憩し、そのあいだに最も重要な儀式の準備を整える。

参列者はいくつかの部屋に分かれてお茶を供された。

父や兄に抱えられて移動するような醜態を晒さずにすんで、レオリーノはホッとしていた。しかし疲れきって、砦を観察する気力もない。

父アウグストが心配そうな表情で近づいてきた。

「レオリーノ、大丈夫か？　……うむ、顔が真っ青だな」

「父上。はい……いえ、少し疲れていますが、大丈夫です」

そう言ったそばから、身体をふらつかせてしまう。父に声をかけられ、張りつめていた気が緩んでしまったのだ。

アウグストはフラフラとするレオリーノを支えると、背後に控えていた軍隊長のレーヴに尋ねた。

「レーヴ、外砦にレオリーノを休ませる場所はあるだろうか」

「最上階の小部屋に休憩用の長椅子があるはずです。警備隊に確認してまいります」

ブルングウルト辺境伯領は国境に隣接しているが、国境守備そのものを担っているわけではない。

つまり、国境のツヴァイリンクを管轄するのはブルングウルト自治軍ではなく王国軍だ。

レーヴはすぐさま許可を取ってきた。


アウグストはレオリーノを抱き上げ、最上階の回廊に繋がる部屋に運んだ。休憩用の長椅子が置かれた小部屋だった。

長椅子の上にレオリーノを寝かせる。

「ここで少し休んでいなさい。半刻ほどすれば次の儀式だ。その前に迎えに来る」

「……はい、ありがとうございます」

くったりと長椅子に横たわる息子の頭を撫でる。

アウグストは心配そうな表情を崩さない。

幼い頃にこの砦に連れてきたときのレオリーノの様子を思い出しているのかもしれない。

レオリーノは父を安心させるように微笑んだ。

「一人でここにいても平気か？　ガウフかヨーハンを寄越そうか」

「平気です。兄上達も休憩されたいでしょう。ここでおとなしくしています」

「レーヴ、誰かに様子を見させることはできるか」

「承知しました。王国軍に見張りを頼みましょう。レオリーノ様、半刻ほどですがお休みください」

レオリーノはこくりと頷いた。

父やレーヴに迷惑をかけたことがなさけない。

アウグストは健気に笑う息子に、愛おしそうに目を細めると、もう一度レオリーノの頭を撫でた。

レオリーノは一人になった。

ブルングウルト城では常に誰か傍にいるため、レオリーノが一人きりになることは滅多にない。

部屋の中はシンと静まり返っている。

知らない場所で一人になるのは、少し怖い。しかし遠くに近くに、なんとなく人の気配がする。

（本当に小さい頃にここに来たことがあるのかなぁ……やっぱりなんにも思い出せない）

目を閉じると急速に眠気が襲ってくる。

本格的に寝てはいけないと思いつつ、いつのまにか、レオリーノはうつらうつらとしはじめた。

城砦の埃っぽい匂い。どこかなつかしい匂いだ。

——ああ、ツヴァイリンクが燃える。

閉じた瞼の裏に、燃え盛る炎が見える。

——またあの夢だ。あの夢は怖い。見たくない。

レオリーノは必死で目を覚まそうともがく。しかし身体はもう、ぴくりとも動かない。

——だめ。その夢を僕に見せないで……

そこに見えるのは、イオニアがともに戦った仲間達。燃える平原だ。

レオリーノはイオニアに引きずられるようにして、そのまま『あの日』の夢に落ちていった。

一際高く聳える外砦は、難攻不落のはずだった。警備する兵士達に気づかれずにこれほど多くの敵兵の侵入を許すことなどありえない。

内通者がいるのは明らかだった。

だが、犯人を探している時間はない。

イオニアは外砦の奪還を諦めた。秘密裏に脱出する。ここで戦って全滅するよりも、内砦を死守して、国内への侵攻を防ぐことが重要だ。

怪我をした部下を庇い、敵をなぎ払いながら、イオニア達は内砦に向けて逃走した。


外砦を脱出して平原地帯に立ったイオニアは驚愕した。

ツヴァイリンクが燃えていた。乾いた冬の空気に、火はまたたくまに燃え広がり、猛烈な勢いで平原を焼いている。

イオニア達は必死で逃げた。炎の向こうに、内砦の中央門が見えてくる。イオニアは目を疑った。

閉じられているべき門が開いている。

「なぜ閉めない！　門を閉じろっ！」

イオニアは内砦に向かって叫んだ。

しかし、近くなるにつれて状況を理解した。門の前に巨石が置かれている。閉めないのではなく、閉められないのだ。

巨石は人の背丈以上もある。とうてい、誰にも気づかれずに運べるような大きさではない。


——どうやって運ばれた？


イオニアは恐ろしい予感に震えた。

おそらくツヴェルフ側にも異能者がいる。そして、おそらく、いや、十中八九、グラヴィスと同じ異能の持ち主だ。

誰かが、巨石をここに跳ばしたのだ。

イオニアは、王都にいるグラヴィスに届くことを祈って心の中で強く叫ぶ。

一度も試したことはない。だが、奇跡を信じて、心の中でグラヴィスに向かって叫んだ。


——『ヴィー！　ヴィー……！』

イオニアが必死に語りかける。心話が届くかどうか、一か八かの賭けだった。

――『イオ！』

そのとき、心の中にグラヴィスの声が届いた。イオニアは安堵した。届いた。奇跡が起きた。

――『敵に急襲された。外砦が奪われ、しかも中央門が閉まらない。このままでは、ツヴェルフに国境を突破されてしまう……！』

――『待っていろ！　援軍を送る！』

グラヴィスの言葉に、イオニアは恐怖を覚えた。

――『待て！　そんなことをしたらおまえの命が！』

異能は生命を削って発動させるものだ。《力》を使いすぎれば、グラヴィスの命が危うい。

――『必ず助けに行く！　だから、必ず生き残るんだ。俺を待っていろ！』

そこで心話は途絶えた。

背後からツヴェルフ兵が迫る。イオニア達は必死で応戦した。

援軍が来るまでに、あの石を破壊しなければ。

イオニアには、触れたものを粉々に破砕する異能がある。門を閉めるためには、巨石に触れるところまで近づく必要があった。

だが敵兵達は、明らかにイオニアを標的に激しい攻撃をしかけ、石に近づくことを許さない。

彼らはイオニアの異能を警戒している。

（俺の《力》を知っている。……やっぱり内通者がいる。誰だ？　裏切り者は誰だ！）

ツヴェルフ兵は炎の向こうから次々とやってくる。きりがない。まさに多勢に無勢という状況に追い込まれ、イオニア達の部隊は一人、また一人と斃（たお）れ、数を減らしていく。

「隊長、石の傍へ！　あの石を破壊してくれ！」

部下達が叫ぶ。

イオニアをかばうように布陣を敷き、なんとか巨石に近づく道を確保しようと試みる。しかし、急速に燃え上がる炎が、彼らの前に立ちふさがった。

そのとき、イオニアは炎の向こうにある男を見つけた。

敵襲で死んだと思っていた部下だった。イオニアと同じ、平民でありながら異能を持っていた。

その男の異能は、風を起こす《力》だ。

男は笑みを浮かべながら、風を煽（あお）り、ツヴァイリンクを燃やしていた。

男とイオニアの、視線が交錯する。

——おまえだったのか。

この国を内側から滅ぼす裏切り者は。この国に死の刃（やいば）を向けたのは、おまえだったのか。

——ああ、絶対にこの顔を忘れない。この裏切り者の存在を、ヴィーに伝えなくては。

暴かれた裏切り

「——ご子息様、起きられますか？」

レオリーノは夢うつつの状態から、一気に覚醒（かくせい）した。激しく波打つ鼓動で耳の奥がガンガンする。

（僕は誰だ、僕は……）

目を開けると中年の兵士が覗き込んでいた。心配そうな顔つきでこちらを見ている。王国軍の制服を着ていた。おそらくレーヴから指示されてレオリーノの様子を窺いにきたのだろう。

だが、レオリーノは、兵士の問いかけに答えることはできなかった。

「……ご子息様？」

なぜならば、あの日敵を手引し、ツヴァイリンクを敵の手に落とした裏切り者が――多くの仲間の死を招き、ヴィーとの永遠の別れをもたらした男が、十二年の歳月を超えて、いま目の前にいたからだ。

その裏切り者の名前は。

「――エドガル・ヨルク」

「……？　なぜ貴方が俺の名前を？」

十二年の時を経ても、凡庸な顔つきはあの頃と変わらなかった。

取り立てて卓越したところのない男だったが、穏やかな性格で、部隊の殺伐とした雰囲気を和ませた。

軍人としては平凡でも、イオニアにとっては、苦楽をともにする大切な部下であり、仲間であった。

彼の裏切りが判明した、あの瞬間までは。

「――なぜだ？　エドガル……おまえはツヴェルフの襲撃で死んだと、俺は聞かされた。だが、あそこにいたな、あのとき、あの石の傍に」

「……あ、ああ……嘘だ、まさか、そんな」

「なぜだ。なぜあの日、おまえは俺達を裏切った」

「その目は……イオニア隊長……！」

レオリーノは凄艶な笑みを浮かべ、ゆっくりと長椅子から身を起こす。

折れそうに華奢な身体。少女のような美しく愛らしい顔。しかし、その表情は少年のそれではない。

小さな身体から立ち昇る気配。何よりも、その類稀な菫色の瞳に、エドガルは嫌というほど見覚えがあった。

「……う、嘘だ。……あんたは死んだ！　ここで、し、死んだはずだ！」

「――ああ、そうだ。俺はここで死んだ。おまえの裏切りによって。おまえが煽り広めた炎の中で。たくさんの仲間達と一緒に、燃えて死んだんだ」

　エドガルは声にならぬ呻きを上げ、レオリーノの視線から逃れるようにあとずさる。

「エドガル、覚えているか？　お調子者で耳の良いトビアスを。怪力で強弓を引けるエッボを。まもなく婚約者と結婚するはずだったグザヴィアも――覚えているだろう？　みんな、俺達の仲間だった……おまえの裏切りで、今日あいつらは死んだんだ」

「な……な……」

「そしておまえは、一度逃げた。俺が石を砕くあいだに姿を消したな。そして再び戻ってくると、俺を刺し貫いた……すべて思い出したぞ、おまえこそが裏切り者だと、誰にも伝えられないまま死んだのが、これほど心残りだったとは」

　その言葉に、エドガルは戦慄した。

　何が起こっているのかわからなかった。突然十二年前の過去を暴く亡霊が現れた。それも幼気な少年の姿で。

「ひぃぃぃぃっ！　お、お許しくださいぃぃ！　お許しくださいイオニア隊長……！」

　エドガルは悲鳴を上げながら回廊にまろび出る。記憶に刻まれている菫色の瞳から逃れたかった。

　屋上には冷たい風が吹いていた。ツヴェルフ側の森林地帯が眼前に広がる。

（ああ、なつかしい。ここで毎晩星空を眺めていた）

　ツヴァイリンクの城壁から見る夜空は、それは澄んで美しいのだ。

エドガルは外壁に上がる階段まで追い詰められた。もう背後には、ただ空間が広がるだけだ。

レオリーノは小さく首をかしげて、黙ってエドガルを見ていた。過去の罪を暴き、断罪する菫色の瞳に耐えきれず、エドガルは許しを請う。

「お許しください。あれはしかたなく……っ！」

「……しかたなく？　おまえは、しかたなく敵兵を招き入れ、ツヴァイリンクを炎に巻いたのか？」

「め、命令されて、しかたなくやったんです……」

レオリーノの目が暗く光った。

「命令だと？　……あのとき、おまえを唆した者がいた？　誰だ？　おまえに命令したのは誰だ」

「……そ、それを言ったら、俺は、こ、ころっ、殺される！」

「殺される？　そいつはまだ生きているのか。誰なんだ？　エドガル、言え。おまえに命令した奴は誰なんだ」

「それは……その方は……っ」

しかし、二人の会話はそこで中断した。

「レオリーノ？　そこで何をしている……？」

鋭い声が砦の回廊に響き渡る。

少年の身体が、びくりと震えた。

振り返ると、階段の下に父アウグストとレーヴがいた。父の姿を認めた瞬間、少年の纏う空気ががらりと変わる。レオリーノは夢から醒めた。

「お父様……レーヴ」

そうだ。ここはツヴァイリンクだ。

そのときレオリーノははっきりと自覚した。

これまで見てきた少年の夢は、夢ではない。すべて過去に起こった現実なのだ。

やはり自分は、この地で死んだイオニアの記憶を受け継いでいるのだ。

得体のしれないことが起こっている恐ろしさに、レオリーノは泣きたくなった。

「……お父様、たすけて……こわい」

アウグスト達は目を疑った。

小部屋で休憩していたはずのレオリーノが、柵も(さく)ない石壁に登るための階段に、華奢な身体を風に晒して立っている。

「……レオリーノ、そこを動くでないぞ」

父の言葉に、レオリーノはぶるぶると震えながら頷く。怯えきっている。

「お父様、レーヴ……僕は……あっ！」

その瞬間、レオリーノは背後から男に抱え上げられていた。

「レオリーノ！」

アウグストが駆け寄ろうとする。次の瞬間、男の絶叫が砦に響き渡った。

「来るな！　俺は終わりだ！　もう終わりだ！」

「貴様！　おかしくなったか!?」

レオリーノを拘束した兵士は、血走った目で口角に泡を飛ばしてわめき散らす。

男はレオリーノを抱えたまま、石壁の上に逃げる。

ほんのわずかでも体勢を崩せば足を踏み外すような、ギリギリの位置に立った。

アウグストは、人生でこれほどの恐怖を覚えたことはなかった。

人間の背丈の十倍ほどある高さの砦だ。万が一レオリーノが落下すれば、確実に命はない。

「レオリーノ……大丈夫だ、じっとしていなさい。いま、助けるからな……動くでない」

最愛の息子の命が、目の前で危険に晒されている。男の腕に捕らえられたレオリーノは、あまりにも細く、壊れそうなほどに小さかった。

ほんの一瞬でも判断を誤れば、大切な息子の命が失われてしまう。

「男……そなたの言い分を聞こう。何が望みだ」

その言葉に、エドガルが身体を震わせた。

「なんでも言うことを聞こう。だから……レオリーノを、息子を放してくれ。頼む」


絶望的な表情で唇を震わせる父アウグストの様子に、レオリーノは涙が溢れた。

夢うつつながら、エドガルに自分が何を言ったのかを覚えている。イオニアの記憶に乗っ取られるような状態で、男を無意識に追い詰めてしまった。

その結果、自分を、そして父を苦境に陥らせてしまったのだ。

「お父様……お父様、ごめんなさい……」

この身体(からだ)は、イオニアのように戦える身体ではないのに。

(僕に、イオニアのような《力》があれば……)

レオリーノの力では、男の拘束から逃れることはできない。どんなに願っても、イオニアのような異能もない。現世のレオリーノは無力な少年だった。

アウグストの呼びかけにも、エドガルはわけのわからぬことをわめき立てるだけだ。

「俺はもう終わりだ……バレたらぜんぶ終わりだ！どうせ殺される……なら、ここで隊長をもう一度殺して俺も死ぬだけだ……っ！」

そう言って、さらに踵(かかと)を後ろにずらす。

エドガルがレオリーノを道連れに自殺しようとしているのは明らかだ。

レオリーノは死にたくなかった。

すべてを思い出したいま、エドガル・ヨルクの裏切りを白日のもとに晒さなくてはならない。そして、背後でエドガルを操っていたという、真の国賊を探し出さなくてはいけないのだ。

その瞬間、レオリーノは自分の運命を悟った。

――僕はイオニアの記憶を受け継ぐために、いまここにいるんだ。

すべてが運命だった。レオリーノがブルングウルトに生まれた意味は、このイオニアの記憶を引き継ぐためだったのだ。

――『ヴィー！　ヴィー……助けて！』

レオリーノは死の恐怖に怯える中、王都に向かって心の中で叫ぶ。

自分はイオニアではない。ヴィーに声が届くわけがない。それでもレオリーノは祈った。

もし自分がここで死ぬ運命だとしても、叶うことならば、最後に一目でいいから、もう一度グラヴィスに会いたかった。そして、思い出したすべての記憶を、彼に伝えたかった。

石壁を伝って強い風が吹き上がる。よろめく兵士と、拘束された少年の身体が、石壁の上で不安定に揺れた。

「レオリーノ！」

アウグスト達は恐怖に叫んだ。

防衛宮の執務室に、静かに書類をめくる音が響く。

将軍は最後の書類を確認していた。

ディルクはふと、ツヴァイリンクは慰霊祭の最中だな、と埒もないことを考える。

「終わったぞ」

「ありがとうございます」

書類を受け取り、ディルクが退出しようとしたそのときだった。

突然上官が椅子を蹴倒（けたお）して立ち上がった。

視線をさまよわせ、どこか呆然としている。その顔は蒼白だ。

上官の尋常ではない様子に、ディルクは驚いた。

「閣下!? どうしましたか！」

そのときグラヴィスは、頭の中に突然響いた、誰かの声を聞いていた。

——『ヴィー！』

それは、たった一人だけに許した特別な呼び名だ。その名前でグラヴィスを呼ぶ、その声の主は誰だ。

——『ヴィー！ ……助けて！』

「まさか……そんなはずがない」

その声は、あの日のように、ツヴァイリンクから聞こえてくる。

「おまえなのか……イオ」

将軍の手が、何かをつかむように虚空に伸びる。

男の尋常ならざる様子を、副官は言葉もなく見つめていた。すると、目の前の空間が歪む。

「……っ！ 閣下!?」

次の瞬間、グラヴィスは王都からはるか遠くの国境、ツヴァイリンクに向かって跳んだ。

アウグストは驚愕した。

目の前の空間がぐにゃりと歪んだかと思うと、次の瞬間、突如としてそこに男が出現したのだ。

軍人だ。しかも最高位の軍服を纏っている。

「まさか……っ」

アウグストは一瞬、状況も忘れて呆然とした。

見るとレオリーノを拘束している兵士も、突如現れた男を、信じられないという目で凝視している。

一方、グラヴィスもすぐには状況が理解できなかった。《声》に呼ばれて跳んだ場所がツヴァイリンクだとわかっている。

素早く周囲を観察する。外砦の屋上だ。

石壁の上に、王国軍の兵士が立っている。男の腕には、身なりのよい華奢な少年がとらえられていた。

亡き親友の《声》に呼ばれたと思った。しかし、当たり前だが、そこにイオニアはいなかった。

グラヴィスの目の前にいたのは、これまで会ったことがない少年だった。

(どういうことだ。何が起こっている……?)

背後をちらりと見る。二人の壮年の男が立っている。どうやら兵士は少年を人質に取っているらしい。

しかし、いまにも落下しそうなギリギリの場所に立っている。男の目は血走っていた。

錯乱しているのであれば、なにをしでかすかわからない。

(来賓の子どもを人質に取ったか……!)

グラヴィスはせめて少年だけでも救おうと、咄嗟に跳躍の間合いを計る。

安心させようと少年を見つめる。しかし、少年とグラヴィスの視線が交差したその瞬間、グラヴィスの全身を激しい衝激が貫いた。

——その目は……!

グラヴィスは一瞬、状況も忘れて放心した。

「おまえは……」

無意識に手を伸ばす。

すると、少年を拘束していた兵士がわめき出す。

「終わりだ……！　将軍にバレちまったら、何もかもここで終わりだ！」

　グラヴィスは男の絶叫に我に返った。

「おまえっ！　おまえが呼んだのか！」

　少年を拘束している兵士が興奮して叫びだす。口角に泡を浮かべながら、少年の身体をぐらぐらと揺さぶる。

「危ない！　やめろ！」

　苦悶の表情を浮かべる少年に、グラヴィスは顔色を変える。背後の男達も叫んでいた。

　——少年を救わねば。

「……その子を放せ」

「いやだ。こいつを離したら、俺の罪が暴かれて、終わりだ！　何もかも終わりだ……！」

　兵士がさらにあとずさる。その踵が半分ほど空中に飛び出ている。男の背後には何もない。ただ眼下に、広大な隣国の森林地帯が広がっているだけだ。

　少年は、暴れることもなく、ただその菫色の瞳から涙をこぼしながら、グラヴィスを見つめている。

　少年が、震える唇で、何かを言おうとしたそのときだった。

「……死罪になるくらいなら、ここでおまえを道連れに、全部終わらせてやる……なぁ、亡霊！」

　次の瞬間、兵士が背後に身を躍らせた。

「くそっ……！　待て……！」

　少年も、空中に引きずられていく。

　グラヴィスは瞬時に壁の上に跳躍し、少年に向かって手を伸ばした。

（届け……っ！）

　少年が、グラヴィスに向かって手を伸ばした。届

かない。グラヴィスはもう一度跳躍し、少年に向かって手を再び伸ばした。

菫色の瞳と、星空の瞳が、魂の奥深くまで交ざり合う。

しかし、グラヴィスの手は、虚しく空中をつかんだ。

少年は、男とともに壁の向こうに落ちていった。

グラヴィスは呆然と、風に煽られるままにその場に立ちすくんでいた。

「レオリーノォォォォォッ」

悲痛な叫びが、グラヴィスの意識を切り裂く。

「レオリーノ様ァァァッ！　……なんということだ！　なんということだっ！」

振り返ると、背後にいたブルングウルト辺境伯アウグストと、もうひとりの男が絶叫している。

（落ちたのはアウグスト・カシューの息子か！）

「辺境伯！　下へ跳ぶぞ！」

グラヴィスは辺境伯アウグストの前に跳躍し、その肩をつかんで、少年が落下した地面に向かって跳んだ。

十二年ぶりに見る国境の向こうには森林地帯が広がっている。

その森の手前、城砦の真下に、男と少年は折り重なって倒れていた。下敷きになっている男は、明らかに死んでいる。落下の衝撃で後頭部が潰れたのか、地面に黒い染みが広がりつつある。

男の上に少年は横たわっていた。

血の気の失せた白く小さな顔。しかし、少年の左脚の膝から先が、ありえない角度に曲がっていた。

その様子は、まるで幼子に振りまわされて無造作に打ち捨てられた人形のようだった。

辺境伯がヨロヨロと少年に近づいていく。地面に跪いて、ぶるぶると震える指先で少年の頬をたどる。

「リーノ……目を開けてくれ……レオリーノ」

アウグストが、小さな身体をそっと抱きしめる。

外砦の門が開くと、駆け下りてきたレーヴとともに、王太子をはじめとする参列者達が飛び出てくる。

「辺境伯！　何が起こったのだ！　……なっ」

声もなく全身を震わせ、息子の小さな身体を抱きしめる辺境伯がそこにいた。

その傍らに、無残に頭が潰れた王国軍の兵士の死体を見て、駆けつけた者達はすぐに状況を察した。

レオリーノが男とともに、城砦から落下したのだ。


「なんということだ……」

父親の腕に抱かれ、ぴくりとも動かないレオリーノの生死はわからない。

全員が呆然とする中、ギンターとブラントはグラヴィスの存在に気がついた。

「グラヴィス殿下！」

「将軍閣下、なぜここに……？」

ツヴァイリンクの悲劇以来、あれほどかたくなにここに来ることを拒んでいたグラヴィスが、どこか呆然とした表情でそこに立っていた。


「殿下……いったい何があったのですか」

常に冷静沈着な男が、はっきりと動揺している。

「イオニアの《声》に呼ばれたと思った。まさかと思い跳んできたら、目の前に……そこの死んだ兵士に屋上で捕らえられたあの子がいた」

ブラントとギンターは、男の言葉に息を呑んだ。

「なんと……！」

「イオニアの魂が、同じ目をした少年の危機を殿下に伝えたのか……いや、まさか」

そんな非現実的なことがあるかと、ブラントは自分自身の言葉を否定する。

「あの子を道連れに、その男が投身したんだ」

その言葉に、二人はいまや物言わぬ骸となった兵士を見る。

聞こえるはずのない《声》が聞こえた瞬間、グラヴィスは衝動のままに、王都の執務室からツヴァイリンクへ跳んでいた。

あの日と同じく助けを求める親友の声、絶対に聞き間違えることのない声だった。

だがツヴァイリンクに親友の姿はなかった。

当たり前だ。イオニアは死んだのだから。

そこには兵士に拘束された少年がいた。

少年は泣き濡れた瞳で一途（いちず）にグラヴィスを見つめていた。まるでグラヴィスが来ることがわかっていたかのように、その目には、せつないほどの慕情を湛えていた。

そして、少年はグラヴィスの伸ばした手を一瞬の差ですり抜け、砦から落ちていった。

「手を伸ばしたが……間に合わなかった」

男達はその言葉に息を呑んだ。

「……リーノ、レオリーノ……？」

辺境伯がかすれた声で少年の名前を呼んだ。全員が少年に注目する。そのとき、少年の瞼がかすかに震えるのを、男達はたしかに見た。

「生きている！」

「まだ命があるぞ！」

俄（にわか）に現場はあわただしくなる。少年はまだ命の火を消してはいなかった。

「リーノ！　リーノ、しっかりせよ……！」

「医者はおらぬか!?」

「アウグスト殿！　動かさぬように！」

すると突然、辺境伯が血走った目で叫んだ。

「マイア……！　マイアを呼べ！　あれの《力》が必要なのだ！」

その悲痛な絶叫に、周囲はいよいよ辺境伯が錯乱したかと思った。

しかし、グラヴィスやカイルなど一部の者達は、その言葉の意味がわかった。

グラヴィスは咄嗟に甥である王太子と顔を見合わせた。辺境伯夫人は前国王の従兄妹にあたる。

「カイル、辺境伯夫人は何の異能を持っている」

王太子は突然現れた叔父に瞠目した。

「叔父上……どうしてここに。いや、すまない。わからない」

すると辺境伯の長男が青ざめた顔で叫ぶ。

「母は治癒の異能を持っています！」

グラヴィスは頷いた。

辺境伯夫人のいるブルングウルトは遠い。普通に運べば、そこまで少年の命は保たないだろう。


グラヴィスがアウグストの肩を叩く。

「アウグスト、どけ。俺が運ぶ。おまえは俺の肩に手を置け」

アウグストは絶望に染まった目で、グラヴィスに懇願する。

「殿下……どうか《力》をお貸しくだされ」

「わかっている」

グラヴィスは動揺する辺境伯に代わり、少年の身体を細心の注意で抱え上げた。

「ブルングウルト城でいいんだな」

「はい」

グラヴィスは振り返る。

「マルツェル、ルーカス、後は頼む」

二人は青ざめた顔で頷く。

「アウグスト、跳ぶぞ」

王都から忽然と現れた将軍とともに、辺境伯とレオリーノは消えた。


残された者達は一様に悲痛な表情をしていた。

レオリーノの兄達は、蒼白な顔で立ちすくんでいる。ガウフは人目もはばからず号泣していた。

ギンターは残りの祭事を続行すべきか悩みながら

も、兵士達に指示を出した。

考えなくてはいけないことが山ほどある。

ブラントを見た。彼も厳しい顔で頷く。

事故扱いにはできない。王国軍の兵士が、辺境伯の末子を道連れに砦から落下した。それも慰霊祭の最中に。

ブルングウルト辺境伯の国内での立場を考えると、一兵士の仕業とはいえ王国軍の責任が問われかねない大事件である。

「貴殿……レーヴ殿といったか」

先程アウグストに話しかけていた男に声をかける。

ブルングウルト自治軍の軍隊長だ。

「私は宰相のマルツェル・ギンターだ。貴殿は、屋上の回廊で、レオリーノ殿があの兵士と落下した瞬間を目撃したのか」

レーヴが悔恨にまみれた表情で頷く。

ラガレア侯爵が近づいてきた。

アウグストとも盟友のラガレア侯爵は、レーヴとも顔なじみなのだろう。気遣わしげに軍隊長の肩を叩く。

「レーヴ、一部始終を話してくれ」

「……あの兵士が、レオリーノ様を人質に取り、錯乱したまま屋上から落下していきました」

「……何があった」

「わからんのです……休憩していたレオリーノ様を迎えにいったときには部屋はもぬけの殻で。ご当主と探し回って、屋上にたどり着いたら、レオリーノ様はもう男に拘束されていて……そして、男は石壁の上に立って……何かをわめいて、そのまま」

ギンターは眉を顰めた。

錯乱の末の事故なのか、自殺なのか。いまや物言わぬ骸となり転がっている男は、なぜレオリーノを道連れに飛び降りたのか。

ほんの半刻ほどの隙(すき)に、レオリーノと男のあいだに何があったのか。

「男はなんと言っていたんだ」

そう尋ねるラガレア侯爵も悲痛な表情だ。

「レーヴ、宰相。これからすべきことを話そう」

ギンターとレーヴは頷いた。

一同は胸苦しい思いを抱えたまま、事態の収拾に当たった。

か弱く小さい命が、目の前で無残に散らされかけたのだ。しかもその命が繋がるかはまだわからない。

そこにいる誰もが、少年の命の火が消えないようにと、神に祈った。

その手を取るのは

ツヴァイリンクでの慰霊祭は、ギンターの提案と王太子の判断で、第三の行事を急遽中止とし、最後の行事である慰霊碑前の祈りを繰り上げて終えた。

慰霊祭を終わらせるとすぐに参列者達はブルングウルトへ帰城した。

一行が到着したときには、すでに夜になっていた。

ブルングウルト城には重苦しい気配が立ち込めていた。帰城した来賓を出迎える列に、辺境伯夫妻の姿はなかった。

悲しげな顔の執事が前に出て当主の代理で来賓達を迎えた。出迎えに出られない主人の非礼を詫びる。

到着するなり馬車を飛び降りた次男ヨーハンと三男ガウフは、挨拶もそこそこに、悲痛な表情で家族棟へと走り去った。

しかし、それを誰が咎(とが)めることができようか。

長兄オリアーノだけは父の代理を果たすべく、その場に留まると来賓に謝辞を述べた。

オリアーノとて末弟のもとにすぐにでも駆けつけたいだろうに、その毅然(きぜん)とした態度は、さすがブルングウルト辺境伯の跡継ぎだった。

満足なもてなしができないため、今晩は各自部屋で夕食を取ってほしいとオリアーノが詫びると、来賓達はもちろんだと首肯した。

悲惨な事件を、全員が目の当たりにしているのだ。辺境伯一家の心境と、生死も不明な少年のことを思えば、対応に不満などあろうはずもない。

来賓達の無言の激励に、オリアーノは感謝の意を表した。明日の来賓達の見送りについて執事に指示を出し終えると、彼もまた足早にレオリーノのもとへ向かっていった。


一同は終始沈鬱（ちんうつ）な表情のまま、無言で各々に用意された部屋に入った。そこで移動の疲れと身体の汚れを拭（ぬぐ）うと、部屋に用意された軽食を取る。どちらにせよ絶食明けだ。豪勢な食事を食べられる腹でもない。


砂を噛むような食事を終えたブラントは、ギンターの部屋を訪ねた。二人はおそらくまだブルングウルトにいるはずのグラヴィスを探すことにした。

使用人に尋ねると、将軍は書斎にいるという。部屋までの案内を頼む。

主不在の書斎で、グラヴィスは一人沈鬱な表情で椅子に沈み込んでいた。

入室してきた二人をちらりと見たものの、すぐに視線を逸（そ）らして、暖炉の火を見つめている。

小さな灯（あか）りが灯（とも）されただけの深夜の書斎は、とても暗かった。男達はしばらく無言だった。

やがてギンターが静かに口を開く。

「王国軍付きの医師が処置に当たっていると聞きました。サーシャ医師ですか？　王都から将軍閣下が連れてこられたので？」

「ああ、あいつがファノーレンでは一番の医師だからな……我が軍の兵士がしでかしたことに対してできる謝罪は、いまはこれくらいしかない」

「《力》を使いましたね。ご体調はいかがですか」

「これくらいはなんでもない……あの後、ツヴァイリンクの慰霊祭はどうした」

「あの後は、慰霊碑の前の祈りのみ執り行って慰霊祭は終わらせました。『鎮焔の贖い』の宣言はレオリーノ殿が落下したあの屋上回廊で行われるものですから、王太子自ら中止とご判断されました」

ブラントがグラヴィスに尋ねた。

「レオリーノ殿の容態は」

グラヴィスは小さく首を振る。

「まだわからん。あの死んだ兵士が下敷きになって頭や内臓の外傷は免れたそうだが、全身を強く打っている。何度か心臓が止まったらしい」

「なんと……」

「蘇生の術を施しては、また危うい状態になるという繰り返しだったようだが、少し落ち着いたそうだ。先程一度サーシャが寝室から出てきた。だが、まだ意識は戻っていない。このまま心臓が保つかどうか、今夜が山だそうだ」

二人は沈痛な表情を浮かべた。

「辺境伯と夫人は付きっきりだ。夫人は気丈にも涙を見せず、《力》を使って治癒に当たっているらしいが……サーシャによると両脚の損傷がひどいそうだ。右脚は腿の骨が折れている。左脚は膝から下の骨が砕け、筋が切れているらしい。命が繋がったとしても、まともに歩けるようになるかわからん」

ブラントは激しく悪態をついた。

ギンターも深々と溜息をつく。

「……言葉になりませんな。あの天使のような子に、なんという試練が……」

無垢な存在が傷つくのは、数多くの死を見てきた百戦錬磨の男達にとってもひどく後味が悪く、やりきれないものだ。

沈鬱な空気の中、グラヴィスがつぶやいた。

「……ルーカス、おまえが寄越した手紙の『見るべきもの』とはあの少年のことか」

ブラントは頷く。

「ああ……殿下、貴方にあの子の瞳を見せたかった」

「たしかに助けを求める声がして、ツヴァイリンクに跳んだら、目の前にあの子がいた」

「あの瞳を見たか……そっくりだろう？」

「ああ……イオニアの瞳だ」

グラヴィスは自嘲（じちょう）気味に笑う。

「手を伸ばしたが、あの子はすり抜けていった……十二年前と同じだ。結局この地では、俺は誰も助けることはできない」

グラヴィスの悔恨に、男達はうなだれる。グラヴィスだけではない。あの日は誰もが無力だった。

ブラントが、ぽつりとつぶやく。

「……あの子は、イオニアが亡くなったあの夜の翌朝に生まれたそうだ」

「……なんだと？」

瞠目するグラヴィスに、ブラントは頷いた。

「殿下……はたして、こんな偶然があるだろうか」

「ルーカス。こんなときに埒もないことを」

ギンターが制止する。しかし、ブラントは語ることを止めなかった。

「姿形はたしかに違う。だが、あの菫色の瞳。そしてあの子の生まれ……これがただの偶然だろうか？　きわめつけは今日のあの事件だ。また再びツヴァイリンクで、俺達の前から消えかけた」

グラヴィスは眉間に皺を寄せた。

「……ルーカス、何が言いたい」

「なあ、殿下。もし俺達の宝物が、生まれ変わったのだとしたら？　もし十二年前に死んだ、殿下の唯一無二の親友だった男が……そして俺の『恋人』だったイオニアが、生まれ変わったのだとしたら？」

ブラントの目が光る。

「だから何が言いたい」

「あの子は幼い。だが、もし本当にあの子がイオニアの生まれ変わりだとしたら……殿下。貴方と俺は、今度はどういう選択をするんだろうな」

　男達は睨みあう。


「……あの頃の俺に選択の自由などなかった。おまえも知っているだろう」

　ブラントは頷いた。

「なかったかもしれない。貴方がどれだけ難しい立場だったのか、俺には推し量ることしかできない」

「だったらなぜいまさら埒もないことを掘り起こす」

「しかし、貴方には選択肢は残されていたはずだ。幸せになれる選択肢が」

　グラヴィスは首を振った。

「俺達……俺とイオニに、選択肢などなかった」

　ブラントは厳しい表情で睨みつけた。

「いいや、あった。イオニアは覚悟を決めていた。あのとき、あいつの手を取らなかったのは貴方の選択だ」

　グラヴィスの目が暗く光る。ブラントに対して、明らかに怒りを燻(くすぶ)らせている。

「ルーカス。おまえは踏み込みすぎている」

　だがそう言いながら、先に目を逸らしたのはグラヴィスだった。弱気になったのではない。怒りをブラントにぶつけないためだ。


　ブラントは思い出す。

　この男は、少年の頃からそうだった。

　その心の奥底には、運命に対する怒りが燃えているだろうに、当時もいまも、誰(だれ)も傷つけないようにその怒りを固く封印している。

　飛び抜けた頭脳と完璧な容姿に恵まれた王子。英雄と讃(たた)えられ大陸中にその勇名を馳(は)せる、ファノーレン最強の男。

　しかし、誰もが畏敬(いけい)するこの男の人生が、因縁に歪められた苦難と試練の道だったことをブラントは知っている。

　ブラントにとってグラヴィスは仕えるべき主であると同時に、後輩でもあり、そしてイオニアをあいだに挟んで対立した恋敵だった。

　そんな幾重にも複雑に絡みあった関係は、すでに二十年以上にも及ぶ。もはや、ある種の運命共同体でもある。開けてはいけない禁断の箱をいまさら開けることに、ルーカスにためらいはなかった。

「……十二年前、おまえとちゃんと向き合わなかったツケが回ってきたな」

「それはどういう意味ですか」

「正直に言おう。ルーカス、俺はずっと、おまえが羨ましかった」

　ブラントはその言葉に瞠目した。

　グラヴィスが自嘲気味に笑う。

「正々堂々とあいつの隣にいられるおまえが、羨ましかった。あいつと同い年で、誰に憚ることなくあいつを抱きしめられる、おまえが」

「殿下……」

「俺が選択を間違ったというなら、あのとき素直にこの思いを告げなかったことだ」

　ブラントが顔を歪める。

「……俺もだ、殿下。俺こそが、ずっと貴方が妬ましかった。あいつの心は貴方のものだった。一度も俺のものになることなく、イオニアは死んでいった」

　男達はしばらく無言で見つめあう。

　グラヴィスは表情を引き締め、いつものように冷ややかな空気を纏った。

「……そうだ。イオニアは死んだ。俺の親友で、おまえの恋人だった男はもういない。あの子がイオの生まれ変わりかなど、愚かな願望だぞ、ルーカス」

「しかし、あの子がもし、本当にそうだったら？」

　グラヴィスは首を振った。

「冷静になれ。おまえがあの子の瞳を見て執着するのもわかる。俺も衝撃を受けた」

「ならば……！」

「……だが、あの少年にイオニアの面影を見出しても『イオニア』本人ではないだろう」

その言葉に、男は肩を落とした。

「わかっている……だが、俺は、これをただの偶然と、簡単に片付けることができない」

少年の瞳を見たとき、ブラントは衝撃を受けた。

グラヴィスとブラント、二人の男に癒えない傷を残して消えたあの光を——十二年前に喪った男の面影を、このブルングウルトで再び見つけた気がした。

それはブラントにとって、一筋の救済の光だった。

「やめよう、ルーカス。三十をとうに過ぎた男二人で、取り戻せない過去をなつかしんでもしかたがない。そしていまさら、あの日の俺達の選択が変わるわけでもない」

「殿下……」

「イオニアは死んだ。いまはただ、あの哀れな少年の命が繋がることを祈ろう」

グラヴィスは話を終わらせると、静かに二人を見守っていたギンターに指示する。

ギンターもまた、イオニアをよく知る人物である。隠すことはなにもない。

「俺は明日王都に戻る。おまえ達も連れていく」

「承知しました。ありがとうございます」

「あの男は自殺だ。錯乱していたが、事故ではない。あの男について調べろ」

ギンターは頷いた。

「あの男の出自などについては、内政長官が調査をお引き受けくださいました」

「よし。王国軍に入隊してからのことも調べろ」

「あの男の軍歴や人間関係について報告をするよう

指示しています。ブルングウルト自治軍のレーヴ軍隊長もまだ現場に残っています」

「あとでラガレア侯爵とも話をしよう。ブルングウルトの息子を我が軍の兵士が傷つけたのだ。王国軍として責任を取らなくてはならない」

男達は頷いた。


翌朝、軍医サーシャがレオリーノの容態について報告にやってきた。

グラヴィス以外に、王太子カイル、宰相ギンター、ブラント副将軍、そしてラガレア侯爵が、出発前に話を聞こうと応接の間に揃っている。

「昨日は突然すまなかったな、サーシャ」

グラヴィスは昨夜レオリーノ達を運んだ直後に王都へ戻り、防衛宮にいた王国軍の軍医サーシャを有無を言わせず連れてくると、怪我人の治療に当たらせたのだ。

「本当ですよ、閣下。いきなり首根っこをつかまれたと思ったら、気づけばブルングウルトですよ？器具の準備とかをさせてくれても良かったでしょうに。こちらにまともな治療器具がなかったら、間に合いませんでしたよ」

気の抜けた喋り方をするが、サーシャは国内最高の腕と名高い軍医だ。

明るい茶髪に同色の瞳の童顔で、まったくそうは見えないが、四十代も半ばを超えた経験豊富なベテランの軍医である。

「文句は王都で聞いてやる。ひとまずあの子の容態を報告しろ」

サーシャは頷いた。一晩中レオリーノの治療に当たっていた軍医の目は、兎のように充血している。

「レオリーノ君は、ひとまず危険な状態は越えたと思います」

その報告に、一同はほっと肩のこわばりを解いた。

とくに歓喜の表情を浮かべたのはブラントだ。

「そうか……良かった」

　グラヴィスは誰にも知られないように、深く静かに詰めていた息を吐いた。

「とはいえ、まだ安心はできません。とりあえず突然心臓が止まることはなくなっただけで、状態はまだひどいものです。また突然、容態が急変するかもしれない」

　一同はサーシャの言葉に沈痛な面持ちになる。

「そんな状態ですが……とにかく閣下がツヴァイリンクにいたのが僥倖でした。馬車で移動させていたら、確実に間に合わなかったでしょう。まあ、私を連れてきたのが一番の英断でしたね」

「ああ、グラヴィス殿下があの場にいたことは、まことに僥倖だった」

　ラガレア侯爵の言葉に、男達は頷く。

「あとはマイア夫人のおかげです。あの方の《力》がなければ彼は助からなかったでしょう」

「ほう。マイア夫人の異能は、そんなにすごいのか」

　王太子が瞠目する。

「魔法のように、怪我がたちどころに治ったりはしませんが、人間の治ろうとする力を底上げする感じです。マイア夫人が《力》を注ぎ続けたおかげで、レオリーノ君の生命力が高まって、死の淵から抜け出せたのだと思います」

　ラガレア侯爵は親友のアウグストが気にかかるのだろう。

「それで、レオリーノの意識は戻ったのか？　アウグストと話せる状態なのか？」

　サーシャは首を振った。

「いえ、まだです。ですので、私はしばらくこちらに残ります」

　サーシャは決然とした表情で上官に言った。

「いいですよね、閣下？　私は、あの状態の患者を見捨てるわけにはいかない。錯乱した我が軍の兵士の投身自殺の道連れになったと聞きました。あんなに美しい子が理不尽に傷つけられてひどい怪我を……私の力で及ぶかぎりのことはしてあげたい」

グラヴィスは了承した。

サーシャが残るなら、定期的にレオリーノの容態について情報が入ってくる。それに、王国軍としていまできる最大の謝罪だ。

サーシャが王都で必要になったら、自分がここに跳んで王都と行き来させればよい。

すると、ブラントがサーシャに聞いた。

「……レオリーノ殿が元気になったとして、その……後遺症は残りそうか」

「そうですね。脚の障害はなんらかのかたちで残るでしょう」

一同は息を呑んだ。

「目が覚めてみないとなんとも言えませんが、とにかく左脚の損傷がひどい。折れた骨は繋ぎましたが、足を動かすための腱がかなり傷ついています。歩けるようになれば御の字、少年らしく思いっきり走り回ることは、おそらくもう一生難しいでしょう」

「……なんということだ」

ブラントは口元を覆い隠す。

「マイア夫人がついていればもしかして……うん、でも、やはり歩けるようになるまでは、相当苦しい道のりには違いないです」

「そのことは、すでに辺境伯に伝えたのですか」

「ええ、先程。辺境伯とご長男にお伝えしました。衝撃を受けておられましたが、何よりも、まだ意識が戻っていませんからね。命が繋がるように祈るのに必死で、回復してからのことに、まだ考えが及ばない状況なのでしょう」

「マイア夫人にも、伝えたのか？」

「夫人は《力》の使いすぎで、ご本人も少々危ういので、いまは薬を飲んでお休みいただいております。

相当疲弊しておられるので、これ以上の悲しい知らせはご負担になると、辺境伯の指示でまだお伝えはしていません」

　男達は悲痛な表情を浮かべた。

「ですが……あの方は治癒のお力を持つ方です。おそらくレオリーノ君の状態はなんとなく把握しておられるでしょう。脚に《力》が及ばないと、何度もおっしゃっていました」

　サーシャは頭を下げた。


「力が及ばず申し訳ありません……ですが、ここから先は神の領域です」

　医師が謝罪する必要はない。

「辺境伯は、ただこうおっしゃっていました。『どんな不自由な身体（からだ）になってもかまわないから、ただ生きてくれるだけで良い』と……ですが、私は諦めません。元どおりにはならなくても、神に妥協してもらって、絶対に彼を歩けるようにしてみせます」

　グラヴィスは後悔に奥歯を噛みしめた。

　己の無力さが耐えがたい。

　薄く涙の膜を張り、もの言いたげに一心にグラヴィスだけを見つめていた菫色の瞳。

　ぽとりと落ちていった、小さな身体。

（なぜ、俺はいつも間に合わない——あと、もう少しで届いたのに）

　十二年前、閉まる門の向こうで消えた命。助けられなかった男の姿が脳裏に浮かんだ。

　その瞬間、ブラントの言葉が頭をよぎる。


　——あの子がもし、本当にそうだったら？

　このざわめく感情は、単にあの子どもを救えなかった罪悪感だと、グラヴィスは思いたかった。

　どんな姿でもかまわない。ただあの子が生きてくれればいいと思う。

もう一度、生き生きと光を湛える菫色の瞳を見せてほしかった。


サーシャはグラヴィスやブラントと連絡方法を決めると、またレオリーノのもとへ戻っていった。

王都の客達は見送りの負担をかけぬよう同時にブルングウルトを発つことにした。グラヴィスはじめここにいる全員が、王国の中枢を担う多忙な身である。これ以上、ブルングウルトに残るという選択は許されてはいない。

ラガレア侯爵だけは、内政長官として多忙の身ではあったが、親友のアウグストの傍にもうしばらくついていたいと、帰都を数日延ばすことを決めた。

男達は驚いた。応接の間にアウグストが現れたのだ。

当主一家の見送りは不要の旨を執事に伝えて、静かに出発しようと話していたところだ。

ブルングウルト辺境伯アウグストは、国境近くの広大な領地を守る由緒正しき領主として、普段はいかにも勇壮な男だ。しかし、いまは見る影もなく、十も二十も年老いたように窶れ、疲れている。

アウグストの心境を思うと、痛ましくて誰も声がかけられない。

「……皆様、此度は、息子のことで大変なご迷惑をおかけして、申し訳のしようもない」

アウグストは深々と頭を垂れた。

慰霊祭が当初の予定どおりにいかず、結果的に王都から来た参列者に迷惑をかけたことを詫びた。

ギンターは痛ましい目でアウグストを見つめながら、一同を代表してその詫びに応えた。

「アウグスト殿、慰霊祭の行事を変更したのは我々の判断です。カシュー家の皆様こそ不慮の事故に巻き込まれた被害者ではありませんか。なにとぞ頭を上げていただけませぬか」

ラガレア侯爵も、親友の肩に手を置く。

「そうだぞ、アウグスト。おまえが責任を感じる必要などあるものか」

アウグストは首を振り、窶れ疲れた表情で、固く拳を握った。

「いいや、あのとき息子から目を離した儂が悪い。すべて儂の責任だ。慰霊祭では回廊での誓いを省略されたと聞いた。王太子殿下、ご足労を無駄にして誠に申し訳ない」

カイルは黒い手袋を嵌めた手を振った。

「そんなことは気にするな。ラガレアが言うとおり、おまえが責任を感じる必要はない。レオリーノの容態は軍医から聞いた。一刻も早く回復することを祈っている」

アウグストは頷いて感謝の意を示す。次に、アウグストはグラヴィスを見た。青緑色の瞳はわずかに濡れ光っていた。

「……グラヴィス殿下。息子をブルングウルトへ運んでいただいたこと、サーシャ殿を連れてきてくださったこと、感謝のしようもありませぬ。サーシャ殿はしばらくここに残り、レオリーノを診てくださるとのこと……一生、返せぬご恩ができました」

グラヴィスは無言で、ただ励ますように頷いた。

アウグストは一同を見渡した。

「聞いてくだされ……今日は、実はレオリーノの誕生日なのです。半成年になりました」

男達は息を呑んだ。なんという悲劇の誕生日だ。

「儂は考えたのです。十二年前の今朝、レオリーノはこの世に生を享けました。ツヴァイリンクの悲劇の夜に妻が産気づき、夜明けと同時に生を享けたあの子が、彼の地で災難に見舞われ、そしていま必死でこの世に留まろうとしている。これはなんの偶然か、あるいは運命かと」

グラヴィスとブラントは無言で視線を交わす。

「儂は一晩中祈りました。あの子と、あの子に寄り添い全力を尽くして命を繋げようとするマイアを見守り、祈っていたのです……どういう姿になってもいいから、再び私達のもとに戻ってきてくれと」

かける言葉のない一同を見回して、アウグストは静かな力強い目でこう言った。

「そしてあの子は命を取り留めた。今日は、あの子がもう一度この世に生まれてきてくれた誕生日だと、私達は思っています。これが幸運ではなくてなんでしょうか」

「アウグスト殿……」

「どんな姿になっても、私達はあの子をこれからも全力で守ります。あの子はブルングウルトの……そして、ファノーレンの希望なのですから」


ラガレア侯爵は一週間ほど滞在を延長し、そのあいだ親友に寄り添い、慰め続けた。

レーヴがツヴァイリンクから戻った。しかし、真相の究明に至るような情報はなかったという。アウグスト達はひどく落胆した。

レーヴの報告によると、自殺した兵士は、日頃から精神的に不安定だったという証言もなく、あやしい交友関係なども発見されなかった。

ただ、男の経歴はわかった。十二年前の城砦守護部隊の一員であり、あのツヴァイリンクの悲劇の生き残りであったこと。王都出身で、兄夫婦が王都にいることもわかった。

ラガレア侯爵は、王都で男について調べること、定期的にブルングウルトを見舞うことをアウグストに約束して、王都に戻っていった。

兵士がレオリーノと二人きりになった、あの空白の時間に、はたして何が起こったのか。目撃した者は誰もいない。真相は、レオリーノしかわからないのだ。

　しかし、レオリーノはいまだに昏睡状態で意識が戻らなかった。


　王都に戻ったグラヴィス達を待っていたのは、隣国ツヴェルフの問題だった。

　国政の中枢にいる男達に、私的な時間はほとんど存在しない。あの事件以来、男達は少なからずブルングウルトに心を残していたが、少年を見舞う時間を作ることもできなかった。

　内政長官であるラガレア侯爵が引き続き調査すると聞いたため、グラヴィス達にも定期的な報告を入れるように指示を出した。

　何度かラガレア侯爵から進展のない報告を聞くうちに、やがてグラヴィス達は日常に忙殺され、徐々に事件から遠ざかっていった。

　王都では、クーデターの予兆がある隣国ツヴェルフの対応について、防衛宮を中心に日々協議と対策がなされていた。

　宰相ギンターの描いたシナリオは、想定どおりにいかなかった。ツヴェルフに潜ませた諜報部員の報告によれば、新たに軍の要職に就いたズベラフという男は、たしかに先の戦争後に廃嫡された元王太子ヴァンダレンの妃の母親の係累であった。

　しかし幽閉されたヴァンダレン元王太子とズベラフの繋がりは巧妙に隠されており、有力な証拠をつかむことはできなかった。


　先の戦争で降伏したツヴェルフは敗戦国だったが、賠償請求は続けているものの属国ではない。国体としては一応ファノーレンと対等な国であるため、廃嫡されたとはいえ元王太子を単なる疑惑で告発するのは内政干渉が過ぎる。

そのためギンターは鉄という、ファノーレン側の利害に関連する事象を理由に、ツヴェルフ側の協調派にそれとなく危険を伝えるつもりだった。


ブルングウルトから王都に戻って一月ほどのことだ。鉱山について探らせていた諜報部員が消息を絶ったことで、俄に王宮はあわただしくなった。

同日、ブルングウルトにいる医師サーシャから、「レオリーノが目を覚ました」という伝書が届いた。

目覚め

ポコポコと深い湖から湧き出る泡のように、暗い命の深みから、徐々に明るい方へと昇っていく。ふわりふわりと浮上していくのは、とても気持ちが良かった。


――ああ……眩しくて、何も見えない。

白い視界が晴れ、やがて見慣れた寝室の天井がぼんやりと見えた。霞む視界の端に、見知らぬ細身の男性が見える。そして、真剣な顔で話をしている母マイアが見えた。

（……僕、ツヴァイリンクで……ええと……？）

次の瞬間、マイアがこちらを向き、口に手を当てて驚愕の表情を浮かべた。

「先生！　リーノが……！　私の天使ちゃんが！　目が覚めたのね……!!」

マイアがシーツの上に置かれたレオリーノの手を握る。その瞳がみるみる潤んだかと思うと、その頬を濡らした。

母は最後に見たときよりずいぶんと痩せ細り、窶れていた。

レオリーノはマイアを安心させたくて、手を握り返したが、指先に力を込められたのかどうかさえわからない。

見知らぬ茶髪の男性が枕元に近づいてくる。クリクリとした瞳は、優しくいたわりの色を湛えていた。

(だれだろう……知らないおじさん……)

「レオリーノ君、目が覚めて本当に良かった。私はサーシャと言います。王都から来た医者です」

「…………ぁ」

「……ああ、無理に喋らなくて大丈夫。まだもう少し、起きていられるかな?」

レオリーノは肯定の印に頷いたつもりだったが、実際は動いたかどうかわからない。

しかしサーシャには、レオリーノの気持ちがちゃんと伝わったらしい。うん、と笑顔で頷くと、傍に控えていた侍女にアウグストや兄弟達を呼ぶように指示を出した。

マイアはうれしそうに涙を流している。

「リーノ、私の天使……本当に良かった。お母様はずっとずっと貴方が目覚めるのを待っていたのよ」

(お母様、また「リーノ」って……「天使ちゃん」って呼んで……)

レオリーノの思考に、フワフワとどうでも良いことが浮かんでは消える。

喜びと疲労で興奮状態に陥っているマイアに苦笑しながら、サーシャは優しく声をかけた。

「眠くなったらそのまま寝ていいからね。さて、レオリーノ君。少しだけ話をしましょうか」

すかさずマイアが割って入る。

「先生、目覚めたばかりのリーノには早いのではありませんか? つらいことを思い出させなくともよろしいでしょう？」

レオリーノは、自分が置かれている状況が知りたかった。

お願いします、と医師に向かって頷く。今度こそ、少しだけだが頭を動かせたと思う。

「では少しだけ。レオリーノ君、君はツヴァイリンクで、王国軍の兵士とともに外砦の回廊から落下しました。そのことは覚えていますか？　そこで君は怪我をして、今日まで意識がありませんでした」

「……ぉは……どれぅらぃ……？」

「お、少し声が出せましたね？　いい兆候だ。長く眠っていました。三十日ばかり経ったんです。みんなが、君が目を覚ますのを待っていたんですよ」

（……三十日、ツヴァイリンクで……あぁ、あそこで僕は、何か大事なことを思い出して……）


そのとき、アウグストとオリアーノ、ヨーハン、ガウフが部屋に駆け込んできた。何かに集中しかけたレオリーノの思考が霧散する。

「レオリーノ！」

「リーノ！」

「リーノォォ！　よかったぁぁぁっ！」

歓喜の声を上げて枕元に殺到する夫と子ども達を見たマイア夫人が、かっと目を見開いて叱責した。

「貴方、オリアーノ！　そしてヨーハンとガウフも！　お静かになさい！　レオリーノは目が覚めたばかりなのですよ！」

「ええと、カシュー家の皆様。まず落ち着きましょう。レオリーノ君に刺激を与えないように」

医師の注意に、家族はあわてた。

（ああ、いつもの感じ……お母様が、やっぱりいちばんうるさい……）


レオリーノの意識が、またゆるやかに深みに落ちていく。

「また眠くなりましたね。ゆっくり眠りましょう……もう大丈夫ですよ」

　薄れゆく意識の向こうに、枕元に寄ってきた父の顔がぼんやりと見える。頭を撫でる大きな手の感触。

「……よくぞ、よくぞ、私達のもとに戻ってきてくれたな、レオリーノ」

　生まれて初めて父が泣いているところを見た。レオリーノは父の言葉に微笑んだつもりだった。実際にそうできたかどうかはわからない。

（……お父様、たくさん、心配かけてごめんね……もう僕は、へいきだからね。大丈夫だからね……）

　賑やかな声を意識の端に捉えながら、レオリーノは再び回復の眠りについた。


　レオリーノは寝ては起き、起きては眠る日々を繰り返して、少しずつ回復していった。しばらくは現実との境界が曖昧だったが、徐々に起きている時間が増えた。

　目が覚めるたびに、少しずつ、身体と心が一致していく。だんだんと自分の状態もわかってきた。

　骨折した箇所が固定されているため、下半身がほとんど動かせない。それにしばらく寝たきりだったために筋力が落ちたらしく、びっくりするほど身体が動かせなかった。

　生きることの何もかもを、まるで赤ん坊のように世話されている。

　身体に意識を巡らせると、まるで岩の中に全身が閉じ込められているような感覚を覚える。

　レオリーノは意識がしっかりしていくにつれて、自分の身体がどうなったのか不安が増していった。

　十日も経つと受け答えもハッキリして、家族を安堵させた。

家族の了承を経て、サーシャが怪我の状態について説明してくれることになった。

レオリーノは一番知りたいことをまず聞いた。

「……先生、僕は歩けるようになりますか？」

「そうだねぇ。まずは、床上げして筋力を回復させることが先決だなぁ。リーノ君はずっと寝ていたからね。身体が動き方をすっかり忘れているんだ」

サーシャに「リーノ」と呼ばれても、不思議と腹は立たない。

「起きられるようになって、身体を動かしはじめたら……歩けるようになりますか？」

サーシャはすぐには答えなかった。

「折れたところはキレイに整復しましたよ。ふふ、私はこれでもなかなか優秀な医者なんですよ」

サーシャが冗談めかしてそう言うと、レオリーノはほんのりと愛らしい顔で微笑む。小さな顔はますます小さくなり痩せ窶れていたが、胸が痛くなるほど美しい笑顔だった。

助けられて本当によかった。

この美しい子どもが失われなかったのは、あらゆる偶然が奇跡的に働いた結果だ。

距離を障害としないグラヴィスがそこにいたこと。レオリーノの母マイアが、治癒の《力》を持っていたこと。そして、グラヴィスが王国一の名医と呼ばれるサーシャを、即座に王都から連れてきたこと。

サーシャは無神論者だ。軍医として、いままで数多くの死を見てきた。救えた命もあるが、救えなかった命は、その数よりはるかに多い。

彼にとって人間の生死は、己の腕で救えるか救えないかの二択だ。しかし、この少年がいまこうして生きていることは、何か運命的な偶然の積み重ねによってもたらされたもののように感じていた。

サーシャは神に感謝する人の気持ちが、初めて理解できた。

「聡明なリーノ君には、ごまかさずに言いますね。きちんと骨は繋げました。ただ人の体には、骨と身体を動かす肉を繋ぐ『腱』という筋がありましてね。それと『こう動かしたい』という、本人の命令を伝える回路みたいな紐が、体の中を通っています。レオリーノ君の脚の中では、折れた骨でその腱と回路が傷つけられたんです」

「腱と、こう動かしたいと伝える回路……」

サーシャは頷いた。

「そう。傷ついたその腱と回路がどこまで元通りになって、歩いたり走ったりできるようになるかは、いまの時点では神様しかわかりません」

「そうですか」

サーシャは優しげな手つきで、レオリーノの肩をそっと撫でた。

「これから起き上がれるようになったら、リーノ君はとても大変な思いをするでしょう。片方ならまだしも、両脚を怪我していますからね。歩く訓練は、おそらく大変苦しいものになります」

「でも……僕があきらめずにがんばれば、少しでも、歩けるようになりますか？」

「希望はありますよ。まずはちゃんと体力をつけて、寝台の上でも起き上がれるようになってからです」

「はい」

レオリーノは絶望しなかった。

どこまで回復できるかはわからない。先生が言うとおり、つらい回復訓練になることを覚悟した。

だが愛情深く支えてくれる家族のためにも、ここまでやれたよと胸を張って言えるようになりたい。

できるところまで頑張ってみようと、レオリーノは誓った。

誰にも言えなかったが、レオリーノには元気になってやりたいことがもうひとつあった。

それは、イオニアが死ぬ直前に知った裏切りの真相を探ることだ。


「……サーシャ先生、僕は元気になります。やりたいことがあるのです」

強い目で見つめられ、その生気にサーシャは満足そうに頷いた。そして、長い話の最後に、サーシャはレオリーノに別れを告げた。

「リーノ君、私は明後日（あさって）、ここを去ります。本当は君の回復をずっと見守りたい。でも、私の仕事は王都にあり、そろそろ戻らなくてはなりません。後のことは、こちらのヴィリー医師に引き継いでいます。彼も元々王都に勤めていた優秀な医師です。きっと君の回復訓練を支えてくれるでしょう」

レオリーノは一瞬だけ悲しそうな表情になったが、気丈にもすぐ笑顔を浮かべる。そして、サーシャに向かって手を差し出した。

サーシャはその手を優しく握る。

「サーシャ先生、本当にありがとうございました。僕、がんばります」

「また定期的に診に来ますね」

「はい、うれしいです。また会いに来てください」

「まあ私の上司が許せば、なので、いつ来るかは残念ながらお約束できませんが」

「？　先生の上司とは、どなたですか？」

「私は王国軍の軍医です。リーノ君は覚えているかな？　ツヴァイリンクからここへ君を運んでくれたのは将軍閣下ですよ」

もちろん、覚えている。

あの日ツヴァイリンクで、一瞬だがたしかに目が合った。本当に助けに来てくれた。

（ヴィー……）

「人使いが荒くて、仕事を次から次へと詰め込んでくる、本当に冷徹な人なんです」

サーシャは肩をすくめながら、冗談めかして悪態をつく。レオリーノは微笑んだ。

「明後日、ここに私を迎えに来てくれる予定です。閣下は一見して冷徹そうに見える……いや実際、冷たい男ですが、君のことは心から心配していました。閣下にお会いになりますか？」

レオリーノは少し考えて、小さく首を振った。白金色の髪が、シーツに擦(こす)れて音を立てる。

「ごめんなさい、先生。僕は、まだ、家族以外に会いたくなくて……閣下に助けていただいた御礼を……どうかお伝えいただけますか？」

「わかりました。閣下にそのようにお伝えします。さあ、薬を飲んで。今日はもう休みましょう」

レオリーノは頷いて、おとなしく薬を飲んだ。

もう一度、グラヴィスに会いたい。

だが、その願いは叶うことはないだろう。

イオニアと、この先まともに歩けるようになるかもわからないレオリーノでは、何もかもが違いすぎる。

（貴方が背中を預けるには、僕は弱すぎるから）


レオリーノは悲しみに暮れた。


二日後、グラヴィスがサーシャを迎えにきた。ギンターとラガレア侯爵も一緒だ。

ほぼ身一つで連れてこられたサーシャは準備するものもなく、手ぶらでグラヴィスを待っていた。

「やぁ、閣下、ありがとうございます。わざわざ迎えに来ていただいて恐縮です」

サーシャはあまり身分や礼節といったものを気にしない性格で、王族かつ所属する組織の最高位であるグラヴィスに対しても、その態度はずいぶんと気安い。グラヴィスも慣れたものだ。

「よくやってくれた。王都ではおまえがいないせいでおまえの副官が悲鳴を上げていたが」

サーシャはニコニコしながら、グラヴィスに向かって頷く。

「いやぁ、レオリーノ君が目を覚ましてくれて私もうれしいです。ずいぶんと意識もはっきりしてきましたよ。この後の回復を手伝ってあげられないのは残念ですが……まぁ、また閣下が、定期的にここまで連れてきてくだされればいいです」

サーシャの後ろに控えていたアウグストとマイアが、グラヴィスに深々と頭を下げる。

アウグストは別れた頃よりずいぶんと落ち着いた様子だった。マイアも痩せていたが、喜色を浮かべて一同を歓迎した。やはり、末息子の回復が彼らの励みになっているのだろう。

ラガレア侯爵がアウグストの肩を叩いた。

「アウグスト。本当に良かったな」

「ブルーノ。貴殿にもずいぶんと助けられた。本当に感謝している」

誰もがレオリーノの回復を心から喜んでいた。

「王弟殿下、あまり時間がありません」

ギンターの言葉に、グラヴィスが頷く。

「そうだな。辺境伯、少し話がある」

ギンターが後を引き取った。

「一刻ほど、諸々情報を共有させていただきたい。アウグスト伯、お時間をいただいてもよろしいでしょうか」

一同を応接の間へ案内すると、アウグストは改めて、グラヴィス達に深々と頭を下げた。

「グラヴィス殿下。そしてサーシャ先生。それに宰相殿、ブルーノ。此度のこと、改めて御礼申し上げる。皆様のおかげでレオリーノの命は繋がりました」

「容態が安定したようで何よりだ。様子はどうだ。

サーシャからは順調に回復していると報告を受けているが」

「まだ起き上がることはできませんが、着実に回復しております。妻も喜んでおります」

「マイア夫人も相当なご苦労をされたな。サーシャをこのまま預けておければよいが、そうもいかん。中途半端な状況ですまない」

アウグストはあわてて首を振る。

「サーシャ殿には充分良くしていただきました。王都で大切なお役目のある方を、これ以上に引き止めてはおけませぬ」

まがりなりにも王国軍の兵士がブルングウルト辺境伯の子息を傷つけたのだ。レオリーノが負った後遺症を考えると、賠償としてはとうてい足りないが、それでもサーシャがその命を救い、回復を助けたことで、少しは償いになったようだ。

「サーシャ、よくやってくれた」

上官の労いに、サーシャはにっこりと笑う。

「辺境伯。私は、これからも微力ながらできるだけレオリーノ君の回復を手伝いたいと思っています。傷病兵士の回復訓練も日々研究していますからね。基本的なことはヴィリー医師に引き継いでいますが、彼と情報交換をしながら、これからもレオリーノ君の回復を支援していきますよ」

「本当に何から何まで……このご恩は必ずやどこかでお返しいたしますぞ」

「いまだご家族が落ち着かぬなか申し訳ないが、ご報告したいことがあります……ラガレア侯爵」

ギンターの言葉に、ラガレア侯爵が頷いた。

「ツヴァイリンクのあの事件についての進捗だ。レオリーノを道連れに飛び降りたエドガル・ヨルクは王都出身だ。十八歳のときに一般募集で王国軍に入隊し、十二年前の戦争時に山岳部隊からツヴァイリンクに派遣され、内臓破裂の大怪我を負ったが九死に一生を得た。奴もまた、あの悲劇の夜の生き残りだったのだ」

アウグストが眉を顰める。

「あの日の生き残りが、慰霊祭の日に我が息子を道連れに自殺したというのか」

ラガレア侯爵は悲しそうな表情になる。

「……アウグスト」

「いや、すまん。続けてくれ」

ラガレア侯爵は難しい顔で親友を見やる。

「言いづらいことがある。エドガル・ヨルクの兄夫婦は弟が貴族の子息に大怪我を負わせたことに恐々としていたが……先日王都で、不運にも馬車の事故で死んだ。夫婦ともに」

「なんだと……?」

グラヴィスもギンターも初耳だった。

「……そんな偶然があるものか」

グラヴィスの言葉に、ラガレア侯爵は重々しい表情で頷く。

「何か裏があるのかと、私も調べたのです。ですが、その事故で死んだのは、ヨルクの兄夫婦だけではない。たまたまその場にいあわせて巻き込まれた馬車の暴走事故だった。タイミングは悪いが、本当に偶然の事故であろうと思われます」

男達は沈黙した。

アウグストは憤激に顔を歪めて、親友を睨む。

「手詰まりということか」

「……アウグスト、力になれずすまない」

アウグストは怒りを滲ませて、ラガレア侯爵の言葉を否定した。

「あの日……あの男はレオリーノを抱えながらこう言ったのだ。『バレたらぜんぶ終わりだ、どうせ殺される』と。あの男は何かの罪を犯し、それをあのときレオリーノに知られたのだ。そのことで絶望して、錯乱の末の自殺に違いない」

ラガレア侯爵は力強く頷いた。

「だからこそ、レオリーノがあのときヨルクと何を話し、何を聞いたのかを本人から聞いてみたいのだ。真相を究明するために、レオリーノとできるだけ早く話したい。良いだろうか」

アウグストはラガレア侯爵の申し出に頷いた。

「わかった。レオリーノと話す機会をつくろう」

サーシャは出発前に、レオリーノの寝室を訪れた。付き添っていた辺境伯夫人マイアは、サーシャの後ろにいる男に気がついて、はっと息を呑んだ。

「まあ、グラヴィス殿下まで。恐れ多いことです」

サーシャがにこやかに微笑んだ。

「私達はこれから王都に戻ります。レオリーノ君にお別れを言おうと思って」

「さっきまで起きていたのですけれど、ちょうど眠ったところですの。ごめんなさい」

すまなそうに告げるマイアに、サーシャは首を振った。

「起こさないでください。最後に、様子だけ……よろしいですよね？　閣下」

グラヴィスは静かに頷いた。

「顔を見るだけでかまわない。どうかそのままで」

マイアは頷いて、二人を招き入れた。

息を殺して枕元に近寄る。

少年は静かに眠っていた。

見ているだけで胸が痛くなるほど美しい子だった。

「ぐっすりと寝ていますね……ねぇ、閣下。美しい子でしょう。本当にいい子なんです。元気になったらやりたいことがあると言っていました」

閉じられた瞼の向こうに、菫色の瞳を思い描く。

「閣下、起こさないでくださいね。家族以外に会いたくないと言っていたので、閣下を内緒で連れて来たと知られたら、レオリーノ君に怒られてしまう」

「……ああ」

そのとき、グラヴィスは無意識に少年に向かって手を伸ばしていたことに気がついた。

「そろそろまいりましょうか」

グラヴィスは無言で頷く。指を伸ばして、白金色の髪を指でつまむ。指に絡めたやわらかい髪はもつれている。優しく指の腹で撫でた。

薄い胸がゆっくりと上下し、生きて、呼吸していることがわかる。


ブラントはこの少年をイオニアの生まれ変わりだと言った。たしかにあの瞬間、イオニアの声に呼ばれたような気がした。グラヴィスを呼んだのは、間違いなくこの少年だ。

少年の寝顔を見つめて、グラヴィスは考えることをやめた。何よりも、この少年の命が助かったことが重要だ。

たとえこの少年がイオニアの生まれ変わりであろうがなかろうが、いまはただこの命が存在していることを神に感謝すべきだ。

あの日、この手をすり抜けていった命が、奇跡によって助かったのだから。

「早く良くなれ……また、会いに来る」

グラヴィスは、少年に向かって囁(ささや)いた。

しかし、男のその約束が叶うことはなかった。

二人の運命が再び交わるまで、それから六年の歳月を要した。


グラヴィス達が王都に帰還した直後から、ツヴェルフの政情は急激に悪化した。

三月後、成人したばかりのツヴェルフ国王が急死したという情報がもたらされ、ファノーレンに衝撃が走った。若き国王の死因は病死とされているが、真相はわからない。彼は結婚もしておらず後継もいなかった。

そこに血統主義の貴族と一部の軍人達が、廃嫡された元王太子ヴァンダレンの復権を強く訴えた。

ファノーレンとの停戦条約を守りたい協調派と元王太子の復権を求める派閥の意見が対立し、王不在の状態でツヴェルフ国内は荒れた。

その後、協調派の要職が次々と不慮の事故死を遂げ、やがて元王太子派の求心力が増していくことになる。


徐々に元王太子を担ぐ軍部の力は増大し、三年が過ぎた。協調派の最後の砦だった宰相が粛清されると、元王太子一派が政権を取った。

一度は廃嫡されたヴァンダレンが復権し、ついに国王に即位した。

同時にファノーレンとツヴェルフの停戦条約が破棄された。両国家は国交を断絶した。

グラヴィス達はツヴェルフに対する警戒を続けた。

ファノーレンを恨んでいるヴァンダレンは、必ず今後何かをしかけてくる。内戦で荒れたツヴェルフも、いずれ力を蓄えて再び戦争を起こす可能性があるのだ。

不穏な気配が、再びファノーレンに近づきはじめていた。


ツヴァイリンクの事件から約二月。レオリーノは、まだ寝たきりだった。

アウグスト同席のもとで、短時間ならと、ラガレア侯爵の見舞いを受けることになった。

ラガレア侯爵ブルーノ・ヘンケルは、アウグストより八歳ほど年長の、老境に差し掛かった大貴族だ。前国王の妾妃（しょうひ）ブリギッテの義兄であり、現国王ヨアヒムの外戚である。その聡明で穏健な性格によって、王族ならびに貴族達の信頼も篤（あつ）く、長いあいだ内政長官を務めている。

「ブルーノ……レオリーノはこのようにまだ疲れや

すいのだ。あの日のことをあれこれ言ってあまり刺激を与えてほしくはない」

「わかっている、アウグスト。少し話すだけだ」

ラガレア侯爵は親友に向かって頷いた。

微笑みながら枕元に近寄ってくると、小さくぽんぽんと上掛けを叩いた。

「レオリーノ、気分はどうかな。大変な目にあったな。本当によく頑張った」

「……ブルーノおじさま、ありがとうございます」

「少しだけあの日のことを話したい。良いかな？」

レオリーノはこくりと頷いた。

「回廊から落ちたことは覚えているかね？ ……よろしい。一緒に落ちた男のことは？ 何か覚えているか？」

「……あの、あんまり……まだ、頭がぼうっとして、僕……」

「そうか……それではもうひとつだけ教えてほしい。あの男、エドガル・ヨルクが、あのときおまえに何を言っていたのか、覚えているかな？」

レオリーノは小さく首を振った。

（……覚えています。でも、ごめんなさい、いま言えることは何もないのです）

あのツヴァイリンクの悲劇が、エドガルの裏切りによってもたらされたなどと、ましてやエドガルの背後に、敵国と通じてファノーレンを裏切った黒幕がいた可能性があるなど、幼いレオリーノが言ったところで信じてもらえるわけがない。

そもそも証明する術がないのだ。

証拠は夢の中のイオニアの記憶。真実はその記憶の中にしかない。

レオリーノは黙秘することにした。

「ごめんなさい、おじさま……僕、思い出そうとすると……頭が痛くて……」

アウグストがあわててブルーノを止める。

「すまない、ブルーノ。この子にはまだ無理だ。申し訳ないが、ここまでにしてくれ」

ブルーノは一度深く溜息(ためいき)をつくと、アウグストに頷く。ブルーノの薄茶色の瞳がレオリーノを気遣わしげに見つめた。

「申し訳なかったね、レオリーノ……あの事件のことは、無理して思い出さなくてよい。あの男……エドガル・ヨルクのことも忘れなさい。もう、思い出して、苦しい思いはしなくていいのだ」

ラガレア侯爵の優しい声が響く。レオリーノはぼんやりと頷いた。

「つらいことはすべて忘れて、ゆっくり身体(からだ)を治すことだけを考えなさい」

アウグストも頷く。

「そうだ。レオリーノ……いまは何も考えなくていいからな——さ、眠りなさい」

レオリーノは頷いて目を瞑(つぶ)る。彼らが言うとおり、たしかにいまは休息すべきなのだろう。

アウグストは優しく小さな頭を撫でる。ラガレア侯爵も励ますように優しく肩を叩いた。


それからさらに半月ほど経(た)つと、レオリーノはようやく寝台の上で身体を起こすことができるようになった。

徐々に食事を固形のものに戻し、医師に指導された侍従達に介助されながら、上半身を中心に衰え硬直した筋肉を動かし、機能回復訓練をはじめていた。


カシュー家の主治医はヴィリーという医師だ。王宮で副医術長を務めたほどの医師だったが、二十年ほど前に『まだ現役でいられるうちに生まれ故郷に恩返しがしたい』と、職を退いてブルングウルト領に戻ってきた。

『若ヴィリー』と呼ばれているヴィリーの息子も、王都で医術を修めた後に、ブルングウルト領内に戻ってきた。

事故からおよそ三月が経ち、いよいよレオリーノは、両脚の回復訓練を本格的にはじめることになった。その回復訓練は、サーシャの指導を受けた若ヴィリーが担当することになった。

マイアは訓練に付き添いたいと、目を潤ませながら主張した。しかし、回復訓練は本人にとっても見守る者にとってもひどくつらいものになるため、若ヴィリー医師はマイアの退席を勧めた。

しかしマイアは末子の傍を離れたがらない。

マイアは毎日レオリーノに手当てを行い、治癒の《力》を注ぎ続けている。その心情を慮（おもんぱか）ると、若ヴィリーに女主人を突っぱねることはできない。

母親を説得したのはレオリーノだった。

「お母様、ここにいたら、お母様は僕がつらい思いをするのをご覧になって、きっと先生に『やめてくれ』とおっしゃるでしょう。でも、それでは僕は永遠に歩けないままです」

「リーノ……貴方がこれからつらい思いをするかと考えると……ううぅっ」

レオリーノはにっこりとマイアに笑いかける。明るい笑顔を見せるようになった我が子に、マイアの目が、今度は喜びに濡れた。

「僕はお母様に《力》があることを存じ上げませんでした。それをガウフから聞いて、ガウフがお母様に手当てをしていただいたことがあると知って、すごくうらやましかったのです」

「貴方は小さい頃から、とっても丈夫な子でしたものね」

「そうです。でも、僕は怪我（けが）をして脚を悪くしてしまいました。お母様には僕の命を救っていただき、いまも僕の回復を助けていただいている。だからここからは、僕自身ががんばるところなのです」

　マイアは涙を流した。

「リーノ……なんて健気な……若先生、お聞きになった？　リーノがこんなに健気なことを……！」

「素晴らしいお心がけです」

　若ヴィリー医師はマイアに同意を示した。

　レオリーノはいまだと、フンデルトにすかさず目配せする。侍従は主の指示を正確に理解していた。

「さ、奥様。レオリーノ様がこうおっしゃっているのです。ここは若ヴィリー先生におまかせして、アウグスト様にご報告いたしましょう」

　ハンカチを揉み絞って葛藤(かっとう)するマイアを、フンデルトがそれとなく扉の向こうに誘導する。

　そうね、そうね、と何度も頷きながら、マイアは侍従に付き添われて退出した。


「ふう……本当にお母様は」

　若ヴィリー医師は苦笑しながらも、レオリーノがずいぶんと冷静に状況に対処していることに、ひそかに感嘆していた。

「レオリーノ様はずいぶん前向きで、本当にご立派でいらっしゃる。さて、お心のご準備はできましたか？」

「はい、若先生。よろしくお願いします」

　これからしばらくの期間は、横になったまま介助者に脚を動かしてもらい、徐々に負荷をかけて硬直した筋肉を動かしていくのだ。

　後で知らされたことだが、意識がなかったあいだもずっと怪我のない部分は揉んだり動かしてもらっていたらしい。しかし両脚は骨折した箇所が繋がるまで固定させるしかなかった。そのため筋肉もすっかり衰え、固まっている。


　若ヴィリーが上掛けをめくった。

　いよいよ、つらい回復訓練がはじまるのだ。

　レオリーノは、固定具で固定されていた自分の両脚がむき出しになった様子を初めて見て、驚愕した。筋肉が完全に衰えて、小枝のようになっている。

「若先生……僕の脚……棒みたい」

「大丈夫ですよ、レオリーノ様。三月も寝たきりだったのですから、筋肉が落ちているのは当然です」

「……本当に動かせるようになるのかな」

「この前、足先から太腿(ふともも)まできちんと感覚があるか調べたでしょう？　両足の指先も少しだけど動かせました。傷ついていますが、腱はちゃんと繋がっています。あとはレオリーノ様のがんばり次第ですよ」

レオリーノは若先生に頷いた。

「はじめてください」

若先生がレオリーノの左脚を持ち上げ、足の裏に手を当てて踵を包みこむように握る。もう一方の手で足首を押さえ、爪先を上体のほうへ倒して、萎縮したふくらはぎの筋肉を伸ばした。

レオリーノは上半身をのけぞらせて痛みに悶えた。強烈な痛みだった。

痛い。死んでしまいそうに痛い。

ほんの少し踵を反らしただけなのに、そのあまりのつらさに生理的な涙が出た。しかしレオリーノはぐっと唇を噛んでうめき声をこらえる。

でも、まだ生きている。生きているかぎり、未来がある。ツヴァイリンクで未来を閉ざされたイオニアはもっと痛く、もっとつらかったのだ。

——こんな痛みくらい耐えてみせる。

レオリーノはそう誓うと、歯を食いしばった。

恋人という名の共犯者

王都の学校に通いたいという、レオリーノの希望は叶わなかった。

　レオリーノは愚痴も不満もこぼさず、日々の回復訓練に歯を食いしばって耐えていたが、そのことに関してだけは、とても落ち込んだ様子を見せた。

　しかし、レオリーノの身体は、まだ介助を受けながら起立できるかどうかといった状態で、王都の学校に通うことなど、とうてい不可能だった。

　アウグストとマイアの慰めによってレオリーノは気分を持ち直し、予定どおり家庭教師を招いて、ブルングウルト領でできるかぎりの教育を受けることになった。

　ラガレア侯爵は多忙な立場にもかかわらず頻繁に見舞ってくれていたが、定期的に来てくれると言っていたサーシャは、伝書を寄越すばかりで、なかなかやってくることはなかった。

　グラヴィスやブラントといった昔の仲間達には、いまのなさけない姿は見られたくない。

　だが、サーシャは別だ。少しずつでも回復している姿を見てほしかった。

　起立する訓練をはじめた頃、王都からようやくサーシャが訪ねてくれた。レオリーノは少しでも回復した様子を見せたくて、きちんと椅子に座ってサーシャを出迎えた。

「サーシャ先生！　お久しぶりです」

「おおお～リーノ君！　ずいぶんと見違えて元気になったねぇ！　あああ～なんと薔薇色のほっぺただ！　食べてしまいたいくらいに可愛い。元気そうだ！」

　レオリーノはサーシャの言葉に目を白黒させたが、元気になったと褒めてもらえてとてもうれしかった。

「ヴィリー君から報告を受けているよ。君のがんばりが、私はとても誇らしい」

　レオリーノは満面の笑みを見せた。サーシャが胸を押さえて悶える。

「はぁ……なんとまあ、本来の君はこんな風なんだねえ。キラキラ眩しくて目が痛いよ……ねえ、副将軍閣下もそう思わない？」

そう言って後ろを振り向く。

「ああ、そうだな。眩しいほどの笑顔だ」

レオリーノは息を吞んだ。

サーシャの背後に、大きな身体(からだ)にもかかわらず存在感を消して、その男は立っていた。

ルーカス・ブラント。

イオニアの『恋人』、そして『共犯者』だった男がそこにいた。

ブラントはレオリーノの前に膝をつくと、大きな手を差し出してきた。なつかしい男が、目を細めて優しく笑いかけてくる。

「慰霊祭の折に挨拶してくれたな。覚えているか？」

「はい……ブラント副将軍閣下。あの、ブルングウルトにようこそ。またお目にかかれて光栄です」

レオリーノは、あわてて差し出された手を取る。

ブラントは壊れものを扱うかのように優しく華奢な手を取り、軽く握って放した。

だが、ブラントは握手が終わっても、膝をついたままレオリーノを熱心に見つめている。

レオリーノはその物問いたげな目から、視線を逸(そ)らせなかった。

「……ああ、その目がずっと見たかったんだ」

レオリーノはおののいた。イオニアの記憶があっても、レオリーノにとっては慣れない相手だ。ブラントの迫力に無意識に怯えてしまったのだ。

真ん丸に見開かれた菫色の目に、男が苦笑する。

「そんなに緊張しなくてもいい。それに、『副将軍閣下』なんて水臭い。どうかルーカスと呼んでくれ」

「え？　いいえ、それはさすがに……今回はどうしてこちらに？」

「もちろん、レオリーノ。君を見舞いに来たんだ」

レオリーノは困ったように首をかしげた。

さすがにその言葉を無邪気に信じるほど、レオリーノも子どもではない。副将軍という重責にある多忙な男が、一、二度会っただけの少年の見舞いのために、こんな辺境までわざわざ来るわけがないのだ。

理由があるとすれば、国防に関することに違いない。

「閣下からすれば僕はまだ子どもに見えるかもしれませんが、閣下ほど多忙な方が、僕のためにこんな辺境までいらっしゃるなどと自惚(うぬぼ)れてはいません」

「だから、ルーカスと呼べと言ってるだろう」

「……ルーカスさま」

レオリーノが根負けして名前を呼ぶと、ブラントは目尻に皺を寄せてニカリと笑った。

昔から明るくおおらかで、太陽のような男だった。強面(こわもて)なくせに、笑うと途端に愛嬌が増すのだ。

「今回は君のお父上に相談したいことがあってな。見舞いはそのついで……というのは建前で、俺にとっては君の見舞いが主で、話し合いはついでだ」

「父との話は、ツヴェルフに関することですか？あの国と何かあったのですか」

「レオリーノが心配することではない」

レオリーノはがっかりした。

やはり何も教えてもらえない。あらかじめアウグスト達から、レオリーノに何も教えないようにと頼まれているのだろう。

しかしブラントの態度を見れば、レオリーノに会いに来たというのも、口先だけではなさそうだ。

「……なぜ、これほど僕のことを気にかけてくださるのでしょうか」

「なぜ、と言われるとなぁ。理由は君の菫色の瞳だ」

レオリーノは狼狽(うろた)えた。

外見はまったく似ていないイオニアとレオリーノ

の、唯一の共通点。

「レオリーノ」

「はい、ルーカスさま」

　ブラントの底光りする目が、ひたりとレオリーノを見据えた。

「俺を見て感じることはないか？　あるいは『イオニア』と呼ばれて、何か感じることは？」

「……」


　半ば予測していたことだった。

　ブラントはイオニアの面影をこの瞳に見出したのだ。そして、野性的な勘で、真実にたどり着こうとしている。

　自分がイオニアの生まれ変わりだということは誰にも知られないように永遠に隠し通す。レオリーノはそう決めていた。

　これからまともに歩けるようになるかもわからないような——そんな役立たずになった自分など、戦いに身を置く彼らにとってはお荷物にしかならないのだから。

　レオリーノは必死で表情を繕った。

　声が震えないように、なるべく無邪気に見えるように気をつけた。

「『イオニア』……って、どなたでしょうか？」

　物言いたげに見つめてくる菫色の瞳を、男は少し悲しげに見つめ返す。

　サーシャが会話に割り込んできた。

「ちょっと副将軍閣下、どうしちゃったの!?　たしかにベルグント少佐は菫色の目だったけど……彼は平民で、この子はカシュー家の子どもだよ？　なんの関係もあるわけがないだろう？」

　イオニアはかつてある事件で大怪我を負ったときに、サーシャに世話になっている。だからイオニアのことを覚えているのだろう。

「わかっている。不思議なことを言っていることはわかっているが、理屈じゃないんだ。サーシャ先生」

（……ああ、ルーカス、ルカ。ごめんなさい）

「ごめんなさい。ルーカスさまのおっしゃることがよくわかりません……なんとお答えしてよいのかわかりません」

それは嘘ではない。

イオニアの記憶を引き継いでも、レオリーノには『レオリーノ・カシュー』としての自我がある。

レオリーノは、イオニアではないのだ。

未熟なレオリーノは、男にどう答えるのが正解なのか、本当にわからなかった。

「だが、おまえのその目は……」

サーシャは非難するようにブラントを睨んだ。

「……副将軍閣下！　そこまでだよ」

さらに何かを言い続けようとするブラントを、サーシャが厳しく制止する。医者の声だ。

「レオリーノ君が疲れている。私も貴方の発言に少々混乱している。ここまでにしましょう」

ブラントは大きく息を吐いた。

たしかに少年の顔色はとても悪い。

「……すまなかった。いきなり、混乱させたな」

「いいえ」

「療養中の君を混乱させ、疲れさせてしまった。ただ俺にとってその目は……いや、すまん」

「いいえ。僕のほうこそ……ごめんなさい」

心が苦しい。

かつての自分を、誰よりも近くで支えてくれた男が目の前にいるのに。

グラヴィスへの恋情に疲れ果て涙した夜も、決別の日に受けた傷も、何も聞かずに抱きしめて、その熱でイオニアを温めてくれた男なのに。

「ごめんなさい……」

昔もいまも、ブラントの優しさにつけこんで、結局何も返せない。

(本当のことを言えなくてごめんなさい……ルカ)

レオリーノは己の罪深さに深く落ち込んだ。

サーシャは数日間城に滞在して、レオリーノを診てくれることになった。

まず、レオリーノが毎日回復訓練に真面目(まじめ)に取り組んでいることを褒められた。

そしてマイアの《力》のおかげだとも言った。マイアによる治癒はいまも毎日続けられている。いまは母と子が手を握ってなごやかに会話するひとときだ。しかしその母の毎日の手当てが、レオリーノの回復に大きく寄与しているらしい。

レオリーノの状態を診た後、サーシャは若ヴィリー医師にいくつか追加の訓練を指示した。また専任侍従のフンデルトには、毎日レオリーノの下半身を揉むように指示する。レオリーノには、関節の可動域を広げる運動を教えた。

ブラントとサーシャが王都へ戻る日がきた。

レオリーノは門まで見送ることができないので、部屋で見送ることにした。

別れ際のブラントは、来訪時のことを反省したのか、滞在中は終始節度ある態度を保っていた。

男が、レオリーノの前に膝を折る。

ブラントを前にすると、やはりどうしようもなく胸がざわめく。不思議な未練を感じるのだ。

「レオリーノ、回復を祈っている。ずいぶんきつい訓練だとサーシャから聞いているが、無理せずに」

「ありがとうございます。ルーカスさま」

名前を呼ぶと、ブラントはかすかに笑顔を見せた。無骨な男の愛嬌が増す。

悲哀と期待が溶け合った眼差しに、レオリーノの胸が絞られるように痛んだ。

この男にイオニアの記憶があると、知られているはずはない。しかし男の眼差しは、十二歳の少年に向けるには含みがありすぎる。

まるで、レオリーノの中に隠れている存在をあぶり出そうとしているような、甘く、鋭い視線だ。

レオリーノは耐えきれずに目を伏せた。


男が立ち上がった瞬間ふわりと香った、不思議となつかしい香りに、再び胸がざわめいた。

朧げながら、覚えているのだ。夢で見た、イオニアとこの男の、官能のひとときを。

ブラントはイオニアにとって、グラヴィスとは別の意味で大切な男だった。そして、肉体においてはグラヴィス以上に親密な関係だったのだ。

「また会いに来てもいいだろうか？」

「……恐れ多いことです」

レオリーノはただ、そう応えた。

会いたくなかった。

会えば、苦しくなる。何も告げないと決めた決意が、揺らいでしまうことがわかっていた。


その日の夜、レオリーノは、父アウグストに部屋に来てもらいたいと、侍従に言伝を頼んだ。

すぐにアウグストが現れ、レオリーノの小さな頭を優しく撫でる。

「どうした？　話したいこととは何だ」

「……あのね、お父様。サーシャ先生以外に他の方がお見舞いに来ることになったら、今後はご遠慮させていただけませんか？」

「なぜだ？　つらいことを言われでもしたか？」

「そうではありません……でも……」

レオリーノは言い淀んだ。なんと言うべきかしばし考え、そして半分だけ本音を吐露した。

「お医者様と家族以外に、動かない身体を見られるのがつらいのです。この役立たずの身体を」

「レオリーノ、何を言うんだ！　おまえが役立たずのわけがなかろうが！」

父が悲憤に満ちた声で反論する。レオリーノは首を振った。

「いいえ。いまも僕はただお父様とお母様とみんなに守られて、迷惑をかけながら生きているだけです。何もできない……これから一生、まともに動けないままで、なんの役にも立たないかもしれない」

アウグストは息子の悲痛な言葉に衝撃を受けた。

「レオリーノ、リーノ。いいか。違うぞ、それはまったく違う。おまえの言う『役に立つ』とはなんだ。では、おまえ以外の身体が不自由な者達も、すべて役立たずだと？　そういう人間は存在してはいけないのか？　彼らに生きる理由はないと言うのか？」

「そうじゃない！　そうじゃないけれど……でも！　僕は、カシュー家の息子なのに……！　強くなくちゃいけないのに」

アウグストは息子の痩せた身体を抱きしめた。うなだれる顔を上げさせて、目線を合わせる。

「レオリーノ……いいか、人はどんな姿、どのような人間でも価値がある」

レオリーノは力なく首を振った。

「僕には、そうは思えません……こんな、戦うこともできない身体なんて」

すっかり自信を失っている息子に、アウグストは悲しくなった。

「レオリーノ。戦えない人間には、生きる価値がないなどと……そんなことがあるわけがない」

「……そうでしょうか」

アウグストは力強く頷いた。

「幼子はどうだ？　年寄りはどうだ。戦えることだけが男の価値か？　儂はいずれ年老いて戦えなくなる日がくる。そのとき、儂にもう価値はないか？」

「そんなことはありません……！　父上ならば、でも、僕は……」

　レオリーノは父の胸に顔をうずめて静かに嗚咽をこらえた。アウグストはぎゅっと力を込めて抱きしめる。レオリーノの涙が、父の胸を濡らした。

「レオリーノ、……おまえは私達の希望だ。このブルングウルトの希望として生まれ、ずっと皆を笑顔にしてきた。おまえはその存在だけで、私達を幸せにしてくれている。どうか自分を否定してくれるな……それだけはしてくれるな」

　アウグストの声も震えていた。

「お父様……ごめんなさい」

「覚えておいてくれ。けして自棄を起こして、おまえ自身の価値を否定してはならない」

　小さな頭がかすかに頷く。

「おまえには価値がある。それはやがて証明されるだろう。だが……いまはただ、おまえが生きて笑顔でいてくれるだけで、私達は幸せなのだよ」

　父の言葉は、深く静かに、レオリーノの心に沁みていった。


　レオリーノは天井をぼんやりと見つめながら、今日のことを思い出していた。

　別れ際の、ブラントの切望の眼差し。父の言葉の意味。

　もし、この人生にも、必ず意味があるのならば。

　こんな自分でも、何かできることがあるだろうか。

　いずれ、生きる意味は見つけられるだろうか。


　毎晩飲んでいる薬のせいで、強制的に眠くなってくる。

事故以来、レオリーノは毎晩イオニアの夢を見る。これまで以上に鮮明に、夢の中へ落ちていく。

背中に感じるすさまじい熱、そして激痛。満身創痍の身体に容赦なく炎が襲いかかってくる。

その夢は目覚めるたびに、レオリーノに激しい苦しみもたらす。

しかし、目をそむけることは許されない。

――なぜなら、『………』のことを、ヴィーに伝えなくてはいけないから。

失いつつある意識の奥で、レオリーノは戦慄した。イオニアは、死の直前に、絶対に忘れてはならない秘密を知ったのだ。そしてそのことを、レオリーノもツヴァイリンクで思い出したはずなのに。

（どうして……誰が裏切りの記憶を奪ったの？）

もう一度見つけにいかなくては。イオニアの人生の中に、その答えはあるのだから。

そして今夜も、レオリーノはイオニアの記憶に潜っていく。深く、どこまでも深く。

【イオニア】咆哮（ほうこう）する夜の獣達1

後腔の奥で青年の熱が爆（は）ぜた瞬間、イオニアは背筋から脳髄まで駆け上る強烈な快感を貪（むさぼ）った。

歓喜に瞼の裏が白くなる。

背中を濡らす青年の激しい息遣い。イオニアの上で、青年は最後まで出しきるように、何度も欲望を押し込んでくる。

イオニアは寝台に崩れて荒い息を吐いた。そのまま覆いかぶさるように青年が折り重なってくる。青年の息も乱れていた。

男の性交は基本的にむなしい。前から情熱を迸らせた後には、必ず醒める瞬間が訪れる。

だがいまイオニアが感じているのは、女のように抱かれる、終わりのない快感だ。

女のイき方で自分を何度目かの絶頂に追い込んだ青年を、イオニアは振り返って滲んだ目元で睨んだ。

さんざん擦られて大量の快感を蓄えさせられたイオニアの穴は、いまだに繋がったままの男の肉を舐めしゃぶるように蠢いている。

そのみだらな蠕動に煽られるように再び硬度を増した剛直を、青年はゆるゆると動かしはじめた。


「なんでまた……固くなって……んぅっ……散々したくせに……」

「──おまえがいいと言ったんだ。今夜だけはすべてを俺に許すと言っただろうが」

青年が後ろから覆いかぶさり、再び本格的に腰を使いはじめる。

「ああ……いい……溶けそうだ。イオ……」

「俺も……ヴィー……、あ、俺もだ……」

きつく腰を押し込まれるたびに押し上げられる官能の高み。そこからの墜落に果てはない。

体格の良い男達の激しい動きに、寝台が大きく軋んだ音を立てた。それに連動するように、月明かりが、しなやかな肉体に次々と新しい陰影を生みだす。

荒い息がイオニアの首筋を湿らせる。青年の舌が、項を伝い落ちる汗を舐めた。そのぬめった刺激さえも、全身が敏感になったイオニアには耐えがたい煽り火となる。

言葉にならない悲鳴が溢れた。

抱いたことも、抱かれたこともある。

だが、こうしてきつく腰を押し込まれ揺さぶられているこの瞬間ほどの官能の高みにいたったことが、これまであっただろうか。

一度繋がりを解いた青年は、組み敷いていた身体をひっくり返すと、再び正面からのしかかる。遠慮なく、その欲望を再び最奥まで突き立てた。

「……っんあ……ッ！　ああっ」

きつい。苦しい。

二人の視線が交わった。

星空の瞳が金色にギラギラと輝いてイオニアの視線を奪う。

イオニアの意識が、ドロドロに蕩け落ちていく。

その瞬間、無意識に言葉が漏れていた。

「……ヴィー、俺は……」

「イオ……イオ……」

「ヴィー……俺は……おまえと……っ」

そのとき、イオニアの脳裏にグラヴィスの伴侶となる少女の顔が浮かんだ。

『貴方はグラヴィス殿下の前に立ち、盾となってあの御方をお守りください。横に並び立つ資格があるのは、平民の貴方ではない』

一瞬で、心が冷えた。

イオニアは奥歯を噛みしめ、溢れ出しそうになる感情をこらえた。心の声をごまかすように、肉体の欲求に変えて訴える。

「してくれ……このままずっと、奥まで、突いてくれ……」

「イオ……」

逞しい腰使いによって、よりいっそう激しくぬかるみを突かれる。イオニアはその苦しさに歓喜した。

だが、イオニアの目に悲しみが宿ったことを、グラヴィスは敏感に悟っていた。

「イオ……おまえに選んでほしい、俺との……、っ」

イオニアはその瞬間、咄嗟に青年の唇を塞いだ。

「……っ、イオ……」

唇を離して、小さく笑う。

「……だめだ。ヴィー、それ以上言っちゃだめだ」

　そうだ。言ってはいけない。

　お互いの目の奥に何が見えていたとしても、この熱情の意味を、これ以上暴いてはいけないのだ。

「これは単なる性欲処理だ」

「イオ、違う……！」

「違わない。俺達の関係はこれからも、変わらない……そうだろう？」

「イオ、そうじゃない。どうか俺を選んでくれ……」

　青年が懇願するように、首筋に額を擦りつける。汗とは違う雫（しずく）が、イオニアの首筋を濡らす。青年の苦悩が、官能の汗に混ざり合って消えていく。

　快感を追う仕草でシーツに顔を擦りつけて、青年に気づかれぬように目尻を伝う痕跡（こんせき）を拭い去った。

「駄目だよ、ヴィー。俺には『恋人』がいて、おまえにも、婚約者がいる。だから、これは……今夜だけの……二人だけの秘密だ」

　この夜は、男達の性欲が高まったがゆえの不埒（ふらち）な過ちだ。そうでなくてはいけない。

　単なる性欲処理、単なる王族への、性の奉仕でなくてはいけないのだ。

　今夜が、最初で最後だから、抱き合えたのだ。

「動いてくれよ……もっと激しくしてくれ」


　だからどうか、最後まで俺の身体で気持ちよくなってくれ。他の誰（だれ）を抱いても、今夜のことが忘れられないように、俺を覚えていてくれ。

　明日からまた、おまえを守る盾に戻るから。

　ひとつでも言葉にしたら、明日からどうやって生きていけばいいのか、わからなくなるから。


　イオニアは半成年を迎える前年に、『ヴィー』と出会った。

それは宝物のような、奇跡の出会いだった。しかし、少年との別れは突然訪れた。

少年と会えなくなった年の暮れ、ファノーレン王国はある悲劇に見舞われた。

国王の妾妃ブリギッテが三十七歳の若さで亡くなったのだ。王太子ヨアヒムと、フランクル王国のエミーリア王女の婚約を見届けるように、妾妃は半年間の闘病のすえに亡くなった。

ヴィーの訪問は途絶えたまま、年が明けた。

年末に逝去したブリギッテ妃の喪も明け、いよいよイオニアは基礎教育学校へ入学する。

その日、教会に付属の予備学校に行くと、司教から一通の封書を渡された。その場で開封しようとすると、司教は首を振って、家で両親と一緒に開けなさいと言われた。

自宅に戻り、店の奥の工房で仕事中の父に封書を差し出した。両親とともに開封した書面は思いもよらない入学通知だった。

『イオニア・ベルグント、貴殿の高等教育学校への入学を許可する』

イオニアと両親は、司教にどうするべきか相談した。司教は、イオニアが選抜された理由はわからないが、高等教育学校に平民が通えることは大変な名誉であり、断るという選択肢はないと言った。

いかなる理由で、イオニアが高等教育学校の入学を許可されたのか、さっぱりわからない。

ある日、父ダビドとともに高等教育学校まで来るようにと、学校長から伝書が届いた。入学を許可した理由を教えてもらえるという。

狐につままれたような気分でいたイオニア達は、一も二もなく頷いた。

その日、イオニアは父ダビドとともに、高等教育学校の大きな表門をくぐった。

教員らしき男性が、すでに門の前で二人を待っていた。平民の世界とはかけ離れた豪奢な建物に圧倒されながら、長い廊下を歩いて学校長の執務室へ案内される。

そこには六十代くらいの温和な雰囲気の白髪の男性が二人を待っていた。

「イオニア・ベルグント君、そしてお父上のダビド・ベルグント殿、ようこそお越しくださった」

学校長はやわらかく微笑んだ。

父ダビドがぎこちなく頭を下げるのを見て、イオニアもあわてて頭を下げる。学校長は寛容な笑みで応えた。

「さて……手短に申し上げよう。貴方達が疑問に思っているだろう、イオニア君がこの学校に通うことを許可された理由を」

イオニアにはかすかに予感めいたものがあった。もしかしたら、ヴィーが関係しているのではないかと。だが、告げられた理由は意外なものだった。

「理由は、君の異能です。イオニア君には、特別な《力》がある。そうですね？」

二人は息を吞み、思わず顔を見合わせた。

学校長の言うとおりだ。イオニアは生まれながらに特殊な《力》を持っている。

それはたまたま、イオニアが住む教区に派遣された司教が高位の貴族に連なる家系だったことから判明した。

司教によると、その《力》は、本来王族や王家の血を引く貴族にしか顕現しない異能で、平民でその異能を持つ者は非常に稀だということだった。だから平民は異能者の存在を知らない。

イオニアの持つ異能は、触れた物体を粉々に破壊する能力だ。

両親に聞けば、幼い頃から無意識に使っていたという。例えば遊んでいる木片を粉々にするとかそういった類だったが、とくにイオニア自身や家族に危険をもたらすことはなかったという。

《力》の存在を自覚できるようになると、母から岩塩を砕いてくれ、とか、父から鉄鉱石をもう少し小さく砕いてくれ、とか、そんな日常の不便を解消する程度の、たわいもない些事に活用していた。

司教に指摘されるまで、イオニアの異能は、ベルグント家では、力の強い子どもの便利な特技くらいの感覚で受け止められていたのだ。

イオニアの《力》が教会の知るところになったのは、教会の改修工事のときだ。現場から運び出そうとしていた一抱えほどある石が荷車から落ちてしまい、作業者達が援軍を呼びに行っているときだった。困りきっている司教を見かねて声をかけたイオニアが、その落石に掌を当てて運びやすい大きさにまで粉砕したのだ。

《力》の発動を見た司教は呆然と青ざめた。そして我に返るとあわててイオニアを説教室に呼び、その《力》が、ファノーレンにおいてきわめて特別なものだと教えてくれたのだ。

その《力》が、こうしてイオニアを平凡な日常とは正反対の人生に導いたとは。

まさかの理由に言葉もない二人の驚きの表情を見て、学校長は苦笑する。そして種明かしをした。

「平民に稀なる異能を持つ少年がいる、と教会を通じて国に報告されていたのですよ」

学校長は淡々と話を続ける。

「君の《力》は、触れたものを破砕する異能だと聞いています。とても貴重なものです。また君が、将来は王国軍に入隊することを志望しているとも聞いています。君には将来の士官候補生として、この学校で学んで国を支える力になってもらいたい。それが、いま君がここにいる理由です」

信じられないような申し出だ。

しかし、自分の異能がどれほどのものなのか、実際イオニアにもよくわかっていないのだ。期待されすぎても困る。

だから、イオニアは正直に答えた。

「でも、俺……あ、僕は、この《力》が、どれほど使えるものなのかもまったく判らなくて、ちょっと石を砕いたりとか、木を砕いたりとか、そんなことしかできないかもしれなくて……」

「いつもの話し方でよいですよ、イオニア君。君の《力》がどれほどのものなのかは、おいおい確認させてもらうときがくるでしょう。しかし司教の話では、一抱えほどある石を一瞬で粉砕したと聞いています。充分すばらしい《力》ですよ」

学校長はそこで、後ろに控えていた引率の教員に合図して退席を促した。彼が退室するのを見届けると、再び二人に向き直る。

「君の入学が許されたのには、もうひとつ理由があります」

イオニアはどきりと胸を高鳴らせた。

「来年、さる高貴な御方が飛び級でこの学校に入学します。その御方のたっての希望もあって、君はここに呼ばれました」

それはまさか、ヴィーのことだろうか。

再会を約束してくれた少年が、もしかしたらイオニアをこの学校に呼んでくれたのだろうか。

イオニアは期待を抑えきれなかった。

それは誰なのかと尋ねようとしたそのとき、学校長は優しげな笑みを浮かべたままこう言った。

「これは学校側の思惑ですが、君はこの学校生活において、学生であると同時にその御方の護衛も兼ねていただきたいのです」

「……護衛、ですか……？　俺が……？」

「ええ、君がです。君のその《力》があれば、よからぬ目的であの御方に近づく人間に対して、ほぼ間違いなく人間の盾として機能するでしょう」

聞き慣れない言葉だった。

「『人間の盾』……とは？」

「文字どおり、その高貴な御方を、君の肉体と《力》で守る盾になるということですよ」

イオニアとダビドは学校長の言葉の意味を理解した。そして戦慄した。

「学校長……ですが、息子のこの《力》を人に向けて使ったら……相手は……」

「ええ、石を瞬時に粉砕するほどの《力》だ。人間の脆い肉体などひとたまりもないでしょう。だからこそ、イオニア君が護衛として機能するのですよ、ダビド殿」

優しげな笑顔を浮かべて目の前に座っている男が、一瞬にして人ならざる化物に入れ替わったような錯覚すら覚えた。

「……あ、貴方は、息子に『人殺しになれ』と言ってるんですか」

学校長は我儘な子どもを扱いかねているような顔で苦笑し、そしてこう答えた。

「何か問題でも？　いずれ軍人になるのなら、イオニア君は遅かれ早かれ、貴方の言う『人殺し』になるのですよ」

「しかし……それは」

「大義のもとにその行為を行えば『英雄』と呼ばれ、無法のもとに行えば『犯罪者』になる。理由があるかないかの違いですよ。その経験が早いか、遅いか……それだけの違いだ」

男の非情な言葉に呆然とする父の隣で、イオニアは菫色の瞳でじっと学校長を見つめていた。

「……その『御方』って、ヴィーのことですか」

学校長は口角を上げた。いやらしい顔だ。

「ふふ……そうです。ここに来れば、どうせすぐにわかることなので隠すことはないでしょう。ストルフ将軍を伴い君のところに通っていた高貴な御方……君が恐れ多くも『ヴィー』と不敬な愛称で呼んでいる御方は、グラヴィス・アードルフ・ファノーレン殿下。この国の第二王子でいらっしゃる。来年十歳の年齢を迎えたら、飛び級でこの学校に進学することになっています」

ダビドとイオニアは青ざめた。

ヴィーの身なりや立ち居振る舞いから相当な高位の貴族だと思っていたが、まさか王族の、しかも第二王子だったとは。

「……ヴィーが、第二王子……」

「ええ、そうです。正妃アデーレ様が唯一お産みになられた、この国で最も高貴なお血筋の方です。しかしなぜか最近になって、身分を隠して知り合った卑しい平民の少年を、学友として傍に置くことを求めておられる——我々にとっては寝耳に水で、とうてい受け入れられることではなかった。しかし、ここで君に《力》があると判明した。我々にとっては朗報でした」

この一見穏やかで優しそうに見える教育者が、相当な血統主義者であることがわかった。優しい笑顔の裏で、イオニアをいつでも替えのきく駒、あるいは自分の思惑ひとつで潰せる虫ケラか何かのように思っているのがありありとわかる。

イオニアは疑念に囚われた。まさかグラヴィスは、イオニアを盾にするために近づいてきたのだろうか。

いや、二人が仲良くなったのはそもそもイオニアが声をかけたからだと思い直す。

「……グラヴィス殿下は、俺の《力》を知らないはずです」

「ええ、そのとおり。殿下は君の《力》をまだ知らない。純粋に君と学友になりたいからと、私に君の入学を打診してこられました」

イオニアは安堵に詰めていた息を吐く。大切な親友を一瞬でも疑ってしまったことを後悔した。

「君が異能を持っていなければ、当然こんな機会を与えるわけもないが……実は殿下も異能をお持ちです。それも大変特別で稀な。それゆえにたいていの危険はご自身で避けることができます」

ヴィーにも《力》があると聞いて、イオニアは驚いた。

「しかし、そのお身体（からだ）に触れられるようなことがあっては意味がないのです。そこで君の《力》が必要になる」

「それはどういう意味ですか」

貴方が盾になればいずれわかるでしょう、と、学校長は明確に答えなかった。

「殿下のお立場は非常に危ういのです。しかし学校では、王宮と違い、どうしても警護が手薄になる。君を学友兼護衛にするのは、王宮と我々で決めた警備対策です。殿下のお傍に侍らせるには、君の血筋はいただけないが……結果として君をご学友にと望んでおられる殿下にもお喜びいただける良案だ」

まったくもって勝手な言い草だと、イオニアは唇を噛んだ。

「ヴィ……、殿下の立場が危うい……ってどういうことですか？」

「それはいずれ君が殿下のお傍に侍ることになればわかるでしょう。殿下の前にはその高貴すぎるお血筋ゆえの困難がある、とだけ言っておきましょう」

学校長は身を乗り出した。

「君のその《力》をもって、グラヴィス殿下の『人間の盾』になり、害をなす者を破壊する。どうです？　光栄なことでしょう？」

しかし、父ダビドは納得しなかった。

息子の命が軽んじられているのだ。どうして抗議せずにいられようか。

「……あんた方はうちの息子に、なんてことをさせようと……『人間の盾』なんて……っ」

「王族をお守りするためには、よくあることです」

「なっ……だとしても、こんなまだ半成年になったばかりの子にそんな酷なことを！」

ダビドの抗議を無視して、学校長はひたりとイオニアの菫色の瞳を見つめて話をたたみかける。

「イオニア君。君は、すばらしい機会を与えられているんですよ。平民の君が、これからも殿下のお傍にいられるのです。殿下は君をたいそう気に入っておられると聞いています。さぞや頼りにされることでしょう」

「……これからも……近くに」

「ええ。あの御方の背中をお預かりするなんて、普通なら平民が与えられるはずもない大変な名誉です」

（ヴィーの背中を、預かる……）

「殿下のお命をお守りすることは、ひいてはこの国を守ること。立派な任務です。この学校を卒業してもその栄誉は続くでしょう。もしかしたら卒業後も殿下にお仕えできるかもしれない」

「卒業しても、ですか」

「ええ、そうです。たしかに君の身にも危険があるかもしれない。その代わりといってはなんですが、学費はすべて免除し、君に何かあったときの家族への補償も約束しましょう」

むしろ恩恵を与えているのだと言わんばかりの学校長の態度に、ダビドはワナワナと震えながら、立ち上がって叫んだ。

「あんたらお貴族様がどれほど偉いのか知らないが……うちの子の命を何だと思っているんだ！」

「――父さん」

「イオニア！　こんな話断るぞ！　もう軍人になることたねぇ！　おまえは鍛冶屋を継げばいい！」

「……父さん、父さん、父さん……」

「ほらっ、立て！　帰るぞ……！　おまえがつらい目にあうかもしれないとわかってて、みすみすこんなところに送り出せるわけないだろうが！」

「……父さん、お願い……俺は……」

「……イオ？　イオニア、どうした！　立て！　帰るぞ！　いますぐ家に帰ろう」

イオニアは溢れそうな涙をこらえ、首を振った。

ダビドが絶望的な表情を浮かべる。

「……父さん、俺はこの学校に入るよ。そしてヴィーの『人間の盾』になる。そしてヴィーに何かあったら、この《力》で……この手で、俺は」

「イオニア……ッ！」

ダビドの悲痛な声。

この気持ちをなんと名づけてよいのか、まだわからない。

いまこの瞬間、イオニアがわかっているのは、この機会を逃せば、おそらく二度とヴィーとは会えないということだ。

「それが唯一、ヴィーの傍にいられる道なら、俺は選ぶよ……ヴィーの『人間の盾』になることを」

イオニアは貴族が通う高等教育学校に、平民ながら入学を許された。

その学年で、平民出身は一人だけだった。平民というだけで、入学当初は大いに注目された。

しかし、イオニアは別の意味でも目立っていた。

その炎のような赤毛と神秘的な菫色の瞳という稀な色合いが、強烈に人目を引いたのだ。

同世代より頭一つ抜きん出た長身に、綺麗に筋肉が張った上半身。伸びやかな長い手足。青年に向かって完成されつつある肉体は、十二歳にしてどこか肉感的な空気を纏っている。

とくに抜きんでた容姿というわけではない。

しかし綺麗に伸びた背中から絞るように締まった腰の輪郭には官能的な気配が見え隠れして、見る者の胸をどきりとざわめかせる。誰（だれ）もが不思議と視線が引き寄せられる独特の存在感がある。イオニアはそんな少年だった。


高等教育学校も『基礎教科』と『専科』に分かれている。イオニアは士官候補として、主に戦術や外国語といった士官に必須（ひっす）の専門教科と、武術・剣術といった実技を受けた。

授業は高度で、最初は予備学校とのあまりのレベルの差に愕然（がくぜん）とし、ついていくのに必死だった。

だが、イオニアには信念があった。グラヴィスが入学するまであと一年。それまでに少しでも多くのことを覚え、強くなりたかったのだ。

あらゆる教科に熱心すぎるほどに取り組み、武術や剣術においては、倒れるほどに訓練を重ね、怪我をしながらも必死でくらいついていった。


グラヴィスを守れるように強くなる。

その一念でイオニアは自分自身を奮起させていた。


やがてイオニアは、学校で最も優秀な集団の一人だと周囲から目されるようになっていった。

その集団の中で仲良くなった一人が、同い年のルーカス・ブラントだ。

本来のイオニアは人懐こい明るい性格だったが、入学以来その明るさはなりをひそめていた。そこに距離を縮めてきたのがルーカスだった。

ルーカスは、代々王国軍の要人を輩出する武勇で有名なヘクスター伯爵家の次男で、将来は王国軍に入軍することを目指していた。

体格の良いイオニアよりもさらに大柄で、野放図に散らばった獅子のたてがみのような金髪と、琥珀色の瞳をしている。なぜか最初の頃から、イオニアを気に入ったのか、よく話しかけてきた。

ある日ルーカスに、なぜ平民の自分に声をかけてきたのかとイオニアは質問した。すると、性格も身体も気に入ったからとふざけた答えが返ってきた。

呆れかえったイオニアに、ルーカスは冗談だと大笑いした。

彼いわく、ルーカスもイオニアも同学年の少年達よりも体格が良いために、武術の授業で力を加減せずに相手ができるから気が楽だということだった。

さらにもう一人、友人と呼べる人ができた。

イオニアとルーカスより一学年上の、マルツェル・ギンターだ。灰色っぽい髪と青灰色の目をした長身で細身の少年だった。

マルツェルとはルーカス経由で親しくなった。聞けば二人は幼馴染らしい。

代々宰相を輩出する名門の出で、父親に宰相としての将来を期待されていることに反抗して、武官向けの専門教科を習得しているという変わり者だ。

イオニアはこの学校に入学して、平民を激しく差別し、貴族の中でも血統を重視する過激な血統主義者が存在することを知った。学校長などはその典型だ。

マルツェルもその実家はかなりの血統主義ということだった。ただし、マルツェル自身は違う。

二人とも高位の貴族の子息にもかかわらず、気さくにイオニアと仲良くしてくれた。

入学して一年近く、二人とは親友といってもいいくらい気の置けない関係になっていた。

ある日訓練の後、居残った鍛錬場でイオニアは初めて二人に《力》を見せた。

彼らはその威力に息を呑んだ。

「これが、君がこの学校に入学した理由ですか」

「凄い《力》だ……イオニア、本気を出せば、どれくらいの威力が出せる？」

ルーカスが目を輝かせて聞いてくる。イオニアは掌を開き、粉々になった石を落としながら、両腕を肩の幅に広げてみせる。

「たぶんこれくらいの大きさの石なら、砕けるんじゃないかな」

少年達はひどく感心した。


イオニアは真実を言わなかった。

本当は身長の三倍ほどの大きさの岩も砕ける。ただし、そのときは《力》を使い果たして昏倒した。

入学してすぐに採石場に連れていかれ、王国軍から派遣された軍人の前で、その異能がどれほどのものなのか実験させられたのだ。

採石場の一角から崩れた岩盤を触れただけで粉砕してみせると、その威力に軍人達も顔を引きつらせていた。《力》の使いすぎで霞みはじめた視界で、その様子を見つめながら、自分の異能は人に恐れられる類のものなのだと直感的に理解した。

だからこそ、親友達にその威力をありのままに伝えるのが憚られたのだ。


「本当に稀な異能だ。おまえが、平民ながら入学を許可された理由がわかるな。軍人として大した戦力になるだろう」

「――でも、もし使うときが来たら……俺は、きっとおまえ達に軽蔑されるだろうな」

二人は表情をこわばらせた。二人だけには、この学校に入学した理由を伝えている。

まもなくヴィーが入学してくる。

そうすればまた、彼の傍にいることができる。しかし、この《力》でヴィーを守るということは、いずれ人間を粉々にするかもしれないということだ。

あの日以来、イオニアは自分の異能を忌まわしいものとして嫌悪していた。この《力》で、人を破壊することを期待されていると思えばなおさらだ。


ルーカスは悲しげな表情を浮かべ、慰めるようにぎゅっと強くイオニアの肩を抱いた。

「おまえがもし殿下を守って誰かを殺めても……俺は、絶対におまえを軽蔑したりしない」

「ルカ……」

マルツェルも反対側の肩に手を置いて頷く。

「そうだよ、イオニア。君が何をしても、それは命じられたことで、君の責任じゃない」

肩に置かれた手から、二人の優しさが流れ込んでくる。この学校で二人に会えたことは、数少ない喜びだ。

ルーカスは砂にまみれたイオニアの手を取ると、ぎゅっと握った。

「俺も、おまえと一緒に殿下を守ってやるよ」

「ルーカス……」

「この手がもし、殿下を守るために敵の身体を破壊するなら……俺達は……俺は、おまえの心が壊れないように、守ってやる」

マルツェルも肩に置いた手に力を込める。

「そんな機会が来ないように、僕もできるだけ手伝います。僕達は、どんなことがあっても、ずっと仲間です、イオニア」

イオニアは菫色の瞳をわずかに湿らせて、二人をぎゅっと抱きしめた。

「ありがとう……」

グラヴィスとは別の意味で、この少年達はイオニアにとって大切な存在になっていた。

この二人がこれからも寄り添ってくれる。何があっても、何をしても、嫌わないでいてくれる。

そう思うと、この先の不安が少し薄らぐような気がした。

グラヴィスとの一年ぶりの再会が近づいていた。

【レオリーノ】天使の窯変

ラガレア侯爵の尽力にもかかわらず、ツヴァイリンクの事件の真相は結局わからずじまいだった。

いつまでも起こったことに囚われずに前を向こうと、カシュー家はレオリーノの回復に全力を注いだ。

レオリーノの毎日は、決まった時間割で構成されている。朝と午後に二回の機能回復訓練を行う。その合間に家庭教師に勉強を学び、休憩を経てマイアに一刻ほどの手当てをしてもらう。就寝前には侍従に身体を揉んでもらい、こわばった筋肉をほぐして、また明日の訓練に備える。

そんな、単調な毎日の繰り返し。

時折とてつもない無力感に苛まれながらも、そのたびに家族に励まされ、ときには叱咤（しった）されながら、レオリーノは黙々と回復訓練と学習に励んだ。

いまできることをやる。それだけだと必死に自分に言い聞かせ、ひたすら苦痛に耐えながら、回復に向けて努力する日々だった。

レオリーノの両脚が日常生活に支障がない程度に回復するまで、それから約二年の時間を要した。

少しずつだが歩ける距離も伸び、その歩き方は徐々になめらかになっていった。

しかし、傷ついた腱と神経は完全には回復しなかった。長距離を歩くことは難しく、走ることはさらに難しかった。

長時間酷使すると、腱が痛み痺（しび）れたようになる。足がもつれてしまうため、小刻みに休憩を必要とするようになった。それに加えて、少しでも無茶するとすぐに寝込んでしまう繊弱な体質になった。

王都から半年に一度診察に来てくれるサーシャから、脚の機能は怪我の状態から望み得るかぎり回復したと、ただ、これ以上の回復は見込めないだろうと告げられた。

レオリーノは結局、元どおりの健康な肉体を取り戻すことはできなかった。それでも一人で杖もなく歩けるようになった。

それはまさに奇跡だった。

家族は愛する末子が成し遂げた偉業に涙し、心から誇らしく思った。

ブルングウルトは平穏な日常が続いていた。

しかし、そんな代わり映えのしない日々の中でも、レオリーノは、薄皮を剥ぐように、少しずつその幼さを脱ぎ捨てていった。ブルングウルト城の中に宝石のように大切にしまいこまれたまま、家族と使用人以外の誰にも気づかれず、その変化は静かに進んでいった。

少年から青年になりつつあるレオリーノだったが、『天使』と称される性別を超えた美しさは、さらに研ぎ澄まされていった。

肩上まで伸びた白金色の髪。類稀な菫色の瞳。幼い丸みが消えたなめらかな頬の曲線。細い首に美しく張った肩から伸びる優美な手足は、そのゆっくりとした動きもあいまって、浮世離れした雰囲気を醸し出している。

十五歳になったレオリーノは、無垢で繊細な雰囲気はそのままに、いつしか見る者誰もが息を呑むほど蠱惑的な存在へと変化していた。

その変化は、王都に勤める次男や三男が、帰郷するたびにしばらく陶然と見とれてしまうほどだった。

この日も、次兄ヨーハンは王都から帰宅するなり、迎えに出たレオリーノを抱きしめた。感嘆の溜息をこぼしながら白金色の柔毛に頬ずりする。

「ヨ、ヨーハン兄様、痛いです……」

「レオリーノ、私はおまえの行く末が心配でならない。会うたびに美しくなって」

レオリーノはその兄馬鹿ぶりに苦笑した。久しぶりに末の弟に会うと、兄達はいつもこうなる。

「……十五歳でこれでは、成人する頃にはいったいどれほど美しくなるんだ……私はとにかくおまえが心配で心配で心配で心配で」

「……もう完全に兄馬鹿の台詞です。兄様、ちょっと落ち着いてください。そろそろ放して。ガウフにも挨拶させてください。ね？」


レオリーノの性格もまた少し変化していた。

数年に及ぶ苦痛と忍耐の日々がそうさせたのか、簡単に不満や悩みを口にしない性格になっていた。

ヨーハンが名残惜しげにレオリーノを解放すると、すかさず三番目の兄ガウフが弟を抱きしめる。

「レオリーノ、ただいま。毎度言うのもなんだけど、見るたびに綺麗になるな」

「おかえりなさい、ガウフ。もうヨーハン兄様みたいな冗談はいいよ。そんなことより、近衛騎士団でのお勤めはどう？」

「冗談じゃないけど……ああ、三年経って、だいぶ慣れてきた。まもなく内宮警備隊に任命されることが決まった。父上にも報告したよ」

「わあ、それはすごい。おめでとうガウフ！」

レオリーノはお祝いに、兄の頬に接吻を送る。ガウフはくすぐったそうだ。

「お祝いといえば、オリアーノ兄さんだろう」

「そうなんだよ！　ね、オリアーノ兄様」

レオリーノが満面の笑みを浮かべた。

「おめでとう、兄上」

「おめでとう、兄さん」

オリアーノがめずらしく照れたような顔で、弟達の祝福の言葉に頷く。

レオリーノの状態が落ち着いたこともあり、いよいよ長男オリアーノの結婚が決まったのだ。

ブルングウルト城は、久しぶりの慶事に大いに沸いていた。

【イオニア】咆哮する夜の獣達2

高等教育学校に第二王子が入学する。学校中が浮ついた興奮に包まれていた。

渡り廊下を歩いて教室に向かうグラヴィスを、イオニアは他の生徒達と同様に遠くから眺めていた。

一年ぶりに見るグラヴィスは、少し背が伸び、顔つきも少し大人びていた。

イオニアを『人間の盾』と呼んだ学校長は、紅潮した顔でグラヴィスに何事か話しかけながら先導していた。学校長の説明には興味なさそうに、王子は前だけを向いて歩いている。

すっと伸びた美しい歩き姿、わずかに幼さの残る高貴な美貌。年に似合わない冷めた目つき。

こうして客観的に貴族の子息達と比較できる環境でグラヴィスを改めて見れば、彼が際立って特別な少年だということがわかる。明らかに身に纏う覇気が違うのだ。

思わずひれ伏したくなるような特別なオーラは、やはり王族の『血』ゆえなのか。

(あの頃の俺は、本当に何も見えてなかったんだな)

いま思えば、第二王子は星空の瞳を持っていると市井でも噂（うわさ）になっていたような気がする。

なぜ、そんな特別な瞳を持つ少年の素性を推し量ることができなかったのか。当時の愚かな自分が恥ずかしい。

もしあの頃、グラヴィスの身分を知ったなら、自分はどういう選択をしただろうかと、あれから何度も自問自答した。

距離を置くことができただろうか。それとも、やはりいまと同じ道を選ぶだろうか。

すでに二人の道は選択された。二人だけで過ごした、あの小さな秘密の世界は、もうどこにも存在しない。

それでもイオニアは、そう自問せずにはいられなかった。

イオニアの立つ場所からは、王子の瞳の色はわからなかった。あの頃は、額がぶつかるほど近くで見つめた、星空の瞳。いまは、ただの暗い色にしか見えない。

いまのこの距離が、本来の二人の距離なのだろう。

自分から声をかけるつもりはない。そんなことをしなくても、いずれ引き合わされることになっているからだ。

イオニアは今年から実家を出て、学校付属の寮に入った。寮を使う学生は多くなかったが、地方出身で王都に邸宅を持っていない中級貴族の子息などが約二十人ほど入寮している。

入寮は学校長の指示だ。これからイオニアは、学生生活のほとんどの時間を、第二王子の学友として——その実は警備役としてともに過ごすことになる。

「イオ。そろそろ鍛錬場に行く時間だ」

隣にいたルーカスに肩を叩かれる。

イオニアは黙って頷いた。ルーカスの気遣わしげな表情に、イオニアは大丈夫だと笑った。

最初はルーカスとの距離感に戸惑っていたイオニアだったが、一見大雑把で遠慮のない振る舞いの中に存在する繊細な優しさに気がついていた。

ルーカスはこの一年間、何も聞かなかった。

なぜイオニアがそれほどまで必死に、知識と技術を習得しようとしているのか、なぜ身体中に打撲の痕を散らせ、ときに怪我に苦しみながらも、身体に鞭打つように自分を極限まで追い込むのか。

　何も聞かない代わりに、ルーカスはいつも傍にいてくれた。イオニアと同じくらいの鍛錬をこなし、ともに傷だらけになってくれた。

　そして今回もそうだ。イオニアが入寮するのと同時に、なんとルーカスも入寮してきた。実家は王都の貴族街に立派な邸宅を構えているにもかかわらず、学校と鍛錬場に通いやすいから、という理由で。

　自分の問題に必死だったイオニアも、さすがにそこまでされれば、ルーカスが寄せる好意に気がついていた。

　だが、イオニアがその好意に応えることはないだろう。

　なぜなら、イオニアの心が永遠に追い求めるのは、あの黒髪の高貴な少年だけなのだ。

「行けるか？」

「うん……行こう」

（……狡いな、俺は）

　イオニアは自嘲した。

　グラヴィスに心を捧げながら、どこかでルーカスに、安らぎと慰めを見出している自分がいる。親友の優しさに甘えている自覚もある。

　心と現実の世界が、少しずつ乖離していく。

　イオニアが踵を返したそのときだった。

「――イオ！」

　振り返ると、背後に高貴な少年が立っていた。

「イオニア……会いたかった」

　星空の瞳は雄弁だ。その煌めきだけで、グラヴィスがどれだけイオニアとの再会を待ち望んでくれていたのかわかる。

「お久しぶりです。グラヴィス殿下」

しかしイオニアの返事を聞いた途端、その瞳は暗く翳った。

二人の立場の違いをいま、この瞬間にイオニアが線引きしたことにグラヴィスも気がついたのだ。

「俺のことを、すでに聞いていたか」

「はい。お会いできるのを楽しみにしていました」

嘘ではなかった。

あの約束をまだ覚えている。イオニアはグラヴィスと再会できるのを、ずっと楽しみにしていた。

ただこんなかたちで再会するつもりじゃなかっただけだ。

「イオニア、おまえと話がしたい。俺は……」

「グラヴィス殿下。ご入学おめでとうございます」

ルーカスがずいとイオニアの前に出た。

突然割り込んできた少年をグラヴィスは胡乱げに見上げる。少年の顔には見覚えがあった。

「……たしかおまえは、ヘクスター伯爵の次男だな」

「覚えていただいて光栄です。ヘクスター伯爵ニクラス・ブラントの次男、ルーカス・ブラントと申します」

イオニアとの再会を邪魔した少年に、グラヴィスは苛立ちを隠さなかった。

「……私はいまイオニアと話している」

「それは大変失礼しました。しかし、そろそろ授業がはじまる時間です」

イオニアは呆然として隣の友人を見上げた。

「ブラント君、殿下の前で失礼にも程があるぞ！」

激昂するそんな学校長に向かってルーカスは堂々と反論する。

「学校長、貴方が普段からおっしゃっているではありませんか。ここでは、全員が学びの機会を再優先せよ、と。我々だけではなく、ここで殿下を遠回しに眺めている学生達全員を、そろそろ学生の本分へ集中させるべきでは？」

「なっ！　だが、しかしだな」

「ということで、殿下。誠に恐れ多いことではありますが、ベルグント君と私はこれから鍛錬場に向かいますので、ここで御前を失礼いたします」

イオニアはハラハラしながら様子を見守っていた。貴族の子息で厳格な礼儀作法を叩き込まれているはずのルーカスが、王族であるグラヴィスになぜこれほど好戦的な態度を取るのだろうか。

ルーカスはイオニアの肩に手を置き、さらに挑発するように年若い王子を見返した。

「……その手を放せ」

睨み合う二人を、イオニアは言葉もなく見つめていた。

すると、グラヴィスの背後から細身の少年がすっと近づいてくる。

気配に敏感なグラヴィスが、背後から近づくのを許している。この少年は誰だろう。

「グラヴィス殿下。ルーカス殿の言うとおり、そろそろ移動していただきませんと」

少年にいさめられたグラヴィスは、小さく息を吐いた。少年に向かって頷く。その顔は再び、冷たく高慢な表情に戻っていた。

「わかった。テオドール、行くぞ……イオニア、おまえとは一度、ちゃんと話がしたい」

「……承知しました」

グラヴィスはイオニアに向かって頷くと、さっさと踵を返して去っていった。

あれほど会いたかった少年との再会。

そのときになったら、グラヴィスがどんな反応をするのか、そして自分はどんな反応を返すのだろうかと、イオニアは何度も夢想していた。

しかし結果としては、親友の介入によって再会は想像もつかないかたちで終わってしまった。

　イオニアは親友に尋ねずにいられなかった。

「……ルカ、さっきのあれはなんだ？」

「あれとは？」

「おまえの態度だ。おまえの殿下への態度……あれはさすがに不遜すぎるだろう」

　ルーカスはいつもの剽悍な面構えだ。

「それは、俺を心配しての言葉なのか？　それとも」

　イオニアは怒った。

「おまえを心配しているに決まっているだろう！」

　それを聞いたルーカスはうれしそうに笑った。


　何を笑っているのかとイオニアが睨むと、ルーカスは戯けたように両手を挙げた。

「あれは、俺なりの精一杯の牽制だ……しかし、さすが王族だな。おまえの肩に手を置いたときなんか、あの凄い目で射殺されるかと思ったぞ」

「牽制って……なんでおまえがヴィーを牽制する必要があるんだ」

　思わず愛称を呼んでしまったイオニアは、しまったと口を押さえた。

『ヴィー』か……おまえは、やっぱりグラヴィス殿下と知り合いだったんだな。いったいどこで出会ったんだ」

　黙り込むイオニアに、ルーカスは鼻を鳴らす。

「――ふん、まあいい。おいおい教えてもらうから。俺はおまえが話すまでは、何も聞かない。そういうことでいいだろ？」

　ルーカスが、またもや逃げ場を用意してくれた。

　イオニアは複雑な思いで親友を見つめる。

「……ルーカス」

「行くぞ、イオ。居残り練習を追加されちまう。走っていこうぜ」

　背中をぽんと押され、イオニアは鍛錬場に向かって駆け出した。

イオニアは授業と鍛錬を終えて自室に戻ると、そのままぼすんと寝台に倒れ込んだ。眠くてぼんやりする頭で、今日一日のことを反芻する。

あのとき、イオニアを挟んで睨み合う友達を、イオニアはただ見つめることしかできなかった。

「……ルカ、なんであんな……」

不可解な親友の行動を思い出す。思わず名前をつぶやいた。

「俺の名前は呼んでくれないのか。イオ」

その声に、ガバリと身を起こす。

「……え」

月明かりを遮るように、窓辺に誰かが立っていた。

「……ヴィー？　どうして？　どうやってここに」

王宮に戻ったのではなかったのか。それにどうやってこの部屋に現れたのだろうか。

イオニアは混乱していた。グラヴィスは寝台に近づいてくると、さっさと隣に腰掛ける。イオニアはあわてて居住まいを正した。

「……まさか、ひとりでここに来たのか。護衛は？」

「大丈夫だ」

「何が大丈夫……あっ、ごめん」

敬語を忘れていた。咄嗟に謝ったイオニアに、王子は鼻白む。

グラヴィスが王族とわかったいま、イオニアはどんな態度を取ればいいのかわからなかった。

いくらなんでも寝台に隣り合って座っているのはまずかろうと、イオニアが立ち上がろうとしたそのときだった。

「イオニア、会いたかった……」

グラヴィスが、イオニアの頰(ほお)に指を伸ばしてきた。小さく震える指が、頰の産毛に触れる。混乱と緊張でこわばっていたイオニアの心がほどけた。

「殿下……」

「ヴィーと、あのときみたいに呼んでくれ」

「で、でも……」

「誰もいない場所ならいいだろう？」

不敬だと見咎める者はここにはいない。

イオニアは心の赴くままに、グラヴィスの掌に自身のそれをそっと添わせた。あたたかい。

――ああ、ヴィーだ。本物のヴィーだ……！

イオニアはその手を強く握った。

グラヴィスも同じ力で握り返してくれる。生々しい体温に、二人同時に再会を実感する。喜びに震えた。

「ヴィー……俺も会いたかった。寂しかったよ」

「今日はすまなかった。あんなところで話しかけるべきではなかったのに……おまえを見つけて、つい我を忘れてしまった」

その言葉が素直にうれしかった。

「ハハ……『また話そう』って、まさか今晩来ると思わなかった。びっくりしたよ」

「学校長から聞いただろう。俺にも異能があると。……これが、俺の《力》だ」

グラヴィスの言っている意味がわからず、イオニアは首をひねった。

すると次の瞬間、寝台に座っていたイオニアの身体がぐらりと揺れたかと思うと、隣に座っていた王子が消えた。

「……え？」

「こっちだ」

グラヴィスは窓際に立っていた。

「思ったところに、どこでも瞬時に跳躍できる。それが俺の異能だ。自分自身だけではない、触れていれば、人間でも物でも一緒に跳ばすことができる」

イオニアは心底驚いた。

自分の異能も規格外だと思うが、グラヴィスの異能は、まさに常識を超えている。

「これが王族の持つ異能？」

「聞いたのか。ああ、王家には異能持ちが多い。だが、それぞれ発動する異能はばらばらだ」

この異能さえあれば、グラヴィスが命の危機を感じることはほとんどないのではないか。

イオニアはあることに思いいたる。

「おまえに触れてたら、俺も一緒に跳ばされてしまうのか？」

「ああ」

イオニアはようやく合点がいった。

だから学校長は、『身体に触られては意味がない』と言ったのか。

再び隣に座ったグラヴィスを見つめる。

一年前より、少し大人びている。それに一年前より、もっと暗く、寂しい目をしていた。

イオニアは昔のように手を伸ばして、その手を両手でぎゅっと握りしめた。

「ヴィー……おまえ、またそんな顔をして。どうした？　この一年のあいだに、何があったんだ」

グラヴィスの顔がクシャリと歪んだ。

昼間の、いかにも王子然とした、感情を押し殺した顔とは違う。

イオニアは少年の頬に指を添わせた。

グラヴィスはピクリと反応すると、はにかみながら少し目尻をやわらげる。

この笑顔。これがずっと見たかったのだ。

心の襞を自分だけに覗かせてくれているような気がして、せつなくくすぐったい気持ちで、イオニアは胸がいっぱいになる。

「学校に呼んでくれてありがとう、ヴィー。俺なんかが高等教育学校に入れるなんて、びっくりしたよ……おかげでこれからずっと傍にいられるな」

イオニアは久しぶりに心からの笑顔を浮かべた。

だが、イオニアの笑顔を見た途端、グラヴィスはつらそうに眉を顰める。

「イオニア……俺は、ただおまえと一緒にいたかっただけなんだ」

「わかってる」

「学校長がおまえにどんなひどいことを言ったのか。無茶な重責を課したのか、聞いた……俺はそんなつもりじゃなかった。ただ、少しでもおまえと一緒に、ここで学べたらと……それだけだったんだ。おまえの《力》なんて、知らなかった」

「……わかってる、ヴィー。わかってるよ」

「俺はおまえに守ってもらう必要なんてないんだ」

イオニアはもう躊躇せず、あの頃のようにグラヴィスの身体を引き寄せた。

グラヴィスの背中を叩いて宥める。

ああ、やはり体格差もだいぶなくなってきたな、と埒もないことを考えてしまう。

黒髪が、ためらいがちにイオニアの肩に擦りつけられた。

「俺は、おまえとずっと一緒にいたい。そう思えた人間は初めてなんだ……それだけだったのに、俺の傍におまえを置くということがどういうことなのか、俺は結局、何もわかっていなかった」

やはりグラヴィスは、純粋に傍にいてほしくて、ここに呼んでくれたのだ。

それがわかっただけで、イオニアは充分だった。

「おまえの立場が難しいことはわかってる。学校長からも聞いてるよ。これは俺の選んだ道だから、ヴィーは気にしなくていいんだ」

「俺の傍にいたらおまえが傷つくかもしれないと思うと、耐えられない。だが、おまえと一緒に過ごせるチャンスがあるなら、それを手放すのも嫌なんだ」

イオニアは、グラヴィスの言葉がうれしかった。

「……俺を嫌いになったか」

「馬鹿……そんなわけないだろ。約束しただろう。また会えてうれしいよ……本当にうれしいんだ」

昼間の自問の答えが、そこにあった。

こうして体温を感じる距離にいるだけで、一年間悩み続けたことが馬鹿らしく感じられる。

たとえグラヴィスの『人間の盾』になるとしても、それが二人で一緒にいるために必要な条件なのだとしたら。

きっと自分は、未来永劫、何度でも同じ選択をするだろう。

そう確信すると、イオニアの中から迷いは消えた。


「イオ……俺のせいで、おまえが傷つくのは耐えられない」

グラヴィスの肩を抱きしめる。

「大丈夫だ。きっと何も起こらない」

「イオ……」

「二人でこれからも一緒にいられるんだ。だから、大丈夫……大丈夫だよ」

イオニアは、何度も、大丈夫と繰り返した。


それからしばらくはイオニアの言葉どおり、平和な学校生活が続いた。

当初は王族の入学にざわついていた校内も徐々に落ち着きを取り戻し、グラヴィスの学校生活がはじまった。本人は身分をひけらかすこともなく、周囲に埋没しようと努めていたが、実際にはグラヴィスを普通の学生として扱うことは難しかった。

第二王子は、幼少からその才気は第一王子をはるかにしのぐ天才だと噂されていた。

王子はすでに母后の出身であるフランクル語だけでなく、近隣の大国の言語を完璧に習得していた。

さらにはそれぞれの国の歴史にはじまり、国政、経済にいたるまで、ありとあらゆる知識を、その頭の中に完璧に格納している。

その膨大な知識は、各国でそれなりの要職についていた人物を教師として招き、幼少期から現在まで各国の言語で指導を受けていたことによるものだ。

つまり王族が受ける教育を、五カ国分、物心ついた頃から日替わりで詰め込まれた結果なのだ。

それを知ったときは、感嘆するよりもむしろなんというつらく不自由な生活を続けてきたのかと、イオニアはグラヴィスに同情した。

子どもらしい遊びも、笑いも封印され、ただ王族として完璧であることを求められた少年。王子であっても、心は普通の子どもであっただろうに。

父王、そして母后の、グラヴィスへの愛情はどこにあるのだろうか。

両親に愛されて育ったイオニアには、考えられないほど孤独な人生だった。


グラヴィスとイオニアは再びイオニアの寮の部屋で、寝台に隣り合って座っていた。

一度は王宮に戻るものの、グラヴィスは就寝前にこっそりとイオニアの部屋を訪れる。

毎日のひそやかな逢瀬(おうせ)が、二人の日課だ。

「なんでいまさら学校に通うことにしたんだ？　おまえにはつまらなくないか？」

グラヴィスが『知識の習得』という意味で学校に通う意味はなかった。

グラヴィスはここ数年、目付役の将軍ストルフからも指導を受け、すでに国の防衛を議論する場にも非公式で出席しているということだった。

その知識ははるかに教師をしのぎ、足りないのは経験と実戦だけだ。グラヴィスの学習欲を満足させる教師はほとんどいない。

そんな状況で、この天才が凡人と交ざって六年間も学校に通う意味がわからない。

時間の無駄ではないか。そうイオニアが質問すると、グラヴィスは途端に不満げな顔を見せる。

「意味ならある。俺にとっては、いまもすごく有意義な時間だ」

「えええ、そうか？　おまえに必要なのは、体術とか実学の授業だけじゃないか」

「や、それは……わかるだろ」

イオニアは顔を近づけた。

表情を見られるのを嫌がったのか、グラヴィスはぷいと顔を背ける。

「おまえとこうして過ごすことが……俺にとっては意味があるんだ」

「……そうか」

グラヴィスが拗ねたようにうつむく。

「学校にでも通わないかぎり、王宮で暮らす俺とおまえが一緒にいられる時間を持てるわけがない」

王子の情熱的な告白に、イオニアの心が騒がしくなる。うれしいが、少しくすぐったくて恥ずかしい気持ちになるのはなぜだろう。

「あの頃は色々あって……俺は王宮にうんざりしていた。そのときにストルフが気晴らしに王宮から連れ出してくれた。おまえの父親の工房に連れていってくれたんだ。そこで、おまえが……おまえと『友達になろうよ』なんて言っちゃったんだな」

「俺が王子様だと気づかずに、グイグイと『友達になろうよ』なんて言っちゃったんだな」

グラヴィスが笑う。

「あのときは驚いたし、最初はなんと無礼な奴だと思った。だが、あんなことを言われたことがなかった。『友達になろう』だなんて」

「……だって、おまえの目がキラキラとしてたから……」

「俺のことを知らないのに、友達になりたいと思ってくれたのかと、うれしくなったんだ」

「それだけを聞くと、俺の能天気ぶりが際立つ気がするけどな」

イオニアの複雑な表情を見て、グラヴィスが笑う。

「俺は、うれしかったよ。俺を普通の人間として扱ってもらえたのは、おまえが本当に初めてだった。だから……うれしかった」

「ヴィー……俺は別にそんなつもりじゃ」

「わかっている。ただ、俺がそう感じたんだ。だから、おまえとどうしても一緒にいたかった。学校に通うのならば、どうしてもおまえと一緒がいいと、初めて我儘を言った」

とるにたらない平民の子どもとの邂逅が、唯一無二の慰めになるほどそれまでの人生が孤独だったのかと、イオニアは胸が苦しくて言葉が出なかった。


「ここに通う六年が、何も考えずにおまえと過ごせる最初で最後の時間だ」

グラヴィスの星空の瞳が強く輝いた。

「そしてこの六年のあいだで、俺は騒乱の火種をなんとかして消してみせる」

「……『騒乱の火種』って」

「俺自身のことだ」

「ヴィー……それはどういう意味だ」

グラヴィスは答えず、ただ首を振った。

「俺の存在がこの国にいらぬ混乱をもたらすことになる。この六年は……誰も傷つけずに、それを解決するための時間稼ぎでもある」


グラヴィスとイオニアは、常に一緒に行動していた。そこに、ルーカスとマルツェル、そしてグラヴィスの侍従が加わって、なんとなく五人で行動することが増えた。

意外なことに、グラヴィスとルーカスは、いつのまにかつかずはなれず、気が合った様子を見せるようになった。

時折イオニアを挟んで、親友を取り合う子どものように、謎の敵愾心を剥き出しにしてやりあっていることもある。

　外見も印象も対照的な二人だ。黒髪に星空のような瞳が、深遠なる夜を思わせるグラヴィス。かたや金髪に琥珀色の瞳の、太陽のようなルーカス。

　外見が象徴するように、性格も正反対だ。禁欲的で冷静なグラヴィスと、豪胆でおおらかなルーカス。

　仲良くなれそうだと思うが、そう言うと二人とも嫌そうな顔をするので、いつもイオニアは笑ってしまうのだ。


　グラヴィスの侍従はモロー伯爵家の次男で、名前をテオドール・アンハルトという。

　グラヴィスより二歳上で、テオドールの母が王妃の元侍女であった縁から、幼少期にグラヴィスとの相性を見て侍従候補として抜擢（ばってき）された。

　こうした情報は、すべてマルツェルが仕入れて教えてくれた。マルツェルは元宰相の孫であり、武官を目指しているのがもったいないほど優秀な頭脳の持ち主だ。持つべきは王宮の事情に詳しい親友だと、イオニアは常々感謝している。

　最初は平民というだけでイオニアを排除しようとしていたテオドールだったが、やがてグラヴィスを守ることができる異能をイオニアが持っていることを知ると、渋々ながら主の傍にいることを認めた。

　血統主義が極まっている学校長に比べれば、そんなつんけんした態度など可愛（かわい）いものだ。イオニア自身は、自分より細身の少年から平民風情がと嫌われようが、痛くも痒（かゆ）くもなかった。


　学校生活は、おおむね平和に過ぎていった。

　しかし、イオニアにはずっと喉元にひっかかっている言葉があった。グラヴィスがあの夜自分を『騒乱の火種』と言ったことだ。

　イオニアは平民だ。王家の事情などほとんど知らない。

見かけ上の平穏の陰に、何か大きな問題が潜んでいるような気がして、イオニアはマルツェルに悩みをぶつけてみることにした。

マルツェルを寮に呼び、一緒に食事を取った後に自室に連れ込んだ。なぜかルーカスもついてきたせいで、狭い部屋がさらに狭苦しい。ルーカスとイオニアが寝台に、マルツェルは勉強机に付属の腰掛け椅子に座った。

「なるほど……殿下がご自身をそのようにおっしゃったのか……つらいことだ」

「ごめん、マルツェル。俺、わかんなくて。なんでヴィーがあんなことを言ったのか」

マルツェルはフゥと溜息をついた。

「僕も正直、どこまで理解しているのかわからないけど……おそらくグラヴィス殿下のその発言は、王位継承問題についての懸念だろう」

「王位継承……？　でも、グラヴィスの上には、王太子がいらっしゃるはずだ」

「そうだ。十歳年上の王太子ヨアヒム殿下がいらっしゃる。一昨年、フランクルからエミーリア妃殿下をお迎えになり、昨年カイル王子がお生まれになっている」

「それはさすがに知っているけど……」

「ファノーレンの王族法では、妾妃も正式な妻だ。長子相続の習わしで、第一王子ヨアヒム殿下が王太子なんだが……問題はあまりにグラヴィス殿下が優れていたことだ。それに加えて、両殿下の母君の身分差がね」

「血統主義者どもが騒ぐほどの、な」

ルーカスはさすがに貴族の息子で、マルツェルが言わんとすることをすでに理解しているらしい。だが平民であるイオニアには、まだ問題が理解できなかった。

「ヨアヒム王太子は、妾妃ブリギッテ様のお子様です……さすがにイオニアも知っているだろう？　一昨年亡くなられた妾妃様です」

　イオニアは頷いた。ちょうどグラヴィスが鍛冶場に来られなくなった時期に、妾妃の訃報が公告されたことをよく覚えている。


「ブリギッテ様はラガレア侯爵家から妾妃としてお輿入れされたが、元々はラガレア侯爵の遠縁だという。国王に嫁ぐにはあまりに身分が低いため、親戚である侯爵家の養女となってから妾妃となられた」

　イオニアは驚いた。身分を王族と釣り合わせるために、養女に入るなど、平民ではとうてい考えられないことだ。

「一方、グラヴィス様の母后はフランクル王国の第一王女で正妃のアデーレ様だ。アデーレ様の祖母君は、我が国の先々代国王の妹姫だ。母方のお血筋で言えば、我が国においても圧倒的にグラヴィス殿下が上ということになる」

　イオニアは沈黙した。

　それぞれの王子の母君の身分差によって王宮にどういう軋轢が生まれたのか、貴族に囲まれているいまなら想像できる。

　マルツェルはさらに難しい顔で続けた。


「僕が生まれる前の話だから、経緯はわからないけど……事実だけ言うと、ブリギッテ様とアデーレ様は半年差で、正妃と妾妃としてゲオルク国王にお輿入れされた。それだけでもアデーレ様を送り出したフランクル王国は王女をないがしろにされたと憤慨したらしいが……さらに悪いことに、ブリギッテ様はお輿入れしてすぐに御子を授かり、王太子をお産みになった。一方、正妃アデーレ様はお輿入れして十一年後に、ようやくグラヴィス様を授かった……それだけでも、国王陛下のご寵愛がどちらにあったのかわかるだろう？　つまり、その長年の軋轢が、グラヴィス殿下の才気によって噴出したんだ」

イオニアにはよくわからなかった。ルーカスが苦々しい声でイオニアに質問する。

「イオニア。おまえ、ヨアヒム王太子の評判を聞いたことあるか？」

そういえば市井にいたときも、ヨアヒム王太子の評判をほとんど聞いたことがなかった。それはこの学校に入っても変わらない。

「それがなにか問題なのか？」

「……マルツェル、わかるだろう？」

マルツェルはルーカスの言葉の意味がわかっているらしい。重苦しげに頷く。

「ヨアヒム王太子は大変気性もお優しく温厚な人物だ。通常であれば国王に相応しい人物かもしれない」

「王太子に何の問題があるんだ？」

「わからない？　……こうして間近にグラヴィス殿下の恐ろしいほどの才気を見ていて」

特筆すべき評判を聞かない王太子。それに比べて目立ちすぎる第二王子。

「グラヴィス殿下の、国王としての天与の資質こそが問題なんだ」

グラヴィスの才気が、ヨアヒム王太子の存在を霞ませているというのか。

「十歳も年の差があるのに……」

マルツェルは首を振った。

「国王としての資質に年齢が関係あると思うか？」

「……」

マルツェルは溜息をついた。

「殿下は、正直突出しすぎておられる。けして愚かでもない善良なヨアヒム王太子が凡庸に見えてしまうほどに。王宮で間近にお二人を見ている人達なら、なおさらそう感じるだろう。そこに母君のご身分の差で騒ぐ人間がいるんだ」

イオニアは学校長のことを思い出す。これですべて得心がいった。

「長子相続の理を退けてもグラヴィス殿下を国王にと望む声が大きい。とくに我が国でも高位の貴族に多い、血統主義の奴らが……ちなみに、元宰相である我が祖父もそうだ」

マルツェルの言葉に、ルーカスが悲しそうな顔で首肯した。

「王太子の地位を揺るがす存在としてグラヴィス殿下は自身を『争乱の火種』と言ったのか。せつないな……殿下自身は王位を望んでいないだろうに」

俺が生まれてきたことが間違いだったと、グラヴィスは言った。
争乱の火種――イオニアは、その言葉に秘められた無限の悲しみに胸が引き絞られた。

【レオリーノ】長兄の婚約

オリアーノの婚約者は、レーベン公爵家の長女エリナ・ミュンスターである。

オリアーノはレオリーノの怪我の問題もあって、しばらく自身の結婚の問題を後回しにしてきた。

しかし末弟の体調も落ち着き、結婚について本格的に検討するかというタイミングがやってきた。そして父アウグストの名代で出席した王都の夜会で、ラガレア侯爵によってエリナに引き合わされた。

それが二人の出会いだった。


レーベン公爵家も、ちょうど適齢期となった長女の結婚相手を探していたところだった。公爵夫人は兄であるラガレア侯爵に相談を持ちかけた。内政長官として顔の広い彼なら、誰か良い相手を紹介してくれるだろうと期待してのことだ。

その結果、やや年齢が離れているが、家格的に最も相応の相手として、ブルングウルト辺境伯の後継であるオリアーノに白羽の矢が立った。

オリアーノもエリナも、ファノーレンでは最高位の貴族の子息子女であるため、結婚にも家格の釣り合いというのが重要視される。国内で釣り合う相手がいなければ、外国の有力な貴族もその候補に入れて探さなくてはいけない。しかし、ブルングウルト領を治めるカシュー家は、その地勢から安易に外国の貴族と縁戚(えんせき)を結ぶことが許されていなかった。

政略的に引き合わされた二人であったが、それなりの回数面会を重ね、お互いの相性を確認しながらゆっくりと好意を育んだ。出会って半年後、オリアーノはエリナに結婚を申し込んだ。

貴族の婚約の手続きは国王に承認をもらうことからはじまる。その後に婚約式となるが、新郎側の領地で行われるのが通例だ。しかしエリナも最高位の公爵家の姫であるため、まず新郎の領地ブルングウルトで行った後に、レーベン公爵の領地で二度目の婚約式を行うことになった。

オリアーノの婚約者は、その年の慰霊祭が終わった翌月、母である公爵夫人と、公爵の名代である兄を伴ってブルングウルトへやってきた。

「エリナ嬢、ブルングウルトにようこそ。お待ちしておりました」

オリアーノが婚約者の前に進み出て、その手に唇を落とす。

エリナは亜麻色の髪に理知的で美しい榛(はしばみ)色の瞳をした、凛(りん)とした女性だった。絶世の美女ではなかったが、聡明さが顔つきに出ており、いかにもオリアーノと性が合いそうだ。オリアーノとは八つ違いであるが、公爵家の長女らしく、十九歳と思えぬ落ち着きを備えた女性である。

そんなエリナもさすがに緊張していたのか、婚約者の厳つい見た目に反した優しい笑顔に、ほっと安心したような笑顔を見せた。

「ありがとうございます。オリアーノ様、初めてブルングウルトを訪れましたが、本当に素敵なところで私もうれしゅうございます」

長男の婚約という慶事に頬を紅潮させながら、マイアは花嫁とその家族を歓迎した。

「遠いところをようこそお越しくださいました。エリナ嬢、ハンナ様、そしてユリアン様」

エリナは未来の姑を前に緊張した様子ながらも、公爵家の令嬢らしく完璧に躾けられた礼をしてマイアを喜ばせた。マイアも家族に女性が増えることは大歓迎だ。

今回レーベン公爵の名代として同行したエリナの兄ユリアンも、マイアに優美な礼を返した。妹のエリナと似たような髪と目の色をしているが、落ち着いた雰囲気が勝る妹に比べて、驚くほど華やかな美青年だった。

同行してきたレーベン公爵夫人ハンナも、長女の婚約が決まった喜びに顔を輝かせていた。マイアにいそいそと近づくと、その手を握る。

「私の娘がマイア様のご長男に嫁ぐなんて、本当にうれしいご縁ですわ！」

ヴィーゼン公爵の娘であったマイアと、ラガレア侯爵の娘であったハンナは少女時代に親しくしていた仲である。当時貴族の子女の中では最も高貴なマイアは、同世代のハンナにとって憧れの存在だった。

いまだにハンナはマイアを前にすると、娘時代の憧れを思い出して舞い上がってしまうのだ。

「本当にブルーノには感謝しなくてはいかんな。オリアーノがこれほど素敵な姫を射止めるとは」

アウグストが冗談めかして言うと、エリナが照れたように頬を赤らめた。

オリアーノはその様子を優しい目で見つめている。レーベン公爵夫人はそんな仲むつまじい二人の様子に微笑んだ。

「オリアーノ様のような素晴らしい殿方がそのお年まで未婚でいらしたなんて、エリナも本当に幸運でしたわ」

「母上、失礼ですよ」

ユリアンが苦笑しながら母を窘める。公爵夫人は失言に気がついて扇を口に当てた。

オリアーノは鷹揚に頷いた。長男の名誉のために、アウグストが応えた。

「すでにご存知でしょうが、末の息子が不慮の事故で四年前に大怪我を負いましてな。オリアーノは、弟が健康を取り戻すまではと、縁談の話を控えておったのです」

ユリアンが頷いた。すでに事情を知っている様子だった。

「伯父からレオリーノ殿のお怪我のことは伺っております。大変なお怪我をなさったと」

「いまはほとんど健康を取り戻しております。後ほど挨拶にまいります」

「健康を取り戻しておられるなら何よりです。弟君は、いまはおいくつにおなりでしたかな？」

ユリアンの問いに、アウグストはなぜか苦虫を噛み潰したような顔で答える。

「最近十六歳になりました。ミュンスター家の皆様は縁戚になるお立場ゆえに、隠さずに申し上げますが……うちの末の息子は少々常軌を逸したところがありましてな。皆様には末息子にお会いしても、驚かないでいただきたいのです」


ミュンスター家の三人は顔を見合わせた。

カシュー家の末息子といえば、ほとんどの貴族が顔も姿も見たことがないのだ。

大怪我をしたせいで高等教育学校にも通えず、十六歳になるまでずっと領地で暮らしているということしか知らない。

まさか怪我のせいで二目と見られぬ姿になったのだろうか——あるいは頭がおかしくなったのか。

エリナがやや不安げに婚約者に目で問いかけると、将来の夫は重々しく頷いた。その頷きの意味がわからない。

三人の不安がさらに高まったそのとき、部屋にノックの音が響いた。

「あら、末息子がまいりましたわね」

マイアの声が朗らかに響く。一方、エリナ達はどんな人間が現れるのだろうかと緊張した。

次の瞬間、三人はぽかんと口を開けて固まった。

そこに、ふんわりと淡く発光しているような美貌の少年が立っていた。

「遅くなって申し訳ありません」

オリアーノがさっと弟に近づく。

「大丈夫か？」

「大丈夫です、ありがとうございます」

兄に微笑みかける少年を目にしたエリナ達は、呆然と立ち尽くした。

美しいという形容では表現できない、まさに天使のような麗容だ。ゆっくりとした足取りで近づいてくると、少年はやや低めの、甘くかすれた声で挨拶した。

「初めてお目にかかります。アウグスト・カシューの四男レオリーノです。ブルングウルトにようこそ、エリナ様、レーベン公爵夫人、そしてユリアン様」

三人は返礼も忘れて硬直している。

「……やはりこうなるか……オリアーノ」

アウグストは溜息をつくと、オリアーノに向かって手を振った。オリアーノも溜息をついた。

まずは婚約者の肩をそっと叩いて、正気に戻るように促す。

「エリナ嬢、末の弟レオリーノです。貴女にご挨拶しています」

婚約者の耳打ちに、エリナははっと我に返る。

「も、申し訳……」

挨拶せねばと、美しい笑顔で静かに佇む青年と目を合わせた途端、エリナはまたもや言葉を失った。

アウグストの言ったとおりだ。

たしかに……たしかに常軌を逸している。

天使が不安げに首をかしげた。

それを見たエリナは、公爵令嬢としての威信をかけて、未来の義弟に向かって深々と礼を取る。

「エ、エリナ・ミュンスターです。レオリーノ様、は、初めまして」

緊張する相手でもないのに、声が震えてしまう。

「エリナさま、いえ、エリナ義姉さま……とお呼びしてもいいですか？　僕のことは弟だと思って、どうかレオリーノとお呼びください」

「おと、おとうと……」

心からうれしそうな笑顔を向けられて、エリナはふらりと後ろに倒れそうになる。

オリアーノがあわてて婚約者を支えた。

レオリーノは自分の挨拶に何か失礼があったかと兄を見上げた。オリアーノはなぜか残念そうな顔でレオリーノを見ていた。

その後、レーベン公爵夫人は失神せんばかりによろめき、ユリアンは最後まで熱に浮かされたような表情で、レオリーノの美貌を陶然と見つめていた。

【イオニア】咆哮する夜の獣達3

「イオニア」

自室に戻ろうとしたときに呼びかけられて振り返ると、ルーカスが自室から顔を出してイオニアを手招きしていた。

「ちょっと来いよ」

イオニアは首をかしげながらルーカスの部屋に入る。

「なに？　どうした……わっ」

部屋に入った途端、ルーカスが片手に持っていた包みをポンと放って寄越した。あわてて両手でキャッチして目を瞬いた。

「……何これ？」

「やるよ。おまえ、今日が誕生日だろう」

イオニアは驚きに目を丸くした。たしかに今日で十六歳になった。

高等教育学校に入学して五年目になった。目の前の親友は、最初に会ったときからさらに一層立派な体格になり、成熟した男性の身体つきになっていた。並の成人男性では敵わない筋肉質の戦士の身体だ。

イオニアも同じだ。

この四年間で、肉体的にも精神的にも少年の殻を脱ぎつつある。ルーカスより頭半分ほど負けているが、それでも充分な長身だ。鍛えた四肢にはしっかりと実用的な筋肉がつき、しなやかに引き締まっている。

菫色の瞳から無邪気な光が消え、代わりに秘密をたたえた油断ならない目つきの青年になっていた。

しかしそんなイオニアも、親友の突然のプレゼントにことりと首をかしげる。その様子が存外可愛らしくて、ルーカスは笑った。

「……ありがとう。これはなんだ？」

「手袋だ。剣術の訓練のときに見たけど、おまえのやつは親指の股のところが擦れて破れそうになっていたからな」

「ありがとう……でも、去年まで街に連れ出して……その色々、奢ってくれただけじゃないか。今年にかぎってなんで？」

「おまえに去年のプレゼントが不評だったからな。

今年は形あるものにしてみた」

ルーカスは去年の誕生日の出来事を思い出したのか、ニヤリと意地の悪い笑顔を浮かべた。イオニアは当時を思い返して憮然とする。


去年の誕生日は、ルーカスがお祝いだと街に連れ出してくれた。しかし、遊んだ後で、なんと筆下ろしをしろと娼館に連れていかれたのだ。歓楽街に足を踏み入れたルーカスはとうてい十五歳には見えず、すでに色事に慣れた風情だった。

イオニアは連れ込まれないように必死に抵抗した。喜ぶどころか頑なに嫌だと首を振るイオニアに、ルーカスは本気の抵抗を見たのか、結局謝りながら解放してくれた。


「あのときは無理矢理連れていって悪かったよ。まったく発散している様子もないから、喜んでくれるかと思ったんだがなぁ」

あけすけな言葉にイオニアがムッとする。

「余計なお世話だ！　それに……別に俺は、そういうのはいいよ、まだ」

「なんでだ。閨事に興味はないのか？　それに欲求不満になるだろう」

たしかに最近は、下腹に重く溜まったような感覚を覚えたら、機械的に自慰で発散することはある。だがその熱を誰かで発散したい、という気持ちになったことはない。

身体は成長したが、恋愛や性に対する興味はイオニアの中でどこかに仕舞われたまま、置いてけぼりになっている。

心の中に思い描く人物は、十一歳の頃からいつも一人だけだ。

自分はおかしいのだろうか。思わず考え込んだとき、ルーカスが思いもかけないことを言った。

「おまえが大事にしているグラヴィス殿下だってや

ることやってるぞ、多分」

　イオニアは瞠目した。

「そ、そんなわけあるか！　まだヴィーは十三歳なんだぞ」

『『そんなわけ』がない？　それこそ、そんなわけあるか。王族は結婚が早い。それに殿下はあの体格だぞ。それなりに発散する必要だってあるだろう。閨教育は当然はじまっているだろうな」

　イオニアは頭を殴られたような衝撃を受けた。

　結婚。そのための閨教育。

　考えてみたこともなかったが、王族はたしかに結婚が早い。グラヴィスの兄ヨアヒム王太子は、十七歳で隣国の姫と婚約、十八歳で結婚し、翌年にはカイル王子の父親になっている。

　しかし、それがグラヴィスにも当てはまるとは考えたこともなかった。


　グラヴィスは、三歳の年の差もあってイオニアやルーカスよりはまだ細身だが、それでも平均的な同年代の男子よりははるかに恵まれた体格をしている。

　おそらくすぐに体幹の厚みも増してルーカスに匹敵するぐらいの身体つきになるだろう。その威厳と落ち着きもあいまって、一見すると十六、七歳くらいに見える。

　だが、常に周囲に透明な壁を築いているグラヴィスだ。肉体的な欲求の解消のために、そういった行為を行っているとは、とうてい思えない。二人でいるときも、色めいた話題を口にすることもなかった。

「でも……ほとんど毎晩、俺のところに来ているのに、そんなことをしているはずが……」

　ルーカスの目が暗く光る。

「毎晩？　毎晩おまえのところに来てるだと……？　ああ、そうか、《力》を使って……じゃあ、おまえが殿下の相手をしてるってことか」

「ばっ、馬鹿な……そんなことするわけない！　ヴィーと俺が、なんて……そんな！」

「じゃあ、何をしに来てるんだよ。学業と公務で超のつくほど多忙な殿下が、おまえのところに毎晩、なんのために来るんだ？」

「な、なんのために……って、ただ、会いにきてくれて、話をして帰るだけだ！」

ルーカスは呆れたように鼻を鳴らした。

「子どものままごとかよ。ただ会いに来たいから来て、話して帰るだけって……そんなこと信じろと？」

「……！　でも、俺からは会いにいけないから、だから……」

なぜこれほど動揺しているのか、イオニアは自分自身が理解できなかった。

考えてみれば、同年代の学生達は、童貞を捨てただの恋人ができただの、たしかに色めいた話題で盛り上がっている。

しかし自分にもいつか恋人ができて、グラヴィスにも結婚相手ができることなど、想像したこともなかった。

なぜ、いままで何も考えずにいられたのだろう。

グラヴィスとイオニアが対等でいられるのは、寮の部屋で二人きりで会える、わずかな時間だけだ。

だが、それはいつまで続くのだろうか。

現実の世界では、護衛兼学友として行動をともにしてすでに三年が過ぎた。

小さな箱庭の外では着実に時間は流れ、イオニアも、グラヴィスも、大人への階段を昇っている。

それなのになぜ、出会った頃の幼く純粋な友情が、これからも永遠に続くと思っていられたのか。

本当は、互いの胸の底にある感情を暴くことを怖がっていたのかもしれない。その感情が導く未来が怖くて、お互いに、無意識に蓋(ふた)をしてきたのではないか。

「……っ、ルーカス?」

思考の海に沈み込んでいるあいだに、気がつくとルーカスが近くに立っていた。

「イオニア……」

ルーカスの巨躯に灯りが遮られて、視界が暗くなる。イオニアの鼓動が速くなった。

近くで見つめてくるルーカスの、何かを耐えているような表情に怯えて、あとずさる。

扉に背が当たって、後ろに下がることができない。

これ以上、この距離を縮めたらだめだ。

イオニアは無理矢理視線を外した。身体を反転させてルーカスに背を向ける。

「……もう、部屋に戻る。贈り物、ありがとう」

礼を言って扉に手をかける。すると、イオニアの手を大きな掌が覆った。

その熱い感触に身体を震わせるイオニアの耳元に、ルーカスが唇を寄せる。

イオニアはびくりと震えた。

「イオニア……ちゃんと現実に向き合えよ。いい加減に大人になれ」

「……なに、何を言って」

「俺はずっとおまえを見ていた。だからわかる……おまえは、殿下と出会ったときの自分でいたいんだ。殿下との関係が続くように……ずっと、その頃のおまえのままで時間を止めていたいんだ」

震えはじめたイオニアの首筋に、ルーカスはそっと唇を寄せた。

「……おまえがどれだけ心を幼いままにしても、肉体の欲求に蓋をしても、確実におまえは変わっていってるんだ。ほら……」

首筋に這わされた熱い感触に、イオニアは衝撃を受けた。

「あっ……ルカ、やめろ!」

思わず思いきり背筋を反らして、初めての衝動に耐える。

　つかまれた左手と頭の横の扉につかれた右手に囲われて、無防備に反らされた項（うなじ）を唇で優しく愛撫（あいぶ）されている。

　なぜ突然ルーカスとこんな状況になってしまったのかわからない。だが、暴かれた内なる欲望に翻弄（ほんろう）されるイオニアは、ルーカスの情熱を躱（かわ）すことができなかった。

「おまえだけじゃない。殿下も変わっていく。大人になっていくんだ、俺達は」

　すると、熱を持ちかすかに兆しはじめた股間（こかん）を、大きな掌できゅっと握られた。

　イオニアの下腹から熱い衝動がこみ上げた。

「や……っ、やめ……ぅあっ！」

　イオニアは小さく悲鳴を上げた。ルーカスはかまわずそこを揉みしだいた。

「好きだ……イオニア、おまえが好きなんだ」

「……！　あっ……あっ……うっ」

　ルーカスの手がイオニアの熱を煽り育てる。初めて他人の手に愛撫された肉茎が、イオニアの心を置き去りにしたまま熱く昂（たかぶ）る。

「……あっ……っ、あう」

　それは、明らかに喜びの悲鳴だった。

　前をはだけられ、下穿（したば）きを掻（か）き分（わ）けて直接昂りが取り出される。そこはすでに濡れていた。

　淫靡（いんび）な音が耳を犯す。

「やめ……てくれ……ルカっ、やめろ！」

「これが、おまえの欲望だ……ほらっ」

「あっ……っ、こんなのいやだっ……うっ」

　扉に縋（すが）りついたまま崩れ落ちると、そのままルーカスもうずくまった。

　イオニアのしなやかな腰が、快感を享受して無自覚に動いている。

　ずり下がった下穿きから覗く引き締まった尻（しり）の割

れ目に、ルーカスは強烈な欲望を覚えた。

「あっあっ……や……っ、もう……」

「イオ、イオニア……俺を選んでくれ、イオニア……！　おまえが傷つくのは見たくないんだ」

　イオニアは限界を迎えようとしていた。

　淫靡な濡れた音と荒い呼吸が室内に響く。

「殿下とおまえが抱いているその思いは、友情以上に育てたら駄目なんだ……おまえもわかっているから、だから幼いままでいたいんだろう」

「言うな……っ！　聞きたくない……っ」

　目線を落とせば、ぐちゃぐちゃに濡れて乱された肉棒は限界まで膨れ上がり男の愛撫を喜んでいた。

「俺を選べ……！　イオニア、俺ならおまえの傍にいてやれる……だからっ」

　イオニアはのけぞるようにして絶頂した。

「んぅ——っ……っ」


目の裏に閃光が散る。

　大量の白濁が、最後にきつく鈴口を揉み込んだルーカスの指先からこぼれた。

　嵐のような熱情が去っていった。

　イオニアは乱れた呼吸のまま、扉に額をぶつける。荒い息遣いだけがただよう室内に、その音が大きく響いた。

　ドン、ドン、と、何度も額を扉にぶつける。そうでもしていないと、大声で叫んでしまいそうだった。

　どうしてこんなことになってしまったのか。

　これが、本当の自分なのか。自分はこれほど浅ましい快楽の奴隷だったのか。

　信じられないほど、気持ちがよかった。

　後悔を滲ませたルーカスが身体を離す。

「すまん……言い訳になるが、こんなことするつもりじゃなかった」

イオニアのこわばった身体から力が抜けた。だるい身体を反転させて、扉に背を預けて頭を抱えた。唾棄（だき）すべき己の弱さに、イオニアはうなだれて涙をこらえる。

泣く資格はない。

なぜなら、ルーカスの手が気持ちよかったからだ。ルーカスの想いにイオニアが返した答えは、白く濁った欲望だった。ルーカスがいつも冗談に隠して口に出していた恋情を、性欲で汚してしまった。

ルーカスは手巾（しゅきん）を取り出して、汚れた手を拭った。新しい手巾を手に取って近づいてくる。

その様子を、イオニアは呆然と、どこか心もとない目で見つめていた。

ルーカスは優しい手つきで、さっとイオニアの下腹と服についた汚れを拭う。献身的に、乱れた下肢の衣服を整えた。

イオニアは謝罪にも似たその行為を、無言で受け入れた。反抗する気力が尽きていたこともある。欲望の痕跡はすっかり拭われた。だからといって、もう無垢ではいられない。

「……ルーカス。悪いのは俺だ」

その言葉に、ルーカスが傷ついたような顔をした。何も聞かず、いつも傍にいてくれた親友を、これまでどれほど無自覚に振り回していたのだろう。

『この手がもし、殿下を守るために敵の身体を破壊するなら……俺は、おまえの心が壊れないように守ってやる』

ルーカスはそう誓ってくれた。そして、ずっと傍にいてくれた。その純粋で見返りを求めない好意を、無自覚に搾取していたのはイオニアだ。

けして心は渡せないくせに、つらい現実から逃れる安らぎのために、ルーカスの好意をずっと逃げ場として利用していた。

「……おまえと、こんな風になりたくなかった」

ルーカスはその言葉にビクリと震え、つらそうに唇を震わせた。

「イオニア……おまえが好きだ。ずっと好きだった。おまえの心が殿下のものだとわかっていても」

「……知ってたよ……ごめん、ルカ」

イオニアの答えに、ルーカスはうなだれた。

「大事にしたかった……いまさら言う資格なんてないが……それでも、好きなんだ」

「俺は、こうなってようやくわかったよ」

「イオニア……」

「おまえが言ったとおりだ。俺は、育てちゃいけない思いを、無意識に育ててたんだな」

イオニアは歪んだ顔で、自分の股間をつかみ小さく揺らした。

「……三歳も年下で、王族と平民で天と地ほども身分が違うヴィーを、こういう意味で愛していたんだ」

唾棄すべき肉欲の証（あかし）がそこにあった。

「イオ、このまま俺を拒まないでくれ」

イオニアの胸に額をつけたルーカスが懇願する。

「ルカ……俺は、おまえが好きだよ。『親友』として、おまえのことが大好きだ」

「……っ」

「でも、俺は、多分ずっと、これからもヴィーのことを求め続ける」

（それでも、『親友』のままでいてくれるっていうのか……？）

「俺は馬鹿だな。平民だからなのかな……本当に、ヴィー以外、本当に何も見えてなかった。どうして、なんでこうなったんだろう」

イオニアの目から、涙がこぼれた。

「俺の本性に気がついただろ……？　ルカ、俺を好きになっても後悔するよ」

「もう遅い。俺ももう、とっくに引き返せないところまで来ている」

「俺の心は、ヴィーが全部持ってるのに……それでもいいの？」

「それでもいい。おまえが殿下しか見ていないことなんて、とうに知っている。それくらいずっと、おまえのことを見てきたんだ。それでもかまわないから、おまえの傍にいさせてくれ」

胸元に縋りついて愛を乞うルーカスの肩に、イオニアは、力なく腕を回した。

この親友の好意を、この先もきっと何度も利用するだろう。ルーカスの愛情を心の鎧にして、自分はこれからも煌めく星空の瞳をした少年に、永遠にこの血と忠誠を捧げるに違いない。

「ルカ、俺は、ヴィーが好きだ。俺はただの『人間の盾』なのに、ヴィーが欲しいんだ」

シャツの胸元が、ルーカスの嗚咽とともに濡れた。

イオニアは固く目を瞑った。

自分に、泣く資格はない。


自室に戻ると、グラヴィスがいつものように寝台に座って、イオニアを待っていた。

「——遅かったな」

狭い部屋を圧倒する覇気を発する少年は、不満げに苛立っていた。

いつもならこれほどうれしいことはない。だが、いまだけは、会いたくなかった。

「ヴィー、ごめん。今日は疲れてるから……」

後ろめたさから、グラヴィスを正面から見つめることができない。

グラヴィスはイオニアの態度を不審がると、苛立たしげにイオニアを扉の前に追いつめた。

その目線は、まだイオニアのほうが上だ。

「イオニア、俺を見ろ」

「ヴィー……」

「おまえ、俺を避けているのか」

「ちがう！　でも、ごめん。今日はどうしても、無理だ。帰ってほしい」

「なぜだ。理由を聞くまでは、帰れない」

まばゆいほどに煌めく闇。どこまでもまっすぐな眼差しに、この薄汚れた肉欲を暴かれたくない。


イオニアが待っていなかったことに、グラヴィスは怒っている。

そこに見え隠れする、自覚のない独占欲。それに内心歓喜している、醜い自分がいる。

グラヴィスは、友情と肉欲を伴う恋情の差も曖昧なまま、イオニアを求めている。先程まで、イオニアもそうだった。

互いの無自覚で残酷な独占欲に、年上のイオニアのほうがやがて苦悩することになると、ルーカスはとっくに気づいていたに違いない。


三歳の年の差が、これほど残酷だとは。

年齢以上に背丈が育ち、大人顔負けの天才的な頭脳を有していても、グラヴィスはまだ十三歳なのだ。

この想いを情欲にまみれた身体ごと受け止めてくれなんて、三歳も年下の少年に――しかも王子に告げられるわけもない。


先程いたずらに高められた股間の湿り気と汚れがせつない。だが、もしあの瞬間、昂りに這わされた指がグラヴィスのものだったら。身分違いの、三歳も年下の王子とそういった意味で繋がりたいと思っている自分が、イオニアは、とても恥ずかしくてつらかった。

グラヴィスの指が首筋をたどる。

「……イオ。この痕は、なんだ」

ルーカスに唇でたどられた場所を的確に擦る指と射殺しそうな視線。イオニアはおののいた。

「イオニア……！　説明しろ。……こんな痕、誰（だれ）につけられたんだ！」

思わず、その指を払い落とす。

「……っ！　イオ……おまえ」

振り払われたグラヴィスが苛立ちに顔を歪める。その瞳から星の瞬きは消え、いまや完全に闇夜のようだった。


「……俺はもう、おまえのもとに来てはいけないか」

「……そんなことない」

縋るような声が出てしまった。

「だが、おまえに特定の相手ができたのなら、俺はもう、ここに来ることはできない」

特定の相手。いまグラヴィスはそう言った。

ああ、グラヴィスはすでに知っている。この愛咬（あいこう）の痕がなんなのか、正確に理解しているのだ。

ルーカスの言ったとおりだった。自分と同じように無垢だと信じていた王子は、すでに肉欲の行き着く果てを知っている。

それなのに、グラヴィスの中では、イオニアへの想いだけが明確なかたちを持たない。いや、かたちを与える必要も感じていないのかもしれない。

――どうして、永遠に子どものままでいられると思えたんだろう。


グラヴィスは、言葉を選びあぐねている。イオニアは扉に背を預け、黙ってその様子を見ていた。

ルーカスの部屋にいたときと似たような状況がひどく滑稽（こっけい）で、思わず乾いた笑いを浮かべてしまう。

グラヴィスは苦しそうに顔を歪めた。

「俺はもう、おまえにとってどうでもいい存在か」

「違う。俺にとって一番大切なのはおまえだ」

イオニアは断言した。それだけは、絶対に変わらない。

「ヴィー、聞いてくれ。何があっても、俺の心は変わらない。永遠におまえが、俺の一番だ」

イオニアの言葉に、星空の瞳が揺れる。

「おまえの背中を預かるのは、永遠に俺でありたい。ずっと傍にいたいんだ……信じてくれ」

「その痕をつけた相手は――おまえの、『恋人』か」

グラヴィスが問い詰める。

「答えろ……相手は、ルーカス・ブラントか」

「……ヴィー。もうこの話はしたくない」

「答えろ、イオニア！」


イオニアは激昂するグラヴィスを見て、喜びと哀しみの両方を感じた。

グラヴィスは嫉妬している。性的な意味でイオニアに触れた人間がいると知って、嫉妬しているのだ。

だから、イオニアは嘘をついた。

「そうだ……ルーカスが、俺の恋人だ」

ルーカスを利用することにためらいはなかった。

グラヴィスは真っ青な顔で唇を噛むと、次の瞬間部屋から消えた。

激情の嵐に呑まれたグラヴィスは、イオニアの頬に残る涙の跡に最後まで気がつかなかった。


王宮の自室に跳んだグラヴィスは、袖机の水差しとグラスを、怒りにまかせて薙ぎ払った。

ものすごい破壊音にせわしなく扉が叩かれる。

「殿下！　何事ですか！」

「入ってくるな！」

グラヴィスの激昂した声に、扉の向こうが一瞬で静かになる。

「お怪我は？　……部屋に入ってもよろしいですか」

「大丈夫だ。大事ない。水差しを落としただけだ。明日まで一人にしてくれ」

扉の外が再び静かになった。

グラヴィスは衝動を抑えようと固く拳を握る。だがイオニアの首筋にあった赤い痕を思い出し、再び怒りが湧（わ）き上がる。

あの痕は、恋人がつけたと言った。

それがどうした。グラヴィスとてすでに閨教育を受けている。熱が溜まることもあるし、それを定期的に発散する必要があることもわかっている。

イオニアも十六歳だ。おそらくそういった肉体の欲求を、誰かで処理することもあるだろう。

グラヴィスにとって、イオニアは他と比べようもない、唯一無二の存在だ。それに、一番大切だと、永遠に傍にいると言ってくれた。

半ば強引にイオニアの運命を変えた負い目があるグラヴィスにとって、それは望みうるかぎり最上の言葉だ。恋人がいようがいまいが、イオニアは永遠にグラヴィスのものだ。

それなのに、なぜこんなにも胸が痛むのか。

（なぜだ！　おまえの一番は俺じゃないのか……恋人なら、俺が知らないイオニアを、イオニアのすべてを知るのか……いやだ、いやだ、いやだいやだ!!）

あの引き締まった美しい肉体に、服に隠された肌にルーカスが触れたのかと思うと、怒りに思考が真っ黒に染まる。

グラヴィスは、ようやく理解した。これは嫉妬だ。まぎれもない独占欲と嫉妬。

（俺は、イオニアのすべてが欲しい……）

ルーカスはすでに大人の男になりつつある。

縦も横も、グラヴィスはまだルーカスにまったく敵わない。イオニアの背もまだ追い越せないのだ。

少年が青年に変わるその時期の、三歳の年の差はあまりに大きい。

何よりも、グラヴィスには恋愛にうつつを抜かしているような余裕はない。

国王が病に倒れたのだ。

すぐに亡くなるような重病ではないが、そのことが明るみに出れば、再び世継論争は再燃するだろう。

今度こそグラヴィスは、本人が望むと望まざるとにかかわらず、兄と世継の立場を争って対立することになるかもしれない。

それはイオニアの命さえも危険に晒すかもしれないということだ。

（――こんな、何もかもが中途半端な子どもの俺に、イオニアの愛情を乞う資格なんてない）

グラヴィスは唇を噛んだ。


イオニアと出会った五年前は、グラヴィスにとってつらい時期だった。王太子の母ブリギッテ妃が亡くなった頃(ころ)である。グラヴィスは八歳だった。

妾妃の死を引き金に、第二王子を次の国王へと推す派閥と王太子派の対立が表面化した。

グラヴィスは十歳上の異母兄を慕っていた。

華やかな容姿の弟に比べて、薄茶の髪と瞳は凡庸ながら、穏やかな雰囲気の王子だった。

年齢の開きはあったが、会えば必ずグラヴィスの頭を撫でて言葉をかけてくれる、優しい兄だった。

そんな家族的な親愛の情を、唯一行動で示してくれたのも兄だった。アデーレは尊敬すべき女性で、たしかに愛情を感じることもあったが、『母』である前に『王妃』である彼女は、グラヴィスを抱きしめて可愛がるようなことはしなかった。

グラヴィスがやがて優れた資質を顕（あらわ）しはじめると、本人達のあずかり知らぬところで、徐々に兄弟のあいだには壁が築かれていった。

なぜ兄の態度がよそよそしくなったのか、グラヴィスには理解できず、ただ悲しかった。

六歳になる頃には、グラヴィスはすでに兄と自分が置かれている複雑な状況を理解していた。


王太子ヨアヒムは温厚な気質だ。普通であればその穏やかな性質は美徳であっただろう。

だが彼にとって不幸だったのは、大国の君主の世継として生まれたこと、そして圧倒的な才気とカリスマ性を放つ弟がいたことだった。

グラヴィスの存在によって、彼の穏やかな気質は凡庸さあるいは気弱さとして、人々の目に映った。

王太子は久しぶりに会う弟の頭を撫でながら、

「おまえのほうが血筋も知性も、国王にふさわしい」

とつぶやいた。

自分の存在が兄を追い詰めているのだとわかっていた。だが、どうすればよいのかわからなかった。

グラヴィスは母の期待を裏切ることはできなかった。アデーレの、それまでの過酷な人生と苦悩を理解していたからだ。


母后アデーレは、ファノーレンと並ぶ大国フランクル王国の第一王女として生まれ、十八歳でゲオルクに嫁いだ。

ファノーレンからフランクルに輿入れした王族を祖母に持つアデーレは、その血筋と類稀な瞳を持つ美貌もあいまって、国民に大歓迎された。

しかし、血筋、知性、美貌、大国の王妃の地位――すべてに恵まれたアデーレが唯一持てなかったものが、夫となる国王ゲオルクの愛情だった。

国王ゲオルクはアデーレが輿入れしたわずか半年

後に、当時十八歳のブリギッテを妾妃として後宮に召し上げたのだ。

大国フランクルの王女を正妃に迎えた直後に妾妃を迎えるなど、通常はありえない。しかしゲオルクは直情的な性質で、周囲に反対されればされるほど、ブリギッテに対する異常なまでの執着を募らせた。

ブリギッテは、妾妃とするにはあまりに身分の低い下級貴族の娘だった。

ブリギッテを遠縁の侯爵家の養女にして形式上の体裁を整えると、近臣達の大反対とフランクルからの猛抗議を無視して、強引に彼女を妾妃とした。

さらに不幸だったのは、ブリギッテが輿入れしてすぐに妊娠し、一年後に王太子となるヨアヒムを産んだことだ。その頃には国王の寵愛が妾妃にあることが内外に明らかになっており、アデーレは、女としても正妃としても二重の屈辱を受けた。

しかし、彼女は生来の誇り高さと聡明さから、二国間の関係を悪くすることをよしとせず、孤高の王妃として公務をこなしていった。

一方、ブリギッテはただひたすらか弱く、己の意志を持たず強引な扱いに流される女性だった。そのか弱さゆえに、ゲオルクは彼女に執着し、寵愛した。

しかし、ブリギッテは妃教育を受けたわけでもない。正妃であるアデーレの立場を立てるようゲオルクに進言するほどの気概も知恵もなかった。

体裁を整える程度に義務的に閨に通ってくる愛情なき夫の腕に抱かれ、アデーレが子を宿したのは、ファノーレンに嫁いで十一年後だった。

ゲオルク国王譲りの黒髪に、フランクル王家に稀に顕れる、藍色に金粉をまぶしたような類稀なる色の瞳、通称『星空の瞳』を持つ美しい男子を生んだ。

アデーレは歓喜した。

夫の愛情を希(こいねが)う期間はとうに過ぎていた。その代わり、ひたすらグラヴィスに情熱を注いだ。

やがて自分によく似た美貌の息子が、君主としての資質を明らかにしはじめると、賢妃アデーレの国を思う純粋な心は、徐々に別の願いに変質していった。

アデーレに心酔する重臣達からも、優秀でより血筋の良い第二王子を王太子に推す声が出はじめた。

その対立が表面化したきっかけは、妾妃ブリギッテの死だった。国王の寵姫(ちょうき)である母の後ろ盾を失ったヨアヒムから王太子の称号を剥奪(はくだつ)して、グラヴィスを王太子に推す動きが表面化したのだ。

正妃である母は、表向きは跡継ぎ争いに関与することはなかったが、裏で彼女の意向が大きく関わっていることに、グラヴィスは気がついていた。

グラヴィスは兄への愛情と、母への愛情の板挟みで苦しんだ。なにより自分の存在が、この国を争乱に導く導火線であることに絶望した。

なんとか母を失望させずに、兄にこのまま王位を継がせたかった。

そんなとき、自分の立ち位置に苦悩する幼い王子を、息抜きに連れ出してくれたのがストルフだった。

ストルフも第二王子の資質を認めており、より次代の国王にふさわしいと思っていた。だが国を弱体化させるような不要な争いを生みたくない。そんなグラヴィスの思いも理解していた。

国法を曲げてまで世継争いをすれば、フランクルも巻き込んで、必ずとりかえしのつかない分断が生まれてしまう。

そして、グラヴィスは平民街の鍛冶場で、菫色の瞳の少年に出会ったのだ。

その少年は、一筋の朝日のように、グラヴィスの闇(やみ)の中にまっすぐに飛び込んできた。

自分が誘う未来がどれだけ危うい道なのかわかっていても、グラヴィスはどうしてもイオニアを傍に置きたかった。

その選択の結果がこれほど苦しいものだと、グラヴィスは思っていなかった。

その日、イオニアは鍛錬の終わりに学校長に呼び出されていた。

白髪(しらが)の老人はいつものように柔和な笑みを浮かべて、イオニアを歓迎する素振りを見せる。

「ああ、来ましたか。イオニア君。グラヴィス殿下の信頼も厚くてなによりです。君がここに来てもう五年目になりますか」

イオニアは無言で頷いた。

学校長は、イオニアがどんな態度を取ろうがまるで関心がない。彼は貴族以外の人間を対等な存在と認識していないので、イオニアの態度など気にも留めないのだ。

イオニアは、この血統主義者の学校長が大嫌いだった。この男と話していると、ファノーレンが平民にも機会が開かれた国というのが、まったくの幻想だとわかる。こんな男が高等教育学校のトップなのだから推して知るべしである。

「これまでは殿下も、少なくとも校内では平穏無事にお過ごしで何よりでしたが……君にも危険が及ぶこともなく、ご家族も安心されているでしょう」

「……呼び出しの用件はなんでしょう」

「そうですね。余計な話はここまでにしましょう。今日は、君に忠告をしたい」

イオニアは小さく首をかしげた。学校長はそこで初めてイオニアに視線を向けた。

「君は殿下の味方という認識でよいですね？」

学校長が何を言いたいのかわからない。ただ、イオニアがグラヴィスを裏切ることなど絶対にない。だから無言で頷いた。

「よろしい。では、ここで聞いたことは内密に。国王陛下がお倒れになりました。まだ側近しか知りませんが、原因不明の病が見つかったそうです」

「……なっ」

まさかそんな、国にとっての一大事を告げられるとは思っていなかった。

「そんな重要な国家機密を、俺ごときにぺらぺら喋っていいんですか」

「君は特別です。わかるでしょう？　陛下に万が一のことが起こったら……いよいよそういう時機になったということです。この意味はわかりますね？」

ファノーレンの未来を憂えている一部の貴族は、次代の国王が誰になるかを懸念していますと、学校長は熱のこもった口調で続けた。

グラヴィス本人の意向を無視した周囲の身勝手な欲望に、イオニアは怒りを覚える。

「……グラヴィス自身の望みは、どうなるんですか。みんな、貴方も、王妃様もわかっているはずだ。王太子を退けて国王になりたいなど……グラヴィスはそんなこと望んでいません」

学校長は頭を振った。

「王妃様も、殿下が王太子に遠慮なさってその立場を控えていらっしゃるのはわかっている。だが、わかるでしょう？　グラヴィス殿下こそが次の国王に最もふさわしいと」

結局、すべての問題はそこに戻るのだ。

グラヴィスの資質が王に向いていることなど、イオニアだってわかっている。

この四年間、イオニアは王子のその天与の資質を一番間近で見てきたのだ。

だが、グラヴィス自身は王になることを望んでいない。この国を乱す火種になりたくないのだ。

敬愛する温厚な優しい兄に、このまま王を継いでもらい、自分は影になりその治世を武力で盛りたてたいと思っている。

「母君が他国のお血筋だという懸念の声もあります。だが、アデーレ様は、前々国王の妹姫の孫娘でもいらっしゃる。ファノーレン王族としての血筋としても、アデーレ様のほうがよっぽど高貴で尊いお血筋だ」

この血統主義者め、と、イオニアは怒りを覚える。

「それに、あの妾妃は、ラガレアの息子に取り入っていた女。そんな女が王を誑かして生まれた長子だ。王太子の出自も、はたして本当に王のお血筋なのか知れたものじゃない」

イオニアは耳を疑った。

二人きりとはいえ、あまりに不敬な発言だ。知られたら処罰される可能性もあるほどの暴言——はたして学校長は何を言い出したのか。

「ヨアヒム王太子の母君ブリギッテ妃は、ラガレア侯爵の係累の子爵家出身だ。そのまま妾妃になるにはあまりに身分が低く、親戚の養子に入ってから嫁いだ。ラガレア侯爵家の息子ブルーノとは義理の兄妹になるわけですが……私は真実を知っているのですよ。ブルーノとブリギッテ妃はおそらく恋人同士だった。そこに横槍を入れたのが、ブリギッテ妃に一目惚れしたゲオルク王だ、間違いない」

イオニアは首を振った。

「まさか……そんなことがあればとっくに醜聞になっているはずです」

ラガレア侯爵の跡取りブルーノ・ヘンケルと、ブリギッテがかつて恋仲だったなど、最低の邪推だ。

「王太子はそのブリギッテ妃の産んだ王子だ。王太子の地位を盤石にしようと、アデーレ様に対抗できるように、フランクルからエミーリア王太子妃をもらったのです。世継も早々につくったのも、そういうことです」

「王太子は心優しい方だとヴィーも言ってました。王妃様に対抗するなど……」

学校長は再び首を振った。

「グラヴィス殿下は王太子に騙されています。王のお命がどれだけ続くかわからなくなったいま……今度こそ王太子一派は、グラヴィス殿下のお命を狙ってくるでしょう」

【レオリーノ】ユリアンの求愛

エリナ・ミュンスターとオリアーノの婚約式は無事に終了した。

後日レーベン公爵の領地でも二人の婚約式が行われ、カシュー家からは辺境伯夫人マイアと、当主の名代として次兄ヨーハンが参列した。

二人の結婚式は翌年、ブルングウルト領の教会で行われることになった。

家族の慶事を喜びながらあわただしく過ごすカシュー家にとって、予想外だったのは、エリナの兄ユリアン・ミュンスターの頻繁な訪問だった。

エリナは、結婚までカシュー家のしきたりを学ぶために定期的にブルングウルトと王都を往復することになっている。だが、本来用のないはずのユリアンが、妹以上に頻繁にブルングウルトを訪れるのだ。


ユリアンの訪問の目的はレオリーノだった。

婚約式の際に、カシュー家の末っ子の美貌に一目惚れしたユリアンは、滞在中に本気でレオリーノに惚れ込んだ。頻繁に顔を出してはレオリーノの気を引こうと必死になっている。

当初は楽天的に考えていたカシュー家も、真剣味を増すユリアンの態度に危機感を覚えつつあった。

しかし、縁戚となる公爵家の嫡男を無下にすることもできず、ユリアンは気の向くままレオリーノのもとへ訪れていた。


ユリアンは、その日も笑顔でやってきた。

執事の先導を追い越すような勢いで、レオリーノのところへ向かう。テラスでお茶の時間を過ごしていたレオリーノは、今月二度目の訪問に小さく溜息をついた。ユリアンはいつもの王都の土産（みやげ）だろう、何かお菓子のようなものを携えている。

華やかなユリアンが登場すると、質実剛健な印象のブルングウルト城もパッと明るくなる。その洗練された立ち居振る舞いに、さすが王都住まいの貴族は違うなとレオリーノは感心していた。

「ご機嫌いかがかな、レオリーノ。君がいない王都は本当に心に潤いがないよ。天使のような麗しい姿を見ないと、僕は夜も日も明けない」

ユリアンはにこやかに近づいてくると、遠慮なくレオリーノの手を取る。まるで淑女に対するようにその甲の上で唇を鳴らす。

ユリアンの奇妙な振る舞いにも慣れてきたが、この淑女に対するような扱いには本当に困っている。

「あの、ユリアン様、何度も言いますが私は男子ですよ？　このような挨拶は不要ですから……」

ほとんど社交らしい経験のないレオリーノさえ、ユリアンの振る舞いは奇妙に思える。

ユリアンはその目に賞賛の色を湛え、飽きることなくレオリーノの顔を眺めていた。その様子は、例えが悪いが、まるで最高級の宝石を眺める蒐集家のようだった。

訪問するたびに、しばらくこの調子だ。そして毎回、レオリーノの容姿に対して賞賛の声を浴びせはじめる。

「ああ、レオリーノ……本当に君は美しい。男性か女性かは関係ない。これほど美しい人を僕は王都でも見たことがない。本当に……まるで天使か、妖精（ようせい）のようだ」

ユリアンは手土産を渡したあと、レオリーノの白い手に自分の手を重ねた。

レオリーノが困り果てて視線で訴えても、確信犯の青年はいたずらっぽい顔で笑うばかりで、いっそうその指に力を込めた。

「ユリアン様、誠に恐れ入りますが、そろそろレオリーノ様の手を放していただけますでしょうか」

ユリアンは名残惜しげに、レオリーノの手を放した。

レオリーノはほっとする。

お茶を飲んで落ち着こうと、レオリーノがカップに指を伸ばしたそのときだった。両手を再びユリアンにつかまえられ、その口元まで持ち上げられる。

レオリーノはビックリして固まった。

「レオリーノ、僕の気持ちはもうわかっているだろう……ブルングウルトにこうして通い詰めているのも、すべて君のため、君に会いたいからだ」

「あの……ユリアン様、手を放していただけ……」

ユリアンがレオリーノの前に跪く。背後の侍従が狼狽しているのがその気配から感じられた。

「レオリーノ、僕は先程、アウグスト殿に……お父上に、君に求婚したいと申し出た」

「ええ？　う、嘘ですよね？」

驚きすぎて素で反応してしまう。

「嘘なものか。ただ、残念なことに、お父上には断られたよ。僕がレーベン公爵家の跡継ぎである上に、君がまだ幼くそういったことに疎いからと……だが、僕はどうしても、君を諦めたくないんだ。どうか、僕との結婚を考えてほしい」

レオリーノは、自分の前に跪いて真剣に見上げる青年を凝視した。ユリアンはいたって真剣な表情で、レオリーノを熱っぽく見つめている。

ユリアンから向けられている好意は、レオリーノもさすがに気がついている。

レオリーノはまだ恋愛経験もなく、まっさらの無垢だ。しかし、イオニアの記憶によって、恋情がどんなものかも理解している。

　そういう意味では、レオリーノはユリアンに恋愛対象として惹かれたことはなかった。


　ファノーレンでは同性婚も許可されているが、貴族の嫡男は女性を結婚相手にするのが通常だ。レーベン公爵家の跡継ぎであるユリアンが、子どもが産めないレオリーノをまさか本気で結婚相手として望んでいるとは、誰も思っていなかった。

　あくまで一時の恋人候補としてレオリーノを口説いていると思っていたのだ。

　だからこそ、レオリーノが一時の戯れの相手に選ばれることを警戒して、ユリアンと面談するときは常に家族か男性使用人の誰かが同席し、不埒な真似をしないように目を光らせていたのだ。


「僕は本気だ……君がまだ成人前で、誰よりも無垢な人だということはわかっている。だけど、どうか僕との結婚を真剣に考えてほしい。君は僕に守られて生きるべきだ」

　レオリーノはどういう意味かと目で問いかける。するとユリアンは優しげな顔で、レオリーノに現実をつきつけてきた。

「いいかい、レオリーノ。君はまだ無垢で、社会に出たこともない……だが、これから先はどうする?」

「これから先……」

「君は四男で、継ぐべき爵位もない。そして君はあまりに美しすぎる。その美貌で、その脚で、一人で生きていくのは難しい……いや。不可能なんだよ」

　その優しく残酷な言葉に、レオリーノの表情がこわばった。

「君は誰かの庇護のもとで大切に守られて生きていくべきだ。いずれ必ず、お父上とオリアーノ殿もそうお考えになるだろう」

【イオニア】咆哮する夜の獣達4

あの夜以来、イオニアの部屋にグラヴィスが来ることはなかった。

これまで毎夜のように続いていた二人だけのひそやかな訪(おとな)い。寝る前のひととき、小さく胸が躍る時間。それを台無しにしたのは自分だ。

自業自得だと自嘲しながらも、胸が潰れそうに孤独な夜を過ごし、グラヴィスのことを考えていた。

会いたい。

しかし、この毎夜せつない疼きを覚える心と身体(からだ)をグラヴィスに知られるくらいなら、いっそこのままのほうがいい。

心も身体も未熟な状態のままでは、おそらくもっとひどい破綻(はたん)が待っていただろう。

かけがえのない少年期は去ったが、成熟と引き換えにした孤独は、うまく秘密を隠してくれる。

部屋の隅に落ちた影が濃くなった。

星明かりに慣れた目には月明かりすら眩しく、イオニアは寝転んだまま、目元を腕で覆う。

ノックの音が響く。施錠をしてなかった扉がガチャリと回され、誰かが足音を立てずに入ってきた。見なくてもその息遣いでわかる。

ルーカスは勝手に入室すると、後ろ手で静かに扉を閉めた。

「……入っていいなんて言ってない」

目元を隠したまま憎まれ口を叩くイオニアの様子に、ルーカスが小さく笑った気配がした。

「だめとは言わないだろう？」

「いや、だめだ」

「はは……いまさら遅いぞ」

イオニアはゆっくりと肘を下ろして、ルーカスを力なく睨んだ。

「……何をしに来た」

ルーカスがゆっくりと寝台に近づいてきた。足元に近いところに座る。

その様子を、イオニアは黙って眺めていた。ルーカスが顔を覗き込んでくると、視線を避けるように、再び窓を見つめた。

月が眩しすぎて、星がよく見えない。

「殿下から当てこすりを言われたぞ」

イオニアの瞼がピクリと引きつった。イオニアの表情の変化をルーカスが観察しているのがわかる。

「ヴィーが、当てこすりだと？　まさか……本当はなんと言っていたんだ」

「……おまえに『恋人』ができたと」

「ヴィーがそんなことをおまえに言うわけがない」

苦笑する気配。

イオニアは再びルーカスに視線を合わせた。

意地の悪い笑みを浮かべているかと思っていたが、そこにはひどく真剣な顔をした青年がイオニアを見つめていた。

「たしかにそうは言ってなかった。おまえを下衆なかった。噂に晒すような真似をするなと、叱られたよ」

「……どういうことだ」

「『噂をされるような真似をしてイオニアの経歴に傷をつけるな。恋人なら大事にしろ』とお叱りを受けた。この前、俺がつけた首の痕のことだろう。たしかにあれは迂闊だった」

あれほど怒っていたのに、ルーカスを恋人だと認めてイオニアの名誉を考えてくれたのか。イオニアはほろ苦い思いで唇を噛む。

「……おまえは、それを聞いてどう思ったんだ」

イオニアは両肘を突いて上半身を起こした。

ルーカスは、どこか痛みをこらえるような表情をしていた。それは自分がしでかしたことに対する悔恨の表情だ。

「反省した。それと、殿下にバレたときに、きっとおまえがつらい思いをしただろうなと思った」

ルーカスは手を伸ばすと、イオニアの冷たい頬を指の背でそっとなぞった。

「……泣いたか」

イオニアは答えず、その指をつかんで退けた。

ルーカスはその指を追いかけ、冷えているぞと言いながら指先を握り込んでくる。

「俺を『恋人』だと、殿下に嘘をつかなきゃならなかったんだろ。それくらい追いつめられた。違うか？　……俺のせいだと思うが、あの夜に」

「ヴィーとのことは、誰にも話すつもりはない。たとえおまえであっても」

「いいさ、あえて話さなくても。すべて俺が勝手に推測していることだ」

ルーカスは、ぬくもりを帯びた指先を放した。片肘で支えていたイオニアの上半身が、再び力なく寝台に沈んでいく。のっそりと大きな身体が覆いかぶさってきた。

「俺を、おまえの弱みにつけこんでいると思うか」

吐息が交わるくらいの距離で青年の顔を見上げても、イオニアの心は高揚することはない。

だが、身体の端々に熱が高まってくる。重なった青年の身体にも、その熱は伝わっていただろう。

イオニアは目を逸らした。

「おまえの好意を利用した俺を、狡いと思うか」

「……そんな目をしたおまえを、狡いと思えるわけがないだろう」

本格的に体重をかけられて、イオニアは小さく喘いだ。反らした首筋をたどる唇の感触を遮断して、イオニアは話し続ける。

「……ルカ。わかっただろう。俺はこういう人間なんだ。グラヴィスと繋がり続けるためだったら、どんな嘘も、どんな犠牲も払う。おまえを傷つけようが、俺は」

「それでもかまわない。たとえおまえがグラヴィス殿下を全身全霊で求め続けていても、それ込みで、おまえを好きになったんだから、俺だってどうしようもないんだ」

ルーカスはイオニアの額から髪を梳(す)いて、ゆっくりと後ろに撫でつけた。信じられないほど優しい手つきだ。

「ルカ……ルカ、俺は、おまえに心は渡せないんだ」

「かまわないと言ってるだろう……傍にいさせてくれ、イオニア。俺をおまえの『恋人』にしてくれ。殿下に対して『言い訳』が必要なら、俺がそれになってやる。おまえが殿下と一緒にいるために嘘をつきたいなら、俺がその共犯になる」

その言葉に、イオニアの心が決壊した。

この情の深い親友を、本当の恋人として愛することができたらどれほど幸せだろうか。

だが、心はそれを許さない。ずっとあの星空の瞳に恋い焦がれ、求め続けている。

こめかみを伝い落ちる雫を、ルーカスの唇が優しく吸い取る。

イオニアはルーカスの首に腕を回して引き寄せた。唇が重なる寸前に、小さな声でつぶやく。

「ルカ……頼む。俺の『恋人』になってくれ」

ルーカスはイオニアの後頭部をつかみ、了承の証(あかし)にその唇を重ねた。

触れるだけですぐに離れた青年の唇を、イオニアは衝動的に追いかけて舐めて唆した。イオニアの不埒な仕草に煽られた身体(からだ)が覆いかぶさってくる。

広い背中に遮られて、イオニアの視界から夜空は見えなくなった。

イオニアとグラヴィスのあいだには微妙な空気が

続いていた。

学舎（まなびや）では同じ時間を過ごしているが、あの夜の出来事についてお互い触れないようにした結果だ。とはいえ、自分から相手を遠ざけることもできない二人だった。学校での護衛という事情もある。

お互いに対する執着と未練が、二人の関係を硬直させていたのだ。


そんな状態のまま、実戦の演習として、郊外の山で一泊二日の戦闘訓練が行われることになった。

王国軍と共同して行う大がかりな訓練だ。戦術を専攻する学生達は四年生から参加可能な授業である。実際の王国軍に所属する三十人からなる一個小隊が敵役になり、野戦を想定した模擬戦を行う。敵の小隊によって山岳地帯に侵入され見張り砦を襲われたと仮定して、砦を奪還する作戦を展開する。

敵役は本物の軍人である。当然のことながら、学生とは腕の比べようもない。武器はすべて刃を潰し、体術を使った戦闘も禁止されている。個人技を磨くのではなく、全体の戦術と指揮系統に従った迅速かつ統率の取れた動きを実地で学ぶという狙（ねら）いだ。


今年の訓練は第二王子の参加が決まったことで、常になく緊張感があふれていた。

実戦訓練に王族が参加すること自体が初めてだが、しかも十三歳という、異例の年齢での参加なのだ。

グラヴィス王子は体格に恵まれ、イオニア達年長組とほぼ同い年に見える。しかし、いかに飛び級しているとはいえ、実際の年齢は学校に入ってから二年目の少年達と同じなのだ。


学校長も今回の訓練への参加については難色を示した。しかしグラヴィス自身が参加を強く望んだ。ストルフ将軍も後押しした。グラヴィスが飛び級をしてまで高等教育学校に入った目的こそが、その実践の場を得ることにあったからだ。

しかし王族に万が一のことがあってはいけない。王国軍側もこの訓練には慎重になっていた。そのため異例ではあったが、王国軍の長であるストルフが訓練の責任者として全体を管理することになった。

「この訓練は現実の要衝地点を急襲されたことを想定して行う、本格的な模擬戦である。だが個々人の戦闘の技術を競う場ではない。その認識を間違えないよう、各々気を引き締めてかかるように」

訓練当日、将軍ストルフの訓示に、学生達は背筋を伸ばした。マルツェルはもとより、イオニアもルーカスも、去年より重要なポジションを任されている。それぞれが真剣な顔つきで列に並んでいた。

敵兵役の王国軍の部隊はすでに山間に隠れている。それがいっそう緊張を増している。

とくにイオニアは、学校外で初めてグラヴィスの護衛を務めるため、緊張を高めていた。

グラヴィスが学生側の指揮をすることになった。最初は去年副指揮官を務めたマルツェルに指揮官役を譲ると申し出た。しかしグラヴィスを末端に置いておけるわけはないし、それほどもったいない布陣もない。第二王子が指揮を執ることについて、その実力を知る誰(だれ)もが納得していた。

これから翌朝まで、昼夜を通した訓練が行われる。イオニアはグラヴィスの傍に近寄って囁く。

「……おまえのことは絶対に守るから。思いきりやっていいからな」

グラヴィスにはとくに緊張した様子はない。

「俺も、本当はおまえと一緒に暴れる役に回りたい」

そう言うと、グラヴィスはかすかに笑みを浮かべて、イオニアを見つめた。久しぶりに、かっちりと二人の視線が交ざり合う。

「イオ。おまえに、俺の背中を預ける」

その瞬間、イオニアは歓喜に身震いした。

ああ、これだ。

グラヴィスと、永遠にこの距離でいたい。

誰よりも近く、視線を交わすだけで、お互いの気持ちがわかりあえるこの距離に。


学生側の指揮官であるグラヴィスは、指揮官役の主要な仲間達を砦内の中央の大部屋に集めた。

グラヴィスの横にはイオニアが、そして仲間達の中にはルーカスも、マルツェルもいる。

背後にはストルフ将軍と学校側の教員数名が控えている。危険と判断されないかぎり、大人達がこの訓練に介入することはない。しかし、大人達の視線が気になり学生達は落ち着かなかった。

「集中しろ」

そこに、グラヴィスの静かな声が響く。

学生達はぴりっと背筋を伸ばす。グラヴィスは一人一人の顔をじっと見つめて、彼らの集中を自分に引きつけて落ち着きを取り戻させる。

「いいか、やつらのことは空気と思え。どんな状況でもやるべきことに集中できない人間が軍人になどなれない。いいな」

年下とは思えない王子の冷静な態度に、学生達は己の未熟さを恥じ入る。

しかし、グラヴィスを学生達と同じ物差しで測るのは間違っている。この年ですでに、王国軍の幹部達と戦略を練る机で現実の問題に対処しているのだ。


副指揮官に指名された最上級生のアルニムが、緊張した場を解(ほぐ)そうと軽口を叩く。

「殿下には学校の模擬訓練なんて、子どもの遊びに思えるかもしれませんね」

グラヴィスはアルニムを見て口角を上げた。その笑顔がめずらしくて、学生達は見惚れてしまう。

しかし、ここで和やかな空気になることを、王子は許さなかった。

「いや、我々が遊ばれないように私も必死で考えている。この過酷な訓練で、諸君が年若な私を指揮官として仰がなくてはいけないことを申し訳なく思っている」

「どういう意味ですか」

「ストルフと相談して、今回の敵役として山岳部隊の第十小隊を派遣してもらった。王国軍への入軍を目指す諸君達なら、この意味はわかるな」

　学生達は即座にグラヴィスの言葉を理解する。そして全員が表情をこわばらせた。

　山岳部隊はファノーレン北西部の険しいベーデカー山脈での戦闘を専門にする部隊で、百の小隊から編成されている。一個小隊は小隊長、補佐を含めて六十二名で構成される。小隊には一から百まで番号が振られ、番号が若いほど、より過酷な地域で作戦を展開する精鋭ということになる。

　第十小隊といえば、上から十番目。つまり学生相手に、山岳戦闘の相当な精鋭が派遣されたということだ。

　イオニアはまずいな、と思った。学生達の緊張が一気に高まったのだ。この先のことに吐き気を覚えているのか、青ざめて口に手を当てる者もいた。

　グラヴィスがあえて学生達を怯えさせる意図がわからなかった。

　うんざりした顔で、ルーカスが文句を言う。

「おいおい……殿下、何てことしてくれたんだよ。貴方が本気の実戦経験を積みたいのはわかるが、俺達がフルボッコにされかねないだろうが」

　マルツェルもそれに追随した。

「そうですよ、さすがに第十小隊が潜んでいると知って、外に出る勇気がある学生などいません」

　二人の軽口で、場の空気が変わる。グラヴィスは二人にちらりと感謝の視線を送った。イオニアは二人の機転と度胸に感心する。

「諸君らは将来、王国軍の中枢を担う人物だ。相手の実力を正しく知り、それに対処する勇気と判断力が必要となる」

グラヴィスは冷静に仲間達を見渡した。

「だが、ファノーレンは平和で、砦を侵攻されるような紛争がそうそう起こることはない。我々は実際の戦争を知らずに人の命を預かる立場になる……しかし、これから先未来永劫、他国と争いがないという保証はどこにもないんだ。もし万が一、他国が――例えば、ツヴェルフが突然攻め入ってきたら？」

グラヴィスは一人一人を見回す。学生達も真剣に耳を傾けていた。

「平和な国であえて軍人になろうとする我々に、実戦を経験する機会は少ない。この訓練は貴重な機会だ。だからこそ、我々はここで、現実の戦いがどれだけ過酷なものか、肌身で実感しなくてはいけない」

学生達の浮ついた雰囲気は消え、表情は引き締まっていた。王子の言葉に集中している。

「我々が感じているこの恐怖がそれだ。だから第十小隊を派遣してもらった。彼らには真剣にこちらの砦を襲ってもらう。この経験が過酷なものであるほど価値がある。わかるか」

全員が「応」と頷いた。

これまでとは目の輝きが違う。全員がこの訓練の価値を理解し、緊張感と高揚感に包まれていた。

「だが、まあ安心しよう。相手が熟練した軍人であるほど、手加減も知っている。今回敵役達と直接当たることがあっても、学生側から『負け』の声を上げたら、そこで個人に対する攻撃は終了する。安心して彼らの胸を借りよう」

グラヴィスは安心させるように、大きく頷いた。

「相手は山林で姿を隠しながら作戦を展開することに相当慣れている。また個々人の戦闘能力でいまの我々が敵うわけもない。先程言ったように、個人の戦闘となった場合は慎重に見極めて怪我する前に降参の意思を示すこと。無茶をする仲間がいたら、諸君達が止めろ。いいか、覚悟して暴れるんだ」

学生達の士気がこの上もなく高まる。

イオニアはグラヴィスの人心掌握力に感心した。

「ルーカス、めったに戦えない相手だからっておまえ自身が暴走するなよ。あくまで訓練だからな」

「マルツェル、おまえこそ参謀役だからって、後方にひっこんでんじゃないぞ、現場もやれよ」

するとルーカスとマルツェルがまた掛け合いを披露して、緊張の中にも明るい雰囲気をもたらす。

全員が笑った。とても良い雰囲気だった。

一瞬、グラヴィスとイオニアの視線が交わる。グラヴィスが小さく頷く。手の届くところにイオニアがいることをたしかめるような仕草だった。

「では、作戦を話そう。ギンター、まず人員の配置について説明してくれ」

マルツェルが頷き、地図を指差しながら仲間達に説明しはじめた。

イオニアには指揮官の護衛として重要な任務がある。作戦に集中しようと気を引き締めた。

模擬戦の開始から半日が経過した。稜線に沈みかける太陽とともに砦の周囲の森にじわじわと夕闇が近づいてくる。

作戦は単純だ。個々の戦闘技術では絶対に敵わない第十小隊を、数の有利を生かして山間部から味方の待機する区画へと追い込み、そこで待ち受けている仲間達が仕留めるという作戦だ。個々人の戦闘能力の差は大きい。一対多を徹底して、時間差で一人ずつ潰すしかない。

今回の模擬戦の舞台である砦は、小規模ながら密閉性が高く堅牢だ。今回は大型の兵器や遠隔から攻撃できる武器の使用を禁じられているため、建物を破壊されて一気に突破されることはない。つまり、外郭壁の二箇所の入口からの侵入を防ぐことができれば良い。

　敵の人数は多くない。山間部に縦列に散開している敵役達を、波状に隊列を組み斜面に沿ってあぶりだし、追い込んでいく。

　前線が突破された場合、生存者は背後の部隊と合流し、再び波状の前線を構築し、敵を砦へ続く主要な道沿いへと追い込む。砦の表門に繋がる道と裏門から延びる次の砦にいたる道は、両脇に高く築かれた石壁によって侵入を容易としない。敵兵をあぶり出した先の道路沿いから砦門までのあいだに、多くの人員を少数の部隊として配置し、沿道で敵を一人ずつ仕留めていくという作戦だ。

　指揮官であるグラヴィスは前線の配置を悩んだが、戦闘能力の優れた仲間達を当てることで、前線から砦までの縦深を深く取った。

　ルーカスが最前線の指揮を取ったことも大きかった。敵役の第十小隊も、これほど砦から遠くに学生達が前線を引くと思っていなかっただろう。

　伝令役の生徒から、日暮れ前にはすでに三十名近くの敵兵役をあぶりだし無力化したと報告があった。

　学生達は興奮に沸き立ったが、グラヴィスは厳しい表情を崩さなかった。

「ギンター、無力化された人員は何人だ」

　マルツェルが名簿を確認する。学生達の名前の横に無力化された者、つまり擬似的に死亡と見なされ、訓練に参加することができなくなった仲間達の印がついている。

「二十七名ですね。我々の戦力は七十名弱、といったところです」

「日が完全に暮れる前に、あと十名は敵の戦力を削(そ)

がないと難しくなるな。相手方もこちらの作戦に気づいて、人数を固めて襲ってくるだろう……距離で稼げる時間は終わりだ。日暮れ前に砦に近いところに戦力を集める」

　そう言うと、グラヴィスは横にいるイオニアをちらりと見る。

「イオニア、伝令を飛ばして前線を下げろ。ルーカスを表門の沿道に再配置しつつ、裏門の指揮にはアルニムを送り込め。後ろの防衛を厚くする。ただし、基本的な作戦自体は変わらない」

「了解。殿下、指示のために一瞬ここを離れますがいいですか」

　グラヴィスが頷くと、イオニアは各部隊の指示に動いた。その姿を見つめながら、グラヴィスはマルツェルに追加の指示を出す。

「早めに沿道の前線に灯籠(とうろう)を用意しろ。ただし、沿道の上に掲げるな。あくまで沿道の下だ。目慣らし程度に。明るさに目が慣れていると、消火されたときがやっかいだからな」

　マルツェルも頷き、部屋を出ていった。

　途端に部屋が静かになった。

　グラヴィスは窓に近寄り、砦に帰還した脱落者達を眺めた。降参した参加者は白い布を首に巻き、戦闘不能な状態を示している。

　明け方まで砦を防衛できれば、学生の勝利だ。

　日暮れ前に戦力を半分にできたことは僥倖だった。それも表側の前線を預かるルーカスの優秀さだろう。

　彼は武人としての個人の能力も、指揮官としての能力も飛び抜けて優秀な男だ。将来はさぞ有能な軍人になるに違いない。

　彼はイオニアの強固な後ろ盾になるだろう。それに、情にも厚く性格も良く、恋人としても申し分のない男だ。

「……こんなときに、愚かな」

グラヴィスは埒もない思考を振り払い、改めて訓練に集中した。

第十小隊は手強い。グラヴィスは実際に、その戦闘能力の高さを知っている。日が暮れれば、あっという間に学生側に不利な状況になるだろう。

完全に日が暮れる前に、せめて相手を残り二十名まで減らすことができれば、朝まで砦を防衛することが可能になる。


イオニアが部屋に戻ってきた。

「追加で三名、刈り取った。日が沈むまであと半刻といったところだけど……いけるかな」

イオニアは指揮官が夜までに三分の一まで敵の勢力を削りたがっていることを理解している。

「ルーカスとアルニム次第というところかな。だが、本当に全員が頑張ってくれている。学生とは思えない戦いぶりだ」

「こうなると、俺も出たいな。現場に」

「おまえは俺の『盾』だろう。実は俺も出たいが」

イオニアとグラヴィスは、小さく笑いあう。いつのまにかぎこちない空気は消えていた。

窓の外はすっかり暗くなっている。

「これから朝まで、もうひと勝負だ」

『生存』している学生達は、昼夜通して続く戦闘に、疲弊の色を濃くしていた。

敵役も残り二十数名となっているが、こちらの生存者も四十名を切っている。やはり夜の帳が下りてからは、実戦経験の差が如実に現れた。複数名で仕掛けても、敵役の兵士一人にあっというまに仕留められてしまう。

あと半刻。夜明けまであとわずかだ。

表門に十数名、裏門に十名、砦の内側と棟の一階にあわせて十名ほどが残るのみ。司令室には、イオニアとグラヴィス、マルツェルともう一名、あとはストルフと教師だけだ。

「裏門の指揮官が……アルニムがやられました！」

土に汚れた伝令が駆け込んでくる。グラヴィスが顔を上げた。イオニアがその肩を叩く。

「俺が行く。傍を離れていいなら、行かせてくれ」

イオニアは隅に控えるストルフを見つめた。終始無言だったストルフが、小さく頷く。グラヴィスの警護をまかせるという意思疎通が瞬時に行われた。

グラヴィスは少し悔しそうな顔をした。自分も行きたいのだろう。だが、グラヴィスは指揮官としての役割も、万が一のことがあってはいけない自分自身の立場もわかっている。

「イオ、ここまで敵を侵入させるなよ」

イオニアは頷いた。

「おまえの初陣だからな。俺も絶対負けたくない」

しかし、イオニアが剣を携えて部屋を出ようとしたそのとき、轟音と地響きが砦を揺らした。

「……っ！　なんだっ？」

中央棟が大きく揺れる。室内の誰もが体勢を崩して、壁や家具に手をついた。

先程まで暗かった裏門側の窓が明るい。グラヴィスは窓に駆け寄った。なんと、裏門が炎に包まれていた。

「火だ……！」

いったい何が起こったのか……誰もが呆然としていると、立て続けに再び爆発が起こった。庭にいる学生達の悲鳴が聞こえてくる。

「訓練で火器の使用は禁止したはずだ！」

「裏門の学生達は？　どうなりましたか！」

「誰の仕業だ！」

教師達が叫びながら階段を駆け下りていく。

グラヴィスがストルフに向かって叫んだ。

「ストルフ、私ならすぐに跳べる！」

「なりません。殿下はこのままこちらに待機を。これは訓練ではない。訓練に乗じた襲撃です」

グラヴィスがぐっと拳を握る。

「おそらく狙いは殿下のお命です」

その言葉に、イオニアは緊張した。

その後も小さな爆発音は小刻みに続き、建物が崩落する音と、学生達の阿鼻叫喚（あびきょうかん）が聞こえてくる。

ストルフは厳しい表情でグラヴィスを見た。

「直ちに訓練を中止し、砦内にいる部隊を防衛に回すべく指示を出します。いったんここを離れますが、すぐに護衛を回します。それまではイオニア殿に殿下の護衛をまかせる。が、殿下。いざとなれば、その《力》で必ずお逃げください。いいですね」

グラヴィスはぐっと拳を握った。

「こんな状況で、学生達を見捨てて一人で逃げろと言うのか！」

「そうです。殿下のお命は他に比べようもない。自覚なさってください。命の選択をすることなど、これからは日常になります。冷静に判断するのです」

「ストルフ！　貴様……私に命を惜しんで、我が民を守る誇りを捨てろというのか！」

激昂して将軍につかみかかろうとする王子の肩をつかみ、イオニアは必死に制止した。

「ヴィー！　いまはそんなことで言い争っている場合じゃないだろう！」

グラヴィスはハッと我に返ると、憎々しげにストルフから距離を取った。

ストルフは無言で一礼すると、年に似合わぬ素早い身のこなしで駆け下りていった。

「ヴィー……」

イオニアは扉を閉めて振り返る。

グラヴィスはまだ立ちすくんだまま、強く拳を握っていた。荒ぶった感情を抑えようとしている。

イオニアはその肩に手を置いた。グラヴィスもその手に手を重ね、痛いくらいに握りしめる。

窓の外にゆらめく炎。騒音と悲鳴。部屋のあちこちに焔色の影が揺らいでいる。

そのとき、廊下を駆け上がってくる、複数の足音が聞こえた。イオニアは瞬時にグラヴィスの前に出て、剣を構える。


「殿下、イオニア……！　ア、アルニムです！」

裏門で指揮をしていたアルニムの声だった。

イオニアが振り向いて指示を仰ぐと、グラヴィスは無言で頷いた。構えた剣を下ろす。グラヴィスが入れ、と声をかけた。

アルニムが真っ青な顔で立っていた。アルニムの制服は煤(すす)に汚れ、ずいぶん疲れきっているようだった。背後に見慣れぬ学生がいる。

「アルニム……無事だったか。あの裏門の炎で被害者が出ていないか……アルニム？」

しかしアルニムは、扉の前で立ちすくんだまま動かない。

「アルニム、どうした」

アルニムの震えがさらにひどくなる。グラヴィスは事態を悟った。イオニアも即座に反応し、再び剣を掲げる。

アルニムの目には絶望が浮かんでいた。


「アルニム……大丈夫だ」

「っ……殿下、イオニア……申し訳ありません……申し訳あり……ひっ」

アルニムの目から涙が溢れる。すると背後にいた生徒が、ようやく姿を現した。アルニムの頸動脈(けいどうみゃく)に短剣を押し当てている。

背後の扉から、剣とボウガンを構えた男達が、次々と侵入してくる。その数、総勢八名。

男達は学生の訓練服を着ているが、よく見れば明らかに成人男性であった。学生達と同じ制服を着ているのは、模擬戦に乗じて襲撃するための目眩(めくら)ましだろう。裏門の爆発騒ぎも男達の仕業に違いない。

混乱に乗じアルニムを隠れみのにして、ここまで忍び込んできたのだろう。

「アルニム……動くな。絶対に、助けるからな」

「甘いですな、殿下」

震えるアルニムに声をかけるグラヴィスを、背後の男が嘲笑（ちょうしょう）する。それを合図に、暗殺者達が二人に向かって襲いかかってきた。

「ヴィー！　下がって！」

イオニアは即座に剣を振りかぶり、暗殺者に向き合うと、ガキンと剣で切り結ぶ。強烈な刃を受けながらも、イオニアはグラヴィスに向かって叫ぶ。

「ヴィー！　いますぐ跳べ！　ここから逃げろ！」

暗殺者達の剣は重かった。学生相手に感じたことのない危機感を覚える。それでもこの瞬間のためにここまで死にものぐるいで剣技を鍛えてきた。

グラヴィスを狙う男を、脇腹（わきばら）から肩にかけて斜めに斬り上げた。イオニアとグラヴィスの剣のみ、刃を潰していない本物の剣だ。男が呻き声とともに倒れる。

男達の剣を次々に受けながら、グラヴィスを振り返り再び叫ぶ。

「ヴィー！　頼むから安全な場所へ！」

「いやだ！　アルニムとおまえを見捨てて逃げることなどできるか！」

「くそっ！　いいからっ！　おまえが逃げてくれれば……くっ……うおおおおっ！」

室内に男達の荒い息遣いと、剣を斬り結ぶ耳障りな金属音が響く。もう少し時間稼ぎをすれば、いずれストルフが味方を連れて戻ってくる。それまでなんとしても、グラヴィスの命を守るのだ。

グラヴィスに近づく敵を防ぎきれなかった。ついに男が王子に襲いかかる。グラヴィスが応戦した。

「……ヴィー！」

「……っ！　大丈夫だ！　おまえも敵に集中しろ」

グラヴィスも年齢以上に恵まれた体格で、剣技も優れていたが、やはり鍛え上げた暗殺者には体格も実力も敵わない。もう一人の敵が近づこうとしているのを見て、イオニアは目の前の男の腹を蹴り込んで後退させると、グラヴィスと戦っている男の背中に斬りかかった。

男がのけぞった。その瞬間を見逃さず、グラヴィスは男の剣を弾き飛ばすと、その両腕を斬った。


「イオ……！」

「ヴィー……、よかった」


二人がかりで三人目の男を排除する。

イオニアはグラヴィスの前に出て敵に向き直った。

ジリジリと間合いを計りながら、どうやってこの苦境を抜け出ようかとめまぐるしく思考を巡らせる。

まだ五名の敵が残っている。


そのとき、アルニムの首に短剣を押し当てていた男が、ぐっとその首に剣先を食い込ませた。

「アルニム……！　やめろ！　貴様！」

グラヴィスが叫ぶ。

「殿下。貴方は本当にお優しい。そしてまだ子どもだ。本来ならば見捨ててしかるべき少年にさえ同情して、結局そのお命をここで散らすのだ……そこの護衛とともに!!」

そのとき、男の背後からボウガンを掲げた男がイオニアに向けて矢を放った。


（……射られる！）


「イオ！」

その瞬間、イオニアは背後から腕をつかまれた。

二人が、その場からかき消える。

「……なにっ!?」

男達がどよめいた。イオニアにとって、人生で初めての跳躍だった。瞬間的な視点の切り替わりと身体(からだ)の奥が捻(ね)じ曲げられるような感覚に目眩(めまい)がする。

二人は扉の近くに跳んでいた。

「危なかった」

「ヴィー……ありがとう」

グラヴィスが小さく頷く。二人がいた後ろの壁には、ボウガンの矢が深々とめり込んでいた。

「このまま跳ぶぞ！　イオ！」

グラヴィスは再び、イオニアとともにアルニムを拘束していた男の近くに跳躍した。一気に敵の懐に入り込む。あまりの無謀さにイオニアは驚愕した。

グラヴィスが躍り出て、アルニムの腕をつかむ。

「イオ！　いまだ！　斬れ!!」

本能的に身体が動いた。イオニアの剣が、アルニムを拘束している男を剣で薙(な)ぎ払(はら)う。

「ぐぁぁぁぁ！」

アルニムの拘束が解けた。グラヴィスが、アルニムの腕をつかむ。次の瞬間、二人の姿が消えた。

イオニアは安堵に崩れ落ちそうになった。ようやくグラヴィスが避難してくれたのだ。

どうかそのまま安全な場所にいてくれと念じながら、イオニアは残っている暗殺者達に向き直る。

「くそう！　王子が逃げたぞ！　探し出せ！」

暗殺者達はグラヴィスの《力》のことをすでに知っていたのだろう。不可思議な現象に狼狽(うろた)えることなく、標的を探すべく扉から出ていこうとする。

扉を背負っているのはイオニアだ。残る暗殺者は四人。相手は手練(てだれ)の暗殺者達だが、イオニアはなんとしてもここで仕留めたかった。

一瞬互いに見合ったあと、男達が再びイオニアに襲いかかってくる。ボウガンを持った男がイオニアの脇(わき)を駆け抜けて出ていこうとするのを、すかさず退路を塞いだ。

「行かせるか！」

「くそっ……貴様！　護衛か知らんが、このガキが邪魔だ！　殺れ！」

イオニアは一か八かで、剣でボウガンを払って、一気に間合いを詰めた。暴挙ともいえるイオニアの行動に、敵がひるむ。イオニアは、ボウガンに触れた手に、瞬時に《力》を込めた。

激しい破砕音が響いた。

男が驚愕の表情で手元を見つめる。ボウガンが粉々に破壊されていた。その隙に、右手の剣で男の両太腿を斬りつける。男が盛大な呻き声を上げて崩れ落ちた。倒れた男の右手を、グサリと剣で突き刺す。

「っ……こいつも王子と同じだ！　《力》を持っているぞっ」

単なる護衛だと思っていたイオニアが異能を発揮したことで、暗殺者達は俄然その警戒を強めた。

イオニアは肩で息をしていた。《力》を使ったせいで、生命力が失われたのがわかる。

だが、あと三人。仕留めるまでは、ここで倒れるわけにはいかない。

男達がイオニアの周囲を取り囲む。

一人の男が突然懐から小刀を出し、イオニアの顔に向かって投げつけた。イオニアが剣を振り小刀を叩き落とした瞬間、もうひとりの男が何かの粉末をイオニアの顔に投げつけた。

強烈な刺激だった。咄嗟に目を瞑ったが、完全には防ぎきれなかった。視界がぼやける。

近づいてくる敵の影。剣を構え直したが、正確に敵に向けて構えられているかもわからない。

イオニアは近づく死の気配に覚悟した。

(……ヴィー、ごめん……！)

「──させるか！」

「まさか、ヴィー……どうしてっ……!?」

逃げたはずのグラヴィスの声が聞こえた。

必死で目を凝らすと、グラヴィスが男の背中に剣を突き立てている。

「イオ、無事か！」

「……だめだ！　ヴィー、逃げろ！」

イオニアは霞む目を恐怖に見開く。

グラヴィスに、音もなく敵が近寄っていた。

脳裏にあの日の学校長の声が響いた。

身体に触れられては意味がない──そうだ、グラヴィスがその《力》で跳躍しようとしても、身体に接触している人間も一緒に移動してしまう。

「捕らえたぞ！」

暗殺者の手がグラヴィスの腕をつかんでいるのが見える。さらに背後から、もうひとりの敵が襲いかかる様子が、はっきりと見えた。

──絶対に、守る。

「駄目だ！」

イオニアは絶叫すると、剣を突き立てようとする男とグラヴィスのあいだに身体を滑り込ませた。

腹に熱い衝撃が走る。

「イオ……ッ！」

脇腹(わきばら)を刺された衝撃に崩れそうになる身体を必死でこらえ、剣を捨て襲撃者達の身体に両手を着いた。

肩に、腹に、手が触れる。

──破壊してやる。

相手が人間かどうかなど、まったく考えなかった。

ただ、グラヴィスを守る。その思いだけでイオニアは、掌(てのひら)から全力で《力》を放出した。

ブシャッと、果肉が弾けるような音が響いた。

かつて人間だった何かが、赤い霧になって周囲に散らばった。むせ返る血と臓物の匂(にお)い。

グラヴィスも、イオニアも赤い霧に染まっていく。

徐々に視界が暗くなる。


イオニアはいつのまにか床に倒れ、グラヴィスに身体(からだ)を支えられていた。

「イオ！　イオニア……ッ！　しっかりしろ！」

「ヴィー……」

イオニアは必死に目を開けて、星空の瞳を見つめた。しかし、その身体から容赦なく力が抜けていく。グラヴィスが必死に自分の名前を呼んでいるのが聞こえる。

そこに力強い複数の足音が近づいてきた。ストルフの声だ。

「殿下！　ご無事ですか！　……ッ、これは!!」

「殿下！　……うぇ……ぅげぇっ」

王国軍の兵士達が、室内の惨状に息を呑み、口を押さえる。

薄れていく意識の中で、イオニアは高らかに笑う学校長の言葉を思い出していた。

——君のその《力》をもって、グラヴィス殿下の『人間の盾』になり、害をなす者を破壊する。

ああ、自分はまさしく『人間の盾』だ。そして父が心配していたとおり、人殺しになったのだ。

そう思ったのを最後に、イオニアは意識を失った。

【レオリーノ】春まだ遠く

ノックの音とともに、アウグストが現れる。

「レオリーノ、いま話をしても大丈夫だろうか」

「はい父上。でもこんな姿で……申し訳ありません」

寝台に臥せっていたレオリーノは、父の登場にあわてて身体を起こそうとする。

アウグストは手振りで制する。

「無理して起きなくていい。おまえの部屋だ、ゆっくりしていなさい」

父は優しくそう言ってくれたが、やはり父の前で寝そべっているわけにもいかない。身体を起こすと、寝台の脇に足を下ろして腰掛ける。

アウグストは書き物机の椅子を引っ張ってくると、どこかおぼつかない様子の息子の前に座った。

「疲れているか」

「いえ、……はい、少し」

両膝に力なく置かれたレオリーノの両手を、アウグストはそっと掬いとる。息子に元気を与えるように、アウグストは細い指先を優しく握り込んだ。

「レオリーノ、少し話がしたい」

父の話の予想はついていた。

しかし、その顔を正面から見ることができず、レオリーノはうつむいた。

アウグストは末息子を励ますように、握り込んだ両手の甲を、何度も親指の腹で撫でた。

「ユリアン殿の、おまえへの求婚のことだ」

握った手が小さく震える。アウグストはもう一度ぎゅっと握った。

「夕食前に、ユリアン殿が儂のところに来てな。『おまえに求婚した』と言われた……突然のことで、おまえもさぞやびっくりしただろう」

「はい……正直、とても」

そうか、とアウグストは頷いた。レオリーノはぽつりぽつりと心境を話しはじめる。

「……ユリアン様の好意には、以前から気がついていました」

「そうか。まあ、さすがにあれほど頻繁に現れてはな。此方に来たら、ずっとおまえにべったりだ。あそこまであからさまだとな」

　父の言い様にレオリーノは微笑んだ。

「そうですね。あからさまに好意をお示しいただいていたと思います……でも僕は、求婚されるなんて思っていませんでした。跡継ぎが必要な立場のユリアン様が、まさかって……戯れの気持ちで僕に声をかけているのだと、ずっと思っていたのです」

「そうか。驚いたのだな」

「はい。そして……悩みました」

「悩んだとは……レオリーノは、まさかユリアン殿に好意を持っているのか？　そんな素振りはなかったが、まさか」

　父がとんでもない誤解をしかけている。レオリーノはあわてて首を振って否定した。

「いえ、あの、好意を抱いているとかそういうことではなくて……悩んだのは、僕の将来のことです」

「フンデルトからも報告を受けた。ユリアン殿が、無神経な発言でおまえを傷つけた。そうだな？」

　レオリーノは再び首を振った。

「……傷つけられたのではありません。僕が勝手に傷ついたのです。ユリアン様はただ事実をおっしゃっただけです」

「事実とはなんだ。おまえが独り立ちするのが難しい、と言ったことか」

「……はい」


　アウグストは立ち上がり、うつむく息子の隣に腰掛け、小さな頭を胸に引き寄せた。

　レオリーノは抵抗しなかった。

　そのまま身体を預けると、震える息を吐き出して、押し殺してきた苦悩を語りはじめる。

「たしかに僕には脚の問題があります。学校にも通ったことがないどころか、ブルングウルトからもほとんど出たことがありません。世間知らずであることも自覚しています」

否定できない。レオリーノがこの城の外から出たことなど、ここ数年で数えるほどしかないからだ。

「経験不足を補うだけの頭脳があるわけでも、ガウフ兄上のように、近衛騎士になるほど立派な体格にも恵まれてもいません。母上のような、人の役に立てる特別な《力》も持っておりません」

めずらしく多弁なレオリーノの言葉を、アウグストは黙って聞いていた。

「……ただの無力で、平凡な子どもです。でも、それでもカシュー家の誇りを忘れず、顔を上げて生きたいとずっと思っていました。平凡な人間だとしても、いつか自分にもできることを見つけて、経験を積んで、王都か、このブルングウルトで、カシュー家の一員として国の役に立ちたいと……でも」

レオリーノは拳を握ると、自分の太腿を殴った。

数年かけてやっと回復させた脚を痛めつけるような、自傷行為だ。アウグストは見ていられず、その拳を握り込んで止めた。

「でもユリアン様からは、僕のこの……この女のような顔と、脚のせいで、一人で生きていくのは難しいと言われました。誰かの庇護を受けずに、一人で生きていくことはできないと……」

レオリーノは父の胸に手をついて、身体を離した。

その表情は暗く、自暴自棄な目をしている。

健気な末息子らしからぬ荒んだ表情に、アウグストは胸を突かれた。

「父上……僕は女性のように守られるしかない存在なのでしょうか。この顔だから……この髪と目の色だから、ものめずらしい人形のように、誰かに愛好される対象なのでしょうか。僕には、この見た目しか価値がないのでしょうか」

「レオリーノ、それは違うぞ」

「父上は優しいから、あのときもそうおっしゃってくださいました。どんな存在でも生きている価値があると……でも！　僕は、誰かに守られたいわけじゃない」

「レオリーノ……」

「お兄様達みたいに、力強く逞しく生まれて、誰かを守れる力が欲しかった。誰かの役に立てる人間になりたかったのです」

　ここまで感情をあらわにするレオリーノを初めて見たアウグストは、やるせなさにその目を曇らせた。

　レオリーノが心に抱えていた懊悩が、痛いほど伝わってくる。


　ユリアンが何気なく放った『一生自立できない庇護されるべき存在』という言葉は、あの事故以来、家族に負い目を感じ続けているレオリーノが、必死に保っていた前向きな心を一撃で砕いたのだ。

　アウグストはユリアンを軽率にレオリーノに近づけたことを悔やんだ。

「たしかにこの顔が、他の人にどう見えるか……とくに男性にどう見えるか、ようやく自覚しました」

「おまえの美しさは、顔だけではないぞ。私達家族が愛しているのは、おまえのその清らかな心根だ」

　レオリーノは自嘲する。

「僕の心は、たくさんの汚いものを見てきました。汚れがないなんて……そんなことあるわけがない」

「レオリーノ、何を言うのだ」

「父上。はっきり言ってください。僕は将来、例えばユリアン様のような……立場のある男性の庇護下に入るべきでしょうか」


　アウグストはすぐに答えられなかった。

　ユリアンが言うとおり、庇護者の存在なくしてこの末子が生きていくのは難しいだろう。いかに細身とはいえレオリーノも男子である。脚の怪我さえなければ、自衛の手段を身につけることもできただろうが、いまとなっては不可能な話だ。激しく肉体を使うような動作はできないのだ。

そして何より、レオリーノの美貌は、本人にとっては不幸なほど人並み外れている。たとえ自衛の手段を持っていたとしても、すぐさま不埒な輩に狙われてしまうに違いない。それほどの美貌なのだ。


幼い頃は、ただ溺愛すればよかった。

だが、長じてさらに輝きを増すこの麗質を、これから先老いるばかりの自分がいつまで守り続けることができるのか。末息子の身の振り方を、アウグストが悩んでいるのも事実だった。


息子には誠実でありたいと思った結果、即座に答えあぐねた父を、レオリーノは悲しげな表情で見つめていた。

「……僕は、女として生まれるべきでしたね。もし女性なら、こんな顔でも……たとえ無力でも、こんな風に将来の身の振り方で父上を悩ませることはなかった。ユリアン様のような男性に望まれて、嫁いで……きっと母上にとっても、そのほうが良かったでしょう」

「何を言うのだ。そんな悲しいことを言うな。おまえが男子として生まれたことを、父は誰よりも誇りに思っている。おまえが女子であったらなどと思うわけがない。私達は、そのままのおまえを心から誇りに思っているのだ」

八つ当たりじみた発言で、愛情深い父を傷つけてしまった。レオリーノは唇を噛んでうつむいた。

子どもじみた己の振る舞いが恥ずかしい。しかし、謝罪の言葉を素直に口にできなかった。

泣きたくないと思った瞬間に、雫がこぼれ落ちてしまう。心底自分が嫌になる。

(なんて女々しい……だから僕はこんなに無力なのか……僕にイオニアのような肉体さえあれば……)

心に吹き荒れる嵐に頬を濡らす息子が落ち着くまで、アウグストは無言で見守った。

レオリーノはほどなくして泣きやむと、辛抱強く待ってくれた父に、小さな声で詫びた。

「レオリーノ、先程の話だ。まず、どうあるべきか、べきじゃないか、ではなく、おまえがどうしたいかを聞かせてくれ」

父の言葉に、レオリーノが濡れた顔を上げる。

「……僕が、どうしたいか……？」

「おまえがここまで心の内を晒してくれたのなら、儂も正直に言おう……儂はな、一度はユリアン殿の申し出を断った。しかし聞いたときは、揺らいだ」

レオリーノの目から、再び涙がこぼれ落ちる。

「子を儲けることはできない関係を承知の上でレーベン公爵家の嫡男に望まれたのであれば、おまえの将来は確実に安泰だ。これでおまえを守る役目を、我が家と同等の相手に託すことができる。これから老いていくばかりの儂も、これで安心することができる、と、思ってしまったのだ」

泣くな、とアウグストが叱ると、レオリーノはぐっと唇を噛んだ。

「だが、断った。なぜかわかるか。おまえが、儂の息子だからだ。カシュー家の男子が人に流されて生きることはない。おまえもそうだ。どんなにつらい訓練も、不満も言わず、我慢強く、自分の意志でやり遂げてみせた。そんなおまえだからこそ、儂は、やはりおまえがどうしたいかを、まず聞くべきだと思っておる」

「……僕に、未来の選択肢はあるのでしょうか」

アウグストは、もちろんだと力強く頷く。

「だがいいか、これも正直に言う。マイアに似て、マイア以上に美しく育ったおまえの容姿では、平凡な男子としての生き方を簡単に望むことはできない。ユリアン殿の指摘のとおりかもしれん。だが、それもまた、おまえが生まれ持った運命だ」

父の言葉は、ある意味ユリアンの言葉を肯定するものだったが、レオリーノは落ち着いて受け止めることができた。

「おまえは自分の顔が嫌いかもしれないが、私達はおまえの心も外見も、おまえが抱えている負い目も込みで、すべて愛している」

レオリーノは父の目をしっかり見つめて、わかっていますと頷いた。その菫色の瞳はもはや濡れておらず、力強さを取り戻していた。

「おまえ自身がこれからどう生きていきたいか、だ。レオリーノ、父に教えてくれ」


――これから、どう生きていきたいか。


レオリーノはこれまで怪我と向き合い、その日一日の苦痛に耐えることだけを目標に生きてきた。

どう生きていきたいか、というそんな贅沢な気持ちを抱くことなど許されなかったのだ。

考えるのが怖かった。

なぜなら、その先には不安しかなかったから。だから自分の可能性を押し殺して生きてきた。

イオニアは、あらゆるものを砕く《力》を持っていた。健康で頑健な肉体も。

恋は叶わず、その《力》で不幸になったかもしれない。しかし、大切なひとを守ることができた。この国を守って死ぬことができたのだ。

だが、自分には何もない。

レオリーノはずっと、イオニアと比べて無力な自分に絶望してきた。


（……でも、もし願ってもいいのなら、もう一度あの人の役に立ちたい。イオニアだって気づかれなくていいから、もう一度、彼の傍にいられたら……）

いまは、ただその思いだけがある。

だからレオリーノは、形にならない気持ちを正直に父に語った。

「『何がしたいか』は、まだわかりません……でも、『どう生きたいか』と、もし願ってもいいなら……僕はこんな身体だけど、守られるだけじゃなくて、誰かを守れるようになりたい。だから……些細なことでもいいから、自分ができる『何か』を見つけたいのです」

たどたどしくも熱く言いつのる末息子の姿を見て、ああ、この子も立派なカシュー家の男子だと、改めてアウグストは胸が熱くなった。ブルングウルト領を守り続けるカシュー家の血が、脈々とこの子にも流れているのだ。

「我儘でしょうか。自分にもできることがあると、信じたいと思うのは贅沢でしょうか」

縋るような目で問いかけるレオリーノに、アウグストは微笑んだ。

「来年、おまえは十八歳になる。成年だ」

「はい」

「成年になる貴族はその年の春に、王都に赴いて『成年の誓い』の儀式に出席するのはわかるな」

レオリーノは頷いた。

『成年の誓い』は、成人になる貴族が、義務を守り国に仕えることを王の前で宣言する儀式だ。オリアーノも、ヨーハンも、そしてガウフも、当然十八になる年の儀式に王都で出席していた。

「おまえも成年貴族として、この儀式には必ず出席しなければならん。儂は、しかし、儀式と夜会に出席した後は、おまえをすぐにブルングウルトへ連れて帰ろうと思っていた……だが、レオリーノ」

「はい」

「おまえは、そのまま王都に滞在するといい」

思いがけない父の言葉に、菫色の瞳が驚いたように真ん丸になった。その素直で幼い反応が愛おしくて、アウグストは笑った。

「おまえができることを探すなら、こんな辺境よりも王都がよかろう。なによりここにいたら我々が過保護になり、おまえに構いすぎるからな」

「父上……本当ですか。本当に良いのですか」

「当然一人暮らしは許さん。王都の屋敷で兄達と暮らしなさい。フンデルトもつけるし、それ以外に護衛もつける。だが、それ以外は自由だ。仕事を探すもよし、どこかで学ぶもよし」

「父上……！」

「ただし猶予は二年だ。学校に通っている子達からすれば、おまえはだいぶ後れを取っているが……二年経っても、何もできることもやりたいことも見つからず、また、おまえが王都で生きていくには弱すぎるとわかれば、すぐにこちらに連れ戻す。それでも行くか」

レオリーノの驚きに満ちた瞳が、やがてキラキラと力強い決意を宿す。

やがて、レオリーノは頷いた。そして、行かせてください、と父に頭を下げる。アウグストは頷くと、両肩にがっしりとした手を乗せて、まるで上の兄弟達にするように乱暴にゆさぶった。

しかし華奢な末息子が思った以上にガクガクと揺れたので、あわてて力を緩める。

父と息子は、目を見合わせて笑いあった。

まもなく年が明ける。春が来れば、王都へ行ける。

そこには、会いたかった人がいる。

【イオニア】咆哮する夜の獣達5

掌が、何かあたたかいものに触れる。

イオニアの腕の中に赤ん坊がいた。両手に触れる小さな幼いぬくもり。赤毛に青い瞳の愛らしい赤ん坊だ。

ああ、小さい頃のディルクだ。いつもニコニコと笑ってくれる幼い愛しい弟。なぜか、その小さな手にナイフが握られている。

(……ディルク?)

ディルクは愛らしい笑顔のまま、イオニアの腕から逃れようともがく。無防備な少年の背中が見える。少年は誰かに腕をつかまれている。ディルクはうれしそうにナイフを振り回す。イオニアは焦った。

(だめだ、ディルク。その刃を彼に向けないでくれ——そうじゃないと、俺は、おまえを)

その瞬間、イオニアの視界が真っ赤な霧に染まった。

降りそそぐ赤、赤、赤。指先と睫毛の先に赤い滴りが絡みつく。引きちぎれた赤黒い紐のようなものがひらひらと空中に躍る。

腕の中に、もう赤ん坊はいない。その代わり、赤い霧の天蓋に、赤い紐を躍らせた青い数百もの眼球が、きょろりとイオニアを見つめていた。

——なんで殺したの? なんで? なんで? なんで、僕を粉々にしたの?

腕を伸ばせない。赤く染まった身体が動かない。だってもう、弟は粉々に砕いてしまった。

そうだ。俺がすべて砕いてしまった。

(ディルク……!)

——なんで僕を粉々にしたの? ヴィーのためなら、なんでもするの? 人殺し、人殺し……グラヴィスのためなら、人間さえも粉々にする化け物。

あああ、痛い。身体が粉々になって、痛いよ。

人殺し、人殺し人殺し人殺し人殺し――

「………あああああ！」

イオニアは荒い呼吸とともに、突然覚醒した。

心臓が恐ろしいほど早鐘を打っている。世界が揺れている。

「大丈夫だ。イオ、夢だ」

「ルカ……ルカ……こんどは、ディルクをころした……ヴィーがナイフで、あぶなくて」

「しぃ……大丈夫、大丈夫だ。夢を見ていただけだから。おまえは誰にも、何もしてない。殿下も無事だ、大丈夫だ」

熱い指先が、何度も喉を撫でさする。

背後から伸びる腕に身体を包まれる。世界が揺れているのは、自身の身体が震えているからだ。


イオニアは徐々に現実に戻ってきた。

大丈夫だと何度も耳元で囁かれながら、濡れた頬を慰撫するように撫でつけられる。見開いた目に映るのは見慣れた寮の部屋だ。赤い霧はもうどこにもない。ひどく重い頭を動かして背後を見ると、琥珀色の瞳が優しくイオニアを見つめていた。左手でずっと喉を撫でてくれている。


また、何かを叫んだのだろうか。

模擬戦での暗殺未遂事件から、一年半が過ぎた。

あの日以来、イオニアは人を粉砕する夢を繰り返し見るようになった。そして毎夜人殺しと糾弾されて目を覚ます。破壊する対象はグラヴィスだったり、友人達だったり、ときに家族だったりした。そう、今夜のように。

頬に影が落ちる。ルーカスのあたたかい唇が眦に吸いつく。イオニアの硬直した身体から、だんだん力が抜けていく。乱れた呼吸も、徐々に普段のリズムを取り戻していった。

「落ち着いたか」

イオニアが静かに頷く。しばらくそのまま、二人はじっとしていた。

完全に正気を取り戻したイオニアは、小さい声で謝った。この二年間でだいぶ馴染んだぬくもりを与えてくれている青年が、イオニアを見下ろして小さく笑い、不埒に指を動かしはじめた。

「……っ、なに」

先程までの情交でまだ綻(ほころ)んでいる奥を太い指でゆるゆると穿(うが)たれて、イオニアは声もなくのけぞった。

「あれじゃ足りなかったな。もう一回、今度は夢を見られなくなるくらい疲れさせてやろうか」

「……あうっ……あ……ルカ」

「嫌か」

熱い肌にほどけていく身体(からだ)のこわばり。眠れないイオニアをなだめるようにいつも抱いてくれるのはルーカスだ。イオニアは小さく首を振ると、手を伸ばしてルーカスの頭を引き寄せた。

どちらともなく唇を合わせ、舌を深く絡めあう。肉厚の舌に上顎をくすぐられて、瞼の奥がジンと痺れた。

ルーカスはイオニアの後ろに忍ばせた指を、少しずつ強めに抜き差ししはじめる。

粘膜をなぶる濡れた音が、静かな室内に響く。喉から胸元までのなめらかに張った筋肉を撫でおろすと、尖りはじめた乳首を指の腹で刺激する。

刺激に弱いイオニアの身体が、先端を擦るたびに波打った。

全身に甘い苦痛が満ちてくる。先程まで意識を支配していた赤黒い霧が晴れ、少しずつ意識の隅に追いやられていく。

イオニアは腰から広がるトロトロとした快感に身

を委ねた。

抱くより抱かれるほうが好きだ。とくに後ろを犯され虐められるのを好む。そこに熱い体温を嵌め込まれると、芯から溶けて、自分という存在がなくなっていくような感覚がする。

ありがたい。ルーカスはいつも、快感で何もかも忘れさせてくれる。


「ルカ……いい……はやく、はやく」

「ああ、俺もだ。早くおまえの中に入りたい」

赤毛をかき分けながら、ルーカスはイオニアの項を甘噛みする。

汗と官能の味。目を瞑って快感を享受するイオニアの顔に、悪夢の影はもう見えない。

美しい筋肉のついた長い脚を持ち上げると、イオニアは目を瞑ったまま安堵の笑顔を浮かべて、素直にルーカスの手に従って身体の力を抜いた。

つらい現実も、現実以上につらい夢も、すべて忘れさせてほしいと全身で乞い願う、哀れで愛おしい青年。この青年の心の空隙を満たすのが自分の役目だと、ルーカスは自覚している。

身分も年齢も違うグラヴィスにはなれない、『恋人』という名の共犯者。これが、ルーカスがイオニアに捧げる献身と忠誠だ。

先程まで熱く欲望を締めつけていたぬかるみに、ルーカスは再びゆっくりと腰を沈めた。


廊下にたむろしていた学生達は、一様に畏怖の表情を浮かべて赤毛の青年に道を譲る。

そんな学生達の反応に慣れきっていたイオニアは、無表情で彼らの横を通り過ぎた。

イオニアには事件直後の記憶がほとんどない。後でマルツェルに聞いたところによると、多くの貴族の子息の命が危険に晒された模擬訓練での事故に、王都は一時騒然となったらしい。

　しかし、その事故の最中に起こった第二王子の暗殺未遂事件については厳しい箝口令が敷かれ、けして表沙汰になることはなかった。マルツェルいわく、他国へ付け入る隙を与えてしまうことを危惧した王宮の判断によるものだ。

　しかし、噂というのはどこからか漏れるものだ。実際に現場を見たのはストルフ達と数人の教師だけだったが、いつのまにか暗殺未遂事件の顚末が、あちこちで囁かれるようになっていた。

　イオニアが学校へ復帰できたのは、事件から三月後だった。復帰したイオニアを取り巻く環境は一変していた。暗殺者を撃退し王子を守護した英雄、そして素手で人間を粉々にする『化物』として、学生どころか教師さえも、イオニアに近づかなくなった。

　そこからだ、毎夜悪夢を見るようになったのは。

　しかし、一年半経ったいまとなっては、もう何も感じることはない。

　廊下の先には、六年近くをともに過ごしたルーカスが待ってくれている。立ち止まってイオニアを待ってくれていた青年は、近づいてくるイオニアを見ると笑顔になった。

　この笑顔をこの学舎で見られるのも、あと少し。そう思うと胸に小さく痛みが走る。

　ルーカスは間もなく学校を卒業して、王国軍に入軍する。イオニアは怪我による学業の遅れを理由に、一年留年することになった。

　一学年差で入学したグラヴィスの警護に都合が良いと笑ったら、ルーカスやマルツェルには怪我を冗談のネタにするなと叱られた。

　グラヴィスは予定どおり、十五歳まで学校に通うことになった。事件以降も、グラヴィスの命は何度も狙われた。イオニアは、異能を襲撃者に向けて使うことにためらいはなかった。

悪夢は悪夢だ。夢に魘されるたびに、慰めてくれる男もいる。

どれほど血を流しても、どうせ一度汚れた手は、二度と綺麗にはならない。


事件当時、イオニアが負った傷はひどく、腹の傷は内臓に達していた。失血が多く、直後は命さえ危ぶまれたが、訓練に同道していた年若い軍医サーシャ・クロノフの応急処置と、即座に王都まで運ばれて適切な治療を受けたことで一命をとりとめた。

二週間ほどして容態が安定すると、グラヴィスがお忍びで病室に見舞いにやってきた。

久しぶりに会った少年は、青ざめた顔でイオニアを見下ろしていた。当時のグラヴィスの周囲は厳戒態勢で多くの護衛がついていたが、病室に入ってきたのはグラヴィス一人だった。

イオニアは、グラヴィスの無事をその目でたしかめることができて、目覚めてから不安に苛まれていた心がようやく落ち着くのを感じていた。


「……ヴィー」

思うように動かせない身体がもどかしい。

起き上がることはできなかったが、なんとか手を伸ばすと、グラヴィスは寝台の脇に跪いて、イオニアの手を握った。

久しぶりに感じる、愛しい体温。無事で良かったと心底思う。

しかし王族を跪かせているのは良くない。

「ヴィ……そんなことしちゃ、だめだ……」

グラヴィスはその言葉を無視した。イオニアの手を両手で掲げ持ち額に当てると、しばらく無言でうつむいていた。冷たい手だった。

やがて、目を覚ましてくれてよかった、と、絞り出すような声が聞こえた。

ノックの音とともに、扉の向こうから「お時間です」と侍従の声が聞こえる。

もう行ってしまうのかと、イオニアはひそかに落胆した。イオニアの手をそっと寝台に戻し、グラヴィスが立ち上がる。


行ってほしくない。もう少し一緒にいたい。

あの夜以来の、二人きりの時間なのだ。

星空の瞳と菫色の瞳が交差する。互いに言葉を発することはできなかった。


しばらく見つめ合った後、グラヴィスは再び顔からあらゆる感情を消した。

「もう、行かなくてはいけない」

そうだ。グラヴィスは王族の務めで常に忙しい。

呑気(のんき)に寝ているだけの自分とは立場が違う。

イオニアが頷くと、グラヴィスは硬い声で言った。

「事件については調査中だ。顛末はまた話す。ゆっくり休んで回復してくれ」

踵を返して病室を出てこいこうとするその背中に、瞬間的にイオニアは手を伸ばす。

傷ついている背中だ。国を思う気持ちと、母と異母兄それぞれに対する愛情に引き裂かれた、グラヴィスの傷が見える。


——ああ、この少年は、また心から傷ついている。

(守りたかったのに……守れなかった)


「ヴィー……つらくないか……大丈夫か?」

その背中に思わず声をかける。扉に手をかけていた王子の肩が震える。

振り返ったグラヴィスの目に激情が浮かんでいた。

荒い足取りで再び寝台に近づいてくる。

「なんでおまえはそうなんだ……!」

「……ヴィー?」

「おまえは、いつも俺のことばかりだ！　おまえを言葉どおり『人間の盾』にした俺のために、こんなに傷ついて、血を流して……おまえ自身の傷は、いつも後回しだ！」

　グラヴィスが両脇にダンと両手を突いて覆いかぶさってくる。いつにない乱暴な仕草に、イオニアは驚愕した。

　グラヴィスの目には狂おしいほどの感情が渦巻いている。イオニアはただその目に魅入(みい)られて見上げることしかできない。


　再びノックの音が響く。

　はっと思わず扉を見た瞬間、「うるさい！」とグラヴィスが怒鳴った。途端に扉の外は静かになる。

　イオニアはあまりのことに呆然とした。

「……おまえに《力》を使わせた」

　無表情の仮面はすっかり剥(は)がれ、激情が剥き出しになっていた。

「おまえがその《力》で、人を傷つけることをずっと恐れていたのを知っている。だがおまえは実際に、俺を守るために、その《力》を人に向けた」

　目が覚めて以来イオニアが考えないようにしてきた事実を、グラヴィスは容赦なくつきつけてくる。

「数年間、おまえと一緒にいたかっただけだった。俺の事情に巻き込む予定じゃなかった。だがおまえは、こんなに血を流しても、こんなに傷ついても、まだ俺の傍にいようとする」

　グラヴィスはいまや血が滲むほど唇を噛みしめていた。

　それこそがイオニアが望んでいることなのだ。

「俺はどうすればいい。おまえが傷つくのをただ見てればいいのか……それとも、その傷は俺のものだと開き直って、おまえの血を啜(すす)りながらこの道を進めばいいのか」

　イオニアは指を伸ばし、グラヴィスの唇から滲み出る血を拭った。

「ヴィー。俺はおまえを守りたい。それが俺のやりたいことだ。だからおまえが気にすることじゃない」

グラヴィスの顔が近づいてくる。星空の瞳は煌々と輝いていた。

「ヴィ……？」

イオニアの唇を、グラヴィスの唇が塞いだ。

イオニアは衝撃に目を見開いた。


「……決めた」

離れていく美しい顔を、イオニアはただ呆然と見つめることしかできない。

「俺はまだ、おまえに守られるしかない愚かな子どもだ……だが、決めた。いまだけじゃない。卒業してからも、俺は絶対におまえを手放さない」

「ヴィー……」

「俺から離れることは許さない。俺を守るために、おまえはきっとこれからも血を流すだろう。傲慢だと罵ればいい。そうさせているのは俺だ」

「なにを……っ」

再び唇を強く押しつけられ、言葉を封じ込められる。

星空の瞳が、イオニアのすべてを奪い尽くす。

「いいか、イオ。おまえが血を流すのは、おまえ自身の意志じゃない。この無力で愚かな子どもを守るために、俺がそうさせたんだ」

そう言ってグラヴィスはイオニアの指を掬い上げ、そこに唇を落とした。

「覚えておけ。その手を汚した血も、おまえ自身が傷ついて流した血も、すべて俺のものだ」


イオニアとグラヴィスは、二人揃ってまもなく高等教育学校を卒業する。

ルーカスは一年前に卒業し、王国軍に一足先に入軍している。イオニアも卒業後は王国軍に入軍することが決まっていた。この手で何度も、グラヴィスを暗殺の手から守ってきた。しかし、卒業とともにグラヴィスの警護の役目は解除されることになる。

あと少し、学内での王子の安全を守りきれば、その役目も終わる。

だが、親友としての立場はどうだろう。

グラヴィスは卒業後、王国軍の要職に就くと噂されている。世継争いが本格化するのでは、というひそかな噂も陰で囁かれている。

あの日、流す血のすべては俺のものだと言われた。そして、イオニアの血と献身は、永遠にグラヴィスのものとなった。

しかし、卒業後の立場は、これまでとは天と地ほど違うものになるだろう。王国軍に所属したとしても、どこまでグラヴィスの傍にいられるのか、誰も答えはくれなかった。

卒業間近のある日のことだ。イオニアは学校長の執務室に呼び出された。そこでイオニアを待っていたのは、予想もしていなかった人物だった。

威厳のある佇まいの中年女性が、長椅子に優雅に腰掛けていた。

その装いと身のこなしから、高貴な女性だということがわかる。イオニアをひたりと見つめる目は薄暗く、どことなく見覚えがあった。

女性の隣には亜麻色の髪の少女が座っている。イオニアより少し年下だろうか。

扉の傍に二名、長椅子の後ろの壁際に二名、近衛（このえ）騎士の制服を着た大柄な男達が立っている。たいそうな警護だ。さらにその横には、侍女と見られる中年女性と、比較的若い女性が二人立っていた。

その時点で、イオニアにはその女性が誰なのか、ある程度の予想はついていた。

「イオニア・ベルグントですね」

美しく、冷たい声だ。イオニアが習い覚えた礼儀作法で立礼をすると、女性は鷹揚に頷いた。

「こちらへおいでなさい」

イオニアはその言葉に従って長椅子に近寄る。間近で女性の瞳を見た瞬間、イオニアは息を呑んだ。膝をついて最上級の敬礼を取る。

「顔を上げなさい」

藍色に金色がちりばめられた星空の瞳。フランクル王族にのみ稀に現れるという類稀な瞳。

イオニアの膝がかすかに慄(ふる)えた。

「私が誰だかわかっているようですね」

目の前にいるのはこの国で最も高貴な女性、グラヴィスの母であるアデーレ王妃だった。

大国フランクルから嫁ぎ、当代の治世を守る賢妃と称賛される雲上人が、なぜ平民で一学生のイオニアに面会を求めてきたのか。

疑問と不安で胸が詰まるが、許可なく発言することはできない。

細い指が伸びて、イオニアの顎を持ち上げる。イオニアは目を合わせまいと視線を落とす。一瞬だが、間近で見た王妃は、硬質な美貌の持ち主だった。すでに四十代半ばを超えているはずだったが、まったくその年齢を感じさせない。

グラヴィスの美貌は、母親から受け継いだものだとわかる。ただし、黒髪と大柄な体格は、おそらく父王譲りなのだろう。

イオニアの目を見つめて、王妃はつぶやいた。

「……菫色なのね。私達ほどではありませんが、この国ではめずらしい色だこと」

何とも返答しがたい言葉に、顎を持ち上げられたまま無言で耐える。

すぐに冷たい指は離れていった。

礼を失しない程度に素早く身を起こし、イオニアは長椅子から少し距離を取って直立した。両手を前に組み視線を下げて、軍人風に恭順の意を示す。

「王子を何度も命の危機から守ってくれたことに礼を言います。そなたが持つ異能で王子の身を守ってくれたと、ストルフと学校長から聞き及んでいます。よくやってくれました」

「……もったいないお言葉です」

王妃がイオニアの労をねぎらう。

柔和だが温度を感じさせないその声に、イオニアの背中に戦慄が走った。

「少しのあいだでよいから、私とイオニアに二人きりで話をさせてほしい。ヘレナ以外は退出しなさい」

「……！」

王妃の予想外の発言に、周囲が騒然となった。

「……なっ、王妃殿下！　何をおっしゃいますか！」

「危険です！　この者の《力》をご存知で……！」

はたして王妃は、人払いしてまでイオニアと何を話そうとしているのか。

王妃は男達の抗議を、指先を振って黙らせる。再び静かに彼らに命令した。

「静かにしなさい。ほんの少しで良いのです。ここまで献身的にグラヴィスを守っている青年が、その母である私に危害を加えることはないでしょう……そうですね、イオニア」

「……はい」

危険人物扱いされたことに胸の痛みをこらえて頭を下げる。

それでも許可できません、と護衛騎士が断言した。

「ならば、侍女達を残しましょう。ここにいるマイカは腕が立ちます。触れさせなければ良いのなら……マイカ、ここへ」

名指しされた若いほうの侍女が無言で頷き、王妃とイオニアのあいだに立ち位置を変えた。

突然のことに気持ちが追いつかず、イオニアは半ば呆然と状況を見守っていた。

男達はそれでもしばらく文句を言っていたが、王妃が冷ややかに睥睨（へいげい）すると、やがて諦め、頭を垂れて退出した。

護衛役達が退出した途端、部屋が急に広くなり、空気が一気に冷えたような感覚を覚える。

痛いほどの沈黙がしばらく続いた。

王妃はイオニアに再び向き直る。

「イオニア・ベルグント……そなたとずっと話したいと思っていました」

「……はい」

何の話か、もちろん王妃が産んだ王子についてだ。

「王子はそなたをずいぶんと頼りにしているようね。二人が出会った顛末は、ストルフから聞き及んでいます。難しい時期のあの子が心を許して、そしていまは……護衛として頼りにしていると」

「……恐れ入ります」

「そしてこうも聞き及んでいます。そなたのことを単なる学友兼護衛としてではなく、それ以上の立場で傍に置きたがっていると。卒業後も、側近としてずっと傍に置くつもりだと」

イオニアは何も言えなかった。

王妃は冷たく光る星空の瞳をひたりとイオニアに据えたまま、温度を感じない声で話し続ける。

「グラヴィスはまもなく、ここにいるヘレナとの婚約が控えています」

「……っ」

亜麻色の髪の少女がイオニアに向けて微笑む。

グラヴィスと同い年くらいだろうか、まだ女性というより少女らしさが残っているが、いかにも高貴な貴族の子女らしい、華やかな美少女だった。

「ヘレナはミュラー公爵家の息女です。王子が成年になれば、即座にこの娘と結婚することになります」

身体の震えを上手く抑えられたかどうか、イオニアにはわからなかった。

以前から覚悟していたことだ。

イオニアとグラヴィスは、王族と『人間の盾』。その関係はこれから先も変わらない。それよりも、なぜわざわざそれを王妃がイオニアに言いに来たのか。

イオニアは歯を食いしばり、視線を下げて必死に表情を変えないように取り繕った。そうしないと、大声で叫びだしてしまいそうだった。

しかし、その次の王妃の発言に、イオニアははっきりと震えた。

「ですが、王子は先日私とヘレナがいる前で、突然こう言ったのです。『一生、誰とも結婚するつもりはない』と」

「……え？」

「息子の立場のためには、ヘレナと結婚するのが最も良いのです。ミュラー公爵も、もちろんヘレナもそのつもりです。しかし息子は、いらぬ騒動を生まぬために生涯独身でいる、と。王太子が王位に就くのを見守り、自分は一生軍に身を沈めて、違う立場でこの国を守ると言っています」

王妃は、初めて一瞬視線を落としたが、すぐに顔を上げて、再びイオニアを見た。

グラヴィスによく似た瞳が、脳の裏まで貫き通すように強い視線で見つめてくる。

本当にグラヴィスによく似ている。イオニアの目の前にいるのは、たしかにグラヴィスの母、そしてこの国の王妃なのだ。

まさか自分が王妃とこれほど近くで対峙することになろうとは。あの鍛冶場からずいぶん遠くまで来てしまったなと、埒もないことを考える。

「イオニア・ベルグント、端的に聞きましょう。そなたと息子は、どのような関係なのです」

イオニアは震えた。

「第二王子殿下とは、恐れ多くも学友兼護衛としての立場をいただいているだけの、ただの……それだけの関係です」

「いいえ、それだけではない。少なくとも、あの子にとってはそうではない。これは母の勘です。邪推かもしれません。でも、そなたの存在が、息子の覚悟を惑わせている」

「そんなことはけして……！」

「いいえ、あの子は迷っている。この国のためにあの子が真に果たすべき責任を放置して、『国を守る』という名分で、そなたを道連れにして安寧の立場へ逃げようとしている」

「そんな……ヴィーは、殿下はけして逃げたりなんてしていません！　あの方なりに、この国に最も良かれと思った選択を、ずっと追求しておられます」

王妃の星空の瞳に、冷たく暗い感情が宿る。

「そなたに、この大国を預かる王族の責任の何がわかるのです。あの子が責任を放置した結果、この国が弱体化したら、誰がその責任を取るのですか」

「……恐れながら、王妃殿下がおっしゃるその『責任』とはなんですか」

「ずっと息子の傍にいて、あの子のために血を流して守ってくれたそなたが、それを聞くのですか？」

「……」

イオニアは唇を噛んで下を向いた。

「そなたに言いたいことは、そなたの存在が王子の逃げ場になっているということです。あの子はそなたに対する執着を隠さなくなっている。手を放して、いますぐ距離を置きなさい。そして息子にヘレナと婚約するよう促してほしいのです。これは王妃として、また母としての頼みです」

握った拳がぶるぶると震える。

誤解だ。イオニアとグラヴィスのあいだに、そんな関係はない。

グラヴィスが自分に執着して、責任から逃れようとしているなんて、そんなことはありえない。

そうでなければ、なんのためにこの恋心を隠してきたというのか。

そのとき、王妃の傍に黙って座っていた少女が初めて口を開いた。

「イオニア。貴方のこれまでの献身に妃殿下は本当に感謝しておられます。学友として殿下をよくぞ守られたと。ですがこれからは、私の家名であの方の未来のお立場を強くし、お支えしたいと思います」

美しい鈴を転がすような声だった。

「これから先も貴方はグラヴィス殿下の前に立ち、殿下の未来に、『盾』となる以外に役に立てることはありません。横に並び立つ資格があるのは、平民の貴方ではない。女性で、貴族であるこの私です」

卒業式はあっけなく終了した。

もともと卒業証書を受け取るだけの行事だ。在校生が見送る習慣もない。せいぜい卒業生同士で祝いの言葉を掛け合うくらいだが、王族のグラヴィスに祝いの言葉をかける勇気のある学生はいなかった。

留年したイオニアに親しい学生もいない。

二人は静かにその日を迎え、学校を卒業した。

イオニアは一人で寮に戻った。

退寮の手続きと挨拶を先に終えると、部屋の私物を淡々と片付ける。年明けに入軍するまでは、七年ぶりに平民街の実家で過ごすことにしている。私物という私物もほとんどなく、片付けはすぐに済んだ。

この部屋で過ごした記憶が次々とよみがえる。

就寝前のわずかな逢瀬だったが、狭い寝台に二人で寝転びじゃれあいながら、毎晩飽きもせず語り合った。グラヴィスと毎晩ひそかに逢瀬を重ねたこの部屋は、奇跡の箱庭だった。イオニアが安らぎの箱庭を自ら壊して飛び出したあの日までは。

壊れた箱庭に、グラヴィスは二度と戻ってこなかった。イオニアは無垢な繋がりを捨てた代償に、恋心を『忠誠』という鋳型に嵌め、熱し、鍛え続けた。同時に、親友だった青年を『恋人』という名の共犯者にした。

悪夢から逃れるように、ルーカスと幾夜も汗と官能に溺れたのもこの部屋だ。

七年間、イオニアは、部屋の四隅に散らばる幸せな記憶の破片を拾って生きてきた。その破片で、グラヴィスに対する思いから欲望を削りとり、未来の希望を削りとり……そうやって、ひたすらに忠誠心を研ぎ澄ませていった。その日々も、今日で終わる。

王妃との極秘の面談の後、署名のない手紙が届けられた。手紙を届けにきたのは、あの日マイカと呼ばれた年若い侍女だった。

イオニアはその場で手紙を読むように求められた。読み終えるなり侍女はそれを奪い返すと、即座に暖炉に投げ込み灰にした。

手紙には短い言葉でこう綴られていた。

『巨星を堕とすな。我が国の最善の道を考え、貴殿が正しい判断をせよ』

巨星を堕とすな——それはつまり、グラヴィスを王位に就けよ、ということだ。

イオニアはそれ以来ずっと考えている。この国の最善の道は何かということを。

グラヴィスは周囲から祭り上げられた王位継承争いから下りて、王となる異母兄を支えたいと考えている。だが一方で、この国のために、王妃として孤高の道を歩んできた母后の期待も裏切ることができない。

王妃は息子の苦悩を知っているに違いない。知っていてなお、グラヴィスの頭に王冠を載せることに固執している。

　それは、この国の未来を憂える王妃としての責任感によるものか。あるいは夫から耐え難い屈辱を味わわされた女の復讐心なのか。


　王妃の言うとおり、この国にとって最善の道は、グラヴィスが王位を継ぐことかもしれない。

　グラヴィスは度重なる暗殺に関して、王太子の関与を否定している。だが、仮に王太子本人ではなく、彼を推す派閥の誰かの行動だとしても、それを王太子がまったく把握していないことなど、はたしてありえるだろうか。

　愚鈍か、狡猾か。いずれにしてもそんな人間が王位に就くと思うと、王妃の憂いもよくわかるのだ。

　グラヴィスが王位を継ぐ決意をする未来は、絶対にありえないのだろうか。いまの自分にできることはなんなのか。


　物思いに沈んでいると、背後から名前を呼ばれた。

「イオニア」

　振り返ると、すっかり大人の身体つきに成長した青年が立っていた。

　声変わり前のやわらかい少年の声を覚えている。いまはもう、ずいぶんと低い声になった。

　冷たい硬質な美貌は頬の丸みも削がれて、成熟した男性美を備えつつある。身長もイオニアを抜いた。成年まであと三年もあるなど信じられないくらいだ。

　ただ、藍色に金の星が瞬くような瞳だけは出会った頃から変わらない。強烈な引力を持っているのに、その光は儚く、吸い込まれそうなほど美しい。

「イオ、卒業おめでとう」

「ヴィーも……卒業おめでとう」

　これが最後になるかもしれないと、イオニアは心ゆくまで、その星空の瞳を見つめ続けた。

「この六年間の、おまえの犠牲と献身に感謝している。あの日約束してくれたとおりだった。『恋人』よりも、ずっと近くにいてくれたな」

　イオニアは静かに微笑んだ。

「おまえが、どんなに血にまみれた俺でも放さないと言ったからな」

　なぜか、今日は素直に言葉が溢れてしまう。

「ああ、そうだ。おまえを放したくなかった。暗殺者達に感謝した。俺が狙われるかぎりおまえはずっと傍にいてくれる。おまえと一緒にいる時間と自分の命を天秤にかけたが、その価値はあった。俺の背中を預けられるのは、おまえだけだったから」

　グラヴィスも、今日は素直で雄弁だ。その言葉がうれしかった。

　イオニアはほがらかな笑顔を浮かべる。

「俺と一緒にいる時間が、おまえの命と釣り合うなんて。冗談でも報われるよ。うれしい」

　グラヴィスは眩しそうに目を細める。

　幼い頃の快活で人懐こいイオニアを思い出させる、陰りのない笑顔だった。ずいぶん長いあいだ、グラヴィスに向けられることはなかった笑顔が眩しい。

「イオニア……俺は誰とも結婚しない。今日はそれを伝えに来た」

「おめでとうと言おうと思っていたのに。俺はするべきだと思う。素晴らしい良縁だ」

「おまえがヘレナ嬢に何を言われたかは知っている。愚かにも俺に堂々と本人が語っていたからな。ああ、彼女との婚約が猶予期間になるのなら、そうするかもしれない。卑劣な振る舞いだと言われてもかまわない。それも、俺が成人するまでだ。絶対に結婚はしない」

　イオニアは笑顔のまま首をかしげた。

「……なぜ？」

「なぜ？　おまえがそれを俺に聞くのか、ここで」

王妃と同じ台詞だ。

本当に似たもの親子だと、イオニアは感心した。

「兄上が王になるまでの猶予が欲しいからだ。陛下の病は快癒する見込みはないそうだ。あと何年保つか……だからこそ母上は焦っている。陛下が亡くなる前に俺の地位を盤石にするために、公爵家の娘と結婚させて、早く子どもを作らせようとしている」

そういえば、自分の家名でグラヴィスの立場を強くすると、あの少女は宣言していた。

「だが俺が成年になるまであと三年の猶予がある。絶対に結婚する気はない。俺は、母上を失望させても、絶対に王にはならない。その代わり王弟としてできるかぎりの力で王を支え、この国を守り栄えさせることを誓う」

「……命を狙われているのに、なぜ？　どうしてそこまで王太子に忠誠を尽くすんだ」

「これまでの襲撃が兄上の指示かどうかわかっていない。明確な証拠はない以上、俺は兄上を信じたい。俺が玉座を脅かす存在ではないと、身の程をわきまえていることが伝われば、兄上を支持する派閥から命を狙われることもなくなるだろう」

イオニアは苛立った。

「それは詭弁だ。いままでだって、おまえは王座に色気など見せなかった。軍人を目指すことで、それこそ身の程をわきまえていると明らかにしていたじゃないか。それでも命を狙われ続けたんだぞ！」

「兄上にも事情がある。俺に野心がないとわかれば」

「おまえは以前、俺に犠牲になってばかりだと言ったな。だが、おまえこそ、いつもそうだ。国のため、王太子のため、王妃のため。野心なんて、おまえ自身がそんなたいそうなモンを持っていたためしがないだろうが！」

イオニアがついに感情をあらわにして反論した。

するとグラヴィスは堂々と言いきった。

「さっきも言っただろう。おまえと俺の命を天秤にかけていると。俺の野心はたったひとつだけだ。これから先も一生、おまえを俺の傍に置くことだ」

「……何を、馬鹿なことを」

「馬鹿でかまわない。父上が死ぬまでなんとしても時間稼ぎをして、兄上に王座を渡す。そのときまで生き残ればいい。そうしたら俺は軍に入り、王宮とは距離を置く。罪を犯さないかぎり王位継承権を放棄することはできないが、兄上が王になりさえすれば、俺は自由だ。一軍人としておまえといられるんだ」

──自由に、一緒にいられる。

その熱に浮かされたような王子の言葉は、イオニアに仄暗(ほのぐら)い歓喜をもたらした。

恋愛には昇華しなかった二人の関係だったが、この王子の中にはイオニアに対する強烈な執着が、いまも存在している。グラヴィスの心の天秤は、常にイオニアに傾いているのだ。

愛という言葉より、もっと深い渇望がそこにある。

これが喜びでなくてなんだろうか。

同時に、この国に対する責任を放棄したことを後悔するグラヴィスが、ありありと目に浮かぶ。

「うれしい。うれしいよ、ヴィー。でも……俺が、それでは嫌だと言ったら？」

イオニアの答えに、グラヴィスが目を見開く。

「おまえは王族だ。俺達のような平民とは違う。それが、本当に正しい選択なのか、グラヴィス殿下」

「殿下と呼ぶな！」

「いいや、呼ばせてもらう。この国のために何が正しい選択か、おまえにもわかっているだろう。おまえのほうが王にふさわしいと誰もが認めているのに、その責任を放棄して……俺を選んで、おまえの心は、それで本当に平穏を得られるのか」

グラヴィスの瞳が苦渋に曇る。

「……俺を迷わせるな、イオ」

「迷わせているわけじゃない。王族としての責任を、その手の中に残しておくべきだと言っているんだ。いつかこの国のために最善の道を選択する必要が生じるときが来る。俺はおまえの足かせになりたくない。俺のために、おまえの道を歪める必要はないんだ」

その言葉に、グラヴィスはつらそうに顔を歪めた。

「おまえは……それで、俺が誰かのものになってもいいのか」

イオニアは衝動的にグラヴィスを抱きしめた。

「……それでもいい」

グラヴィスの身体がこわばる。イオニアはさらに腕に力を込めた。額を合わせて目を閉じる。

「おまえが誰かのものになってもかまわない――なぜなら、俺が、もうおまえのものだからだ」

「……イオニア」

「俺を手に入れるために、おまえが何かを諦める必要はないんだ。ヴィー……おまえは自由だ。何を選び取ってもいいんだよ。俺の血と忠誠ならば、もうとっくにおまえのものだ。これ以上何がいる？」

「……違う。おまえは俺のものじゃない。おまえは、ルーカスのものだ」

グラヴィスの長い腕が、ためらいがちに背中に回された。イオニアの首筋にその額を擦りつけ、くぐもった声で懇願する。

「イオニア……俺はおまえが欲しい。ずっと、ずっと欲しかった。忠誠だけでなく、これから先も永遠に、おまえのすべてが欲しい。俺のものにしたいんだ」

星空の瞳には、執着だけではない。昏い情欲が兆している。

二人の気持ちが初めて対等になった。

グラヴィスが心も身体もイオニアを欲しがるこの時を、ずっと、ずっと待っていたのだ。


年が明けたらイオニアは王国軍に入軍する。高等教育学校出身者は、入軍前にすでに基礎訓練を終了しているとみなされ、士官として配属される。入軍後は山岳部隊に所属し、一小隊を預かることが決まっている。すぐに、北西部の山間部に配備される予定だった。

数年間は王都に戻れない、過酷な部隊だ。

グラヴィスと引き離されたことを恨みはしない。自分も納得して受け入れた辞令だ。

欲しかった言葉は、もう充分もらった。だから、もういいのだ。

公爵令嬢との結婚がグラヴィスの選択肢を広げるなら、それも応援しよう。

イオニア自身がグラヴィスの進むべき道を阻む要因になるなら、自分自身をグラヴィスから遠ざければいいのだ。


イオニアはしなやかな黒髪に手を差し入れ、優しく掻き回した。グラヴィスが顔を上げる。二人は息がかかる距離で見つめ合った。


「イオ……おまえが欲しい」

「無茶を言うなよ、俺には『恋人』がいるんだから」

「イオニア……」

「でも、欲しいなら俺をあげるよ。今夜だけ、全部」

欲しがっているのはイオニアだ。

これが、最後の我儘だ。この滾る思いを昇華させるために、熱く濡れる記憶が欲しい。

その記憶を火種にして、これからもグラヴィスへの忠誠心を研ぎ澄ませていきたい。

わずかな身長差の分だけ伸び上がり、イオニアは小さく震える青年の唇に口づけた。星空の瞳が驚愕に見開かれる。

「……何をしてもいい。おまえの好きに扱ってかまわないよ。それでおまえが確信できるなら」

俺が、おまえのものだということが。

イオニアはおいで、と腕を引いて、整えたばかりの寝台にグラヴィスをゆっくりと押し倒した。

言葉もなく驚いているグラヴィスの身体に跨るように乗り上げたイオニアが、釦に手をかける。

「イオ……」

「黙って……」

耳元に唇を近づけて、覚悟を決めろ、と囁いた。グラヴィスがびくりと震える。再び視線が交錯すると、イオニアは優しく微笑んだ。

「おまえが本当に後悔しないと確信が持てるときまで、王族としての務めを果たすんだ。じゃないと、絶対に後悔する」

「だが、それでおまえが離れてしまうのなら」

「離れない……絶対に。その道がどんな道でも、おまえは俺をそこに連れていくんだ。初めて会った、あの日のように」

その言葉を聞いた途端に、グラヴィスの瞳がギラギラと輝きを増した。

菫色の瞳を睨みつけながら、低い声で問いかける。

「俺が覚悟を決めたら……おまえをどこにでも、連れていっていいんだな」

うん、とイオニアが頷く。

「十五年間足掻いてきた道だろう？　覚悟を決めるんだ、ヴィー。俺をそこに連れていく覚悟を」

「……その代償に、今夜だけは、おまえを俺のいいようにしていいんだな」

イオニアはもう一度頷いた。

しなやかで逞しい腕が腰骨を強くつかむ。ぎりぎりと食い込む指に、イオニアの息が期待と興奮に乱れはじめる。

　グラヴィスは獰猛な表情を浮かべて、跨っていたイオニアの身体を逆に寝台に押し倒した。

　グラヴィスの存在が、世界のすべてになる。

　この一瞬が欲しかった。イオニアは歓喜に、意識を痺れさせていく。

「そしていつか、俺が正しい選択をしたと確信できたときは……そのときには今度こそ、おまえと生きる道を、選んでいいんだな」

　荒い息に紛れて聞こえてきた愛しい少年のせつない要求に、イオニアは応えることはできなかった。

　頷いたかどうかもわからない。ようやく待ち望んだ熱情に、いまはただ溺れていたかった。

　同時にイオニアは、予感めいた確信を覚えていた。

　グラヴィスと身体を重ねるのは、きっとこれが最初で最後になるだろうと。

　そしていつの日か、彼にこの命と忠誠を捧げて死ぬだろうと。


　見渡すかぎり雪と氷に覆われた白銀の世界。

　イオニアが王都からこの山岳地帯に派遣されて三年が経った。その年の冬、アガレア大陸全土が史上稀に見る大寒波に見舞われた。大陸の中央に位置するファノーレンも、この寒波によって国難とも言うべき被害を受けている。国全土が雪と氷に覆われ、温暖な南方でさえ作物の収穫はできなくなった。北方の地域は人間の背丈を超えるほどの大量の雪に覆われた。各地で雪による家屋の倒壊が起こり、多くの家畜が死んだ。

　北西部の山岳地帯に配備されたイオニアの部隊も、厳しい環境下で国境警備の任務に就いている。

ついに餓死者がではじめると、国策として北方側の領民を比較的被害の少ない地域に集団疎開させることが決議され、救助された住民は南方に送られることになった。イオニアの部隊の直近の任務は、孤立した地域から数百人の領民を救助することだった。

アガレア大陸最北に位置する隣国ツヴェルフでは、さらに多くの凍死者や餓死者が出ているという。王都ではおそらくグラヴィスもルーカスも寝る暇もなく働いていることだろう。

砦の上から雪に埋もれた世界を見つめながら、イオニアは寒さに眉を顰めた。分厚い手袋と毛皮つきの外套でも、氷点下の寒さは完全には防げない。

白と灰色に包まれた世界。こうして一人で白い無音の世界に立っていると、王都で過ごした日々が幻のようだ。卒業式の夜から、一度もグラヴィスには会っていない。ルーカスにも。

卒業の翌年、グラヴィスとミュラー公爵令嬢の婚約が発表された。グラヴィスは婚約を猶予期間と言っていたが、イオニアは二人が本当に結婚してもかまわないと思っていた。

遠く距離を置いてからは、それまで以上に、グラヴィスに対する思いが溢れてくる。

愛している、愛しているよ、と、その言葉を何度も心に乗せて、見えない星空に伝えている。

心の中でつぶやくたびに、あの日分け合った体温を思い出して胸に火が灯る。この極寒の地でも、あの日の思い出だけで生きていける。イオニアはそう思っていた。

しかし、成年の誓いの儀式を経て発表される予定だったグラヴィスの結婚は公示されることはなかった。

そして、その年の冬に、大寒波がやってきた。

ファノーレンにとって最も厳しい年越しの後、長い冬が終わり、ようやく春がきた。各地の被害は甚大であったが、ファノーレンはさほど多くの人的被害を出さずにこの国難を乗り切れたことで、国全体で復興への前向きな機運が生まれはじめていた。

しかし、再び試練の時が訪れた。隣国ツヴェルフが、突然宣戦布告もなくファノーレンに攻め入ったのだ。

後からわかったことだが、年末の時点ですでにツヴェルフ側の不穏な動きを王国軍と宮廷は把握していたらしい。

ツヴァイリンク側から侵攻してくるだろうというファノーレン側の予測を裏切り、イオニアの部隊が配備されている北西部の山岳地帯が最初の戦場となった。北西の山脈に広く展開された山岳部隊は、あちこちでツヴェルフの歩兵部隊と小規模の激しい衝突を繰り返していた。

イオニアの指揮する小隊のほとんどは平民出身だ。そしてそのうち、特殊部隊と呼ばれる五名が、特別な《力》を有していた。

触れたものを破壊するイオニア、風を操るエドガル・ヨルク。遠くの音まで聞き分けるトビアス・ボッス、手を触れずに相手の動きを拘束することができるグザヴィア・エルトランド。そして怪力のエッボ・シュタイガー。

イオニアの部隊は意図的に集められた特殊任務を担う部隊だった。特定の地域に展開せず、戦闘が激しくなった地域に派遣される特殊援護部隊として活動している。

開戦からすぐに、イオニアの部隊に王都への一時帰還命令が下った。

「イオニア・ベルグント、ただいま帰還しました」

任官以来の訪問となる防衛宮の最高執務室にはストルフはじめ王国軍の要人達が揃っている。

イオニアは美しい姿勢で敬礼した。敬礼する先には、約三年ぶりに会うグラヴィスも、ルーカスもいた。グラヴィスは王国軍の最高参謀の地位に、ルーカスは参謀部の副官の一人になっていた。

グラヴィスは昨年の春に成年の誓いの儀式を終え、十九歳になっていた。この三年で完全に少年らしさは抜け、王族としての威厳と彼自身の持つ覇気で一際強い存在感を放っている。

お互い一瞬だけ視線を交わす。イオニアも、グラヴィスも表情を変えることはなかった。

イオニアが王都に呼び戻された理由は、彼らの部隊を北西部の山岳地帯から離脱させ、北東部のツヴァイリンクへ派遣するためだった。いまは山岳地帯が主戦場だが、敵の攻め方が中途半端であることから、今後ツヴァイリンクに敵が攻め込んでくる可能性を考えての対応だ。

山岳地帯は広い。そこに戦力を集中している中、ツヴァイリンク側に多くの戦力を割くことができないため、イオニア達特殊部隊に白羽の矢が立った。命令に否やを言える立場でもない。イオニアは粛々と辞令を拝命した。

三日後からツヴァイリンクに向けて移動することになった。

「イオニア」

防衛宮の士官用の簡易宿泊室に戻ると、扉の前にルーカスが待っていた。

約三年ぶりの恋人は、いっそう逞しく落ち着いた男になっていた。イオニアを見つめてうれしそうに目を細めている。

まるで、あの雪に閉ざされた砦で待ち望んでいた太陽に照らされているようだ。心がほかほかと温まる。

大きな身体（からだ）を部屋に招き入れると、どちらからともなくゆっくりと抱き合った。身体の厚みが増している。ルーカスの胸元から、慣れ親しんだ匂（にお）いがした。

「ルカ……久しぶり。ますます迫力が増したな」

「……ああ、モテて大変だぞ。おまえがずっと王都に帰って来ないからな、浮気し放題だった」

軽口を言い合って小さく笑い合う。抱き合ったまま、イオニアは聞いた。

「今日は、これから一緒にいられるのか」

「いや……この後も殿下と一緒に会議だ。おまえが王都にいるというのに。本当に残念だ」

茶を飲む時間もない、とルーカスは愚痴る。会議のあいだのほんのわずかな時間に会いに来てくれたのだと思うと、うれしかった。

「そうか……明日は実家に泊まるからな。今回は、もう会えないかな」

ルーカスがはぁと溜息をつく。

「おまえを前線に置いていることがつらいよ。おまえを抱けないこの状況もだ」

そう言ってイオニアの頬（ほお）を撫でる。

イオニアはその手に手を重ねて、頬を押しつけた。

琥珀色の目が愛おしそうにイオニアを見つめる。

この男の細やかな情に、ずっと温められ、助けられてきた。

（ああ……好きだ。ルーカスが好きだ）

恋心を捧げることはできなかったが、たしかにルーカスにも自分の心の一部を渡しているのだと、イオニアはそのとき、突然気がついたのだ。

その瞬間、ルーカスにこの思いを伝えようかとも思ったが、うまく言葉にできそうもなかった。

イオニアはルーカスの腕の中で笑った。

何もこんなときにでも言わなくてもいいだろう。また二人で会えたときにでも伝えようと、イオニアは衝動的な告白を思いとどまる。

「なんだ、突然ニヤニヤ笑って……どうした?」

「ふふ、なんでもない……今後会ったときに言うよ」

ああ、行かせたくない、と、再びルーカスが強く抱きしめてくる。イオニアはなだめるように、その肩をポンポンと叩いた。

「俺は大丈夫だ。この手があれば、たいていの敵は俺には敵わない。よく知っているだろう?」

「だが、万が一ということがある。イオニア、何かあれば必ず助けにいく……だから、怪我するなよ。無事でいてくれ」

「俺は大丈夫だから。俺の代わりに、グラヴィスを……殿下を守ってくれ」

ルーカスは面白くなさそうだ。わかりやすく不貞腐れる恋人に、イオニアは笑った。

「おまえはいつも殿下が一番、殿下が大事だからな……俺の恋人としての立場はどうなるんだ」

「いまさらだな。本当に大丈夫だ。俺が守れない間は、俺の代わりにヴィーを守ってくれ。おまえにしか頼めない」

イオニアはルーカスの頬に口づけた。ルーカスが菫色の瞳をじっと見つめる。

「おまえの言いつけは守るよ。俺は殿下の隣でおとなしくしていよう……だけど、イオニア」

愛している、無事でいてくれ——そう言って、ルーカスはイオニアの唇に軽く口づけると、会議に戻っていった。

イオニアはその背中に向かって小さく囁いた。

「……今度会えたときにはちゃんと言うよ。ルーカス、おまえのことも大事だって。好きだって」

出発前日は実家に戻った。

夕食後、イオニアは独りで鍛冶場にいた。明かりのない宵闇の青に沈んだ工房には、子どもの頃から嗅ぎ慣れた、鉄と炭の匂いが漂っている。

ここから、すべてが始まった。

ここでグラヴィスと出会ったときから、イオニアの人生は意味を持ったのだ。


「イオニア」

三年ぶりに聞く声だ。なんとなく今晩、グラヴィスが会いに来るような予感がしていた。

「おまえはなんで、いつも俺の場所がわかるんだ」

「なんとなく。おまえがどこにいるかわかる」

「そして、おまえはいつも後ろから声をかけるんだ」

そうかな、と、グラヴィスは首をかしげる。


「……会いたかった」

グラヴィスがぎゅっとイオニアを抱きしめてきた。

その背中に腕を回す。三年前よりずっと男らしく、身体の厚みが増していた。

自分はどうだろうか。この三年のあいだに、逞しく頼りがいのある男に成長できただろうか。


「俺も会いたかった……そうだおまえ、公爵令嬢との結婚はどうした」

「昨年の大災害からこの戦争だ。結婚もクソもあるか。猶予ができてツヴェルフに感謝したいくらいだ」

冗談にならないと、イオニアは強く背中を叩く。

グラヴィスがくぐもった声で笑った後、真面目(まじめ)な顔でイオニアの目を見下ろす。


「……早く軍の中で力をつけて、おまえを王都に呼び戻そうと思っていた。この三年、必死で根回ししてきた」

「うん」

「だが、戦争がはじまった。おまえの部隊を手薄なツヴァイリンクへ派遣するのが一番効率がいい……そう判断したのは、ストルフと俺だ」

「俺の部隊なら少人数でも戦闘力が高いから。そうだろう？」

「ああ、ベーデカー山脈に主力部隊を置いているいま、手薄になったツヴァイリンクに万が一何かあったときは、おまえの部隊が頼りだ」

わかっている、とイオニアは頷いた。

「おまえをずっと傍に置きたいと思っていたのに……こんなときも俺は全体の最適を優先してしまう。おまえが重要な戦力になると、どこかで冷静に見極めている……こんな俺が嫌になるか」

イオニアは黙って首を振った。頼られることは、むしろ喜びだ。

グラヴィスは、暗い工房をぐるりと見回した。


「俺が、おまえをこんな遠くまで連れてきてしまったんだな……この鍛冶場から、争いの最前線へ」

「おまえが俺を連れていく覚悟を決めてくれて、よかったよ。おかげでずっと一緒に戦える」

そうだろう？　と目で問いかけると、グラヴィスは金色に輝く瞳でイオニアを見つめて頷いた。

「そうだ。ずっと一緒にいるために、おまえをここまで連れてきた。この戦が終われば……今度こそ俺は、選択する。そのときは、どうか……おまえも選んでくれ。俺を」

この戦争が終わった先に待っている、二人の未来は、いったいどんなものなのだろうか。


「おまえが守るこの国を、俺も守るよ。ツヴァイリンクをまかせてくれ。敵が来ても絶対に通さない……守りきってみせる」

戦争を早く終わらせて、グラヴィスに自由を選択できる未来をあげたいと、イオニアは心から願った。

そのためならなんでもできる気がした。


ツヴァイリンクに派遣されて二週間が経った。星が綺麗な夜に、それは起こった。

遠耳のトビアスが真っ先に外砦の異変に気がつく。

内砦にいたイオニアが外砦に駆けつけたときには、

城砦はすでにツヴェルフ軍に占領されていた。内通者の手引きなのは明らかで、外砦はもはや奪還不可能な状態だった。

外砦の上から中間地帯に、次々と火矢が放たれる。たちまち平原は炎に侵食された。このまま内砦を突破されたら終わりだ。

イオニアは、王都にいるグラヴィスに向けて念じる。心話がうまく通じるか確信は持てなかった。だが、イオニアの声は、たしかにグラヴィスに届いた。


――『必ず助けに行く！　だから、必ず生きて、俺を待っていろ！』


その言葉にイオニアの気力が再び奮い立った。部下を鼓舞し、敵を倒しながら内砦へと引き返す。

戦闘は数刻、激しく続いた。一人、また一人と、イオニアの部下達が斃(たお)れていく。

内砦の門を閉じて籠城(ろうじょう)すれば、数日は時間稼ぎができる。グラヴィスが来るまでこの砦を守るのだ。

だが、イオニア達がようやく内砦にたどり着いたとき、まだ門は閉じられていなかった。

門の前に置かれた巨石がそれを阻んでいたのだ。

これを砕いたら、きっと自分は限界を迎えて死ぬだろう。だが、やるしかない、と決意を固める。

イオニアは部下の支援を受けながら、敵を薙(な)ぎ散らして巨石にたどり着く。


「ぐぉあああああああああ……っ！」


イオニアは獣のように絶叫し、石に向けて限界まで《力》を解き放った。

爆音を轟(とどろ)かせ巨石が砕けていく。砕けた石を、イオニアはさらに次々と小さく粉砕していった。ものすごい勢いで、身体(からだ)から《力》の源が失われていくのがわかる。

意識が霞みはじめる。もう少し、あと少し……この門が閉められるくらいに粉砕すれば。

巨石が砕かれ視界が開けてきた。これで門が閉じられる。そして霞むイオニアの目が門の向こうに、大軍の影を捉えた。


（来てくれた……！）


その前には蒼白な顔で崩れ落ちかけるグラヴィスと、それを支えるルーカスの姿が見えた。

グラヴィスもまたその命を燃やしてくれたのだ。限界まで《力》を使い、大軍を連れて一気に王都からツヴァイリンクまで跳躍してきたのだ。

生きている間に、もう一度会えた。

血と煤にまみれたイオニアを見つけたルーカスが、目を見開いて叫ぶ。

「イオニア――――ッ‼」


その声に、イオニアは我に返った。

だめだ、まだ死ねない。まだやることがある。

グラヴィスが戦えるようになるまで、時間稼ぎをしなくては、予定通りこの門を閉めなくては。

イオニアは、残りの力を振り、部下に向かって叫んだ。

「……エッボ！　門を閉めろ！」

「隊長……ッ！」

イオニアと同じく傷だらけのエッボが、絶望的な表情でイオニアを振り返った。怪力のエッボなら、一人でも巻き上げた門を下ろすことができる。

「いいから行け！　敵を門の向こうに通すな！　俺達の手で守るんだ！」

「できません……あんたを置いていくなんて！」

エッボは首を振った。

門を閉じれば、城砦間に残されたイオニア達は、確実に命を喪うことになる、それがわかって、エッボは逡巡（しゅんじゅん）しているのだ。

荒い息を吐きながら、イオニアはもう一度、行け！　と部下に向かって叫んだ。

「援軍が来た！　ここを封鎖して立て直せば、我々の勝ちだ！　行け……！　頼むから行ってくれ！」

エッボは煤と血に汚れた顔をくしゃくしゃに歪ませて頷くと、門の向こうに走り去った。

エッボの行く手を阻む敵兵を、グザヴィアがその《力》で足止めする。彼もまた全身に創傷を負っていた。

助かる見込みはない男達が、最期の力で仲間が走り抜けるのを助けた。

エッボが門の内側に消えた。かたずを呑んで待っていると、やがて門が閉まりはじめた。


「イオニア……!!」

イオニアの名前を叫び続けるルーカスの声に、イオニアは絶叫で応(こた)えた。

「……これで俺達の勝ちだ！」

徐々に閉まる門の前で、イオニアは最後の力を振り絞って敵兵達を薙ぎ払う。あと少し、もう少しだ。

そのとき、後ろからグラヴィスの絶叫が聞こえた。


「イオ！」

愛(いと)しい男の声は、いつも背後から聞こえてくる。

耳鳴りと騒音でよく聞こえないイオニアの耳にも、グラヴィスの声は、はっきりと聞こえた。

「イオッ！　やめろっ！　戻ってこい！」

振り返ると、ルーカスに羽交い締めにされながら、グラヴィスは絶叫していた。

土気色の顔を必死に持ち上げ、こちらに手を伸ばし、獣のようにイオニアの名前を絶叫し続けている。

轟音を立てて、門が閉じた。


——これで、俺達は負けない。

その瞬間、イオニアの身体を衝撃が貫いた。

見下ろすと、逃げたはずのエドガル・ヨルクの剣が、イオニアの腹に深々と刺さっていた。

エドガルは熱に浮かされたような表情を浮かべて、イオニアの腹を刺したまま嗤っていた。

「はは……これであんたも終わりだ……俺のやったことはバレやしない」

「……貴様、この、裏切り者が……っ！」

イオニアはエドガルの腹に手を当て、全力を注いだ。エドガルが弾け飛ぶ。

しかし、イオニアもついに力尽きた。

身体はもうピクリとも動かず、エドガルの生死をたしかめることもできない。

焼く熱も、傷の痛みも、もう何も感じない。

——だめだ。この国を敵に売った裏切り者がいると、ヴィーに伝えなくては。

イオニアは薄れていく意識の中で叫び続けた。誰かに、この思いを受け継いでほしかった。

炎と煤の向こうに、星空が見える。それが、イオニアが最期に見た光景だった。

——愛しているよ。ヴィー、愛している。

この血と忠誠は、永遠におまえのものだ。

【イオニアからレオリーノへ】手紙

今日もまた、あの日の夢を見た。

泣きながら虚空に向かって伸ばした手は、夢とは違う。剣を握ったことなど一度もない、白く細い手だ。

そうだ、僕はイオニアじゃない。レオリーノだ。

こうして枕を濡らしながら目を覚ますのは、何度目だろうか。あの夢を見るたびに、イオニアのグラヴィスへの思いを知るたびに、レオリーノは涙を流してきた。

だが、今日だけは違う。レオリーノが流しているのは、自分自身に対する怒りの涙だ。

あの焔に残してきた大切な記憶を、なぜこれほど長いあいだ忘れていられたのだろうか。

それはエドガル・ヨルクの裏切りの記憶だ。あの男はレオリーノを道連れに飛び降り、ツヴァイリンクで死んだ。だが、彼は何者かの指示でツヴァイリンクに敵を呼び込んだと、最後に告白した。

両目の上で、ぎゅっと拳を握りしめる。結局あの日、イオニアは最後の《力》でエドガルを殺すことはできなかった。

だがそれは結果的に僥倖だった。あのときエドガルを殺していれば、彼を操っていた真の裏切り者の存在を知り得なかったのだから。

なぜ、どうして忘れてしまったのだろう。覚えてさえいれば、あれから六年も無駄にしなかったのに。

そのとき、ノックの音が響いた。

レオリーノの専任侍従フンデルトが主の起床のタイミングを見計らい入室してきた。カーテンが開かれると、レオリーノは眩しさに目を細める。

あの裏切り者の記憶を取り戻したことは、ひとまず後回しだ。

「おはようございます、お目覚めでしたか」

「……おはよう、フンデルト。今日の予定は？」

「はい、お客様とご朝食をご一緒できるでしょうかと、奥様が」

「ああ、そうか、昨晩エリナさまとラガレア侯爵がいらっしゃったんだね」

そうだ。昨晩はオリアーノの婚約者エリナ・ミュンスターが、伯父のラガレア侯爵を伴って、ブルングウルト城へやってきたのだ。レオリーノは雨による脚の傷の疼きに耐えられず、早めに就寝していたため、彼らを出迎えることができなかった。

ラガレア侯爵ブルーノ・ヘンケルは、レオリーノの父アウグストの親友である。幼い頃から兄弟全員が彼に可愛がってもらっている。レオリーノにとっても親戚のような存在である。

レオリーノに求婚したユリアン・ミュンスターの伯父でもあるラガレア侯爵だったが、おそらく今回の訪問も、ユリアンの求婚を受け入れるようにレオリーノを説得しにきたに違いない。

子どもを産めない男子との結婚などありえないと公爵家の嫡子であるユリアンを窘めればよいものを、なぜかラガレア侯爵は熱心に結婚を勧めてくる。

また今日もユリアンとの結婚を勧められるのかと思うと、レオリーノは溜息をこらえた。

ユリアンの求婚を受け入れることはできない。少なくとも自立の道を模索しようとしているいまは。

「ご一緒するよ、もちろん。今日は体調もとても良いから」

「それでは、急ぎお支度をいたしましょう」

レオリーノは頷くと、起き上がって洗面室で、洗顔と歯磨きを済ませた。部屋に戻ると、フンデルトが衣装を広げて待っていた。

侍従に着衣を手伝ってもらいながら、レオリーノは考え込んでいた。

ラガレア侯爵は、なぜこれほどユリアンとの結婚を勧めてくるのだろうか。

たとえ親友の息子であるレオリーノを気に入っているのだとしても、そこまで固執する理由がわからない。

いかに親友の子どもとはいえ、子どもが産めない挙げ句に、怪我の後遺症で普通に暮らすことが難しいレオリーノを、なぜそこまで囲い込もうとするのだろうか。

　あの事故以来、サーシャや若ヴィリー医師を除けば、事故直後から唯一、家族以外で何度も会っていたのがラガレア侯爵だった。彼は内政長官という立場を利用して、ツヴァイリンクの事件の真相究明を買って出てくれた。

　怪我で朦朧（もうろう）とするレオリーノに、優しく話を聞いてくれたことを覚えている。

　そう。その後も侯爵は、何度も、何度も、同じ言葉を繰り返して、心身ともに傷ついたレオリーノを、そしてアウグストを慰めてくれた。

　その瞬間、レオリーノは頭に浮かんだ恐ろしい想像に戦慄した。

（まさか、まさか……）

　侍従は、青ざめた顔で震える主に気がついた。

「レオリーノ様、どうされました？」

　レオリーノは身体の震えを無理やり抑えると、思いつめた表情を侍従に向ける。

「フンデルト。いますぐ、筆と紙を用意して」

「ですが、ご朝食に行かれませんと」

「すぐ終わるから。お願いだ。いまじゃないと駄目なんだ」

　レオリーノらしからぬ思いつめた表情に、侍従は困惑した。しかし命令に従わない理由もない。

　書き物机に指示されたものを用意する。レオリーノは忙（せわ）しない様子で文章をしたためると、封筒に入れて封蝋（ふうろう）し、それをフンデルトに手渡した。

「フンデルト……朝食の後で、僕にこの手紙を渡してほしい。僕が何かおかしなことを言っても、必ず読むようにと、僕に伝えてほしいんだ」

「……は、レ、レオリーノ様？」

「フンデルト。お願い。僕がもし、もしこの手紙の存在を忘れていても、渡して。必ず読むように、と」

それまで誰にもこの手紙を見せないようにと、フンデルトに命令した。

侍従は目を白黒させながらも、主の言葉に頷いた。

食堂に行くと、アウグストとマイア、長兄オリアーノとその婚約者エリナ・ミュンスター、そしてラガレア侯爵ブルーノ・ヘンケルが、揃ってすでに食事をはじめていた。いつもと変わらない光景だ。

レオリーノはこくりと息を呑む。

できるだけ普段どおりに見えるように心がけながら、遅れて申し訳ありませんと謝り、末席に座る。

未来の義姉（あね）であるエリナが、ニコニコと笑顔で話しかけてきた。

「ごきげんよう。今日は体調がよろしいようで何よりだわ、レオリーノ様」

エリナの落ち着いた、だが年相応に若々しい笑顔に、レオリーノは微笑み返した。エリナがうれしそうに頬を赤らめる。

「ええ、エリナ義姉さま、ありがとうございます。昨夜は到着の折にお出迎えできず、本当に申し訳ありませんでした」

「いいえ。雨でかなり道が荒れていたの。到着が遅くなってご迷惑をおかけしたのはこちらのほうだわ」

レオリーノはラガレア侯爵に向き直ると、小さく頭を下げた。

「……おじさま、ようこそお越しくださいました。お出迎えできず申し訳ありません」

ラガレア侯爵は優しく微笑んで、なんでもないというように手を小さく振った。

「そうそう！　レオリーノ様。あなたが『成年の誓い』で王都に行かれる際には、オリアーノ様もお義父（とう）様の名代としてご一緒されるの。私達も、一度も一緒に社交界に出たことがないでしょう？　結婚のご挨拶も兼ねて、同行させていただくわ」

　エリナは恥ずかしそうにオリアーノの手を握る。オリアーノも優しい眼差しで婚約者を見つめ、その手を握り返した。

　仲むつまじい兄夫婦の様子を、レオリーノは微笑ましく見つめていた。

「本当に楽しみね。レオリーノ様の美しさに、王都中が腰を抜かすに違いないわ。ねえ、伯父様」

「そうだな。おまえが王都に来るのが楽しみだ。ユリアンはまだ諦めておらんぞ、レオリーノの求婚者として、自分こそが一番の有望株だと、誰にも負けないつもりでいる」

　しかし、レオリーノは悲しげにうつむいた。

「どうした？　レオリーノ」

「実は、外に出ることがまだ怖いのです」

　それを聞いた全員が驚いた。

　オリアーノがなぜだと質問する。

「ツヴァイリンクのときみたいなことが、また起こるのではと思うと、怖くなって」

　アウグストとマイアはその言葉に仰天した。

「レオリーノ、何を言うのだ！　そんなことがあるわけなかろう！」

「リーノ!?　なんということでしょう……」

　レオリーノは、ラガレア侯爵を見つめた。

「僕を道連れに落下したあの男……エドガル・ヨルクのことを考えると、王都にはあのような暴漢がいるのではと怖くなって……」

　ラガレア侯爵がいかにも哀れみに満ちた表情で、レオリーノを見つめる。

「なんと痛ましい……あの事件のことをまた思い出したのか」

　レオリーノはうつむいたまま首肯する。そして、侯爵の次の言葉を待った。

――さあ、真実を暴くときだ。

自室に戻ったレオリーノに、侍従は申しつけられた通りに手紙を渡した。しかし、なぜか主は美しい菫色の目を見開いて、小首をかしげる。

「フンデルト……この手紙はどなたから？」

フンデルトは焦った。

今朝、あれほど思いつめた様子で手紙を渡してきたのは、レオリーノ自身なのに。

「……これは、レオリーノ様ご自身が、貴方様に朝食後にお渡しするようにと」

「ええ？　僕が、僕に手紙を？　……うぅん、記憶にないけどな……」

胸が騒ぐ。手紙の筆跡は明らかに自分のものだ。

なんとなく一人で読む必要があると感じた。

レオリーノは手紙を受け取ると、一人になった。

インクの色も生々しく、表書きには「レオリーノへ」とだけ、自分の筆跡で書いてあった。

なぜ自分宛ての手紙を書いたのか。レオリーノにはまったく記憶がなかった。

一文字ずつ、なぞるように読む。

読み進めるにつれて、身体の震えが激しくなっていく。

読み終えたとき、レオリーノは寝台に突っ伏して、嗚咽が漏れるのをこらえた。

すべての記憶を再び取り戻したいま、自分の弱さなど、誰にも聞かれたくない。

なぜだ。

なぜラガレア侯爵は、レオリーノからエドガル・ヨルクの存在を――記憶を奪ったのだ。

心に嵐が吹き荒れる。

レオリーノはこれまでのことをひとつひとつ思い

出しながら、確信を深めた。

ラガレア侯爵は異能者だ。それもおそらく、人の記憶を操る《力》を持っている。

しかし、ラガレア侯爵は、レオリーノがイオニアの記憶を持っていることを知らない。だからこそ、その記憶を呼び水に、すべてを思い出すことができた。

二度と、この記憶を失うわけにはいかない。

ラガレア侯爵だけが、おそらく真実をたどる唯一の道だ。

王都へ行く目標ができたと思えばいい。しかしそう自分に言い聞かせても、涙が溢れて止まらない。

レオリーノは泣きながら拳を握りしめ、何度も寝台を叩いた。

それは幼さとの別離の痛み。無邪気に人を信じていられた、自分自身の甘さへの未練だった。

瞼の裏には、オリアーノとエリナの今朝方の仲むつまじげな光景が浮かんでいた。

自分のこれからの行動によっては、あの二人の幸せを壊してしまうことになるのだと思うと、つらくてたまらない。

だが、それでもたしかめずにはいられない。

なぜなら、『まだやり残したことがある』と、あの燃える炎の中でイオニアが叫んでいるからだ。

自分に宛てた手紙の結びには『イオニアからレオリーノへ』と署名されていた。

そう。これは、イオニアがレオリーノに託した最後の記憶、最期の希(ねが)いだ。

だから、必ず暴いてみせる。

たとえ手足をもがれても、必ず真実にたどり着いてみせる。

イオニアの記憶を受け継ぎ、彼の無念を晴らすために、レオリーノはこの世に生を享(う)けたのだから。

王都へ

レオリーノの王都での生活は、のっけから躓いてしまった。初めての王都を満喫するどころか、レオリーノは到着するなり寝込んでしまったのだ。

生まれて初めての長距離の馬車旅は、レオリーノにとって予想以上に過酷なものだった。

体調を慮って行程はゆったりと組まれていたが、結局王都に到着したときには、レオリーノは脚の痛みと発熱のせいで、自力で歩くことができなかった。

レオリーノは半ば朦朧とした状態で、長兄に抱き上げられて邸に運び込まれた。

レオリーノの到着を待っていた次兄をはじめ、ブルングウルト邸は大騒ぎになった。

公爵令嬢のエリナでさえ、王都とブルングウルトの距離を移動しても、翌日から元気に活動できる。男としてこれは大変なさけないことである。

王都に出発する前、レオリーノはあれこれと野心を滾らせていた。

エドガル・ヨルクの裏切りの真相を調べたいが、いまのレオリーノは、成年したてのただの無職の男だ。真相を究明するどころか自立さえできず、いまも寝込んで家族に迷惑をかけている。

「うう……本当に最低だ」

レオリーノは熱い息を吐きながら、寝台の中でひとり煩悶していた。

寝室に閉じ込められてから二日。脚の痛みは治まったがいまだに熱が下がらないため、当主名代のオリアーノから床払いする許可が下りないのだ。

焦ってもしかたがない。ラガレア侯爵の《力》を考えると、無謀無策に動いても必ず失敗する。そう自分に言い聞かせて、はやる心をなだめている。

それとは別に、レオリーノには、王都に来たらひそかにやりたいことがあった。平民街に行ってみたいのだ。イオニアの実家を、一目でいいから眺めてみたい。両親は存命なのか、そして弟はどうなったのか知りたかった。

しかし、現実はそう甘くない。レオリーノは一歩も自室から出られず、平民街どころか自邸の探索もすんでいない。

まずは寝室から出るというのが、いまのレオリーノのささやかな野望だ。

しかし退屈だ。

「……部屋から出たい」

熱を持った身体（からだ）でジタバタしていると、小さくノックの音が響いた。退屈しきっていたレオリーノは、はい！　と大声で返事をする。

すると、てっきり侍従が入ってくるのかと思いきや、現れたのは意外な人物だった。

「はーい！　サーシャだよ、リーノ君!!　久しぶりだね！」

「……サーシャ先生？」

突然のサーシャの登場に、レオリーノはびっくりした。

王都に来たら挨拶にいこうと思っていたのに、まさかサーシャのほうから会いきてくれるとは。

レオリーノはあわてて身を起こしたが、すぐにヘナヘナと横向きに倒れてしまった。

「ああ！　寝てて！」

サーシャは寝台に近寄ると、レオリーノを支えた。

小さな目を優しく細めて、レオリーノに笑いかける。

「まだ熱があるんでしょう。寝てていいから、ほら」

そう言って、サーシャは落ち着かせるように肩を叩いた。

サーシャの笑顔を見ていると、激痛に耐えた回復訓練の日々を思い出す。こうして王都に来ることができたのも、ここまで脚を回復させてくれたサーシャのおかげだ。

再会できたことが本当にうれしくて、レオリーノは熱に赤らんだ顔に満面の笑みを浮かべた。

「先生、ごめんなさい。きちんとお迎えできなくて。でもびっくりしました。お会いできて、本当にうれしいです」

「あああぁ、リーノ君……本当にますます綺麗になったねえ。まぶしくて目がつぶれそうだ」

レオリーノの笑顔にサーシャは蕩けた。

熱に紅潮し窶(やつ)れた風情を見せても、レオリーノは胸が痛くなるほど美しかった。

少年っぽさが抜けて、華奢ながら体格も顔立ちも大人の青年になりつつある。

サーシャがもし詩人であったならば、レオリーノの美しさを讃える詩を何万行でも書いただろう。

しかし、あいにくサーシャは、言葉より腕を振るって傷病者(しょうびょうしゃ)を治す軍医であり、会うたびに美しくなるレオリーノに、見惚れることしかできなかった。

一方、レオリーノは困っていた。

大概の人間が自分を前にするとしばらく挙動不審になる。自分の容貌(ようぼう)がそうさせるのだと自覚はあるが、レオリーノにとっては、生まれてこのかた見慣れた顔だ。顔なじみのサーシャにまでそんな反応をされては、たまったものではない。

レオリーノは浮世離れした雰囲気に似合わず、きわめて実際的な性格だ。せっかくこうしてサーシャと会うことができたのだ。この機会を一瞬も無駄にしたくなかった。

(顔なんかどうでもいい。顔なんかでは食べていけない。手に職をつけたいんだ、僕は！)

自分の容貌のことなどどうでもいいから、レオリーノは、サーシャともっと建設的な話がしたかった。

そう、例えば職探しのことなど。そしてあわよくば、ほんの少しでもグラヴィスの現状を知ることができたらと目論(もくろ)んでいた。

「先生、過分なお褒めの言葉をいただいてありがたいのですが……」

「過分じゃない、ぜんぜん過分じゃないよ。私はいま医者であることを悔いている。語彙(ごい)力が足りなすぎてつらい。君の美貌のせいだ」

レオリーノはさりげなく無視した。

「僕が王都に来たことをご存じだったのですか?」

「うん。ヨーハン君と仕事で会ったら、君が『成年の誓い』に参加するために王都に来ると言うじゃないか。到着したと聞いて、久しぶりに脚の様子を診にきたんだよ。そしたら到着するなり寝込んじゃったと言うから驚いてね」

サーシャは医者の目でレオリーノの全身を観察した。少しいい? と言って上掛けをめくり、レオリーノの脚を診察してくれると言う。レオリーノは素直に診察に応じた。

片脚ずつゆっくり動かして、状態を確認していく。

「……うん、長時間の馬車移動が負担だったかもしれないけど、動きも悪くないし、さほど痛みもないみたいだね。ちゃんといまも訓練していることがわかるよ。えらいえらい。ちょっと私の手を押し返してみて……うん、十分力も入るね。もうちゃんと歩けるでしょう?」

「はい、普通に歩く分には大丈夫です。ただ長時間は難しいです」

「どれくらい歩ける? 実際に試したことはある?」

「はい、兄達にブルングウルトで湖に連れていってもらって、ゆっくりとですが、半刻は歩けました。ただそこから先は……休憩しないと、痛みと痺れが出て、少し引きずるようになります」

「……そうか。それでも充分だ。君の努力と、マイア様の献身の賜物(たまもの)だね。本当によくがんばったね」

目頭が熱くなった。あわてて潤む目を瞬かせる。

ありがとうございます、と、レオリーノは小さくつぶやいた。

「発熱は風邪のせいかな？　どれ」

喉を見せてごらん、と言われてパカリと口を開ける。小さい口だねぇと言いながら、サーシャは喉を観察してひとつ頷くと、次に胸に耳を寄せて胸の音を聴く。最後ににっこり笑って頷いた。

「まだ熱があるけど、単なる長旅の疲れみたいだね」

「よかった。兄上達がなかなか床上げを許可してくださらないので、困っていたのです」

「うん？　滋養のあるものを食べてもう少し熱が下がれば、明日くらいから起き上がって、屋敷の中なら歩いても問題ないと思うよ」

サーシャの言葉に、レオリーノは菫色の瞳をキラキラと輝かせた。そして、なぜか侍従に対して、「ほら見ろ」と言わんばかりに勝ち誇った顔になる。

レオリーノはサーシャとフンデルトを交互に見比べて、菫色の瞳で訴えかける。その瞳は、雄弁に床上げの許しがほしいと語っていた。

この愛らしい生き物はなんなのだろうか。

おさなげな印象はすっかりなくなったが、レオリーノにはどうにも放っておけない可愛げがある。

レオリーノの期待に応えて、サーシャは心配げな侍従に対して「もう明日から床払いしてもいいよ」と告げた。

侍従は重々しく頷く。

「サーシャ先生がお許しになったと申し上げて、明日から床払いできるようお許しをいただきましょう」

「ありがとうフンデルト！　先生もありがとう！」

サーシャは再び悶えた。

すると、レオリーノが潤んだ瞳でサーシャに懇願した。

「先生……お茶を飲む時間だけ、もう少しお過ごしいただくことはできるでしょうか？」

「いいよ、ぜんっぜん大丈夫だよ！」

本当はそれほど大丈夫ではない。そう見えないが、サーシャは王国軍でそれなりの立場にいるのだ。やるべき仕事は積み重なっている。

だがレオリーノを前にすると、どうにもサーシャの心は蕩けてしまう。普段から我慢強く、ほとんど我儘を言わない性質なだけに、レオリーノの些細なお願いならなんでも叶えてあげたいと思ってしまう。

これほど清らかな魔性があっていいのだろうかと、サーシャは埒もないことを考えた。

「それでは、お茶だけお付き合いください。先生、ありがとう」

レオリーノが心からうれしそうに微笑む。光がこぼれ落ちるような微笑みだ。

（おじさんにその笑顔は眩しすぎるよ、リーノ君!!）

胸を掻きむしるサーシャだった。

レオリーノは侍従の介助を受けて、背もたれに上半身を預けた。寝台の横に小机を置いてもらうと、サーシャも茶器を受け取った。

さすがは大貴族だ。防衛宮でいつも飲んでいるお茶とは比べ物にならない高級な茶葉だなと、サーシャは感心した。

「それで、リーノ君は私に何を話したいのかな」

レオリーノは、しばらく逡巡する様子を見せる。よっぽど言いにくいことなのかと、辛抱強く待つあいだに高級茶葉を楽しむことにした。

思いつめた表情のレオリーノが、口を開く。

「……先生。僕、無職なのです。なんでもやりますので、僕の身体でもお給金がいただけるお仕事があれば、斡旋してもらえないでしょうか？」

サーシャは茶を噴き出した。

「……なんてことをレオリーノ君に言われましてねえ。箱入り中の箱入りにそんなこと言われて、もうなんと答えて良いものか、本当に困ったんですよ」

サーシャは執務室に入ってくるなり、聞いてもないのに喋りだした。「私にもお茶ちょうだい」と赤毛の補佐官に頼むと、そのままどっかりと居座る。

執務室の主は、厚かましい軍医を呆れた様子で睨みつける。逞しい身体つきの美丈夫だ。宵闇に星が瞬いたような稀有な瞳を持つ執務室の主は、グラヴィス・アードルフ・ファノーレン、王国軍の将軍だ。

尋常ならざる男の迫力の前に、たいていの人間は萎縮するが、この図々しいベテラン軍医はまったく応えた様子がない。

五十歳をとうに過ぎている軍医にかかれば、さしもの氷の将軍も、いまだ若僧扱いだ。

「予算編成の話をしにきたかと思いきや。くだらない世間話をしにきたならとっとと帰れ」

しっしっと手を振って軍医を追い払おうとするが、サーシャは「はいはい」と適当にいなし、補佐官のディルクからお茶を受け取る。

一口啜って「あー、リーノ君の家のお茶は美味しかったなあ」と、呑気なことをつぶやく。


「先生……せっかく淹れた茶に文句を言うなら、将軍閣下のおっしゃるとおり帰ってくださいよ」

わざわざ淹れた茶をけなされた赤毛の補佐官ディルクが、ムッとして文句を言う。

「やぁ、ディルク君の淹れたお茶も美味しいよ? ただ、茶葉がね〜、違うんだよね。ここのとは」

グラヴィスは呆れた。

「しみったれた茶葉で悪かったな。防衛宮なんぞ優雅に茶を啜る場所でもないだろうが。昼間に酒の代わりになれば、どんな味でもかまわん」

「ううーん、将軍閣下は王族なのに、そういうところは本当に優雅さに欠けますねぇ」

「サーシャ……もう本当に出ていけ」

しかしサーシャは将軍の不機嫌さをものともせず、ズズといささか行儀悪くお茶を啜る。

サーシャもグラヴィスも超のつく多忙な身だが、無理矢理居座っているところを見ると、どうやら真剣に話したいことがあるらしい。

グラヴィスはしかたなく、補佐官に自分の分の茶を用意するように申しつける。休憩がてら軍医の話を聞くことにした。見れば、副官はちゃっかり自分の分の茶も淹れている。会話に参戦する気満々である。


「……それで？　話はなんだ」

「はい。さっきの話なんですよ」

「カシュー家の末息子に仕事を斡旋してほしいと相談されて、おまえが茶を噴いたところまでは聞いた。それがどうしたんだ」

「いやぁ、ちょっと色々まずいなぁと思いましてね。あの子は……『子』っていう年でもないけど、とにかくレオリーノ君は、こうなんというか外に出すのは色々とマズいんですよね」

ディルクが不思議そうに首をかしげる。

「でも、成年してるし、大貴族の末息子とはいえ、四男なんでしょ？　働き口を見つけたいというのも自然なことなんじゃないですかねぇ」

「そう、本人はいたって真っ当な常識のある青年なんだよね。でもねぇ、やっぱり尋常じゃなくてね」

「尋常じゃない？」

ディルクの問いに、サーシャは重々しく頷く。

「そう。一言で言うと、尋常じゃない美貌の持ち主なんだよ」

「うちの将軍閣下も尋常じゃない美形ですけど」

「うーん、そこは否定しないけど、閣下とはぜんぜん違う方向性なんだよね。ディルク君も見たらわかると思うけど、雰囲気からして天使か妖精かって感じで目が潰れそうになるよ」

「へえ！」

「王都は比較的治安が良いほうだと思うけど、一人で歩かせたら一刻もしないうちに確実に誘拐されちゃうくらい。これ真面目な話ね。美形だからって閣下を誘拐するような無謀な奴はいないでしょ？」

「閣下を誘拐する勇気がある奴がいたら、むしろ我が軍にスカウトしたいですねぇ……にしても『目が潰れそうな美貌』って凄いですね。見てみたいなぁ」


副官達のふざけた会話にグラヴィスは呆れた。

「たしかに美しい子だったが。もう成年になる男子にふさわしい言葉か」

サーシャはいやいやと首を振る。

「むしろ威力を増していますよ。顔も雰囲気もそうだけど、私は彼より美しい人間はこれまで見たことがないですね。愛妻家だと自負する私が、しばらく目を離せなくなりましたよ」

「ひえぇ、それはすごそうだ」

ディルクは感心したのには、理由がある。

この飄々とした医師の妻は、平民出身だが、若かりし頃は『王都で一番の美貌』と称賛された華やかな美女なのだ。並みいる求婚者を退けて、この細身で童顔の医者が彼女を射止めたときには、王都中が阿鼻叫喚に陥ったほどだ。四十を過ぎたいまでもその美貌は健在である。

そんな伝説の美女を妻に持つサーシャに『彼より美しい人間はいない』と言わしめるほどの美貌とは、いったいどれほどのものなのだろうか。


「まぁ、百聞は一見に如かずですよ。将軍なら『成年の誓い』の夜会で会えるんじゃないですか。久しぶりに、実際に見てください。誇張じゃないですから。待てよ？　というか、パニックにならないかな……なるでしょうね、多分」

レオリーノがどれほど美しいか無限にサーシャが語りそうなので、グラヴィスは話の腰を折って軌道修正することにした。

そろそろ休憩も終わりにしなくてはいけない。

グラヴィスは寝台に横たわっていた少年の、人形のように整った寝顔を思い出しながらも、意識を仕事に切り替える。


「あの子が美しく育ったことはわかった。それで？　この話がどこに行き着くんだ」

「そうそう、それなんですけどね。彼を私のところで預かろうかと思って」

「……なんだと？」

「だめですかね？　真面目な子だし、身体は少し弱いですが」

グラヴィスは即座に首を振った。

「だめに決まってるだろう。上品な奴らだけじゃない、精力がありあまってる男だらけの場所に、そんな箱入りのか弱いのを置けるわけがなかろうが。それこそアウグスト殿に殺される。おまえも貴族ならば、『ブルングウルト』の血筋を持つ子を預かる意味はわかっているだろう」

「うーん。でも、しっかりしているし、気が弱いほうではないから、環境に慣れてくれたら、それなりに頑張ってくれると思うんですよね。何よりほんわかした癒し力がすごいし」

グラヴィスは首を振った。


「駄目だ。可哀想だが脚のこともある。おまえの部隊の仕事もそれなりに過酷だ。怪我の後遺症で、真っ当な男子並みに働くことはできんのだろう？」

「うーん、そうなんですけどねぇ……なんとかしてやりたいんですよねぇ。だったら王国軍ではなくて、防衛宮で預かるとか」

サーシャがここまで特定の人物に肩入れするなど、きわめてめずらしいことだ。

「二年経って自立できない場合は、庇護者を見つけて結婚すると辺境伯と約束しているんですって。でも『守られているだけじゃいやなので、自立したいから王都に職を探しに来ました』ってさ……脚が悪いけど、できることを見つけたいって……ねえ、聞いてるだけで泣けてきません？　泣けるでしょ」

なぜかディルクが感動しはじめる。

「なんか、いい子なんですね、レオリーノ君……」

「それほどの美形なら、男でも相手は選り取りみどりだろう。結婚したほうが幸せになると思うが」

サーシャが外堀を埋めに来ていることを察したグラヴィスは、すげなくあしらう。意外にもサーシャは、その意見に同意した。

「正直、私もそう思っていますよ。結婚して庇護者を見つけないと周りも不安でしかたがないでしょう。可哀想に、あの顔でさえなければね」

「どういう意味ですか？　あの顔って、超のつく美形なんでしょう？」

「平凡なディルク君にはわからない苦労かもしれないけど……とにかくあの美貌顔さえなければ、脚が悪いだけの名門貴族の息子として生きていけるんだろうけどね。彼にとって不幸なのは、とにかく顔がぐちゃぐちゃになるかじいさんになるまで、身の危険は消えないってところなんだよね。でもがんばってるんだよー。なんとか自立したいって」

「さりげなく失礼なことを言われましたけど……なんだかそのレオリーノ君、可哀想になってきました。そんなに綺麗でも幸せになれないんですね」

ディルクは眉尻を下げて同情している。基本的に人情に厚く、感動屋の男なのだ。

「うん。本人はいたって素朴な子なんだよね。一生親の脛をかじったって、カシュー家ほどの資産がある大貴族ならびくともしないはずだよ？　あれは、カシュー家の教育なのかなぁ。自分が超名門の大貴族の子だという自覚もないし、その美貌で人生楽勝みたいな考えもないし、むしろ『手に職つけたいんです』とか、平民の子みたいなことを言うんだよ」

「俺、泣けてきました……」

ディルクとサーシャは、すっかり二人で盛り上がっている。

「働いてお金を稼いで、なんなら親に『これまで苦労かけてごめんね』って初めてのお給料で送金しそうな勢いの子なんだよ……もう色々世間知らずすぎて、私はほっとけないの」

「ものすっごい、いい子じゃないですか……」

「それに、後から侍従さんに聞いたんですけどね。レーベン公爵家の長男に求婚されてるらしくて」

ディルクは目を輝かせた。

「へぇ！　すごいっすね。ユリアン・ミュンスターに求婚されてるって、あの当代一のモテ男にですか」

「そう、妹さんがオリアーノ君と結婚したでしょう。その関係で、ユリアン・ミュンスターがレオリーノ君に会って一目惚れして、ブルングウルトまで通いつめて求婚したんだって」

「公爵家の嫡男が同性を娶るって、跡継ぎ問題とか関係ないってことでしょうかね。あのユリアン殿が、よっぽど惚れ込んでんだな。色々すごいな、レオリーノ君」


グラヴィスは二人の会話に少しずつ苛立ちが募っていく。ゴシップになど興味はないのだ。

サーシャはさすがにグラヴィスの本気の苛立ちに気がついたのか、ようやく主旨を伝えることにしたらしい。

「……ということでですね、色々心配なので、私が、レオリーノ・カシューの身柄を預かろうかと思うんですよ。採用権は私にありますが、何しろあのブルングウルト辺境伯の息子で、王家とも縁戚関係にある子だ。閣下の許可なくそんな子を預かれませんからね。許可をいただきにきたんですよ」

「……なぜそこまでその青年に肩入れをするんだ」

将軍の質問に、サーシャは首をひねると、少し考え込む。

「うーん……そう言われると困るんですが……別に彼に色めいたものを感じているわけではなくて、強いて言うなら……あの目ですかね」

「目？」

「レオリーノ君は、菫色のそれは綺麗な目をしてるんです。ただ、なんというか……時折ね、傷を抱えている人間の目をするんですよ。強いけれども、傷ついてて、それでも戦いに挑もうとする……我々軍医には馴染み深い戦士の目です。将軍閣下や、副将軍閣下と同じ目ですよ」

だから目が離せなくてね、応援したいんです、とサーシャはつぶやく。

「それに、閣下と私で六年前に繋いだ命じゃないですか。彼の未来を、助けてあげたくないですか？」

その気持ちはわからなくもない。

あのとき青白い顔で横たわって死線を彷徨(さまよ)っていた少年が歩けるようになって、成人して王都にやってきたと思えば、グラヴィスにも応援したい気持ちはもちろんある。

助けられなかった負い目があるからだ。

グラヴィスは、あの日、この手を一瞬の差ですり抜けていった少年の、菫色の瞳を思い出す。

「事情はわかった……だが、すぐに許可することはできん。時期が時期だけにな」

サーシャは鼻を鳴らした。

「閣下が気にしていらっしゃるのは、ツヴェルフのことですか」

「そうだ。早ければ今年にも動きがある。そうなれば、おまえの部隊も例外なく戦地に赴くことになる」

十八年前、同じ菫色の瞳をした男を道連れにした先には、未来などなかった。

「ツヴァイリンクで救えた命だからこそ、彼を連れていくのは、けして戦場ではあってはならない」

そんな場所に、あの少年を連れていくことはできない。

成年の誓い

階下で待っていたブルングウルト邸の家人達は、ヨーハンに付き添われて二階から下りてきたレオリーノを見た途端に、しばし忘我の心地となった。

レオリーノは、生まれて初めて最上級の正装に身を包んでいて、面映ゆそうにしている。

つま先から指先まで覆った禁欲的な装いだが、いつもは流れるままにしている前髪を撫でつけ、高い額をあらわにしたレオリーノは、陳腐な言葉では表現できないほど美しかった。

「これはまた……言葉にならんな」

口元を覆って呆然とするオリアーノのつぶやきに、一週間前に到着したばかりの辺境伯夫人マイアも、何度も頷いた。涙ぐんでいる。

「立派だわ、レオリーノ。よくぞここまで……本当にがんばりましたね」

レオリーノはマイアの言葉に微笑んだ。光がキラキラと溢れるような微笑みに、再び周囲が感嘆の溜息をついた。

レオリーノの正装は本人の意向もあって、ごく簡素にまとめられていた。白金色の厚手の生地で作られた上着が、綺麗に張った肩を包んでいる。共布のシンプルな肩章がその硬質な輪郭を強調し、細身のベルトに締められた細い胴回りから足先まで、レオリーノの伸びやかな肢体をぴったりと包んでいる。

華美な装飾は一切ないが、最上級の織とわかる生地には、よく観察すれば白金色で施された繊細な刺繍がちりばめられている。喉元までをおおう詰め襟から覗かせた薄紫色のシャツの襞と、ブルングウルト辺境伯の紋章である『翼の生えた獅子』を象った小さな胸飾りが、ささやかな装飾として華やかさを添えている。

　息子の生来の美しさを邪魔しないように、母マイアによって完璧に仕立てられた正装だった。

「そろそろ行きましょう。リーノの晴れ舞台よ」

　ファノーレンでは、貴族であれば初春の時期に王宮での成年の誓いの儀式に参加し、誓句を唱え成年名簿に署名をする。平民であれば、冬から春のあいだどこかの週末に、教会で成年の誓句を読み上げて、同じく平民用の成年名簿に署名をする。

　この行事を経てファノーレン国民は初めて成年と認められるのだ。

　成年と認められなければ、領地相続も結婚もできず、正式に仕事に就くこともできない。だからこそ身分を問わず、成年の誓いは、国民にとって最も重要な通過儀礼であった。

　ちなみに半成年になれば婚約は可能になり、平民であれば、就職先や家業において徒弟扱いで仕事に就くことができる。


　王都の学校に通うことができなかったレオリーノだったが、こうして王都で成年の誓いに参列することができ、国から成年と認められると思うと、本当にうれしかった。

　これで正々堂々と王都で就職活動ができる。レオリーノは最近そのことばかり考えている。


　使用人達に見守られて、レオリーノは家族とともにブルングウルトの紋章が輝く馬車に乗り込んだ。

　緊張のせいか、少し身体が重い。

「……とても綺麗ですが、正装は重いですね」

　向かいに座るオリアーノが、そのつぶやきを聞いて眉を顰めた。

貴族の子息が着る正装には、通常もっと多くの装飾がついている。レオリーノの負担を考えて、動きやすさと重さを軽減すべく、できるだけ装飾を控えめにしたが、やはり普段着に比べるとやはり重いのだろう。

「すぐに疲れてしまいそうか？」

心配そうなオリアーノの問いに、レオリーノは小さく首を振る。

「大丈夫です。誓いの儀式は椅子に座っていられると聞きました。なんとかなると思います。ただその後の夜会が……初めてなので、長く立っていられるか不安なのです」

次兄ヨーハンが安心させるように微笑んだ。

「そうだね。誓いの儀式は私達が付き添うことはできないけど、夜会は一緒だから安心しなさい。休憩室もあるから、無理をしないで、休憩を取りながら参加するといい。失礼にならない程度に挨拶したら、早めに帰ることにしようか」

レオリーノは真剣な顔で次兄の言葉に頷く。

「はい。ダンスもろくにできないのでご挨拶することしかできないですが……母上と兄上達に恥をかかせないように努めます」

すると、マイアが扇を優雅に振った。

「何を言っているの。貴方がどう振る舞おうと、私達が恥をかくことなどありません。ヨーハン、今日はオリアーノとエリナのお披露目でもあります。私は、エリナを次期辺境伯夫人として紹介するべくご挨拶に付き添いますから、レオリーノのことは頼みましたよ」

「はい、母上。もちろんです」

「それとレオリーノ、誓いの儀式ですが、『青鷲(あおわし)の間』の近くのお部屋をお借りしているの。貴方はそのお部屋で、儀式がはじまる直前まで控えておいでなさい。直前になったら呼びに来てもらうようにしていますから。最後に部屋に入って、最後尾の椅子に座るのですよ」

「……？　なぜでしょうか。ギリギリに入室するのは非礼にあたるのではありませんか？」

「しかたありません。貴方が会場で一人でいたら、大変な騒ぎになることは目に見えています。この佳（よ）き日に、貴方ばかりが目立ってはいけませんからね」

「おとなしくしています。王都に友人も知人もいないので……話しかけてくる相手もいないでしょうし、勝手もわからないのでジッとしていますから」

「それは貴方が勝手に思っているだけで、たいてい現実は貴方が想像するとおりにはなりません。今回ばかりは、母の言うことをお聞きなさいな」

　マイアの命令に、レオリーノはただ頷くことしかできなかった。

　するとレオリーノの向かいに座るヨーハンが、マイアに向かってニヤリと笑った。

「しかし母上、やりますね。レオリーノのために王宮内に部屋を借りるとは」

「お母様のおかげよ。むしろ、お母様からおっしゃってくださったの……ほら、あの方は王宮内に顔が利くから。普段はこんなことなさらないけれど、他ならぬリーノのためですものね。お母様は、ご自分に似ているリーノには甘いのよ」

　顔が利くも何も、マイアの母は前々国王の妹で、ヴィーゼン公爵家に降嫁した元王族である。

　つまりマイアは前国王の従兄妹（いとこ）であり、カシュー家の息子達は、現国王や王弟グラヴィスの再従兄弟（はとこ）にあたるのだった。


「誓いの儀式と、その後のお披露目の夜会は、ファノーレンの貴族全員にとって重要なお祝い事ですからね。なるべく全員に公平に光が当たるべきで、レオリーノばかりが目立って騒ぎの元とならないように、というお気持ちもあるの」

　その言葉には全員が頷いた。

「旦那様もそうおっしゃっていたわ。だからそのお衣装も、かなり地味に仕立てたのよ。それでも……こんなでしょう。もういまから騒動が想像できて、心配でならないわ」

そう言ってレオリーノを扇でぴしりと指差した。

オリアーノ達も、母の言葉に深く頷いている。

レオリーノには何がその場で適切な振る舞いなのか、まったくわからない。ここは母の言うとおりに振る舞うしかないと、素直に頷いた。

「レオリーノ、儀式で署名を終えたら、すぐに会場を出て私のところへ来なさい。オリアーノと母上はエリナ義姉さんと合流して、そのまま夜会の会場に直行するけど、私は儀式が終わる頃に小部屋にいることにするからね。いい？　話しかけられても立ち止まっちゃだめだ。すぐに出てくるんだよ」

ヨーハンがそう言うと、オリアーノもその言葉に頷いた。

「ヨーハンの言うとおりだ。儀式の直前に入室して、黙って後ろに座っていなさい。どうしても誓句と署名で前に出ることは避けられんが、終わったら直ぐに退室だ。目立たないように目を伏せておきなさい。それが一番良策だからな、良いな」

二人の兄に子どものように諭され、レオリーノは反発心を抱いた。まったくもって兄達は過保護だ。

「はいはい！　わかりました」

レオリーノはつい雑な返事をしてしまった。

「……なんだ、その態度は。『はい』は一回。いまからそんなにやさぐれてどうする」

長兄に叱られ、レオリーノは首をすくめた。

しかし次のヨーハンの言葉に、レオリーノは小さく顔をこわばらせる。

「儀式はラガレア侯爵が執り行われるはずだ。万が一会場で不測の事態が起こったら、侯爵をお頼りするのだよ。良いね？」

レオリーノは小さく唇を噛んだ。

ラガレア侯爵——エドガル・ヨルクの罪を、なんらかの理由で隠蔽しようとしている男。

あの朝食の席で、またレオリーノに『エドガル・ヨルクを忘れるように』と暗示をかけ、記憶に干渉したのは間違いない。

あれ以来、あの男には会っていないが、はたして彼を前に表情を変えずにいられるだろうか。

「……はい、侯爵にはご迷惑をおかけしないようにします。絶対に」

「リーノ、どうしたの？　唇が傷つくから噛むのはおやめなさい。脚のことが心配で緊張しているのかもしれませんが、怪我したことはまったく恥ずかしいことではありません。貴方はカシュー家の息子ですよ。堂々としていなさい」

母の言葉に、レオリーノは表情を取り繕う。

（そうだ。僕はカシュー家の一員だ。王都に送り出してくださった父上のためにも……そしてイオニアのためにも、やらなきゃいけないことがある）

今日のこの日は、そのための第一歩だ。レオリーノが王都で居場所を見つけて、目的を果たすための最初の重要な日なのだ。

（焦っちゃだめだ……ラガレア侯爵の秘密を暴くまで、とにかく一歩ずつ。今日に集中だ。たとえ脚がつらくなっても、痛みなんかに負けてられない。頑張らないと）

カシュー家の面々を乗せた馬車は、すぐに王宮の正門に到着した。ブルングウルト邸は王宮に近い最高級の街区にあるため、馬車ならすぐの距離である。

ブルングウルト辺境伯家の紋章付きの馬車は、中を検められることなく正門を通過した。

レオリーノは馬車のカーテンを少し開けて、生まれて初めて直に目にする王宮を眺めた。夢で見た以上に広大な王宮の威容に、圧倒されそうになる。

　ざわつく心を押し殺して、レオリーノは王宮をじっと見つめた。


――この王宮のどこかに、グラヴィスがいる。


レオリーノの胸がざわめいた。

一目でいいから、もう一度会いたい。


「さあ、レオリーノ。準備は良いか」

長兄の言葉に頷いて、馬車を下りる。目の前には三十段ほどの大階段がある。

　最初から試練だが、弱音は吐けない。

　まずはこの階段を、自力で登りきるところからはじめなくてはいけない。


成年の誓いの儀式が行われる『青鷲の間』に、レオリーノは儀式の開始直前に案内された。後方の扉から、そっと室内にすべりこむ。

　足音を立てないように、言いつけどおり下を向きながら存在感を殺して移動する。


　この儀式には、上は公爵家から下は男爵家まで、国内のあらゆる位の成年貴族が招かれている。

　一列に合計十席、それが七列並んでいた。椅子の数で計算すると、今年は七十人ほどが成年を迎えるらしい。

　華やかな衣装に身を包んだ若者達が、緊張と興奮の面持ちで座っている。


レオリーノはこんなに多くの同世代の人間を初めて見た。おそらく彼らのほとんどが、王都の高等教育学校の同級生に違いない。

　わかっていても、王都に誰（だれ）も知り合いがいないことに悲しくなった。

参列者の若者達の衣装はとても豪華で、装飾もきらびやかだった。彼らの正装に比べ、レオリーノの服は一見するととても地味だ。


最後列は残り三席が空いていた。レオリーノは言いつけどおり顔を伏せたまま、空席にすべりこむ。

隣に座っていたのは赤金色の髪の女性だ。白地（しろじ）に水色のリボンが巧みに縫いつけられ、随所に金色の花が刺繍された可愛（かわい）らしいドレスを着ている。

「失礼します」と小さく声をかけた。隣の彼女は「いいえ」と小さい声で応（こた）えてくれたものの、とくにレオリーノに注意を払っていなかった。


立席で二百名ほど収容できそうな『青鷺の間』は、その名のとおり青地に金の鷺の紋様が連続する壁紙が貼られている。豪華だが、どこか落ち着いた印象の部屋だ。国内の儀礼を行うとき専用の部屋らしく、王宮で五番目の大きさの部屋ということだった。

これらの知識はすべてヨーハンの受け売りである。ヨーハンは財務宮で、各省の予算監督をしている。そのため宮中の儀礼式典にやたら詳しかった。


まもなく儀式がはじまる時間だ。もう誰もこないのかなと思ったそのとき、背後からあわただしい足音が聞こえた。

「ふぅ、間にあったぁ。危なかった！」

快活な声でつぶやくと、青年はレオリーノの隣席にいささか乱暴な仕草で腰かけた。

どんな青年が隣に座ったのか興味があったが、顔を見ることはできない。

青年は暑かったのか、顔を掌（てのひら）で扇ぎはじめた。レオリーノはこっそり含み笑った。なんというか全体的に落ち着きがない青年だ。


前扉から数人の役人と思（おぼ）しき正装の男性が静かに

入室し、儀式のはじまりを告げた。
成年になりたての子息子女達の背中が、びしりと伸びる。さすが幼い頃から礼儀作法を躾けられた貴族の子達だ。素晴らしく姿勢が良い。隣の青年も背筋を伸ばし、あわてて手を下ろす。そのとき、青年の肘がレオリーノの腕をかすめてしまった。

「あっ、ごめんっ……」

青年は小さく謝罪の言葉をつぶやいて、レオリーノに視線を移すと……そのまま固まった。

（……すごく見られてる）

レオリーノは隣からビリビリ感じる視線に、いっそう顔をうつむかせた。社交的に正しい振る舞いではないだろうが、『顔を無防備に晒すな』というのが家族の言いつけだ。

青年はいまだにレオリーノを凝視している。

そのとき前扉が開かれ、国王の入室が告げられた。

レオリーノは正面を向いたまま、隣の青年に小さくも鋭く、前を向いて、と声をかける。青年は我に返り、あわてて前を向いた。

レオリーノはほっと息を吐いた。

国王の入場だ。参列者達は立ち上がると、最敬礼を取る。

いよいよ『成年の誓い』の儀式がはじまる。壇上から、頭を上げよ、と声がかかった。

壇上には、国王陛下と思われる豪華な服を纏った中肉中背の茶髪の男性と、その隣に華やかな礼装を纏った、黒髪の大柄な男性が立っていた。

左側に内政長官であるラガレア侯爵が、右側には高位の司教と思しき白い衣を纏った老年の男性が立っている。

背後には何人もの官僚達と、さらに壁際には、近衛騎士団の制服を着た男達が控えている。

レオリーノは苦々しい思いで、壇上のラガレア侯爵を見つめていた。

相変わらず穏やかで紳士的な顔つきだ。

いまもどこかで、あの優しい老侯爵が裏切者であるわけがないと思っている。だが、エドガル・ヨルクの記憶をレオリーノから奪い取れるとすれば、どれだけ考えても、あの男しか可能性がないのだ。

あの朝の出来事がそれを証明している。

「全員座るがよい」

ラガレア侯爵が静かに言うと、成年貴族達は緊張しながら再び着席した。

レオリーノは失礼にならない程度に顔を伏せ気味にしていたが、壇上から視線を感じて思わず視線を上げる。国王の隣に立つ黒髪の男性と目が合った。

男はレオリーノをまじまじと見つめて、やがてほんのわずか口角を引き上げた。獲物を見つけた狼（おおかみ）のような目をしている。

（あの御方は……カイル王子だ！）

カイル王太子と会うのは、王太子が慰霊祭のためにブルングウルトを訪問したとき以来だ。

儀式の厳粛な空気のせいか、それとも六年の時間の経過がそうさせたのか、当時よりもさらに貫禄を増している。もう一度こっそりと壇上を見る。すると、王太子はずっとレオリーノを見ていたのか、またもや目が合った。あわてて視線を下げる。

王太子は、なぜかとても機嫌が良さそうだ。

ラガレア侯爵が「陛下の御祝辞を賜ります」と告げ、中央の椅子に座る男に敬礼する。

（あの御方が国王陛下……そしてグラヴィスの兄上）

国王は温雅な印象だった。

イオニアだった頃は、ヨアヒム王太子……国王に直接拝謁することなど叶わなかった。だからグラヴィスが語る異母兄像と、学校長が匂わせていた王太子の姿のどちらが正しいのか、自分自身の目で見極める機会はなかったのだ。

　こうして初めて見る王の姿は、グラヴィスが語る『穏健』そのものの印象だ。国王の身体（からだ）つきも顔も雰囲気も優しげで、まったく異母弟とは似ていない。

　むしろ王太子のほうが、叔父（おじ）であるグラヴィスと似ている。

　男性らしい雄々しさと美しさを備えたグラヴィスと比べると、いかにも平凡だ。異母弟の暗殺を企（くわだ）てるような人物にはとうてい見えない。

　国王の髪には、遠目にも白いものが混ざりはじめているのがわかる。たしかグラヴィスより十歳近く年上のはずだ。

　国王が見た目どおり、穏やかな声で祝辞を述べる。

「記念すべき日を迎えたことを祝福する。そなた達はこれから唱える誓句によって、この国の成年の貴族として認められることになる。そなた達はその父母また祖先同様に、我が国で貴族の籍を有し、権利を行使することが可能になる。同時に、我が国の平和と発展の礎となる義務が生じる。そなた達の知恵と力と献身を、我が国に捧げるように」

　参列者全員が、国王の言葉に深々と礼を取った。

　レオリーノはしかし、まったく違ったことを考えていた。

　グラヴィスは結局、王になっていない。もし兄弟で王位継承争いが続いていたら、おそらく国中の貴族を巻き込んでの争いになっていたはずだ。しかし、実際には王太子ヨアヒムが順当に王位を継ぎ、グラヴィスは将軍になっている。

（十八年前のあの後、何が起こったんだろう……）

　レオリーノは誰かに聞きたくてたまらなかった。

「皆の者、起立せよ」

レオリーノはラガレア侯爵の言葉に我に返り、他の参列者と共に立ち上がった。

「誓句を述べよ」

参列者達はその言葉を合図に、暗記した誓句を暗唱する。儀式はおごそかに続いた。誓句の後、参列者達は再び国王に向かって最敬礼する。

ここで王族は退室する。

後は立会の司教によって、成年貴族となった証(あかし)である青いリボンの花に小さな白鷺の記章が組み合わされた『聖白鷺記章』を授与される。最後に全員が名簿に自筆で署名をしたら、すべての儀式は終わりだ。


「それでは、国王陛下ならびに王太子殿下はこれにて退出される」

すると、突然王太子がこう言った。

「いや、私は残ろう。成年を迎えた未来ある若人達(わこうど)を祝うべく、司教の代わりにこの手で記章を授与することにする」

突然の段取りの変更に、壇上がざわめく。

国王は何を考えているのかわからない表情で王太子を一瞥(いちべつ)したが、結局何も言わずそのまま退席した。

ラガレア侯爵は小さく溜息をついた。

「それでは前列の者から前に出て、王太子殿下より記章の授与を賜るように」

その言葉に若者達は沸き立った。前列より名前を呼ばれ、掌(てのひら)より小さい記章を胸元に留めてもらい、そのまま横に移動して成年名簿に署名し、席に戻る。

いよいよレオリーノが座る列が呼ばれた。


「次は、アントーニア・エリザベス・クロース、アーヘン伯爵令嬢」

名前を呼ばれた隣の赤金色の髪の女性は、すっくと美しい姿勢で立ち上がる。レオリーノよりもさらに小柄な女性だった。

レオリーノの番がやってきた。

「次はブルングウルト辺境伯子息、レオリーノ・ウィオラ・マイアン・カシュー」

レオリーノの名前が呼ばれた途端、参列者達がざわめく。この周囲の反応は何を意味しているのだろうかと、レオリーノはびくついた。

レオリーノは知らなかったが、同世代の貴族の子女はほとんど顔見知りなのである。そこに、誰も見たことも会ったこともない、名門カシュー家の四男が参加するとあって、前々から注目されていたのだ。

レオリーノは勇気を出して顔を上げ、カイルに向かって歩きはじめた。

レオリーノが歩みを進めるたびに、参列者のざわめきは、やがて呼吸を呑み込んだ沈黙の漣に変わっていく。

レオリーノを間近に見た参列者達が次々と呆然と

する様子を、王太子だけはニヤニヤと眺めていた。

レオリーノが近づいてくると、カイルはうれしそうに笑った。自分が与えている衝撃は露知らず、レオリーノは緊張しながら、カイルの前で敬礼を取ると、静かに記章を付けてもらえるのを待った。

カイルは手早くそれを付けてくれる。

何事も不始末を起こすことなく、王太子の御前から下がることができた。ようやくレオリーノは詰めていた息を吐いた。

最後に入室してきた隣の青年の名前が呼ばれる。

「次は、ハフェルッ子爵子息、キリオス・オイゲン・ケラー」

レオリーノは言いつけどおり顔を伏せて、席に戻った。会場中から視線が突き刺さる。どうにもいたたまれない。

（騒ぎを起こしちゃだめだ……顔を伏せて……）

しかし、レオリーノのその気遣いは、最後の最後ですべて無駄になった。

ラガレア侯爵が儀式の終了を宣言した直後、壇上の王太子カイルが艶めいた声でレオリーノを呼んだのだ。

「レオリーノ・カシュー。こちらに来なさい」

全員が何事かと、再びレオリーノに注目する。

「この後の披露目の夜会におまえを連れていく権利は、私がもらおう」

王太子の爆弾発言に、またも会場がざわついた。

レオリーノは家族の言いつけも忘れて、唖然として壇上のカイルを見つめていた。

いたずらっぽい目つきの王太子が、確信犯的な笑いを浮かべながら、レオリーノを楽しそうに眺めていた。

王太子の言い訳

レオリーノはカシュー家に用意された控えの小部屋で、しょんぼりと小さくなっていた。

目立たぬように、という家族の指示を精一杯守ったつもりだが、まったく予想外の出来事で、その努力も台無しになってしまった。

向かいの長椅子には、その原因となった黒髪の王太子が座っている。その横には苦虫を噛み潰したような表情のラガレア侯爵が立っていた。


「王太子殿下、何ということをしてくれたのですか」

ヨーハンは抑えた声で王太子に抗議した。

本来ならば、ヨーハンの身分で王太子に直々に抗議することなどありえない不敬である。しかしカイルはヨーハンと年が近く、比較的気安い仲でもある。

友人の怒りに満ちた視線にカイルは肩をすくめた。

「ヨーハン、いたずらなどではない。俺は多分に本気だぞ……ところで、レオリーノ。久しぶりだな。俺のことを覚えているか？」

レオリーノはまだ戸惑っていたが、素直に頷いた。

「はい、王太子殿下。慰霊祭の際にブルングウルトで……お出迎えしたときにご挨拶をさせていただきました……あの、先程のお言葉は……」

カイルはレオリーノの困り果てた顔を見て、優しい表情になった。

「あのときはろくに話もできなかったな。事故の後、苦労した話も聞いているぞ。しっかりと歩けているではないか。よほど回復訓練を頑張ったのだろう。おまえともう少し話したいと思ったんだ。夜会がはじまれば、話す機会はないからな」

カイルの言葉にレオリーノは頭を下げる。

その顔は隠しようもなく、赤く染まっていた。それを見たカイルは、また目を細める。

「しかしあの当時も目が飛び出るほどの美少年だったが……信じられないほど美しくなったな。式典でおまえを見たときは、この美しい生き物は夢か幻かと、自分の目を疑ったぞ。まさしくファノーレン一の類稀なる美貌だ。なあ、ラガレア侯爵」

「レオリーノが大陸でも稀なる美青年だということは、いささかも否定いたしませんが……それにしても王太子殿下、今回ばかりはご冗談が過ぎますぞ。我々に対する牽制にしても、まさかレオリーノを巻き込むとは。アウグストがこれを知ったら激怒するでしょう」

頭が痛い、とラガレア侯爵は溜息をついて額に手を当てた。カイルは辺境伯の名を聞いて、初めて気まずそうな顔をする。

「ううむ……ブルングウルト辺境伯に怒られるのはさすがに敵わんな。どうするか」

ヨーハンはラガレア侯爵の言った「我々に対する牽制」という言葉に引っかかりを覚えた。

「牽制とは？　『レオリーノを巻き込んだ』とは、どういう意味ですか」

　老境に差し掛かった内政長官は、顔の皺をさらに深めて溜息をこぼした。

「殿下はレオリーノの美貌を当て込んで、責任から逃れる言い訳にしようとしているのですよ」

「……おい、ラガレア。言葉が過ぎるぞ。言うに事欠いてなんという言い様だ」

「私を脅しても効果がありませんぞ、王太子殿下」

「ラガレア侯爵。王太子殿下のご発言の思惑は、なんだったのですか。レオリーノが巻き込まれたとなれば、我々には聞く権利があります」

　レオリーノには意味がわからなかったが、大人達は三者三様に、剣呑な表情で目を光らせている。

「この国の王太子である殿下には、お世継をつくる義務がある。しかし王太子殿下は、未だ結婚はおろか、婚約相手を探すことすらかたくなに拒まれておられる。殿下はあの場で、レオリーノの類稀な美貌に一目惚れしたと思わせることで、少しでも時間稼ぎができると思われたのでしょう。どんな美女にもなびかなかった王太子殿下が一目惚れしたと言い張るのに、レオリーノ以上の適任はいませんからな」

　ヨーハンは怒りに震えた。

「……なんということをしてくださったのか、王太子殿下。これではレオリーノは静かに王都での生活を始めるどころか、宮廷の好奇な噂の渦中に、否応なく巻き込まれてしまうではありませんか！」

　カイルは憮然としてラガレア侯爵を睨む。

「俺が本当にレオリーノに一目惚れしたとは思わんのか。俺は実際、この子のことを欲しいと思っているぞ。六年前にも、アウグストに嫁にもらいたいと言って断られたからな」

「あのときの戯言を、もっともらしく言い訳に使われませぬように。殿下が浅はかにもあの場でレオリーノに関心があると表明したことで、レオリーノの存在が王族の結婚問題と結びつけられてしまった可能性は否定できません。下手をすると、今夜の夜会でもレオリーノは噂の的になるでしょう」

　王太子の発言の真意がわかり、レオリーノは羞恥と屈辱で赤くなった。この顔のせいでまたいらぬ思惑に利用されてしまったのかと思うと悲しくなる。

　レオリーノが浮かべた静かな怒りを、カイルはすぐに見抜いた。

「……怒らせたようだな。レオリーノ、あのときの発言が、あながちすべて計算ずくだったわけではない。おまえと話してみたかったのは事実だ。だが、さすがにあれは不用意な発言だった。おまえを俺の事情に巻き込んだことはすまなく思う」

　頭を下げることこそしなかったが、王太子という身分にもかかわらず、カイルは率直に過ちを認めて謝罪した。そのまっすぐな目は、なぜかグラヴィスによく似ている。

　レオリーノは「はい」とだけ答え、謝罪を受け入れた。もとよりレオリーノにはどう答えるのが正解なのかわからない。

　こっそりと溜息を噛み殺す。

　緊張と予想外の出来事で体力が削られて、気がつくと身体がだるかった。

　そのとき小部屋にノックの音が響き、従僕が夜会の開会時間が近いことを告げた。

「王太子殿下のお言葉を覆すのは不敬ではありますが、やはり私がレオリーノに同伴いたします。これはブルングウルトの意志と捉えていただいて問題ありません」

　ヨーハンがレオリーノの肩を抱いてそう告げると、ラガレア侯爵が難しい顔で反対した。

「ヨーハン、おまえの言うこともよくわかる。だが、それはそれで王太子殿下の面目が潰れる。それに、殿下のご意向を無視したとレオリーノにも非難が集まる可能性が高い……困ったことだ」

レオリーノは大人達の判断を、ただ待つことしかできない。

「ヨーハン、レオリーノを会場に連れていくのはおまえの役目か」

王太子の言葉に、ヨーハンは頷く。

「はい、会場で母と兄夫婦と合流します」

「では、その栄誉ある役目を俺が代わろう。会場の入口ですぐにおまえに引き渡す。あくまで個人的な繋がりで少しのあいだ話したかったということだ。そして会場内でレオリーノに話しかけるのは遠慮しよう……それでどうだ、ラガレア」

「よろしいでしょう。詮索されたときには、六年前に王太子殿下とレオリーノが出会っていて、怪我の回復を気になさって親切にもエスコートした、という建前にいたしましょう。では、ヨーハン、私達は先に会場にて待機していましょう。殿下、レオリーノを会場までお送りください。くれぐれも礼節を保った距離を心がけますように」

大人達が立ち上がるのと同時に、レオリーノも立ち上がった。

ヨーハンが気遣わしげにレオリーノの肩を抱く。

「レオリーノ、私は会場で待っている。予定変更だが、会場までを王太子殿下にエスコートしてもらいなさい……殿下、カイル様、くれぐれもレオリーノに何もなさいませんように。弟は本当に世間知らずなのです。何かあったら……」

「わかったわかった。今回の件は、さすがに俺も反省している。レオリーノに下世話な噂が立たないようにすればよいのだろう。親戚のごとく距離を保つことを誓う……まあ、実際遠い親戚だしな。まかせろヨーハン」

「昔から、貴方のそういう相槌が、一番信用ならないんですよ……」

ヨーハンは溜息をついて、レオリーノを頼みます、と言うと、ラガレア侯爵とともに部屋を出ていった。

レオリーノは王太子と二人きりになった。もちろん部屋付きの従僕と近衛騎士は後ろに控えている。

「レオリーノ、改めておまえには悪いことをしたな。顔色が少し悪いぞ。疲れたか」

レオリーノはいいえと首を振った。

「王太子殿下は僕を言い訳に使った、とラガレア侯爵はおっしゃっていましたが、なぜご結婚を避けておられるのですか？」

レオリーノの率直な質問に、カイルは片眉を上げる。

しかし、レオリーノを巻き込んだ罪滅ぼしなのか、カイルは無礼を咎めることはしなかった。

「おまえもなかなか直球だな。……そうだな、気が向かない、というのが一番の理由だ。納得するまではできない、とも言えるがな」

「……納得するまでは、できない？」

意味がわからず小首をかしげるレオリーノに、カイルは苦笑する。

そんなカイルの表情は、やはりどことなくグラヴィスに似ている。

叔父（おじ）と甥の関係のはずだが、むしろ父である国王よりも雰囲気が似ている。利用されているとわかっても、なんとなく憎めないのはそのせいかもしれないと、レオリーノは思った。

「王位の正統性、というやつだ」

やはり意味がよくわからない。

カイルはレオリーノを優しく見つめて、そろそろ行こうと手を差し出した。レオリーノは素直にその手を取る。

癖なのだろうか、王太子はまた片眉を上げた。レオリーノを興味深そうに見つめながら、その身体を自分の傍に引き寄せる。腰に添わされた手に引き寄せられるままに、レオリーノは王太子の傍に近づく。

すると、小さな溜息が聞こえ、王太子がポンとレオリーノの頭に手を乗せてくる。

「なんでしょう？」

レオリーノが見上げると、先程までの面白がるような表情はなりをひそめ、むしろ心配そうな呆れた顔で王太子がまじまじと見下ろしていた。

「……もう少し警戒心を持てと、誰かに言われなかったか？」

「はい、言われました。目立たぬようにしなさいと。気をつけます」

背後の護衛騎士がグフッと喉を詰まらせる。

王太子はなさけない表情でレオリーノを見下ろしたまま、そうじゃない、とつぶやいた。

ファノーレンの王宮は、十二の宮殿と二つの大庭園からなる。

アガレア大陸一と称される威容を誇る王宮は、大

小含めると九百ほどの部屋がある四階建の執政宮から、正門側に至るまでの前庭を挟むように、国政・民政を司(つかさど)る内政宮、予算を司る財務宮、国内外の防衛を司る防衛宮、国教を司る神祇(じんぎ)宮、法を司る大審宮、式典と外事を司る外事宮と、六つの省庁の宮殿が並んでいる。

執政宮の裏側には王族の住居となる宮殿がある。執政宮の対面に国王一家が住む後宮がある。さらにその奥には、奥庭と呼ばれる広大な庭があり、そこには王太后、王弟、王太子の宮殿が点在している。

現在は閉鎖されている王族用の宮殿を合わせた十二の宮殿群を総称して『離宮』と呼ばれている。

祝賀の夜会が開かれる儀典用の大広間『聖籠(せいろう)の間』は、国内式典用としては最大の広間だ。後宮側の中庭に面しており、『青鷺の間』から歩いて四半刻ほどかかる。これもすべてヨーハンの受け売りだ。

レオリーノは無言で歩きながら、そんな埒もないことを考えて現実逃避していた。

「おお、見ろ、レオリーノ。おまえの美貌にどいつもこいつも魂を抜かしているぞ。これは痛快だな」

隣を歩く王太子の楽しそうな様子に反して、レオリーノはひたすら下を向いて歩いていた。

大柄な王太子と護衛騎士の陰に隠れて目立たないように努力しているが、焼け石に水だ。この集団とともに移動するのは目立ちすぎる。

「レオリーノ、なぜうつむいている。おまえの美貌は我が国の宝だ。堂々と見せつけてやれ」

「はい、いえ、申し訳ありません……できません」

失礼な態度だとわかっていたが、レオリーノには顔を上げる余裕がなくなっていた。

王太子の声音は面白がるようだったが、レオリーノを見下ろしたその顔は、心配げな表情を浮かべている。

しかしレオリーノは、その気遣わしげな視線に気づかなかった。切実な問題が、徐々にレオリーノを襲っていたのだ。

部屋を出てすぐに、レオリーノがゆっくりとした歩調でしか歩けないことに、王太子は気がついた。

王太子は何も言わずレオリーノの歩調に合わせてくれたが、そのせいで派手な行列を見せつけるような状態になってしまっているのは否めない。

王太子の気遣いにもかかわらず、レオリーノの脚は、いつにない酷使と緊張のせいで、早くも鈍い痛みを訴えはじめていた。

レオリーノは必死で足を動かした。気を抜くとすぐに足がもつれそうになる。

（痛くなってきた。でも、頑張らなきゃ……ここで不始末をしでかしたら、王太子殿下にも恥をかかせてしまう）

ようやく聖籠の間に到着したときには、レオリーノは安堵のあまり大きく息を吐いた。

王太子が、周囲に聞こえないほど小さな声で、よく頑張ったと囁いた。レオリーノの脚の状態をうっすらと察していたのだろう。

レオリーノは感謝の念を込めて頷く。王太子の気遣いが本物だと、直感的にわかったからだ。

やはりこの王太子は憎めない。

一見傲慢な素振りで、その実は繊細な気遣いができる人なのだろう。

「レオリーノ、あれを見てみろ。オリアーノは相当俺に怒っているようだぞ」

扉近くで、ヨーハンとマイア、オリアーノとその妻エリナが、心配そうにレオリーノを待っていた。

王太子は、過保護だなと苦笑する。

カシュー家の一同は、王太子を最敬礼で出迎えた。

オリアーノは眉間に小さく皺を寄せている。王太子とレオリーノの前に進み出ると、慇懃（いんぎん）な笑みを浮かべて深々と礼を取った。

「王太子殿下、不慣れなレオリーノをご案内いただきありがとうございます。ブルングウルトでお会いして以来でしょう。なつかしいお話に花は咲きましたでしょうか？」

マイアも笑顔で参戦し、優美な仕草で礼を取った。

「夫からも王太子殿下にくれぐれも御礼を申し上げるようにと、レオリーノに言付けておりましたの。まさか王太子殿下自らお話しできる機会をくださるなんて光栄ですわ」

周囲に聞かせるような会話に、王太子はレオリーノにだけ聞こえる声で、おまえの家族は本当に過保護だと、再び小さく囁く。

「ブルングウルト辺境伯夫人、オリアーノ殿。彼のおかげで当時をなつかしく振り返ることができたぞ。辺境伯も壮健とのことで安心した。レオリーノ、話を聞かせてくれて感謝する」

とんだ茶番だ。

だが、これはあくまで、王太子はブルングウルトについて知りたいことがあって、レオリーノを指名したのであり、レオリーノ個人に興味を抱いているわけではないと周囲に知らしめるための小芝居だ。

最後の仕上げに、レオリーノは指示されたとおりの台詞を喋る。

「私のような若輩者でも、王太子殿下のお役に立てて何よりです」

興味津々で聞き耳を立てている貴族達の気配に、社交に疎(うと)いレオリーノも気がついていた。

レオリーノに対する突然のお声がかりも、当初からカシュー家も織り込み済みのことであったかと、少しトーンダウンした周囲の雰囲気を感じる。

(これが世渡り術……)

大人の世界は大変だと思いながら、レオリーノは胸を撫でおろした。しかし、そのまま去るかと思われたカイルが、おもむろにレオリーノの手を握る。レオリーノはびっくりした。

「殿下?」

見上げると、王太子が優しい目つきでレオリーノを見つめている。親密に感じさせない程度に顔を寄せて、耳元で囁いた。

「……今日は外野が多すぎたな。あながち冗談でもないと言ったのは、本気だ。また会おう」

王太子はそう囁くと、すぐに手を放して、そのまま玉座のほうへ護衛騎士達を従えて歩き去っていった。

(……な、なんだったんだろう)

オリアーノには、最後の王太子の囁きが聞こえていたのだろう。苦々しい声でつぶやく。

「まったく……あの方は我々の努力をすべて台無しにする気か。レオリーノ、大丈夫だったか」

「はい、オリアーノ兄様。ご迷惑をおかけして申し訳ありませんでした」

安堵でどっと力が抜けた。しかし、オリアーノとともに心配そうに見守っていたエリナに気がつくと、レオリーノはにっこりと微笑(ほほえ)んだ。

「エリナ義姉さま、ごきげんよう。今日もとても素敵です。お披露目おめでとうございます」

「ごきげんよう、レオリーノ。そしてありがとう。オリアーノ様はずっとヤキモキしてらっしゃったのよ。本当に、何事もなくて良かったこと」

エリナは若々しい橙色(だいだいいろ)のドレスに身を包み、いかにも初々しい花嫁といった風情だ。

エリナは優雅に微笑んだ。

「レオリーノも、いつもながらまばゆいくらいに綺麗ね」

一緒に暮らしはじめて、エリナはようやくレオリーノの美貌に慣れたのか、いまは緊張することもなく、家族同様に気安い態度で接してくれる。

それは大変ありがたいことだったが、少女のように目を輝かせながらレオリーノの容姿を褒めてくることには変わりがない。

「レオリーノ、少し顔色が悪い……疲れているね。脚が痛いのかい？」

ヨーハンが心配そうに肘に手を添えてくれる。レオリーノは首を振って否定したが、マイアもオリアーノも、周囲に悟らせない程度に表情を曇らせた。

レオリーノの体力が早くも尽きかけていることがわかったのだ。しかし、社交というのは弱みを見せては負けだ。こんなところで、周囲にレオリーノの不調を悟らせるわけにはいかない。

国王からの祝辞と乾杯、その後に個別の挨拶が待っている。それまでレオリーノの体力が保(も)つかどうか心配な家族達は、目だけで語り合う。

高らかに壮麗な音楽が吹き鳴らされ、王族の入場が会場に告げられた。

「まあ、大変。移動しますよ。ヨーハン、レオリーノを見てあげてね」

カシュー家一同は家格にふさわしい場所に急いで移動し、王族達を迎える準備を整える。ほどなくして王族達が次々に入場してきた。貴族達は最上級の礼で出迎える。

王族の列にいる、ひときわ長身の男を見た瞬間、レオリーノの頭から、たったひとつの思い以外の、すべてが消えた。

ずっと会いたかった男が、そこにいた。

ゆるくカールした黒髪。男性的な完璧な美貌。

グラヴィスは、記憶よりもずっと成熟した雄の色香を放つ大人の男になっていた。将軍位の大正装の軍服が、この上もなく似合っている。

（ああ……ヴィー……ヴィー。ずっと、会いたかった……！）

レオリーノは小さく喘いで身体をふらつかせた。ヨーハンが咄嗟に手を伸ばしてきたのを、レオリーノは首を振って断る。

「……大丈夫です。まだ立っていられます」

カシュー家の一同は、レオリーノの気丈な様子を見て頷く。

「リーノ。貴方ならやりとげられます」

「よくぞ言った。カシュー家の男子としての気概を見せなさい」

「はい、母上。兄上。……大丈夫です。こんなところで、僕は躓くわけにはいきません」

もう一度、あの星空の瞳をひと目だけでも近くで見ることができるのなら、身体の苦痛など、どれだけでも我慢してみせる。

レオリーノは煌めく菫色の瞳で、壇上のグラヴィスをじっと見つめ続けた。


レオリーノの登場は、会場に嵐のような興奮を巻き起こした。

「はは、すごいなあ。まさに地割れだね」

レオリーノの美貌に目を奪われた人々が次々と道を空ける。その様子を見てヨーハンが苦笑する。

「うむ、おまえが傍にいると歩くのが楽でよい」

オリアーノもその言葉に頷くと、真面目な表情を崩さないまま家族にだけ聞こえるように囁いた。

「普段の夜会なら考えられんな。わが弟ながら、予想以上に便利な顔だ」

「オリアーノ様ったら、またそんな本気か冗談かわからないようなことおっしゃって」

エリナが夫の軽口にコロコロと笑う。

優しい兄達はこぞって末弟の緊張をやわらげようとしてくれている。しかも、父以上に真面目で武骨なオリアーノまでもが冗談を言うなんて、と、レオリーノは思わず声を上げて笑った。花が咲き綻ぶような笑顔に、周囲からどよめきが起きる。

ヨーハンに肘で小さくこづかれて、レオリーノはあわてて口元を引き締めた。

しかし、レオリーノが表情を隠すと、それはそれで作り物のように繊細な造形が際立つ。今度は陶然とした溜息が漏れ聞こえてくる始末だった。

「レオリーノ、こういう場では、あまりおおっぴらに笑うものではないのよ。品良く毅然としていなさい」

「はい、母上。申し訳ありません」

レオリーノはひそかに溜息をついた。

あまりにも経験値が低すぎて、こういう場での正しい振る舞いがわからない。レオリーノは教えられたとおり、ほんの少し口角を上げつつも感情を表に出さないように、努めて毅然とした顔つきを保つ。

マイアが扇の陰で笑みを浮かべて頷く。

「そう、それで良いわ。上出来ですよ」

「レオリーノ、とても立派よ。自信を持って」

エリナも励ますように微笑みかけてくれる。

レオリーノは表情を崩さないように注意しながら頭を下げた。グラヴィスにもうすぐ挨拶ができると思うと、気力が湧いてくる。


「あっ……」

列が進み、王族席に視線を送ったレオリーノは思わず落胆の声を上げた。

謁見がはじまったときには壇上にいたはずのグラヴィスが、いつのまにか姿を消していた。

「どうした、レオリーノ」

オリアーノが振り返って心配そうにレオリーノを見つめる。レオリーノはなんでもないと答えたが、その声は明らかに意気消沈していた。

(どうしてだろう……ほんの少しでいいから、近くで会いたかったな……)


失望に気力が萎える。気を張ることで遠くに追いやっていた脚の痛みが、またぶり返してきた。

気弱になったレオリーノはうつむいた。すると凛とした立ち姿から気迫が薄れ、儚げなレオリーノの素が滲み出てしまう。

目敏い者は、そのレオリーノの変化を見逃さなかった。遠慮がちな視線から一転して、獲物を見るようなぎらぎらした目で、レオリーノを無遠慮に眺めはじめる。

そんな不届き者に真っ先に気がついたのは、母マイアだった。

「レオリーノ、だめよ。顔を上げなさい」

マイアはパシリと音を立てて扇を掌に打ちつけると、末息子の肘をグッと握った。

あたたかな《力》が血の道を通って全身をめぐる。肘から流れ込む優しい活力に痛みが少しやわらぐと、レオリーノは我に返った。

貴族だからとて誰もが高潔なわけではない。か弱い者につけこむ下衆な輩はどこにでもいるのだ。そんな輩に弱みを見せては、あっという間に欲望の餌食になってしまう。

「はい。申し訳ありません、母上」

レオリーノ自身は自分の変化を自覚してはいなかった。しかし、うつむいていては、誇り高いカシュー家の一員として名折れである。

再び腹に力を込めた。

（そうだ……ヴィーと近くで会えないくらいで。そんな場合じゃないのに、甘えたらだめだ）

再び毅然とした態度を取り戻した末息子に、マイアはそれで良いと頷いた。

国王をはじめとする王族への謁見は、レオリーノにとってひたすら忍耐の時間だった。やはり壇上に王弟の姿はなく、失望にレオリーノの胸は痛んだ。

今日の夜会は、貴族の子息子女達の成年の誓いを祝うためのものである。まずレオリーノが祝いの言葉を受けた。しかしレオリーノの美貌に驚嘆した王妃が延々と褒めそやしたせいで、なかなか御前を退くことが許されない。国王も王妃ほどではないがやはり感嘆の眼差しで、カシュー家の末子の美貌を心ゆくまで鑑賞している。

レオリーノはとても居心地が悪かった。まるで自分が美術品か何かになったようだ。

背後に控える王太子はいささか不穏な目つきで、カシュー家を通り越して、なぜか背後の貴族達を睥睨している。

オリアーノとエリナの結婚についても、国王夫妻から盛大な祝辞を与えられた。

ブルングウルト辺境伯家とレーベン公爵家という、国内でも有力な貴族同士の婚姻である。ファノーレンの宮廷にとっては、重要な関心事であった。

ブルングウルト辺境伯は基本的に領地にいるため、中央の政情に直接関与することはないが、王国軍を除けば、国内で唯一の強力な軍事力を有する貴族である。

一方のレーベン公爵は、中立かつ穏健派で知られている。王領とブルングウルト領に次いで、国内で三番目に大きな領地を王都の近郊に所有する、ファノーレンきっての富豪の名門貴族であった。

オリアーノとエリナの結婚は、他国ですら注目するほどの強大な貴族同士の富と力の結合である。政治的に見れば、いわば王家に次ぐ強大な勢力の誕生といっても過言ではない。

しかし、こうして二人の結婚が認められたのは、どちらの家も家格が釣り合う家がなかったことと、また、歴代の当主達が政治的な野心を持たず、穏やかな気質で知られていたからにほかならない。

さらに両家の結びつきには、国運を左右するある思惑も働いていたが、双方の当主以外に、そのことを知る者はいなかった。

大きな注目を浴びていた二人だったが、頬を染めてうれしそうに夫に付き従うエリナと、それを優しく気遣うオリアーノの様子は、二人の結婚が単なる政略結婚ではないことを周囲に知らしめた。

そのような事情で、カシュー家の謁見は一際長い時間を要した。

会場中の視線の集中砲火にも、カシュー家の一同は耐え続けた。とにかく心配なのは、長時間跪いているレオリーノの脚の具合だ。

やっと御前を退くことが許された。長く最敬礼の姿勢を取っていたレオリーノだったが、少しふらついたものの、なんとか自力で立つことができた。その様子に、家族全員が胸を撫でおろした。

そこから先は、順調に謁見は進んでいった。

謁見が終わると、成年を迎えた子息子女達への祝賀の楽曲と国歌の演奏が披露される。

そして、ようやく夜会は交流の場に変わった。

「……ふう、終わった！　レオリーノ、よく頑張ったね！」

ヨーハンが弟の頑張りを労う。オリアーノやマイアも大きく頷いた。レオリーノは無様なことにならずにすんだと、ただ安堵していた。

ここから先レオリーノに付き添うのは、次兄のヨーハンだけである。オリアーノは次期当主としての挨拶に、エリナはマイアに連れられて、次期辺境伯夫人として、こちらは主にご夫人方への挨拶回りに向かわなくてはならない。

マイアは末息子を労った。

「よく頑張りましたね。失礼にならない程度に会場にいたら、早めにヨーハンとお帰りなさい」

「はい、母上。兄上達も、エリナ義姉さまも……本当にありがとうございました」

レオリーノは、大丈夫です、と家族に向かって頷いた。

しばらく心配げな顔で末子を見つめていたものの、やがてオリアーノ達は、義務を果たすべく華やかな夜会の喧騒の中へ向かっていった。

彼らの背中を、レオリーノはうつろな感覚で見送る。

——いますぐ、家に帰りたい。

レオリーノはとても疲れていた。

迫る包囲網

春の宵の柔らかな風が、大きく開放された窓から吹き込んで、会場の熱気をやわらげる。篝火に照らされる幻想的な庭を背景に、室内を煌々と照らす蝋燭の灯りが煌めく。華やかに着飾った老若男女が、笑いさざめきながら祝賀の宴を楽しんでいた。

ひらひら、ゆらゆらと、視界の端で揺れる鮮やかな色彩。レオリーノの目には、現実味が薄く、まるで夢の中の出来事のように映った。自然豊かで質素で堅実なブルングウルトとは、何もかもが違う。

——本当に、自分は王都にいるのだ。

「レオリーノ、よくがんばったね。脚の具合は？」

ヨーハンの言葉に我に返る。

無意識に頷いたが、レオリーノは疲労のせいで上手く頭が働かなかった。

やるべきことを無事に成し遂げた安心感で、気が抜けてしまったのかもしれない。

「兄上、ありがとう……大丈夫、と言いたいところなのですが、正直に言えば、少し休みたいです」

レオリーノは初めて弱音を吐いた。その顔は血の気が引いて、青ざめている。

ヨーハンは、目立たぬように壁際にレオリーノを連れていく。気遣わしげに背中を擦った。

「休憩室に行こうか」

レオリーノは素直に頷いた。体調的にはギリギリだったが、儀礼上は、もう少し長く会場にいる必要がある。無様な様子を見せないためにも、一度休憩を取って出直すべきだ。

表面的にはわかりづらかったが、レオリーノは見た目以上に神経をすり減らして、疲弊していた。

こんなにも多くの人間を見るのも初めてならば、これほど長時間、家から出たことも初めてなのだ。

迂闊に外に出せないため、家族が過保護に育ててしまったせいもある。レオリーノが一人で行動したことがある場所は、せいぜいブルングウルト城とその中庭くらいだ。それも専任侍従が常に付き従っている状態である。半成年の子ども以下の経験しかない。

唯一の救いは、成人だったイオニアの記憶を持っていることだったが、イオニアとてまともな人間関係を築くことなく、狭い世界の中で生きていた。貴族の社交の場の経験があるわけでもない。

結局、レオリーノは自分自身でこの局面に向き合い、これからひとつずつ経験を積んで、乗り越えていかなくてはいけないのだ。


そんなレオリーノにとって、今日という一日は、あまりにも長かった。

「ヨーハン殿、ごきげんよう。私にその麗しの弟君をご紹介いただけないだろうか」

突然、背後から声がかかる。二人が振り返ると、三十代半ばと思われる派手な服装の男がそこに立っていた。

誰だろうと思いながら、失礼にならない程度にレオリーノが男を観察すると、男も熱のこもった目で見つめ返してくる。苦手な印象の男だ。

気力をかきあつめて表情を取り繕った。

男の視線から弟の姿を隠すように、ヨーハンがさりげなく立ち位置を変えた。

胸に手を当てて男に礼をする。レオリーノも兄を真似た。

こちらから礼をするということは、ヨーハンが自分より高位と認めた貴族なのだろう。

はたしてその男の身分は、すぐに判明した。

「……シュバイン侯爵、ごきげんよう。弟は成年になったとはいえ世間を知らぬ未熟者です……貴殿の相手にはなりませんよ」

ヨーハンは遠回しに、レオリーノと挨拶を交わさせないと断った。このシュバイン侯爵という男を、ヨーハンはなんらかの理由で警戒しているらしい。

レオリーノは兄の態度が気になったが、表情を崩さぬように努めた。

男は大げさな身振りで首を振った。

「成年となれば、もはや立派に我々の仲間入りをしたのであろう？　……なに、ここで悪さをしようというわけでもない。勿体ぶらずに紹介してほしい。それとも、私ごときに挨拶は不要だとでも？」

ヨーハンは忌々しさに舌打ちしたくなるのを、必死でこらえていた。

レオリーノの体調を気遣うあまり、周囲の観察を怠ったせいで、最悪の男につかまってしまった。

シュバイン侯爵は男女問わず手を出すことで有名な、性質の悪い遊び人だ。しかしそんな身持ちでありながら、神祇宮の中でかなりの役職を得ており、権力もある。財産家で見栄えもするせいか、男女ともに多くの取り巻きがいた。その取り巻き達も、彼同様に羽目を外した遊びを繰り返すため、醜聞は後を絶たない。

そんな男が、レオリーノの美貌に目をつけた。厄介だった。しかし、下手に事を荒だててこの男に騒ぎを起こされるのは、レオリーノの将来にとって良いことではない。

ヨーハンはひとまず挨拶だけさせたら、すぐにこの場を去ろうと決めた。

不安げな表情を浮かべている弟の耳元に囁く。

「簡単にご挨拶しなさい。挨拶したら、すぐに休憩室に連れていくからね。もう少しの辛抱だ」

レオリーノは頷いた。ヨーハンに促されて前に出る。

それを了承と取った男はニヤリと笑うと、ずいっと身体を寄せて、手を差し出してきた。レオリーノはためらいながらもその手を握り返す。

「お目にかかれて本当にうれしいよ。私はシュバイン侯爵、カール・ヘルマンだ」

「レオリーノ・カシューです。はじめまして」

レオリーノが手を放そうとした瞬間、痛みを感じるほど強く握りしめられ、ぐいと引き寄せられた。

「あっ」

困惑して見上げると、炯々(けいけい)と目を光らせた男が、息がかかるほど間近でレオリーノを見下ろしていた。

「……まったく、近くで見ても信じられないほど美しいな。これほどの美貌を見たことがあるか？……まさに奇跡の造形だな」

レオリーノは、あまりのことに呆然としていた。

「失礼な！　シュバイン侯爵、いますぐ弟から手を放してください！」

ヨーハンが厳しい顔でシュバイン侯爵を睨み、身体を割り込ませる。男は悪びれもせず嗤(わら)うと、ようやくレオリーノの手を放した。

「……ふふ、ずいぶんと過保護なことだ。まあこの美しさだ。それも無理からぬことだろうけどね」

男の言葉に、陽気で穏やかなヨーハンが、めずらしく怒りをあらわにした。

レオリーノは男が何をしたいのかがわからなかった。仄(ほの)めかしや揶揄(からか)いの裏を読み取って、適切に対応できない自分が悔しかった。

ヨーハンが、もういいでしょう、とレオリーノを促してその場を立ち去ろうとしたが、いつのまにか二人の周囲を男達が取り囲んでいた。

シュバイン侯爵が声をかけたことで、遠巻きに見つめていた男達が、こぞって声をかけようと取り囲んでいたのだ。

レオリーノをさっと引き寄せると、ヨーハンは厳しい顔で周囲を睨みつけた。

レオリーノはこれ以上近づかないでほしいという意味を込めて、周囲を牽制するようにキッと睨む。

男達の意味深な視線の意図はわからない。だが、めずらしいものを見るように鑑賞されるのはとても不快だった。

しかし男達は怯んだ様子も見せず、さらに目を輝かせてレオリーノを眺めていた。シュバイン侯爵もにやにやと厭らしい笑みを浮かべている。

（この人達……なんで、どうして？）

世慣れた男達からすれば、レオリーノのその牽制は、まるで子猫が必死に爪を立てて威嚇しているように見えた。権高に見えるように振る舞ってはいるが、世間ずれしていない無垢な様子は明らかだ。むしろその強がりのせいで、いっそう可憐さが際立つ。

レオリーノは無意識に、怯えすくんでいた。心細げに兄に縋る姿に、男達の熱量が最高潮に高まる。

「ああ……なんと愛らしい……」

「ヨーハン殿、私達にも弟君をご紹介ください」

「なんという瞳の色だ」

「……あの肌、あの細腰、信じられんな……」

聞くに耐えない下卑た言葉まで聞こえはじめる。

ヨーハンはもはや怒りを隠さなかった。レオリーノの腕をつかんで、そこを通してもらおう、と厳しい顔で告げる。

ヨーハンの本気の怒りに、理性のある男達はそれで退いたが、一部の愚かな男達は、いまだに熱っぽくレオリーノを見つめたまま動かない。口々に自己紹介しながら手を差し出してくる。

自分の振る舞いが悪かったのだろうかと、レオリーノは怯え、混乱した。そのときだった。

「レオリーノ！」

エリナの兄である次期レーベン公爵のユリアン・ミュンスターが現れた。

ユリアンを認めるなり、レオリーノを取り囲んでいた男達が後ろに退く。

男達の包囲網をかき分けて颯爽と近づいてきたユリアンは、その端整な美貌に優しげな笑みを浮かべて、親しげにレオリーノの手を取った。

「ここで会えてよかった。……レオリーノ、いつもながら綺麗だ。成年おめでとう」

「……ユリアンさま」

「王都へようこそ。待っていたよ。私の天使」

見知った人物の登場に、レオリーノは思わず安堵の息を吐いていた。ユリアンのおかげで、周囲との緊張感が霧散する。レオリーノは感謝の気持ちを込めて、ユリアンを見上げた。

ユリアンはすでに状況を察していたのだろう。さっと周囲に視線を巡らすと、いかにも最高位の貴族の後継者らしく、冷たい表情で男達を睥睨する。

「まさか君にこれほど無礼な振る舞いをする不届き者がいるとは……ずいぶんと身の程知らずの奴がいるものだ」

レオリーノに向けた優しい笑顔とは正反対の、冷淡で厳しい表情を浮かべている。

男達はユリアンを前にして、後ろめたそうな顔でゆるゆると包囲網を崩していった。しかしシュバイン侯爵だけは、そんなユリアンの態度をおもしろそうに観察している。

「……なるほど。噂では聞いていたが、あのユリアン殿が夢中で口説いている青年というのは、この子のことだったか」

表情を変えずにその言葉を無視したユリアンは、

レオリーノに微笑みながら手を差し出してくる。

「母がヨーハン殿と君に挨拶がしたいと言っている。私と一緒に来てくれるかい？」

　この不可解で不快な状況から逃れられるのなら、どんな申し出も大歓迎だった。姻戚（いんせき）となったミュンスター家からの申し出ならば、理由としても適切であろうと判断して、レオリーノは頷いた。

　きちんと声に出して返事をしないのは失礼だとわかっていたが、なぜか喉が詰まって、うまく言葉を発することができない。

　ユリアンは、そんなレオリーノの状態がよくわかっているようだった。

「それでは諸君。失礼するよ」

　ユリアンはレオリーノの手を引いて、男達の包囲網から救い出した。

　レオリーノの背中に、またねと、男が声をかける。

　シュバイン侯爵がまたあの炯々と光る目で、レオリーノを見つめていた。


「ユリアン殿、助かったよ。私の不覚だ。まさかあの男に目をつけられるなんて。事を荒立てずに済ませられたのは、貴殿のおかげだ」

「こんなことはなんでもありません。レオリーノが夜会にデビューして、むしろこの程度の騒ぎですんだのなら良かった。王太子殿下が牽制してくださったおかげもあるかもしれませんね」

「牽制？　王太子殿下が？」

「ええ、噂になっていますよ。王太子殿下直々に声をかけたとか。先程の謁見でも、レオリーノに不埒な視線を送る輩（やから）を、殿下は壇上からあからさまに牽制しておられましたが、気づきませんでしたか？」

　レオリーノはユリアンを見上げた。

　ユリアンも、優しく蕩けそうな目で見つめてくる。

　一度は求婚を断った相手だ。それなのになぜ、変わらない態度で優しくしてくれるのだろうか。

　そんな埒もないことを考えていると、疲労で鈍った足がもつれてしまう。

「……おっと。レオリーノ、大丈夫かい」

大人達が両脇から支える。

「……ユリアン殿。レーベン公爵夫人には大変申し訳ないが、レオリーノはひどく疲れている。休ませたいんだ。休憩室に連れていくことにするよ」

「もちろんかまいませんよ」

ユリアンは気を悪くした様子もなく頷いた。

「この子の体調次第では、かなり早いが、今日はこのまま失礼しようと思う」

「ええ、母への挨拶は今日でなくとも。エリナが王都にいるうちは、また機会があるでしょう。たしかに顔色がとても悪い……レオリーノ、今日は本当に頑張ったね。たいそう疲れただろう」

「いえ……はい……でも」

うまく言葉が出てこない。

まだ先程の動揺が残っているのか、レオリーノは外面(そとづら)も取り繕えず、素の状態に戻って、途方に暮れたような表情を浮かべている。

その姿はひどく弱々しかった。

これ以上レオリーノを会場に立たせておくことは難しそうだと、二人は顔を見合わせて頷きあう。

「ユリアン殿……では、我々はこちらで失礼する」

「ええ。では……レオリーノ、また会いましょう」

レオリーノは、無言でユリアンを見つめ返すことしかできない。

そんなレオリーノを蕩けるような瞳で見つめ返しながら、ユリアンは囁いた。

「レオリーノ。こんなところで言うべきことではないが、私はまだ君を諦めていないからね」

レオリーノは目を見開いた。

「ユリアンさま……僕は、でも」

「しいっ、これ以上君を動揺させるのはやめておこう。今日はこれで。さあ、少し休憩しておいで」

ユリアンは最後にもう一度微笑みかけ、美しい礼で別れを告げて去っていった。

疲れきったレオリーノは、ヨーハンに連れられて、なんとか目立たぬように会場を抜け出した。

「レオリーノ、楽な姿勢で休んでいなさい。オリアーノと話をしたら、すぐに戻るから。いいね、鍵をかけて、私が来るまでけして扉を開けないように」

「はい……ありがとう。ヨーハン」

儀典用の大広間の近くにいくつか用意されていた休憩室を借りると、レオリーノはヨーハンの手を借りながら、長椅子にくったりと座り込んだ。

「あんな男に絡まれてつらかっただろう。きちんと守ってあげられなくて、すまなかったね」

「いいえ、僕こそ……守られているだけではだめなのに、何ひとつまともに対応できなくて……迷惑をかけて本当にごめんなさい」

ヨーハンはレオリーノの頑張りを褒めるように頭を一撫でする。

「ユリアン殿も言っていただろう？　おまえは本当によく頑張っている。陛下の前でも毅然としていたよ。これ以上はないくらいのデビューだった。おまえは私達の自慢だ。自信を持ちなさい」

「……はい。ありがとう」

ヨーハンは頷くと、必ず鍵を閉めるんだよ、と言い残して、部屋を出ていった。

休憩室はとても静かだった。

椅子がいくつかと、壁際に飾り棚があるだけの部屋だ。小さな蝋燭が柔らかな陰翳を落としている。

夜会の喧騒も遠い。

レオリーノは少しだけ姿勢を崩して、足腰に負担がかからない体勢になる。

一度座り込んでしまえば、全身がひどく重だるいのがよくわかった。腰から下は鈍く痛み、とくに左脚の膝から下は痺れたようになっている。

今日一日どれだけ緊張して、また無理をしていたのかを自覚する。

ヨーハンの言いつけどおりに鍵をかけなくてはと思いながらも、なかなか立ち上がることができない。

しかし、先程の男達に囲まれた不快さを思えば、自衛は大事だ。痛みを訴える脚を叱咤しながら扉の鍵を閉めると、レオリーノはやっと緊張を解くことができた。


混乱と焦りが徐々に遠ざかり、ざわついた心が少しずつ落ち着いてくる。

ようやく冷静に先程の出来事をひとつずつ反芻する。

レオリーノはようやく、家族の忠告の意味を理解した。ここは生まれ育ったブルングウルトではない。誰もが小さい頃からレオリーノの成長を見守ってくれていた、安全な故郷ではないのだ。

男達の目には、明らかにレオリーノに対する多種多様な関心が浮かんでいた。あの不可解で不快な視線こそが、おそらく家族が何度も警告していた、男達が変な興味を寄せてくる証なのだろう。

イオニアだった頃も、何度も不快な視線を浴びせかけられた。しかし畏怖や嫌悪の感情を向けられたことはあっても、こんな肌に纏わりつくような視線ではなかった。

それは、こんな顔に生まれたせいだ。

おそらくこういうことは、これからも頻繁に起こるだろう。しかし、王都で暮らしていくのなら、いずれ自分自身で対処しなくてはいけないのだ。

（それなのに僕は……あんなことくらいで、なさけない……くやしい……）

レオリーノは落ち込んだ。

怯えを見せては負けだとわかっていても、無理だった。大勢の男達に囲まれ不快な視線を浴びせかけられたせいで、つい弱みを見せてしまった。

　ユリアンが来てくれなければ、どうなっていたのだろう。窮地から救い出してくれた青年の真摯な眼差しを思い出すと、レオリーノの胸に再び複雑な思いがよぎる。

　非の打ち所がない紳士なのだ。優しく性格も良く、容姿も家柄も申し分ない。

　レオリーノが庇護されることを受け入れさえすれば、きっとあれ以上に結婚相手としてふさわしい相手はいないだろう。

　だがユリアンとて、レオリーノを完全に庇護する対象として見ていることは、レオリーノにもわかっていた。

　男達は、この顔のせいでレオリーノを女性のように考えているのかもしれない。しかし女性のように扱われ、庇護される対象になりたいわけではない。

　戦いたいのだ。

　レオリーノは強くなりたかった。どうしたら一人前の男として自立できるだろうかと、そればかり考えてしまう。


「会いたかったな……」

　思わず声が漏れる。

　グラヴィスに会いたかった。

　六年前に、ツヴァイリンクで命の危機を救ってもらったことがある。しかし、当時の記憶は事件のせいで曖昧だ。

　事件後に起き上がれるようになったレオリーノは、そのときの状況を詳しく知りたがった。しかし、息子が追体験で苦しむことを恐れたのか、アウグストは何も教えてはくれなかった。

　レオリーノは現在のグラヴィスの姿を、もっと近くで見たかった。


　イオニアの記憶は胸の中だけにしまいこんで、これからも誰にも明かさないつもりだ。

そんな非現実的なことを信じてもらえる自信はない。こんな脆弱な男がのこのこと現れて、僕の前世はイオニアです、と言ったところで、失望されるのがオチだからだ。

傍にいられなくてもかまわない。

ただ、グラヴィスのために唯一できることを成し遂げたい。それは、いまとなってはレオリーノだけが知る秘密、ツヴァイリンクの裏切りの真相を暴くことだ。


夜空には、すでに星が瞬いていた。

レオリーノは星空に惹かれるように、バルコニーに繋がる硝子戸を開いて外に出る。

煌めく灯りのせいか、ブルングウルトよりも星の数が少ない気がする。だがそれでも、求め続ける男の瞳を思い出すには充分だった。

バルコニーの左右には階段があり、そこから直接中庭に出られるようになっていた。脚は引き続き痛むものの、冷たい夜の空気が心地よい。

左の視界に、夜会の篝火が揺らめいている。右側には高い樹木がこんもりと続いて、まるで森のようだ。後宮の奥に続く奥庭だろう。


そのとき、ザリ、と砂利を踏む足音がした。音がしたほうに目を向けて、レオリーノはそのまま恐怖に固まった。

「……当たりだったな。また会えたね、カシュー家のお姫様」

そこには会場で別れたはずのシュバイン侯爵が、篝火の明かりを背負いながら、底知れぬ不気味な笑顔を浮かべて立っていた。

あまりのことに、言葉を発することができない。

「大事に仕舞われたはずの宝石が、無防備にも自ら飛び出してくるとはね……鍵をかけて外に出ないようにと保護者達に言われなかったか？　ん？」

男は炯々と目を光らせながら、レオリーノが立つバルコニーの階段に足をかけた。

レオリーノは咄嗟に反対側の階段を駆け下りる。

反対側の階段を登りかけていた男の顔は見えなくなったが、楽しそうな哄笑（こうしょう）が静かな宵闇（よいやみ）に響いた。

「逃げても無駄だよ、お姫様」

背筋を恐怖が走り抜ける。

シュバイン侯爵は、意図的にレオリーノを探してここへやってきたのだ。

男の目的が何なのかわからない。しかし、確実にレオリーノに対して悪意を持って近づいてきている。

躊躇している時間はなかった。

レオリーノに与えられているのは、バルコニーを挟んだ数十歩分の距離だけだ。

「……なに、悪いことはしない。ほんの少し遊ぶだけだ」

階段を登る足音。男の声が近づいてくる。


——この身体では無理だ……！

レオリーノは痛みに痺れる脚を必死で動かして、中庭の奥へ、木立の暗みに飛び込んでいった。

（つかまる前に逃げなきゃ……！　脚、動いて……動いてくれ！）

木立は生い茂る葉によって、地面に月明かりを通さない。それがレオリーノにとって幸いした。白金色の髪と衣装は、一瞬でも光が当たれば光を反射して一目で場所を特定されるに違いない。

暗闇の中、太い幹から幹へと足を庇いながら少しずつ移動しては隠れることを繰りかえす。

レオリーノは、弾む息を必死で殺した。

中庭の木立は整備されており地面に起伏もなく、隠れる場所もない。味方は暗闇と、この身体を隠してくれる太い幹だけだ。

ただ、気配の殺し方なら知っている。暗闇の森林の中でどう隠れるかも。

しかし、この身体では、知識があっても、思い通りに動かすことはできない。夜目もほとんど利かないし、脚は痙攣しはじめて機能しなくなりつつある。反撃するための武器もなければ、腕力もない。

味方は暗闇だけだった。とにかくいまできるのは、体力を温存しながら樹々の陰に隠れて気配を消すことだけだ。


「どこかなぁ、出ておいで。隠れても無駄だよ」

追いかけてくる男の声と気配は、遠くなったかと思えば、ギョッとするほど近くから聞こえてくる。

「さあさあ、出ておいで……可愛い可愛いお姫様」

確実につかまえられると高を括っているのだろう。男は足音も嗤い声も隠さない。

レオリーノは、足音と繋みを擦る気配を必死で聞き分けて、男の位置を探る。

そして気配が遠ざかる瞬間を見逃さず、次の木陰に移動する。それをひたすら繰り返した。

レオリーノは少しずつ、中庭の奥へ奥へと追い込まれていった。


レオリーノは最初から、壮健な男の足から逃げられるとは思っていなかった。

本当にしたかったのは、時間稼ぎだ。

そろそろヨーハンが休憩室に戻ってきているに違いない。時間さえ稼げば、そのあいだ逃げおおせれば、家族が必ず捜してくれるだろう。


(ヨーハン……、誰か、お願い。早く気がついて……)

「……いい加減に諦めろ！　逃げても無駄だ」

予想外の粘りで逃げ続ける獲物に、男は苛立っている。

レオリーノの体力は限界に近づいていた。

左脚は引きずるほどに消耗している。一際大きな木の陰に身を縮こまらせて隠れたところで、レオリーノは、動けなくなった。

脚が萎え、身体が揺らぐ。何かに足を取られて、ガサリと音を立ててしまった。

レオリーノは幹にしがみついて、倒れるのをこらえる。心臓の跳ねる音が外に聞こえそうだ。胸元をぎゅっと握りしめて、息を潜めた。

「――聞こえたぞぉ。んん？　こっちか？」

男の足音が確実に近づいてくる。荒い呼吸音が聞こえてくるにつれ、レオリーノの背筋を恐怖が這い登った。ヨーハンは、間に合わないかもしれない。

（助けて……！　誰か、気づいて……！）

「――ハハハ、ほら、こっちで物音がしたぞ」

レオリーノは脳裏に浮かんだ男の名前を、心の中で叫んだ。

（――ヴィー……！）

冬の森に抱かれて

夜会の会場から一足早く退席したグラヴィスは、王宮での所用を済ませて自身の離宮に戻っていた。

グラヴィスは王弟という立場から、公的な行事に参列する義務を負っている。今夜の成年の祝賀夜会についてもそうだ。しかし顔を出したことで充分に義務は果たしたはずだ。

延々と貴族達の挨拶を受けるほど暇ではない。ただでさえ、防衛宮と外事宮の長として膨大な職務を抱えているのだ。

グラヴィスは、とにかく社交を極力排除していた。

グラヴィスの宮殿は、離宮の中では比較的小規模な宮殿だった。それでも百名ほどが収容できる舞踏室以外に、大小四部屋の儀典用の広間、正餐(せいさん)用の大食堂がある。しかし、そのほとんどが日の目を見ることはなかった。

部屋に直接転移すると、すぐに侍従がやってくる。幼少の頃から仕えてくれている、モロー伯爵家出身のテオドール・アンハルトだ。謹厳で神経質な男だが、グラヴィスに対する忠誠心は篤く、信用できる男だ。

グラヴィスがいつ帰っても、テオドールはすぐに気がついてその場に現れる。

「おかえりなさいませ、殿下。また早々に抜け出してこられましたね」

「若い雛(ひな)達の巣立ちを長々と祝うほど暇じゃない……そんなことより、フランクルの叔父上のところに派遣したアロイスは、何か連絡を寄越してきたか」

「いえ、まだです。しかしアロイス殿のことです。殿下のお求めになっていることはわかっていらっしゃる。早晩フランクル王のご回答を携えて戻ってくることでしょう」

グラヴィスは頷いた。

軍服からマントを外そうと、テオドールが肩に手を添えかける。その瞬間、主の逞しい肩が、突然ビクリと震えて、侍従はその手を引いた。

「……っ？」

虚空を見つめる主のただならぬ様子に、テオドールは首をかしげる。

「……殿下？　どうされました？」

「また声が……」

グラヴィスは、厳しい顔つきで虚空を見つめる。

「殿下……？」

「これは……この叫びは……レオリーノか！」

「……殿下！　どちらへ！」

次の瞬間、テオドールの手がはたりと落下する。

グラヴィスはどこかへ跳んでいった。

主が突然いなくなることには慣れている。しかし、テオドールは、主が最後につぶやいた名前が気になっていた。

「『レオリーノ』とは誰だ……？」


グラヴィスの目の前に、ひどく青ざめ、疲れきった様子のレオリーノがいた。

突然のグラヴィスの登場に驚いたのだろう。菫色の瞳を、これ以上なく見開いている。

その菫色の瞳を見た瞬間に、グラヴィスは六年前のことを思い出していた。

天使のような少年が、砦の石壁の際で錯乱する兵士の腕に捕われて、涙をこぼしながら震えていた。

伸ばした手をすり抜けて、壁の向こうに落ちていった小さな身体。助けられなかったという後悔が、あれからしばらく、グラヴィスの胸に引っかかっていた。

しかし、この六年のあいだに、少年は成長していた。それも目眩がするほどに美しく。

なぜ、これほどまばゆい存在をこれまで忘れていられたのか。


「……また俺を呼んだな。レオリーノ」

レオリーノはまだ呆然としている。もしかしたらグラヴィスを認識していないのかもしれない。

「俺が誰だかわかるか」

「ヴィ……グラヴィス、殿下……？」

レオリーノは震える声で答えた。

「ああ、そうだ」

「……ど、うして」

「おまえの声だけは、なぜかいつも俺に届く……どうしてだろうな」

そのとき、レオリーノの背後から男の声がする。

レオリーノが華奢な身体を震わせ、恐怖の表情を浮かべて後ろを振り向く。

グラヴィスはすぐに状況を察した。

レオリーノが今夜の夜会に出席していることは、サーシャから聞いて知っていた。

状況から察するに、悪い男に目をつけられたのだろう。追いかけ回されて、こんな中庭の奥まで一人で逃げてくる事態に陥ったにちがいない。

いったい保護者は何をしているのかと、腹が立った。これほど美しい青年から一瞬でも目を離すなど、大人達が愚かすぎる。

レオリーノは、不自然な姿勢で幹にすがりついていた。

疲れきった顔をしている。まともに立てない状態なのだろう。

そういえば、脚に怪我の後遺症が残っているのだと思い出す。よくぞこれまでつかまらなかったものだ。

ブルブルと震えている。かなり怖かったのだろうと、グラヴィスは哀れに思った。

「……頑張ったな。おいで」

グラヴィスは手を差し出した。

背後を気にしていたレオリーノが、その声にビクリと振り返ってグラヴィスを見る。グラヴィスは安心させるように、もう一度声をかける。

「大丈夫だ。おいで。来るんだ」

それは、グラヴィス自身が驚くほど、優しい声だった。

細く白い指が、ためらいがちに伸ばされる。手が幹から離れた途端に、細い身体がよろめいた。

「……あっ」

すぐさま引き寄せ、優しく抱え込む。

「もう大丈夫だ。よく頑張った」

小さな頭を撫でる。マントの中に引き入れると、その細い身体をすっぽりと覆い隠した。これでもう、何者にも傷つけさせることはない。

細い身体がガクガクと震えている。

「脚が痛むんだな」

レオリーノが声もなく頷いた。

「サーシャのところへ連れていこう」

菫色の瞳が心もとなげにグラヴィスを見上げる。

グラヴィスの胸にかすかな痛みが走った。

腕の中に、不思議としっくりと収まる細い身体。

「声が聞こえるぞ……おお……っ？　あっ、王弟殿下……どうしてここに……」


背後の木立から現れた男の足を、グラヴィスは苛烈な視線でその場に縫い止めた。

男の声にビクリと震える細い背中をなだめて、小さな頭を包むように囁く。

「……大丈夫だ。おまえをここまで追い詰めた男には、必ず制裁を加える——逃げられると思うなよ」

最後の言葉は、青ざめた顔で立ちすくむ男に向かって言い放った。

グラヴィスはレオリーノの身体をしっかりと抱くと、防衛宮に向かって跳んだ。


レオリーノはまるで夢を見ているようだった。

（どうしてこんなことに……）

一目遠くからでも彼の姿を見ることができたらと思っていた。

夜会の会場で、たしかに王族の席になつかしい男の姿を発見した。しかし、レオリーノが王族に挨拶する順番が来たときには、すでに男はいなくなっていたのだ。

今日はもう、間近で見ることは叶わないと半ば諦めていたのに……それがどうしていま、吐息が混ざりそうなほど近い距離で、グラヴィスに抱きしめられているのだろうか。

生まれて初めて感じる実際の男の体温に、レオリーノは身震いした。

男が纏う冷たく凍てついた雰囲気に比べて、その身体はひどく熱かった。

胸の鼓動が騒がしすぎて、レオリーノは何も考えることができない。

（……ヴィーに、抱きしめられてる）

グラヴィスは、繊細な壊れものを扱うようにレオリーノの腰に手を添え、ふらつく身体を支えている。レオリーノの腰など片手でつかめそうな、大きな手だ。

グラヴィスの胸元からは、冬の森のような匂いがした。それを嗅いだ瞬間、突然イオニアだった頃の感覚がよみがえってくる。

（ああ、ヴィーの匂いだ……）

間近で見たグラヴィスは、成熟した雄の色香を放つ、完璧な大人の男になっていた。記憶より、いっそう逞しく充溢した肉体。

正装に身を包んでいるその姿は、目眩がするほど美しい。

目の前にいるのはグラヴィスなのだと、頭では理解している。しかしレオリーノは、イオニアの夢の中では感じたことのない本能的な怯えを、グラヴィ

スに対して感じていた。

記憶の中では、それほど目線の高さは変わらなかったはずなのに、いまやレオリーノは、男の肩先に額が届くかどうかの背丈しかない。

その体格差が怖い。まるで見知らぬ男性の腕の中にいるようで、身体がすくんでしまう。


現実に出会う瞬間まで、レオリーノは、いつかグラヴィスと再会できたら、当時のように対等な親友としての感覚で、なつかしさと愛おしさを感じるのだろうと思っていた。

だが、実際に受ける感覚は、まったく別物だった。すっぽりと包まれてしまう体格差も、年齢差も。

そして、イオニアとは何もかも違う自分を、痛烈に自覚する。

イオニアの記憶は共有していても、いまの自分はどこまでいっても『レオリーノ・カシュー』でしかないということを。

レオリーノは記憶と現実の乖離に混乱していた。

「立てるか」

その声にハッと我に返る。さっきまで薄暗い中庭にいたのに。


(……ここ、どこだろう)


いつのまにか見知らぬ場所に連れてこられていた。実務的なしつらえの部屋をぐるりと見渡す。どうやら執務室のようだ。

「驚かないんだな」

「え……？」

跳躍にはたしかに驚いたものの、そもそもこの状況に頭が追いついていないレオリーノは、初めて経験するはずのグラヴィスの《力》に驚くフリをすることなど、頭から吹き飛んでいた。

グラヴィスの冷たい瞳に、面白がるような色が浮かんだ。男の異能に、レオリーノが驚いた様子を見せなかったからだ。

菫色の目は、グラヴィスを一心に見つめている。ルーカスの言ったとおりだった。レオリーノの瞳は十八年前に永遠に喪われたイオニアの瞳にそっくりだ。それどころか、イオニアそのものだった。

紫紺に暁の色が滲む、独特の色合い。ここまで瓜二つの瞳がこの世に存在するとは。

いまだに夢に見る特別な菫色の瞳が、目の前で生き生きと、煌めくような生気を放っている。

だが、違う。この青年はイオニアではない。

生まれも容姿も、何もかもがイオニアとは違う。

その《力》と忠誠によって、死ぬまでグラヴィスを守ってくれた、あの親友とはまったく違う。

なぜならば、この青年はあまりに無力だ。

グラヴィスを知っているとはいえ、初対面も同然の男に、突然見知らぬ場所に連れてこられても、ただ身を硬くしていることしかできない。

男の腕に逆らう術を持っていないのもあるだろうが、そもそも人を疑うことを知らないのだろう。

サーシャの言うとおり、これではすぐに不埒な男の手に堕ちてしまうだろう。

この菫色の瞳の青年が誰かの手に自由にされることを想像すると、グラヴィスはなぜか、強い苛立ちを覚えた。

庭園で困っていたところを、行きがかり上で保護しただけだ。しかしいつのまにか、レオリーノを手離しがたく思いはじめている。

グラヴィスは氷の将軍と揶揄される自分の、らしくない心の有り様を不思議に思った。レオリーノの、庇護欲をそそる雰囲気にやられているのは間違いない。

（……サーシャのことを笑えんな）

グラヴィスは少し脅かしてやるかと、腰に回した手に少し力を込めて強引に引き寄せた。これで警戒心が芽生えるならよし、脚の手当てを施してすぐに会場へ戻そう。そう思っての行動だった。

しかし、レオリーノの頼りない身体は、予想以上にあっけなくグラヴィスの腕に落ちてきた。

華奢な青年が驚いたような声を上げる。

「えっ……？」

レオリーノは明らかに困惑していた。どうしたらよいのかわからないといった表情で、菫色の瞳をこぼれそうなほど見開いて、呆然とグラヴィスを見上げている。

（まさかこれほど警戒心がないとは）

グラヴィスは苦笑した。細くしなやかな身体は、すっぽりと腕に収まっている。細いが、硬い筋肉がついているわけでもなく、抱き心地が良さそうな身体だった。

下腹にかすかにざわめく熱をグラヴィスは感じた。保護者意識が聞いて呆れる。いったい自分はどうしてしまったのか。

「ありえんな……本当に」

グラヴィスはひとりごちると、再び苦笑した。

後腐れなく身体の熱を発散するための一夜の相手ならば、これまで男女問わず抱いてきた。情動を動かされる相手はいなかったが、たまに衝動的に発散の相手に選ぶのは、たいてい体格の良い赤毛の青年だった。

それがまさか、三十七歳にもなるこの歳で、いかに尋常ならざる美貌の持ち主とはいえ、成人したての子どものような青年に情動を揺さぶられるとは。
しかし、ここまで純粋無垢に育った青年を戯れに手折るわけにはいかない。

「サーシャの言うとおりだ。これではあっという間に拐かされるな」

レオリーノは、あわてて男の胸に手を突いて、距離を取ろうとした。腰に回されたグラヴィスの腕にほとんど力は入ってないようだが、レオリーノの腕の力では、拳ひとつ分の距離しか引き離すことができない。

レオリーノは男として屈辱を覚えた。

「か、閣下……放してください」

しかし、その願いは叶わなかった。

レオリーノの後頭部に大きな手が添えられると、後ろ髪を長い指でつかまれ引っ張られる。

レオリーノは白い首をのけぞらせた。

徐々に近づいてくる星空の瞳から、目が離せなかった。息がかかるほど間近で、グラヴィスの低くなめらかな声が響く。

「あのまま動けない状態で中庭にいたら、どうなっていたと思う」

「あっ……え？」

「おまえは、いまこの瞬間も、なんとしても男に抵抗をすべきだということだ」

グラヴィスに抱きしめられているこの状態で、どうして抵抗ができようか。

レオリーノが困りきった表情で縋るように男を見上げたそのとき、二人の背後からガシャンと何かを落としたような物凄い音がした。

赤毛の逞しい男が足元に書類箱と中身を散乱させたまま、こちらを指差して震えていた。

「うるさいぞ、ディルク」

「閣下……？　今夜は成年の誓いの夜会にご出席さ

れたのでは？　そして……なんですか。そのキラキラした方はどなたですか」

グラヴィスはレオリーノを見下ろした。

たしかにレオリーノの纏う空気はきらきらと輝いているようにも見える。

副官は何かに思い至ったようだ。

「……ま、まさか！」

「例のカシュー家の末息子だ。サーシャはまだいるか。いなかったら夜勤中の医療部の誰かに痛み止めを持ってこいと言え」

ディルクはまだ戸惑っていた。

夜会に出席しているはずの上官が、目が潰れそうなほど美しい青年を抱きしめている。

そんな、とんでもなく非日常な光景が、殺風景な執務室で繰り広げられていた。

美貌の青年が、どこか戸惑ったような顔で上司を見上げる。

「閣下……あの、ここはどこなのでしょう」

「防衛宮の私の執務室だ」

サーシャが妖精か天使かと言うのも頷ける。信じられないほど美しい青年だ。

ディルクは、まさか……と、恐ろしい想像に震えた。

（まさか……まさかまさかまさか……勝手に連れてきちゃったとか言わないよな……？）

そしてディルクの悪い予感は的中した。

「あの、閣下……助けてくださって、ありがとうございました。でも、きっと家族が心配していると思いますので、僕は夜会に戻ります」

「ならん。まず脚が動かせるようになってからだ。ディルク、急ぎサーシャを呼べ。……おい、ディルク？　ディルク！」

ディルクはついに絶叫した。

「……ア、アンタ！　なに無断でカシュー家のご子息を拐ってきてんすかっ！」

グラヴィスは誰にも何も告げず、この宝石のような青年を、勝手に夜会から連れ出してきたのだ。

レオリーノを連れてきた経緯をグラヴィスが手短に説明する。レオリーノ自身も、男から逃げることになった経緯を二人に説明した。

ディルクはようやく落ち着いた。

「はぁ、なるほど。それでそのままここに保護したってわけですか。それはいたしかたないような……」

うぅむ。とにかく、レオリーノ殿、大変でしたね」

「そうだ。少し休むといい。ディルク」

「はい」

ひょいとグラヴィスに抱え上げられると、レオリーノは長椅子に運ばれる。

楽な姿勢になれと言われたが、自ら体勢を変える前に、グラヴィスは勝手にレオリーノの両膝を抱えて、長椅子に横たわらせた。足をソファに投げ出すだけでずいぶんと楽になるが、あまりに強引だ。

次に赤毛の男が、隣の椅子から背当てを取って、上司に渡す。無言でそれを受け取ったグラヴィスは、レオリーノの背後にぐいと押し込んだ。ふかふかに増量された背当てに、上半身が沈み込む。

レオリーノが目を白黒させていると、すかさず赤毛の男から水の入ったグラスが差し出される。グラヴィスから飲め、とグラスを握らされ、レオリーノは言われるままに冷たい水を口に含む。

喉を通る清涼感に、こわばっていた身体から緊張が解けていく。

レオリーノがほっと息を吐く様子を、男達は黙って観察していた。

見事な連携プレイで至れり尽くせり面倒を見られ

ると、なんだか小さな子どもになったようだ。

いたたまれなくなってうつむいてしまう。

「ありがとうございます……」

喉を潤したはずなのに、いまさらながら緊張で声がうまく出せない。礼もまともに言えない無礼者だと思われたのではと、レオリーノはしおれた。

しかし、小さな声のそれをしっかり聞き取った赤毛の男が、親しみの籠もった笑顔で笑いかけてくれた。

（ディルクかな……ディルクじゃないのかな……）

夢の中で見たイオニアの父ダビドに、男の面立ちはよく似ている気がする。成長したディルクと年の頃も合う。素性が気になりすぎて、レオリーノはいつしか、食い入るように男を見つめていた。

美貌の青年にもの言いたげに見つめられた副官は、思わず顔を赤らめる。

「あのー……レオリーノ殿？　お兄さんそんなに見つめられると困っちゃうなー……とか、ははは……」

「……っ、ごめんなさい」

あまりに不躾に見過ぎた。赤らめた頬をぽりぽりと掻く男を見て、あわてて詫びる。

「こいつが気になるか、レオリーノ」

「やだなぁ、閣下。部下が美青年の注目を浴びているからって男の嫉妬は見苦しいですよ……っと！というか、こんなことしている場合じゃありませんよ、閣下！　夜会に戻って、カシュー家のご家族にレオリーノ殿を保護していることを伝えてきてください！　いますぐ！」

そうだ。ヨーハン達はさぞや心配しているだろう。今頃、大事になっているに違いない。

レオリーノはあわてて飛び起きようとする。しかし、グラヴィスの長い腕に腹を軽く押さえられて、起き上がることができなくなった。

「だめだ。休んでいろ」

「そうですよ。レオリーノ殿はサーシャ先生が来るまで休憩しましょう。さあ、俺がサーシャ先生を呼んできますから。ほら、閣下は急いで王宮へ！」

「……おまえが行けばいいだろうが」

　レオリーノが座らせてもらった長椅子は、大の男三人が横並びに座っても充分な幅がある。

　レオリーノの足元にどっかりと座る男の眼光は鋭い。しかし、上司の塩対応に慣れきった副官に怯む様子はまったくなかった。

「ダメです！　俺がいまから服を着替えて、着いたらとりなしてもらって……ってやってるあいだに、閣下なら瞬殺で話が通るでしょう？　さあ、行ってきてください！　カシュー家のご子息を無断でお預かりしてるなんておっかなすぎるんで」

「……わかった。ただし、おまえはここにいろ。サーシャに声をかけてここに寄越すようにするから、レオリーノを一人にするな。そしてサーシャ以外は入室禁止だ」

「承知しました。はは、まるで『フィアルテヴァント』ですね。サーシャ先生のことを笑えないじゃないですか、閣下」

　上司のあまりの警戒ぶりに、王国軍の用語で副官が笑う。完全に侵入を遮断する警戒態勢――通称『第五の壁(フィアルテヴァント)』を敷いているようだ、と揶揄したのだ。

　生意気な副官を完全に無視して、グラヴィスは立ち上がる。

　王国軍の正装がこの上もなく似合う、完璧な美丈夫の立ち姿に、レオリーノは思わず見惚れた。

　どれだけ年齢を重ねても、グラヴィスは美しい男だった。

（今日はもう、このまま会えないのかな……）

　ろくに会話もできなかった自分に落ち込む。すると、レオリーノの不安げな視線に気がついたグラヴィスが、長椅子の前にかがんだ。

レオリーノの頬を、そっとなだめるように指の背で撫でると、髪よりもやや濃い色をした金色の睫毛が、小さく震えた。

菫色の瞳に光を灯しては、また翳らせる。まるで金色の蝶が、菫に止まりながら羽を開閉しているようだと、らしくもない感想を抱きながら、その光景を堪能する。グラヴィスはわずかに口角を上げた。

「――安心しろ。おまえを一人にしないし、この男は何もしない。ここは安全な場所だ」

レオリーノは首を振った。

「もう、今日は……閣下とは、お会いできないのでしょうか」

不安そうだ。縋るような眼差しが愛らしい。

「いや、また戻ってくる」

レオリーノがその言葉に安心したように微笑む。

グラヴィスはもう一度その頬を撫でた。

グラヴィスの指は冷たく硬かった。

厳しく引き締まった顔に笑顔はなかったが、その目には、たしかにレオリーノに対する気遣いと優しさが宿っている。

星空の瞳と、柔らかく潤んだ菫色の瞳が、じっと見つめあう。

（こんなに間近で……夢みたいだ）

「……あのう、ええと。お二人だけで世界を作らないでもらえないかなーと……」

ハッとレオリーノが我に返ると、赤毛の副官が顔を赤らめながら、居心地が悪そうな様子で、腕を組んでこちらを見つめていた。

「ご、ごめんなさい」

「世界を作る、とはどういう意味だ」

たしかにどういう意味なのだろうと、レオリーノは首をかしげた。

「……や、自覚がないならいいんです。レオリーノ殿というよりは、閣下がいい年してどうかって話で……というか！　閣下、とっとと行ってください！　こうしているあいだにも、たぶんあっちは大事になってますから！」

グラヴィスはやれやれと身を起こす。

失礼な奴だな、と言い残して、姿を消した。

「……ふう、ようやく行ってくれた。これでカシュー家の方々には、君がここにいることが伝わりますからね」

レオリーノを振り返ってにっこりと笑う副官に、レオリーノは親近感を抱いた。自分を見ても態度が変わらないのは、本当にありがたい。

「大事になってないといいんですが……それにサーシャ先生も、すぐにこちらに来てくださるでしょう。それまでゆっくりと休んでください」

「ありがとうございます……こんな遅くに、ご迷惑をおかけしてごめんなさい」

恐縮する青年を安心させるように首を振る。

「いや、いいんですよ。こっちもめずらしいものを見せてもらいましたから」

「めずらしいもの？」

「そうなんですよ。あの将軍閣下は何しろ普段が強面かつ氷点下って感じでね。なまじっか顔が綺麗な分、いつもえらい迫力があって恐ろしい方なんですが……それが君にはとても優しい。雪解けかかって感じで、あんなに穏やかな閣下を初めて見ましたよ」

あの人、自分で自覚ないのかな？　と、副官は首をひねった。

それはディルクなりの冗談かもしれないが、グラヴィスの優しさを疑われてはならないと、レオリーノはささやかに反論した。

「そんなことありません……ずっと、優しいです。

「ヴィ……将軍閣下は」

　イオニアの記憶を思い出す。昔から感情を表に出さないが、本来はとても情の濃い男だった。

　今日もどうやってレオリーノの窮地がわかったのか、六年前のように助けに来てくれた。思い出すと、安堵とうれしさのあまり涙が出そうになる。


　レオリーノの反論を聞いた男は、なぜか赤面してブツブツと独り言を言いはじめる。

「あぁ……はい、あはは、なんだ。俺が照れてどうする」

（そうだ……！　たしかめないと！）

　せっかく二人きりになったこの好機に、レオリーノはどうしてもたしかめたいことがあった。

「あの、改めてご挨拶させてください。僕はブルングウルト辺境伯アウグスト・カシューの四男レオリーノ・カシューと申します。はじめまして」

「うわっ、そうか。ちゃんと挨拶してなかったですね。申し訳ない。私はディルク・ベルグント。王国軍の位階は中佐です。グラヴィス・ファノーレン将軍閣下の副官を務めさせていただいております。どうぞお見知りおきを」

「副官……ディルク・ベルグントさま……」

（ああ……やっぱりディルクだ……あの頃は、まだあんなに子どもだったのに、なんて大きくなって！）

「あ、『さま』なんて柄じゃないんで。平民ですし、どうかディルク、と呼んでください」

「平民……」

　レオリーノのつぶやきに、ディルクは少し困ったような顔をする。

「あ、あー、そういうの気になりますか？　……うーん、困ったな。代わりに誰か付き添いを呼ぼうにも……」

「いいえ！　まさか、そんなことありません……！」

　いまの発言で血統主義者だと誤解されたとわかると、レオリーノはあわてて首を振った。

「あの……ここにいてくださるのがディルクさまで、本当に、本当にうれしいです」

（うれしい……！　「イオニアだよ」って言えないけど、現世でも会えて本当にうれしい……）

　イオニアが亡くなった後、王都の家族がどうなったのか、レオリーノはずっと気になっていたのだ。

　イオニアが死んだときはまだ少年だった弟が、これほど立派な男性に育って、まさかグラヴィスの副官まで務めているとは。

　年齢は逆転したが、おおらかで性根の良さそうな男に育っている。グラヴィスやルーカスほどではないが、引き締まった体躯（たいく）は実用的で逞しく、腕も鍛えているように見える。

　レオリーノは目を潤ませてディルクを見つめた。

「おおぅ……なんか、誤解したらいけないのはわかってんだけど、破壊力すげぇな」

　立派に育った弟は、なぜか赤面して口元を覆っている。

「ありがとうございます……でいいのかな。レオリーノ殿、とにかく『さま』はやめてください」

「はい。ではディルク……ディルクさん！　僕のこともどうか、レオリーノと呼んでください！」

　レオリーノは雫を湛えた瞳でディルクを一心に見つめながら、心からの笑みを浮かべた。

「んぐっ……」

　その直撃を受けたディルクが、首を絞められた鳥のような音を発する。

「や～ははは……いきなり呼び捨ては、お互いどうなのかしら」

「……だめですか？　僕は、貴方ともっと親しくさせていただきたいです」

天使と見紛う美青年が、なぜかキラキラと目を輝かせている。

レオリーノは身体を起こし、貴方も座ってくださいと、長椅子をパタパタと叩いて、隣に座るようにディルクに催促する。もちろん迂闊に誘いに乗る訳にはいかない。

「……お願いです。どうか、『レオリーノ』って呼び捨てにしてください……！」

ほろほろと喜びが溢れるような笑顔は、目眩がするほど可愛かった。


（くっそ距離感が取りづれえ……！）

これが目が潰れるってやつか！　と、ディルクはいまさらながらサーシャの言葉を反芻していた。


グラヴィスはまず、王宮に与えられている自室に跳んだ。そこから素早く聖籠の間に向かって、徒歩で移動する。

年を重ねるにつれて、グラヴィスの《力》はいっそう強大になった。一人でならば、隣国フランクル王国まで何往復か跳躍することも可能だ。この日とて、防衛宮と住まいの離宮と王宮の三箇所をすでに何往復かしているが、この程度の移動距離であればとくに消耗することもない。

しかし、人が多いところへ直接跳躍するのは事故が起きる可能性があるため、王宮へ跳ぶときには、自室をまず拠点として、そこからできるかぎり徒歩で移動するようにしている。


聖籠の間に近づくと、廊下を行き交う近衛兵達や侍従達の様子が一様に、あわただしく緊迫していた。

かなりの数の近衛兵が駆り出されている。ということは、すでにレオリーノの捜索指示が出ているのだろう。ラガレア侯爵か、あるいはカイルが、カシュー家の要請を受けて動いているに違いない。

夜会の空気を壊さないように、近衛兵達は一見静かに、警備の延長に見えるように振る舞っている。しかし、投入された人員の数が尋常ではない。すぐに客達も気がついて、何事かと騒ぎになるだろう。

（ディルクが正解だったな。騒ぎが大きくなれば、あの子の経歴にいらぬ傷がつくところだった）


廊下にたむろしていた近衛兵達に声をかける。突然の将軍の登場に、近衛兵達は緊張した面持ちで背筋をぴしりと伸ばして応える。

「は！　これは将軍閣下。いかがされましたか」

「おまえ達はここを離れられるか。二つほど諸用を頼みたい」

年若い近衛兵が年配の同僚を窺う。年嵩のほうの近衛兵は、長年王宮に勤務しており、グラヴィスも見知った人物だ。

「承ります。いかなる御用でありますか」

「会場にブルングウルトのカシュー家の者がいるはずだ。おまえはオリアーノ・カシュー、もしくはヨーハン・カシューの顔はわかるか？　……よし。目立たぬように声をかけて連れてきてほしい」

「は、承知いたしました……しかしカシュー家の方には、なんとお声がけすれば？」

「俺の名前を出していい。『探しものは安全な場所に保護した』と言えばわかる」

その言葉に、近衛兵達はハッと息を呑んだ。グラヴィスは彼らの察しの良さに満足した。

近くの休憩用の小部屋を指差す。

「あそこは空いているか？　……よし、ならばあの部屋で待つ。彼らを連れてこい」

近衛兵は頷いた。

「この指揮はカイルから出ているな？　ではカイルにも伝えろ。伝える内容はわかるな」

「は、『宝探しは中止』ということですね」

多くを語る必要がないのは本当に助かる。グラヴィスは近衛兵の対応に満足した。


二名の近衛兵達がそれぞれ目当ての人物へ伝言を届けるために立ち去った。

その場に残った近衛兵が、先程の小部屋へグラヴィスを案内する。中を確認すると将軍に向かって小さく頷いた。

「空いております、閣下――どうぞ」

グラヴィスは礼を言って部屋に滑り込んだ。


小部屋にノックの音が響くまで、グラヴィスは執務室に残してきた青年のことを考えていた。

十八年前のあの日、国境の砦で門が閉じた瞬間から、グラヴィスの心も閉ざされた。愛(いと)しい男の死とともに砕け散った柔らかな情動は、もうどこにも残っていない。


今日、再びレオリーノに会うまでは。

そう思っていた。


グラヴィスが背中を預けてもいいと思った唯一の男はもういない。目の前で、この腕に戻ることなく、燃える砦の向こう側で死んだ。

自分と出会わなければ、鍛冶屋の息子として平穏な人生を全うできたはずの青年だった。そんなイオニアを死地に追いやったのは、紛れもなく自分だ。

自分がイオニアを、愛しい男を殺したのだ。

青年への恋情。その残滓(ざんし)さえ、もはや尽きかけている。

この十八年間、グラヴィスは絶望し、その心は渇ききっていた。

それなのに、生まれも、容姿も、性格も、イオニアと何ひとつ共通点のないあの青年に、驚くほどに気持ちが動かされる。

あの稀有な菫色の瞳がそう思わせるのだろうか。

六年前、『イオニアと同じ目をしている』と熱っぽく語っていたルーカスを思い出す。あの瞳を間近に目のあたりにしたいまとなっては、ルーカスがレオリーノに執着していたのも理解できる。

それくらい、男達にとってあの目は特別なのだ。


しかし、あの特別な菫色の瞳以外は、まったく似通ったところのない対極的な二人だ。

サーシャから聞いていた以上に、レオリーノの美しさは研ぎ澄まされていた。

容姿だけではない。彼の纏う空気そのものが清らかで儚く、成年というにはまるで頼りない。いっそ哀れなほどに美しく、無力な青年だ。

あの容姿と性格では、たしかに『普通の男』として生きていくのは難しいだろう。


副官のディルクは、レオリーノに常になくこだわるグラヴィスの様子を『サーシャのことを笑えない』と揶揄した。副官の言ったことは、的確にグラヴィスの心境の変化を捉えていた。

サーシャ同様に、レオリーノの未来を考えはじめている自分がいる。この強烈な保護欲。しかしそれが面倒くさいどころか、むしろあるべきところに収まったような気持ちにさえなっている。

この不可解な心の動きを、いまは押し止めるつもりもない。


「……さて、どうしたものか」


ほどなくして、ノックの音が響いた。先程の年嵩の近衛兵だ。その後に、カシュー家の兄弟が入ってきた。王太子カイルも一緒だ。

グラヴィスは、一様に厳しい表情の男達に視線を向けた。

「カイルも一緒に来たなら話が早い」

「まさか、ここで叔父上の登場とは。いったん指示は解除しましたが……さて、話を聞かせていただきましょう」

カイルはさすがの豪胆さで、叔父に向かって皮肉っぽい笑みを見せた。

一方、カシュー家の兄弟はひどく緊張していた。

休憩室で休んでいたはずの末弟が忽然と姿を消して早や一刻、二人は心配でおかしくなりそうになっていたのだ。とくに次兄のヨーハンは、レオリーノから目を離した責任を感じて、かなり動揺していた。

手近なところを探し尽くし、どこにも弟の姿がないとわかったところで、いよいよ王太子を頼った。カイルは即座に緊急事態と判断し、近衛兵を使って捜索を開始したその矢先に、王弟からまさかの伝言が届いたのだ。

なぜ、どういった事情でレオリーノは王弟に保護されることになったのか。

オリアーノとヨーハンは、王弟の迫力の前に話を切り出すことができない。その様子を見かねて、グラヴィスのほうから口火を切った。

「久しぶりだな、オリアーノ殿、ヨーハン殿。呼び立ててすまなかった」

低くなめらかな声は、意外な優しさを滲ませて、カシュー家の兄弟の緊張を解いていった。

「ご無沙汰しております。王弟殿下……いただいたご伝言について、お聞かせいただきたい」

悲痛な表情のオリアーノをなだめるように、グラヴィスはしっかりと頷いた。

「言葉どおりだ。おまえの末の弟の身柄は俺が保護している。安心してほしい」

兄弟は一気に安堵の表情を浮かべた。

「ありがとうございます……」

「王弟殿下……！　レオリーノはいまどこにいるのですか⁉」

「ヨーハン……落ち着け。無礼だぞ」

色めき立つヨーハンをオリアーノが叱責する。

「よい、心配したのだろう。少し疲れているが無事だ。いまはサーシャに診させている」

「殿下に保護していただいてサーシャ先生と一緒ということは、レオリーノは防衛宮にいるのですか」

「そうだ。いまは俺の執務室にいる。信頼できる副官を付けて、サーシャ以外を通さないように指示している。レオリーノの身の安全は保証する」

オリアーノ達は、弟がサーシャと一緒と知って、大きく胸を撫でおろした。しかし、サーシャに診せなければいけない事態とは、いったい弟に何があったのかと、再び不安になった。

「なぜ、弟は殿下に保護されることになったのでしょう……まさか、あの子の身に何か……」

「大丈夫だ。とくに怪我をした訳でもない」

グラヴィスの言葉に、今度こそ二人は深い溜息をついた。『稀代の英雄』と呼ばれるほどの人物の言葉を疑う理由はない。何よりグラヴィスに嘘をつく理由がない。

叔父とカシュー家の兄弟達のやりとりを聞いていたカイルも、心なしか安堵した様子で叔父に問いかけた。

「レオリーノはなぜ、叔父上に保護されることになったんだ」

ヨーハンも頷く。

「そうです。レオリーノは休憩室にいたのです。ですが、わずかなあいだに忽然と消えて……いったいあの子はどこにいたのですか」

グラヴィスの表情が、途端に険しくなる。

「……俺があの子を見つけたのは、中庭の奥だ。そこで、あの子は動けなくなっていた」

「な、なんですと……？」

「可哀想に、不自由な脚を酷使したのだろう。一人で立てないほど震えて、つらそうに木に縋っていた。

ひとまずサーシャに診せるべきかと、独断であの子を連れていったが……保護者に無断ですまないことをしたな」

なんということだと呆然としながらも、オリアーノはグラヴィスに向かって深々と頭を下げた。

「そんな状態のあの子を保護していただいて、なんと御礼を申し上げてよいか。閣下……本当にありがとうございました」

「しかし、あの子は脚が悪いのに、どうしてそんなところまで行ったんだ」

カイルの言葉に、グラヴィスの纏う空気が剣呑なものに変わった。

「カール・ヘルマンだ。……あのゲスが。レオリーノは、奴(やつ)から逃げていた」

「なんだと？　シュバイン侯爵が？」

「なんということだ……！　あの男、あの後もレオリーノを追い回したのか！」

男達は、事情を知っているらしいヨーハンを見つめた。ヨーハンは悔しそうに唇を噛んでいる。

「どういうことだ、ヨーハン」

「……会場で、シュバイン侯爵とその取り巻き達に不覚にも取り囲まれてしまったのです。シュバインはレオリーノに興味を持ったらしく、強引につきまとい、終始いやらしい目で弟を見ていました」

オリアーノが苦虫を噛み潰したような顔になる。

「おまえがついていながら、なぜそんな事態に」

「申し訳ありません、兄上。一瞬の隙を突かれて取り囲まれました。私の失態です。レオリーノの評判を考えると騒ぎ立てるわけにもいかず、思案していたところ、ユリアン殿が現れて、うまく連れ出してくれたのです。そこでは事なきを得たのですが……」

「とにかく、シュバインがレオリーノに興味を持ったことはわかった。しかし、休憩室は鍵がかかっていたのだろう？　あやつはどうやってレオリーノに近づいたんだ」

その疑問についてはグラヴィスが答えた。

「バルコニー側からだな。無防備にも夜風に当たりに硝子扉を開けてしまったところを、中庭側から待ち伏せしていたあの男に狙われたらしい。つかまりそうになったが、中庭に降りて必死で逃げたと言っていた」

「あの子は……なんと危険なことを」

「よくよく身の危険があることは自覚させたつもりでしたが……閣下、ご迷惑をおかけして申し訳ございません。我々の教育不足です」

弟の思慮を欠いた行動に絶句し、グラヴィスに謝罪するカシュー家の兄弟をカイルがなだめる。

「あれは女ではない。そういう意味で自衛しろと、いくら口で言われても、感覚として理解していないのだろう。せいぜい色っぽい話は、あのユリアン・ミュンスターくらいだろう？　あいつは紳士だから、辺境伯のお膝元で手を出したとも思えん。実際、俺が身体を寄せても、なんの警戒心も抱かなかったぞ」

「なっ……カイル様！　身体を寄せたとは」

「たしかめただけで、とくに下心はない。だが、本当に警戒心がなかった。本人は成年を迎えて一人前でいるつもりかもわからんが、あれほど無防備では、王都では幼子のようなものだ」

オリアーノとヨーハンは深々と溜息をつく。

「耳が痛いばかりですが、殿下のおっしゃるとおりです。あの子の強い願いで王都へ連れてまいりましたが、何しろまともに一人で外に出たこともない子です。常識を身につけさせるのが先だったと、我々も痛感しております」

「あと、容姿に関する自覚もだ。なぜあれほどの美貌でありながら自覚がないんだ」

オリアーノが言いたくなさそうに答える。

「それは……私とヨーハンがちょうど王都の学校に

通っていた頃です。あの子が幼い頃に二度ほど拐かされそうになりました。あの子自身は覚えてないかもしれませんが、代わりにガウフと、もうひとりの幼馴染が怪我をして……両親はすっかり警戒してしまいました」

ヨーハンが続けた。

「それ以来、あの子をブルングウルトの領地から出したことはありません。六年前に半成年になり、ようやく父と母もレオリーノに社会経験を積ませようと考えていたところ……例の事件で大怪我をして、ずっと領地に閉じこもっていたのです」

「それにしても、あれほどの美貌だ。これまで色んな人間に賞賛されてきただろうに……あの子はちょっと鈍いのか？」

「いえ、そうではありません。本当に経験がないのです。お恥ずかしながら、この六年間、家族や使用人以外で、レオリーノが会ったことがある人物は片手で数えられる程度です。昨年ユリアン殿に会って……ようやく自分が男に好まれる容姿だと自覚したようですが、独身の貴族に会ったのは、ユリアン殿だけです。警戒するほどの経験がありません」

王族達は顔を見合わせた。さすがに想像もつかない生活だ。

「……貴族の育ちとしては、かなりいびつだぞ」

「……わかっております。それは両親ともに自覚して反省しております。ここに来て、せめてもう少し世間の風に当てて、鍛えておくべきだったと。あの子の足で、あちこち出歩かせるのが困難だったとしても、ブルングウルトに客を招くなどして社交の経験を積ませるなど、やりようはあったはず」

兄弟は落ち込む。

「……驚かれるでしょうが、ブルングウルト領内であっても、あの子はこれまで一度も一人で行動したことがありません。あの子が自由に行動したことがあるのは、せいぜい城の中庭くらいなのです。それも常に従僕が一緒です」

　その言葉には、王族の二人もさすがに驚いた。王族の姫でさえもっと行動範囲は広い。

「王都に出てからも寝ついてしまったので、いまだに一度も屋敷を出たことがありませんでした……言い訳にもなりませんが、あの子にとって、正真正銘今日が王都で最初の外出です。しかもこれほど長時間家族から離れたのも、事故後初めてなのです」

　カイルは呆れたように額に手を当てた。

「想像を絶する箱入りだ。そんなもの、自覚もクソもあるか。少しでも目を離すほうが悪い」

　グラヴィスもカイルの言葉に頷く。

「経験を積んで自分で判断できるようになるまでは、きちんと守れ。それが保護者の役目だろう」

　オリアーノは深々と頭を下げた。

「おっしゃるとおりです。重ね重ねご迷惑をおかけしました。そして御礼申し上げます……六年前といい、今回といい、殿下には二度も、弟の危機をお救いいただいた。感謝の言葉もありません」

　グラヴィスは、いや、と否定した。

「六年前は間に合わなかった。むしろあの大怪我の責任の一部は、目の前にいながら助けられなかった俺にある……可哀想だが、あの脚はやはり、健常になるのは難しいのだな」

「はい。普通に歩く程度には支障はないのですが、サーシャ先生もいまの状態が最大の回復だろうと。今日のように長時間立ち歩くだけでも困難なのに、おそらく中庭でも相当無理したのでしょう……本当に、あの男につかまらなくて良かった」

　安堵しながらも深く落ち込む兄達を励ますように、グラヴィスは言葉をかける。

「大丈夫だ。あの子は敏(さと)い。頭も悪くないぞ」

「……どういう意味です？　叔父上」

　聞き返したのはカイルだ。

『脚が悪いので逃げ切ることはできないが、家族の誰かが気づいて捜してくれるまで、時間稼ぎができれば良い』と考えたそうだ。むやみに逃げ回らず、ひたすら木の陰に身を隠しながら、気配を探って静かに移動して、を繰り返して、それで半刻近く逃げ回っていたのだからたいしたものだ」

「……ほう、それはなかなかに賢明な判断だ」

カイルが感心すると、グラヴィスも頷いた。

「そうだ。自分の脚の状態をわかって、あの子なりにできる最大限の自衛策を取ったんだ。これから経験を積んで学んでいけば、きっともっとしっかりするに違いない。たしかに、無防備に扉を開けて外に出たのはあの子の落ち度だが、帰ったら、まずは自力で逃げおおせた努力を褒めてやれ」

カイルは、叔父のいつもと違う様子を見逃さなかった。おや、というような顔で叔父を見る。

「……へえ、叔父上がめずらしいことだ」

「どういう意味だ」

グラヴィスが胡乱げに甥を見る。その質問に答えず逆にカイルは尋ねた。

「叔父上も、レオリーノに興味を持ちましたか？　そういう意味で」

「……馬鹿が。何を言い出すんだおまえは」

自身の問いを一蹴(いっしゅう)したグラヴィスを、カイルは面白そうに見つめている。血の繋がりは薄いはずなのに、雰囲気がよく似た叔父と甥だ。豪胆なところもよく似ている。

オリアーノとヨーハンは、賢明にも黙って二人のやりとりを観察していた。しかし、次のカイルの言葉に仰天する。

「俺は、そういう意味であの子に興味を持ちましたよ。問題はあの子の性別が男なことだが……まあ、俺の気持ち次第ではありえない話ではない」

「なっ……!?」

「王太子殿下、それはどういう……っ」

カイルはカシュー家の兄弟に向かって笑う。

「おまえのところの末息子を俺が娶るかもしれん、という話だ」

グラヴィスがふざける甥を叱責する。

「カイル、ふざけるのもいいかげんにしろ」

「ファノーレンでは、同性婚は禁止されていない。法律上問題があるわけでもない。王族は過去に例がなかっただけで」

「馬鹿なことを言って彼らを脅かすな。ただでさえ弟が男に追いかけ回された後では、笑えない冗談だろう」

「それはそうか。すまんな、オリアーノ、ヨーハン。しかしありえない話ではないぞ。何しろおまえ達はブルングウルトなのだから」

たしかにレオリーノのことは気に入ったのだろうが、かといってカイルは恋に浮かれた男特有の熱っぽい目をしているわけでもない。冗談にしては食い下がる理由が知りたかった。

グラヴィスは甥と向き合う。

「……どういうつもりだ、カイル。あの子をダシにせず、言いたいことがあるならばはっきり言え」

「俺に世継ができないなら、叔父上が先にこの国の王位を継げば良い、ということですよ」

その瞬間グラヴィスから放たれた強烈な怒気に、オリアーノとヨーハンは背筋を凍らせた。暗く光る星空の瞳が、甥を忌々しそうに睨みつけている。

「……カイル。いい加減にしろ。冗談にしても度が過ぎるぞ」

「俺はどこまでも本気だ、叔父上……レオリーノの件も。そしてこの国の王位を、正当な権利を持つ誰に渡すべきか、ということも」

「カイル、黙れ！」

よく似た叔父と甥は、しばし睨み合う。

先にふいと目を逸らしたのは、グラヴィスだった。

「……俺は防衛宮に戻る。サーシャに診させたら、あの子はブルングウルト邸に直接送り届ける。何かレオリーノに言付けはあるか」

カイルはやれやれと肩をすくめ、カシュー家の男達はホッと息を吐いた。

オリアーノとヨーハンは二人のやりとりに引っかかりを覚えたが、何よりもまずは弟のことが優先だ。

ヨーハンが切実な顔で申し出た。

「殿下……！　あの、できれば私も、レオリーノのもとにお連れいただけないでしょうか」

しかし、グラヴィスは首を振った。

「あいにくだがそれはできん。おまえは財務宮勤めだな。『ドゥリテライヒ』に抵触する。正式な手続きなく俺の執務室に入ることは許可できない」

ヨーハンは王宮の間の掟（おきて）を思い出し、唇を噛んだ。

ファノーレンの国政の中枢である七つの宮には、それぞれ他の宮に所属する者が許可なく立ち入れない、『ドゥリテライヒ』という領域が存在する。

防衛宮の場合は、グラヴィスの執務室を中心に、幹部達の執務室や機密資料庫などがそれに当たる。

すべての宮のドゥリテライヒに入る権限を持つのは、王族でも三名のみ。国王と、ここにいる二人だけだ。

「私が目を離したせいで、あの子はひどい目にあったのです。いてもたってもいられず、つい……申し訳ありません」

ヨーハンは頭を下げた。

「あの子は毛一筋たりとも傷つけずカシュー家に返すと約束しよう。俺の言葉は、信じられないか？」

「いえ、そんなことは……本当に感謝いたします。どうか弟には『無事で良かった。家で待っている』とお伝えください」

承知した、と返事して、グラヴィスはフッとその場から消えた。

王弟が去った部屋に、シン……と沈黙が横たわる。その空気を破るように、カイルは再び、やれやれとつぶやいた。

「まあ、これで一段落だな……おまえたちも家族に伝えて早く安心させると良い」

オリアーノとヨーハンは、深々と王太子に頭を下げた。

「王太子殿下、本当に感謝申し上げます。この度は多大なるご迷惑をおかけいたしました」

カイルはひらひらと手を振った。

「いや、たいしたことはない。あの子が無事でなによりだ。シュバインへの処罰も、いずれ考えなくてはな……まあ、叔父上がすでに考えていると思うが」

扉に向かいかけたカイルが、そうだ、とつぶやいて二人のほうを振り向いた。

「さっきの叔父上と俺の会話は、この部屋を出たらすべて忘れろ。いいな」

大いなる誤解

ディルクは涼しげな春の夜にもかかわらず、額に大粒の汗をかいていた。

完璧な美貌は上司で見慣れている。美形耐性はかなり高いと自負するディルクだったが、普段は強面(こわもて)かつ威圧的な男達に囲まれているせいか、無防備に懐いてくるレオリーノとの距離感を、いまいちつかみあぐねている。

近くに座ってほしいという無邪気な懇願に根負けしたが、適切な距離感を保つべく、ディルクはレオリーノの向かいの長椅子の一番端っこに、ちょこんと座っていた。

ニコニコとうれしそうな笑顔を向けられるたびに、尻がぞわぞわして落ち着かない。

（う、俺じゃ無理だ……綺麗すぎてツライ。俺は闇っぽい冷笑でいい。閣下、早く戻ってきて……！）

「あの、ディルクさんに、もうひとつお話を伺ってもよいですか？」

「うおっ、は、はい。なんでしょう」

己の思考に没頭していたディルクがあわてて返事をすると、レオリーノは再び花が綻ぶような笑みを見せた。

（ふわぁぁ！　もうやめてくれぇ！）

「不躾かもしれませんが……ディルクさんは、どういう経緯で、ヴィ……閣下の副官になられたのですか？　どこかの部隊に所属されずに、いきなり防衛宮勤務だったのですか？」

本当に稀に見る綺麗な子だと見惚れていたディルクは、その問いにおや、と瞠目する。

この荒事とはまったく無縁そうな青年は、存外王国軍について詳しいのかもしれない。というのも、彼の言及する『いきなり防衛宮勤務』というのが、王国軍の初任配属としてはきわめて稀なことだからである。しかし、それを知っているとは、なかなか王国軍について知識が豊富らしい。

ディルクは、目を輝かせて話を聞くレオリーノの態度を、男子らしい王国軍への憧れと認識した。こんなにふわふわと浮世離れした感じでも、やはり男子なんだなと、ディルクは微笑ましく思った。

「あの……こんな質問、ご迷惑でしたか？」

「いえいえ、なかなか面白い質問だなぁと思って。別に隠すことでもないんですけどね、俺は高等教育学校を卒業したので士官候補として入隊しました」

「高等教育学校に通ったんですか？　貴方も？」

「え？　そこ？」

レオリーノの反応にディルクは目を瞬かせる。

「いえ、あの……僕は通えなかったので、うらやましくて、つい……大きな声を出してしまいました」

「そうですか。あ、脚のせいで……」

「はい、あの、お話を遮ってしまいました。申し訳ありません。続けてください」

「あ、はい。ええとですね、で、防衛宮勤務なんですけどね。もちろん最初から閣下の副官だったわけではありません。最初の配属は『参謀部』だったんですよ」

「すごい！　最初の配属先が参謀部なんて、ディルクさんは頭が良いのですね」

　ディルクはかなり有望な出世頭らしい。防衛宮はどこの宮よりも平民が活躍しているが、それでも相当優秀な証拠だ。

　レオリーノはディルクを心から誇らしく思った。

　少年だったディルクしか記憶にないせいか、目の前の立派な成人男性に対して、兄弟だという感覚があるわけでもない。しかし現世では血の繋がりはなくとも、やはり普通の人以上には、親しみを感じるものである。

（まさか、大人になったディルクと、こうやって話ができるなんて……王都に来て本当に良かった！）

「はは、レオリーノ君は詳しいですね……別に特別に頭がいいって訳でもないですよ。細々と情報収集して分析するのが好きで、学生時代に過去の戦争の研究ばっかりしていたら……ま、そんなこんなで。足掛け五年近く参謀部にいましてね。六年前から光栄にも将軍閣下の副官を拝命しております」

「そうなのですか。大抜擢ですね」

　ディルクはレオリーノの賞賛に照れたような笑顔を返してくれる。

「ありがたい配属でしたね。四年間は、先輩の副官がもうひとりいたんですけどね、彼の下で勉強させていただきながら、ようやく一昨年から首席副官を拝命しました。副官はもう一名いますよ」

「すごい！　すごいですディルク……さん」

「あはは、なんか俺の話ばっかりで。ありがとうございます」

レオリーノは終始目をキラキラと輝かせて、ディルクの話を聞いていた。何度も言うが、目眩がしそうなほどその笑顔は可愛いかった。

ディルクは再び尻がぞわぞわする。別に自惚れているつもりはないが、なんとなく特別な好意を持たれているように感じるのだ。とはいえ、色めいたものではなく、単純になつかれている気がする。

しかし、初対面でなつかれるほど、自分は彼に何かしたのか。いや、何もしてない。とすると、もともとこの美青年は誰にでもこのように人なつこいのであろうか。それならば、たしかに警戒心がなさすぎる。

ディルクは首をかしげながらも話を続けた。

「実は閣下には、昔から何かと目をかけてもらってたのでね。まあ、辞令が下りたときは罪滅ぼしかなと思って、だったら結構ですって辞退したんです」

「罪滅ぼし……？」

「あ。うーん」

ディルクは一瞬、しまった、とバツの悪そうな顔をした。

（罪滅ぼしって……グラヴィスが、ディルクに対して？　……なんで？）

レオリーノは続きを待って、じっとディルクを見つめた。赤毛の副官は、しかたないとばかりに語りはじめる。

「実は、ずいぶん昔の話なんですが、俺の兄が、実は学生の頃に閣下の護衛を務めていまして。兄は、例の……十八年前の戦争で戦死したんです」

「……え」

「閣下のせいじゃないんですけどねぇ。当時、閣下が何度も親父（おやじ）に頭を下げにきてくれて……親父も興奮したせいか、いま思うと不敬罪で逮捕されてもおかしくないんですが、わりと最初の頃は閣下を罵っちゃいましてね」

　レオリーノの表情がこわばった。


「その後も、家族ごと何くれとなく気を配ってくれて……平民が王弟殿下に気を遣っていただくなんて、とんでもなく恐れ多いことなんですけどね……まあ、そういうこともあったんで、俺の昇進は、俺の家族に対する、閣下なりの罪滅ぼしかな、って思ったわけなんですよ」

　ディルクはポリポリと頭を掻く。

「……だから、罪滅ぼしって……」

「はい。でも、それは俺の間違いでした。『おまえは、俺がそんなことで副官を選ぶような愚かな男だと思っているのか』って、こっぴどく怒られました」

　ディルクは目を細めた。

「うれしかったですよ。『おまえの兄の死がおまえの昇進くらいで贖えるわけがない』と言われて。ですから、俺も納得して副官としてお仕えしています」

「……」

「目をかけていただいているのは事実ですけどね。蓋を開けてみたら、ひどいこき使われよう……いえ、厳しくもあたたかいご指導をいただいて、あ、こりゃむしろ全然気を遣われてないわ、と逆に安心したりして……えええ、なんで!?」

　ディルクは向かいに座る青年の様子に仰天した。

「レオリーノ君！　いきなりどうしたんですか!?」

　レオリーノがいつのまにか、ほろほろと大粒の涙をこぼして泣いていたのだ。

　途切れなく雫が溢れ、頬を伝い落ちている。

ディルクはあわてて青年に駆けよると、間近でその顔を覗き込んだ。

次の瞬間、ディルクは衝撃のあまり呼吸を忘れた。

「……嘘、だろ……？」

ディルクは思わずレオリーノの顔に手を伸ばしていた。距離感も礼儀もすべて頭から吹っ飛んでいた。完全に無意識の行動だった。

白金色の睫毛に包まれた菫色の瞳。この紫紺に暁の色をほんの一匙（さじ）加えたような、特別な色。

記憶にある兄の……そう、十八年前に死んだ、イオニアの瞳そのものだ。

「嘘だろう……この目、兄貴の……」

ディルクのつぶやきに、レオリーノが目を見開く。

「レオリーノ君……こんなこと言うと、変に思われるかもしれないが……君の目は、俺の死んだ兄にそっくりだ」

「……っ、ディルク……」

ディルクはいつのまにかレオリーノの両頬を挟んで、食い入るようにその目を覗き込んでいた。

「これは、兄さんの目だ……君に、君は……」

レオリーノは涙をこぼしながら見つめかえす。

これまでになく、目の前の青年に対するなつかしさと慕わしさが溢れ出す。記憶の中の青年が叫んでいるような気がした。

（ディルク……そうだよ。こんなに違ってしまったけど……貴方の兄さんがここにいるんだよ……）

大きな目から再び雫がこぼれ落ちる。レオリーノは、ディルクの手にそっと手を重ねた。

「リーノ君！　聞いたよ！　大丈夫かーい!?」

そのとき、ノックもなしに突然バーンと執務室の扉が開いた。

「……」

三人はその状態で固まった。

しばらく硬直していたサーシャだったが、みるみる恐ろしい形相に変わっていく。

「……ディルク君。君は、何を、やっているのかな」

「へっ？」

ディルクは首をかしげる。

（いや、レオリーノ君と話をしていて……なぜか泣かしちゃって、よく見たら目が菫色で……）

「……うわっ⁉」

ディルクは、いつのまにか、レオリーノに思いきり伸し掛かっていた。しかもその小さな顔を両手で挟んで、自身の顔を、息がかかるくらい近くに寄せていたのだ。

はたから見たら、いまにも青年の唇を奪おうとしていると誤解されそうな危険な体勢だった。

「事と次第によっては切り刻むけど、覚悟はいい？」

「ぎゃあ！　こ、これは！　ごご誤解です！　先生、誤解です！　なんもしてません！」

ディルクはあわてて姿勢を正し、レオリーノから飛び退いた。サーシャがゆらりと近づいてくる。

「……誤解？　じゃあ、なんでリーノ君は泣いてるんだろう」

「へっ？」

ディルクは再びレオリーノを見下ろす。その頬には、ばっちり涙の痕が残っていた。

レオリーノは青ざめた美しい顔で、つらさをこらえるような弱々しい笑顔を浮かべた。

「サーシャ先生、ありがとうございます。来てくださって……安心しました」

聞きようによっては、思いきり誤解を生みそうな発言だ。

ディルクは青ざめた。

殺される。

上司と医者のどちらに殺されるかわからないが、とにかくこのままでは確実に殺されてしまう。

案の定、サーシャの目は完全に据わっている。

「ディルク・ベルグント中佐！　恭順を示せ！」

「は！」

サーシャの王国軍における階級は大佐である。ディルクは医師の命令に従い直立不動になった。

ぴしりと恭順の姿勢を取るディルクを胡乱げに睨みながら長椅子に近づくと、サーシャはレオリーノの前に跪いて、優しく声をかけた。

「リーノ君？　怖くなかった？　大丈夫？」

レオリーノは涙の痕も乾ききっていない状態であったが、見知ったサーシャの姿に安心したのか可憐な笑顔を浮かべた。

「はい。大丈夫です。少し怖かったですが」

一方、ディルクは焦っていた。

（誤解されている……絶対、誤解されている……）

「ええと、言いにくいかもだけど、ディルク君は、君に何をしたの？」

その問いにレオリーノはキョトンと首をかしげる。

「え？　何って、僕からむしろお願いして」

「そうか……って、えっ⁉　嘘でしょ？」

「いえ、たくさんしてくださってうれしかったです」

サーシャが信じられないものを見るように、ディルクを振り返った。ディルクはサーシャに向かって全力で首を横に振りたいところを、必死でこらえる。

（レオリーノ君！　ダメ！　「話を」って入れなきゃそこ！　「話を」って！）

命令が撤回されるまでは恭順の姿勢を崩せない。ディルクは、背中に大量の冷や汗を掻きはじめる。

「リーノ君……もう一回、聞くけど。ディルク君か

「レオリーノ。なぜ泣いている……おい、ディルク、サーシャ。何があった」

ディルクは遠い目で死を覚悟した。


グラヴィスは防衛宮の執務室に戻ってきた。

すると、明らかに泣いていたとわかるレオリーノと、その前に渋面で跪いているサーシャ、なぜか恭順の姿勢で直立不動のディルクが一斉に振り向いた。

どういう状況なのだ。

それぞれが何とも言えない表情で、グラヴィスを出迎える。

「なぜレオリーノが泣いているんだ。サーシャ、ディルク、何があった」

グラヴィスは長椅子に歩み寄ると、レオリーノの顎をつまみ上げた。レオリーノの大きな目は潤みきって、頬には涙の痕跡があった。頬に滑らせた指で感触をたしかめる。涙の痕にはまだ湿り気があった。


らじゃなくて？　君から言ったの？」

「はい。僕から『お願いします』って言ったんです。ディルクさんは初めてお会いするのに、優しくて、ずっと付き合ってくださって、それなのに途中で泣いたりして……」

（だからお願い！　「話を」って入れて……っ!!）

再びサーシャが、ギギギ……と音がしそうなぎこちなさで振り返る。その目はどう見ても、『なぜおまえのような平凡顔がそんなことに』と語っている。

ディルクはついに顔の歪みを隠しきれなくなった。

泣きたい。


すると次の瞬間、たいそう間の悪いことに、ディルクの上司が空間を切り裂いて戻ってきた。

あれほど待ち望んでいた上司の帰還だったのに、まさかこんな状況になるとは。

「俺がいないあいだに、何があった」

脅かさないように静かな声で問いかけると、レオリーノは気まずげな表情で、男の指から逃れようとする。しかし、グラヴィスはそれを許さなかった。

白くなめらかな頬は信じられないほど柔らかく、熱っぽく湿っていた。

グラヴィスは眉を顰めた。レオリーノ本人に自覚はないようだが、発熱している。

レオリーノは至近距離での睨み合いがいたたまれなくなったのか、困り果てた様子で目を伏せた。

「あの、殿下……お、あの、手を放してください」

「レオリーノ。目を逸らすな。なぜ泣いていたのか言うんだ」

親指にほんの少し力を入れる。菫色の瞳を掬い上げるようにして、その視線を捉えると、レオリーノの顔がますます赤らんだ。

「あの……あの……」

「言い淀むな。カシュー家の男子ならはっきり話せ」

グラヴィスが叱ると、青年はグッと唇を噛んだ。その目に力を込めて睨み上げてくる。どうやら反抗心が芽生えたらしい。

いい兆候だと思いながら、レオリーノのささやかな抵抗があまりにも微笑ましくて、グラヴィスはめずらしく口角を上げて笑う。

レオリーノはそれにも腹が立ったようだ。

「……泣いていません」

「泣いてないだと？　思いきりべそべそ泣いているだろうが。カシュー家の男子が嘘をつくな」

「嘘なんかついていません……感動しただけです」

「ディルクと話をしていたのか？　あいつの話のどこに、それほど感動する要素があったんだ」

レオリーノは虚空を見つめる。

「ええと……若いのに出世したところ……？」

「なんだと？　若いのに、って、おまえはいくつだ。それにいつディルクが出世したんだ」

噛み合わない会話を見かねたサーシャが、レオリーノに助け舟を出す。

「閣下。むしろディルク君に聞いたらどうですかねぇ。フラフラとレオリーノ君の魅力によろめいちゃったディルク君に」

直立不動のディルクから、フグゥと謎の音が発せられる。

「フラフラ？　どういう意味だ」

「どうもこうも。ディルク君がレオリーノ君の色香に迷って、悪さをしたっぽいんです」

「ええっ……？　そんな、まさか！」

レオリーノは、軍医のとんでもない発言に飛び上がった。

ようやくサーシャが大きな誤解をしていることに気がついたのだ。

「先生！　僕、わ、悪さなんてされていません！」

「えええ？　本当に？　……いまにも唇を合わせんばかりの、こんな感じで、こう、ガバッとされていたじゃない」

両手を挙げて襲いかかる真似をするサーシャの発言を、レオリーノは真っ赤な顔で否定する。

「誤解です！　そんなことされていません！　ディルクさんがそんなことをするはずがありません」

レオリーノは思わずディルクを見た。

赤毛の副官は直立不動の姿勢を崩さないまま、なんとも言いがたい表情でこちらを見ている。しかしレオリーノと視線を合わせると、少しだけ目で笑ってくれた。

グラヴィスは三人を黙って観察していた。こういうときのサーシャは、本気かわからないふざけた態度なので、話半分に聞くとする。

見たところレオリーノは、とくにディルクに対して怯えている様子はなかった。それどころか、必死にディルクを庇っている。

いかにレオリーノが絶世の美貌とはいえ、副官が何かするなどありえない。ディルクは実際のところ、相当冷静な男だ。

しかし、レオリーノが泣いたのは事実だ。

グラヴィスは部下に歩み寄る。

「……ディルク。恭順の姿勢を解け」

「は」

ディルクは上官の指示に応えるが、直立する姿勢を緩めることはなかった。

「俺の預かり物に、おまえがサーシャが言うような不埒な真似をすることはないのはわかっている」

ディルクはわずかに緊張を解いた。

「……は。恐れ入ります」

「だが、レオリーノが泣いたのは、事実だな」

「……は」

「殿下！　……泣かされたわけではありません！　僕が勝手に」

グラヴィスはレオリーノの声を無視した。そして一言「ディルク」と、部下の名を呼ぶ。

ディルクは上官の呼びかけの意味を正しく読み取った。これは「後から話せ」という意味だ。

なぜ話の途中でいきなりレオリーノが泣き出したのか、実はディルクにもその理由がよくわからない。しかし、上官の前では、隠し事をしても意味がない。起こったことをそのまま話すのが一番だと、ディルクは判断した。

ディルクは、後で話します、と目で応える。グラヴィスも了承の印に頷いた。

「……サーシャ！　ここに来た本来の目的を忘れているだろう。レオリーノを診てやれ」

「あ……！　そうでした！　ごめんね、リーノ君！」

サーシャはその顔つきを、患者を診る医者のそれに変える。

「……ちょっと脚を診させてもらうよ。靴を脱がせるからね」

レオリーノが頷いたのを見て、サーシャはレオリーノの足を取ると、慎重な手つきで靴を脱がせた。

サーシャは左足の足裏に手を当てると、もう片方の手でふくらはぎを支えるようにして、ゆっくりと膝を屈曲させる。

「……っう」

ある程度膝を曲げたところで、レオリーノの身体がビクリと震えた。

「ああ、ごめん。ここで……こうすると痛い？」

次に足首を持って、少しずつひねると、今度こそレオリーノは呻き声を上げて、固く目を瞑った。

握りしめた拳がぶるぶると震えている。

「……ひねると痛みは耐えられないほどかな」

「はい……あるところから強く痛みが出ます」

「我慢強いリーノ君が『痛い』って言うなら、相当痛いんだねぇ……うーん。今日は、ちょっと酷使しすぎちゃったかな……こっちの脚も診るね。こっちはあれでしょ、ここの付け根が痛いでしょ」

そう言うと右側の脚の付け根をぐいっと押される。

レオリーノはまたもや苦痛に呻いた。

「……っ、っ、はい」

「あー、うん。はい、左脚がちょっと、かなり酷使しすぎちゃったかもだけど、右は大丈夫。でも、左脚を庇って、こっち側も痛んでる感じだね。うーん、そうだね。二、三日は安静にしていようか」

レオリーノはその言葉に頷いた。長い付き合いの脚だ。自分でも何となく状態は察していた。

サーシャはにっこりと笑って立ち上がると、持参した鞄（かばん）から、薄紙に包まれた薬らしきものを取り出した。お湯に溶かして持ってきてくれる？と、ディルクに渡す。

ほどなくして、いかにも薬湯らしき茶色の飲み物をディルクが持ってくる。

「はい。痛み止めと、熱冷ましが入っているから飲んで。リーノ君、自覚ないかもだけど、もう発熱してるからね」

「うう……はい」

この薬湯は、怪我した当初に痛み止めとしてよく飲んでいたので慣れたものである。しかし慣れているからといって、その不味(まず)さが消えるものではない。

レオリーノは思いきり眉間に皺を寄せながら、薬湯に口をつけた。


それまで黙って見ていたグラヴィスが、サーシャに問いかけた。

「大事はなさそうか」

「大丈夫です。左脚を酷使しすぎて状態が良くないですけどね、休養を取れば治ります」

「ならいい……レオリーノ、良かったな」

レオリーノは薬湯を飲み終えてほぅと息を吐くと、グラヴィスに向かって頷いた。

「はい、ありがとうございました」

「……リーノ君、今日はフンデルトさんに身体を揉んでもらうのは止めにしてね。入浴もだめ。清拭(せいしき)だけね。脚は固定するほどじゃないけど、痛みが取れるまで安静にしていてね。塗り薬と痛み止めを出しておくからね」

「はい、先生……王都に来てまで、迷惑をかけて、ごめんなさい」

「いいのいいの。王都にいるからすぐ診察できるよ。明日、また時間を見つけて診にいくからね」

「はい」

「これがブルングウルトだったら無理だけどね。誰も彼もが、将軍閣下みたいに場所も時間もおかまいなしってわけにはいかないんだから」

サーシャが優しくレオリーノの頭を撫でながら、冗談めかして将軍のほうを指差す。

レオリーノはその指をたどるままにじっとグラヴィスを見つめていたが、やがて小さなあくびをして目を瞬(しばた)かせた。

グラヴィスはサーシャに目で確認する。医師は小さく頷いた。どうやら薬湯に睡眠を促す薬も混ざっていたらしい。眠らせたほうが良いというサーシャの判断なのだろう。

「閣下、そのマント貸していただけますか？」

　グラヴィスは頷いた。ディルクがさっと動いて上官の背後に回ると、肩章に留められていたマントを外した。サーシャに渡すと、医師は手際よくレオリーノの身体を包み込む。ディルクも手伝った。

　レオリーノはぬくぬくと上質な布に包まれて、顔だけちょこんと出している状態になった。するとますます眠気が増したようだ。目がとろんとしている。

　成年にはとうてい見えない幼さだ。


　グラヴィスは長椅子に近づいてレオリーノの前に膝を折る。

　王族である将軍が膝をついた。副官と医師は驚きのあまり瞠目する。

　レオリーノは男の顔に焦点を合わせようと何度か首を振るが、眠気には勝てないようだ。

「グラヴィス殿下……将軍閣下……？」

「どう呼んでもかまわん」

「……はい、殿下……。閣下って、言い慣れない……助けてくれて、ありがとうございます」

　レオリーノの額に貼り付いた前髪を優しくかきあげる。

　その様子を見ていたサーシャとディルクは、普段のグラヴィスらしからぬ仕草に息を呑んだ。

「今度は、間に合ってよかった」

「僕……兄上たちに、しんぱい、かけて……」

「ああ、大丈夫だ。家で待っていると言っていた。眠って起きたら、もう家だ。安心しなさい」

　徐々に傾いていく頭が、首の上まで包み込んだマントにくっつく。くてんとそこに顔を埋めた。

「殿下……殿下の匂いがする……」

　あまりにも可愛らしいつぶやきに、グラヴィスは苦笑した。

眠りに促すように、大人達は沈黙を守る。

やがて白金色の睫毛が完全に伏せられ、すぅすぅ、と小さな息の音が聞こえはじめた。

その寝顔はまるで陶器の人形のようで、起きているときよりもいっそう無垢な印象だ。


「寝たな……ああ、もう熱が高いな」

熟睡したのを見てとると、グラヴィスはレオリーノをマントごと抱え上げた。軽い身体を揺すって、収まりの良いところに、頭をもたれかけさせる。

「ブルングウルト邸に送って、今日はこのまま戻らない……ディルク、サーシャ。ご苦労だったな」

「は……閣下、誓って言いますが。本当にやましいことはありませんからね」

ディルクが緊張を解いて、ようやくいつもの軽口を叩く。

「その話は改めて聞かせてもらう。ところでサーシャ。レオリーノは、本当に大丈夫なんだな？」

「はい、大丈夫ですよ。相当無理しちゃっただけで。脚の状態からして、本当に頑張って逃げたんでしょう。嵐(あらし)を起こすかもなんて言っちゃったけど、実際は大変なデビューになったねぇ……かわいそうに」

グラヴィスに抱かれて眠るレオリーノの頭を、サーシャがそっと撫でる。


「サーシャ……おまえの言うとおりだった」

「？　それはどういう意味でしょう、閣下」

「この子はたしかに放っておけんな」

サーシャがしてやったりと笑みを浮かべる。

「そうでしょう？　で、閣下。あの私の申し出を改めて検討してくださいますか？」

グラヴィスは頷いた。

「そうだな……まずは、この子がもう少し世間に慣れてからだが」

ディルクはその言葉に、グラヴィスがレオリーノを預かることを決めたと理解する。

「サーシャ・クロノフ、おまえの申し出を許可しよう。レオリーノ・カシューは、俺の権限のもとに我が防衛宮で預かることにする」

眠る天使、廻る未来

レオリーノは地の底まで落ち込んでいた。

「……レオリーノ様。元気を出してください。それではお身体が回復しませんよ」

「いいんだ、フンデルト……僕はだめな人間なの……この記憶ごと消えてしまいたい」

これで何度目だろうか。フンデルトの主は、寝台の上で意気消沈したと思ったら、顔を押さえてジタバタと悶えることを繰り返す。

レオリーノは、目覚めて以来ずっとこの調子だ。

「私めはよく存じ上げませんが、成年の儀式と祝賀の折の王族方へのご挨拶も、それはご立派な態度で毅然とこなされたと、マイア様より伺っておりますよ。何を恥ずかしがることがあるのです」

「うん……そこまではがんばったんだ、我ながら……フンデルトだけに言うけど、実はとても、脚が痛かったんだ。でも、王太子殿下への対応も、ご挨拶もふらつかずにできたんだ」

「それで充分ではないですか」

レオリーノはまた落ち込んだ。枕で顔を覆うと、くぐもった声でぶつぶつとつぶやく。

「でも、その後が……最悪の、間抜けの、最低な……ぁぁぁぁあ」

「しかし、それはレオリーノ様のせいではありませんでしょう。すべてはレオリーノ様の麗しさに血迷った不届き者のせいではないですか。それにもしっかり対応なされたと聞いていますよ」

「しっかり対応なんかしてないよ！　……ただ逃げ

回って……それで、ヴィ……殿下に助けてもらったのに、せっかくお会いできたのに、全然まともに話せなかったんだ」

「なるほど、王弟殿下に失礼を働いたと」

「そう。それに、ディルクさんにも悪いことした。泣いたりして……泣いたつもりはなかったのだけど……泣いちゃって、そこに殿下が戻ってこられて、『カシュー家の男子ならしゃんとしろ』って怒られて……ううう」


何やらよくわからないが、王弟はずいぶんと主の面倒を見てくれたらしい。

「王弟殿下には、またもやレオリーノ様をお助けいただいて本当にようございました」

「フンデルト、僕の話を聞いている？　『ようございました』じゃないんだよ。いつのまにか寝ちゃったし、そのあいだに運んでいただいたし……御礼もきちんと言わずに、ぐうぐう鼾をかいて……ひどいでしょう」

「鼾など掻いておりませんでしたよ。赤子のようにぐっすりと寝ておられましたが」

「ぐっ……赤ん坊……ひどい。カシュー家の男子なのに全然しゃんとしてない……成年なのに、僕は、もうこの家にいる資格がない……フンデルト、長いあいだ世話になったね。ありがとう」


完全に拗らせている主から、フンデルトは無理やり抱えている枕を剥ぎ取った。

「あっ……！　ひ、ひどい……！」

「ひどくありません。何を、埒もないことをおっしゃっているのですか。どれだけ悶えても、もう過去は取り消せないのですよ、レオリーノ様。それこそカシュー家の男子のなさることではありません」

「うっ……ひどい」

「ひどくありません。さあ、お熱のせいですよ。前向きにまずは床上げを目指して回復に努めましょう。

すべては健康から。起き上がれるようになってからです！　……さあ、薬湯を飲みましょう」

すっかり子どもがえりしている主を叱る。フンデルトは主の背中に手を回し、レオリーノの上体を起き上がらせた。

先程奪い取った枕を、背もたれとして、背後にぐいっと詰める。体勢が整ったところで、薬湯を手渡した。

「さ、お飲みになってください」

「はい。でも先生の薬湯はすごくにがい……そしてフンデルトはひどい……カシュー家の男っぽくないって、僕は一番それがショックだった……」

レオリーノは、まだ疲労による発熱が続いている状態だった。初めての長時間の外出で興奮しているせいか、体調の悪さが自覚できず、終始この調子で、埒もないことを話し続けている。

こうしてレオリーノがめずらしく駄々をこねているときは、たいてい体調が悪いときなのである。

忍耐強くおとなしい性質のレオリーノは、普段は我儘も言わない。侍従にとっては、かなりありがたい主人である。

最近は、幼い頃から傍にいるフンデルトだけに、このように子どもっぽい態度を見せる。

侍従にとってはその些細な甘えが愛らしく、また主の全幅の信頼をうれしく思っている。


「サーシャ先生いわく、痛みが引いているようでしたら、むしろ筋肉を解したほうがよろしいとのことです。さっそくお揉みいたしましょう。その後ならまたいくらでも、カシュー家の男子らしく悶えていただいて結構ですから」

レオリーノは薬湯を一口含んで、おえっと顔をしかめる。

「ううう……美味しくない。でもがんばる……だからとどめを刺さないで……」

サーシャが処方した薬湯には、痛み止めだけではなく睡眠を促す成分も入っている。フンデルトは興奮している主人に定期的に休息を取らせようと、昨夜から様子を見ては薬湯を飲ませていた。

「これを飲んだら、また少しお休みください」

「うん。起きたら、オリアーノ兄様と話せるかな。オリアーノ兄様は、今日はご在宅だろうか」

「本日はたしか若奥様とともに、ご夕食をレーベン公爵家でお取りになるはずです。明日お時間をいただきましょう。侍従にオリアーノ様のご予定を聞いておきますので」

　レオリーノがおとなしく頷く。フンデルトは介添をして、再びその細い身体を寝台に寝かしつけた。

「フンデルト……体調が落ち着いたら、外出したい。王都を見て回りたいし、人にも会って、夜会にもきちんと出て、もっとうまく対応できるように、処世の術を学びたい」

「それはよいお考えでございますね。そうそう、外出といえば、本日の午後から、レーヴ殿の次男坊がレオリーノ様の護衛役としてまいりますよ」

「ヨセフが来るの？　そう言えば、父上が護衛をつけてくださるっておっしゃっていたけれど、ヨセフなんだね。でも、なんで今頃？　なぜ一緒に来なかったの？」

　ヨセフは、ブルングウルト自治軍の軍隊長であるレーヴの次男だ。レオリーノの三歳年上で、幼馴染といってもよい気心の知れた間柄だ。

「はい、彼はこのひと月、アウグスト様のお口利きで、王都警備隊へ入隊して学んでおりました。王都の地理や治安などをひととおり学ぶために。これでレオリーノ様が外出なさる際にも、適切に護衛として役立つことでしょう。もとより剣の腕はブルングウルト一強いですからね」

「……そうか。警備隊に臨時入隊なんて、ヨセフも王都は慣れないだろうに、無理を強いてしまったね」

「経験が積めると言って、ヨセフはむしろ喜んでおりましたよ」

「そう……でも、本当にありがたい……後で会ったら、礼を、言わなくちゃ……」

レオリーノが眠そうに小さくあくびをする。天蓋の垂幕を引いて寝台を暗くすると、ほどなくして主の小さな寝息が聞こえてきた。

この調子であれば、明日か明後日(あさって)には脚の痛みも取れて床上げすることが可能だろう。

主が無事で良かったと、老いた侍従は深々と溜息をついた。祝賀会でレオリーノを襲った出来事については、オリアーノからあらかた説明を受けていた。

フンデルトは、一昨日(おととい)の夜、王弟殿下の腕に抱かれて帰宅した主人の姿を思い出していた。

レオリーノの華々しいデビューの様子が聞けることを心待ちに、主達の帰宅を待っていた使用人達は、馬車を出迎えた途端に蒼白になった。そこに、レオリーノの姿がなかったのだ。

マイア達は一様に沈痛な顔つきで玄関近くの客間に入ると、着替えもせずに落ち着かない様子で座ったり立ったりを繰り返している。ヨーハンにいたっては檻の中の獣のごとく室内を歩き回り、オリアーノに落ち着きなさいと叱責されていた。

フンデルトは勇気を出して、レオリーノの所在を尋ねた。すると、オリアーノが難しい顔のまま、もうすぐ帰ってくるはずだ、とだけ答えた。

レオリーノが一人で帰宅するのか？　どうやって？　と侍従の頭にさらなる疑問が渦巻いたが、主人達を問いただすことはできない。

フンデルトの不安が最高に高まったそのときだった。

大柄な男が突然玄関の前に現れた。

先触れもなく、馬車の音もしなかった。

門番が驚きに悲鳴を上げる。玄関付近で右往左往していた使用人達は、その声に飛び出した。

ひと目で高貴な人間だとわかるその男は、腕に黒い布に包まれた大きな荷物を抱えていた。

使用人達は驚きと恐怖に、言葉もなく呆然としていた。

「オリアーノを呼べ」

当主を呼び捨てにしながら、男は許可を得ることもなく、堂々とした態度で邸内に入ってくる。

明かりに照らされた男は、オリアーノ達より少し年嵩の、圧倒されるほど完璧な美貌の持ち主だった。

「レオリーノ様！」と侍女の悲鳴が響き渡る。

よく見ると、男の腕には、黒い布に包まれて目を瞑っているレオリーノが抱かれていた。

その声が聞こえたのか、客間からカシュー家の面々が飛び出してきた。

オリアーノとヨーハンがほっとした表情で、深々と男に礼を取った。

「王弟殿下……！　誠にありがとうございます！」

使用人達は度肝を抜かれた。

現れたのは、六年前にブルングウルト城で見かけたグラヴィス王弟殿下だった。

突然の王族の登場に、フンデルトは頭が真っ白になった。六年前と同様に、目を瞑ったレオリーノが男の腕の中にいた。使用人達は、即座にその場に膝をついて、頭を下げた。

「待たせたな」

「殿下……レオリーノは……」

「サーシャが薬を飲ませた。眠っている。受け取れ……起こすなよ」

「はい……恐れ入ります。こちらへ」

ヨーハンが腕を伸ばし、王弟の腕に抱かれていたレオリーノを受け取った。レオリーノは薬で深い眠りに入っているのだろう。揺さぶられてもまったく目を覚ます様子もない。

マイアは涙を浮かべて王弟を見つめ、深々と膝を折った。

「グラヴィス殿下……この度はレオリーノが危ういところをまたもや救ってくださって……何と御礼を申し上げてよいのか」

「辺境伯夫人、レオリーノにとってもご家族にとっても、今日は大変な一日だっただろう」

「はい。この度は本当に……」

なおも礼を言おうとするマイアに、グラヴィスは手を挙げた。

「気にするな。礼はそちらのご子息二人に充分にもらった。夫人は中庭での顛末はすでに聞いているか」

マイアがこわばった表情で頷く。

「サーシャいわく二、三日は安静にしろとのことだ。あと今日は入浴も身体を揉むのも禁止だそうだ」

「はい。かしこまりました」

グラヴィスは恐縮するマイアの手を取った。マイアは額にその手を押しいただき、再び膝を折る。

グラヴィスは頷いて踵を返す。

しかし、何かを思い出したのか、くるりと振り返ると、オリアーノを呼び寄せる。

オリアーノが即座に近寄ると、その耳元に口を寄せて何かを囁く。すると、オリアーノが瞠目した。

「殿下……それは……！」

「サーシャの発案だ。明日、サーシャがレオリーノの様子を診にくると言っていた。タイミングが合えばそのときにでも聞いてくれ。では」

「お、お待ちください。殿下、このマントは、閣下のご装束ではありませんか？　お返しせねば」

レオリーノの身体を覆っていた布は、王弟のマントだったらしい。

闇色の布に包まれて、白い小さな顔は深い眠りの中にいた。その無防備な寝顔を見つめる王弟の視線が、ふっとやわらいだ。

「それは防衛宮に届けさせろ……ああ、そうだ。良いことを思いついた」

「は。その、良いこととは……？」

「レオリーノが元気になったら、自らそれを返しに来るといい。これも社会勉強だ。おまえ達は、この子をもっと外の風に当てるべきだ」

王弟は、冷たげな顔に似合わぬ笑みを浮かべる。

次の瞬間、フッと空間を支配していた迫力ある姿が目の前から掻き消えた。

「きゃあ！」

侍女が悲鳴を上げた。

それもしかたない。全員が大なり小なり驚愕していた。王族の異能を知らぬ人間にとっては、あまりにも唐突で非常識な出来事の連続だ。

次兄の腕に抱かれて眠るレオリーノを中心に、難しい表情で考え込むカシュー家の面々と、何が起こっているのか未だ把握しきれず混乱しきった使用人達が、その場に残された。

ヨーハンが恐々と長兄に尋ねた。

「オリアーノ兄上、王弟殿下は先程兄上に何をおっしゃったのですか」

長兄は口元を手で覆ったまま、くぐもった声でその問いに答えた。

「……レオリーノの就職先が決まった、かもしれん」

「え？」

マイアとエリナも仰天する。

「なんですって？　オリアーノ、グラヴィス殿下がそうおっしゃったの？」

「……まあ。旦那様？　いったいどちらに？」

オリアーノはめずらしく、心底途方に暮れたような表情を浮かべていた。そしてヨーハンの腕に抱かれて眠る、レオリーノの作り物めいた寝顔をじっと見つめる。

「…………」

「…………」

「…………」

おっとりとしているマイアが、真っ先に切れた。

「オリアーノ！　勿体ぶらずに言いなさい！」

「殿下が、レオリーノを防衛宮で預かる、と……」

次の瞬間、ブルングウルト邸に響いた驚愕の声にも、カシュー家の末子は目を覚まさなかった。

自分の未来がすでに決まりかけていることなど、知るよしもなかった。

はじめての外出

成年の儀式直後から、ブルングウルト邸には大量の招待状が届いて、執事を困らせていた。

ほとんど領地から出てこない辺境伯夫人マイアや、新婚の次期辺境伯夫妻が王都にいるあいだに親交を深めようと、大量の招待が届いている。

しかしそれ以上に、レオリーノ個人への招待状が山ほど積み上げられていた。

「王都はこれだから面倒ねぇ」

招待状を捌(さば)くのはマイアである。義娘(むすめ)のエリナはその隣でマイアの判断を見て学んでいる。

執事によって足切りをなされた上で、マイアの判断を仰ぐべく残されたのは、五十通ほどの招待状だった。マイアはポイポイと手際よく選り分けて、三十通ほどの招待状を残し、後は執事に戻す。

十通は、長男夫妻への招待だった。

「オリアーノに最終の確認をして、問題なければ出席とご返事しましょう」

「承知いたしました」

もう十通は、マイアへの招待状だった。主に貴族夫人達の集まりである。

「これは私とエリナで出席しましょう。都合が合うものを出席とご返事して」

「承知いたしました」

マイアは、残りのレオリーノあての招待状を慎重に検討しはじめる。


「こちらのご招待はアーヘン伯爵夫人からね。伯爵夫人は私の学友だし、先代のアーヘン伯爵夫人は、私の母も親しくしているの。出席しましょう」

「はい、お義母(かあ)様」

「おそらくアーヘン伯爵にはお嬢様がいらっしゃったはず。そのお嬢様の顔見せも兼ねているのでしょう。貴女はアーヘン伯のご令嬢はご存じ？」

「はい、四歳年下でしたが、学校で……何度かお話ししたことがあります。あら……そうすると、レオリーノとは同学年ですね。今年成年を迎えているはずです」

「そう、それならばレオリーノを連れていっても大丈夫そうね」

「はい、お義母様。でもよろしいのかしら。あまり若い殿方も令嬢もいない茶会でしょうから、レオリーノは退屈するのではないかしら」

「まあ、それを言うなら貴女もまだ二十二歳よ。充分若いわ」

マイアが笑う。エリナは頬を赤らめた。

「お義母様ったら。でも、私はもう既婚者ですもの。未婚の令嬢とは違う振る舞いをしなくては」

義理の娘の初々しい気概に、マイアは微笑(ほほえ)む。

「まだ娘らしくしてよいのよ。旦那様もまだまだご壮健ですからね、オリアーノが跡を継ぐまでは、のびのびとおやりなさい」

「ありがとうございます。でも、私もこれまで王都にいましたし、むしろ同じ年頃の方々とは充分ご一緒してきましたから……お義母様のもとで、カシュー家の嫁としての社交を学びたいのです」

「ありがとう。その気持ちが本当にうれしいわ。本当に、オリアーノはこれ以上ない伴侶を得たこと。やっぱり娘よ。本当に娘ができてよかったわ」

　エリナは義母の賞賛に再び頬を染めた。

「でも、お義母様。レオリーノを同行させるなら、もっと若い世代の方達が集まりそうな場のほうがよろしいのでは？」

　マイアは首を振った。

「いいえ。まずはこのご招待のような、年嵩の方がいらっしゃる落ち着いた場が良いわ。あの子は自分の容姿が、家族以外の人間にどのように見られて、どう躱(かわ)すべきかをきちんと学ばなくては」

「そうですわね……」

「いきなり若い殿方やご令嬢がいるところに連れていったら、大変なことになるでしょう。私達だけでは手に負えないわ」

「たしかにそうですね……旦那様やヨーハン様のご同伴がなくては不安です」

「あの子にも自尊心があるでしょう。ずっと兄達にエスコートされては、男子としての自尊心が傷つくわ。あの子が自信を持つためには、兄達がいないところでも大丈夫だと思えるように、一人で経験を積まないと。だから、穏やかなご年配の方々が多いお茶会くらいがちょうどよいのよ」

　エリナが頷いた。

「私……初めてレオリーノに会ったとき、この世にこんなに美しい人間がいるのかと、本当に驚きました。容姿はもちろんなのですけれど、身に纏っている雰囲気が……本当に天使のようで。あの子を前に、あのとき何を話したかほとんど覚えていません」

　そのときの様子を思い出して、マイアは笑った。

「そうねぇ。公爵家の方々があれほど狼狽(うろた)えてらっしゃる姿は初めて見たわ」

「実はいまでも、あの子を見るたびに感動するのです。よく知れば、性格はいたって普通のおとなしい青年なのですが……あの美貌は罪ですわ。心配なのです。また今回のようなことが起きるのでは……と」

エリナも、中庭でレオリーノが男に襲われそうになった顛末を知らされている。

二人で顔を見合わせると、深々と溜息をついた。

マイアは侍女に茶のお代わりを頼む。侍女が出ていくのを見計らって、エリナが再び口を開く。

「それに、なんと申し上げたら良いのでしょう。あまりにもレオリーノの周囲で、色々なことが起こりすぎて……それも、私は心配なのです」

「どういうことかしら、エリナ」

「まず兄のことがあります。お義母様に申し上げるのは憚られるのですけれど、兄は王都ではかなりの浮名を流していました。王都中の令嬢達から……いえ、国外の姫君からも選び放題だった兄が、あれほどレオリーノに夢中になるなんて、両親も私も思いもよらなかったのです」

「そうね……ユリアン様が、まさか本気であの子に求婚するとは思わなかったわ。しかもレーベン公爵に直談判なさって、跡継ぎの問題を解決したと聞いて、旦那様もびっくりしていたわ」

「兄だけではありません。社交界に出た初日に、王太子殿下のお目に留まって……夜会に出れば大勢の殿方に囲まれたと、ヨーハン様からも聞いています。そしてあの中庭のことがあって……その後、王弟殿下に保護されて、そうしたら、いきなりレオリーノを防衛宮で預かると、内々の打診が……」

「……そうね。あの日一日の出来事にしては、あの子にはあまりに多くのことがあったわね」

「そうなのです。たった一日で。レオリーノはただそこにいるだけ。それなのに……」

「あの子が、殿方達を惑わせてしまうのでは、と言いたいのね」

エリナは頷いた。

「しかもこの国で最高位の殿方達ばかりが……こん

なこと、成年の男子に対して申し上げることではないのかもしれません。でも、心配なのです」

マイアは深々と溜息をついた。

「……旦那様と私が心配しているのもそこなの。あの子自身は、仕事を探しに、王都に来たつもりでいますからね……呑気にも地道にがんばれば、それが叶うと思っている。でもあの子には悪いけれど、私は、仕事など見つからなくてもいいと思っているの」

マイアとエリナも世間知らずだが、それでもレオリーノよりはよっぽど世事に長けている。

おそらくレオリーノが普通の貴族の男子のように生きていくのは難しいだろうということも、二人にはよく分かっていた。

「王都で危ういことに巻き込まれるくらいなら、ブルングウルトで過ごさせるのが良いわ」

「では、なぜ王都で生活することをご許可なされたのですか」

「……あの子を王都に送り出したのは、旦那様の別の思惑もあったの」

「別の思惑、ですか」

「いまはまだ詳しくは言えないわ。ただ、いずれ貴女にもきちんと伝えます。状況次第だけど早めの対策を、ということしか、いまは言えないの」

執事がノックの音とともに茶器を携えて入室してくるのを機に、いったん二人の会話は途絶えた。

「……とにかく数年は、レオリーノをブルングウルトには戻せない。あの子は王都に残ることになります。だから、慎重にレオリーノが参加する会を選びましょう。エリナもどうか協力してちょうだいね」

「はい、お義母様」

「あと数週間で、私達はブルングウルトへ戻る……それまでに少しでも、あの子に処世の経験を積ませなくては」

母と義姉が自分の将来について悩んでいることなど露知らず、元気になったレオリーノは、自室で綺麗に包装された包みを大事そうに撫でていた。

包みの中身は、あの日の夜にレオリーノを包(くる)んでいたグラヴィスのマントである。使用人達によって丁寧に綺麗にされていた。

レオリーノはキリリと表情を引き締めて、護衛役と侍従に宣言する。

「ヨセフ、フンデルト。これから僕は王弟殿下にお借りしたマントをお返しに行こうと思っています」

「はいはい、坊ちゃん。で、オリアーノ様かヨーハン様に外出許可は取ってるんですよね?」

砂色の髪の細身の青年が、レオリーノの傍に立っていた。護衛役を務めることになったレーヴ軍隊長の次男、ヨセフ・レーヴだ。レオリーノよりも三歳年上である。

どちらかといえば女性的な顔立ちだが、弱々しく見えないのは、こめかみから頬にかけてうっすらと走る傷のせいだった。それが剣呑な鋼色の瞳とあいまって、危険な雰囲気を醸している。

レオリーノとは幼い頃(ころ)から一緒にいるせいか、その美貌にも慣れたものだ。幼馴染のよしみで、その口調も遠慮のない関係である。二人の身分を超えた気安い関係は、辺境のブルングウルト特有の鷹揚さで受け入れられていた。

「うん。許可をいただいている……はず、だよね? フンデルト」

レオリーノは首をひねる。ヨセフは侍従を見て、目で問いかけた。どうせレオリーノに聞いても、何もわからない。些末なことは、専任侍従のフンデルトに聞くのが一番だった。

老侍従が頷く。外出許可は下りているらしい。

それを見たレオリーノは、いざゆかんと、自らいそいそと包みを抱えようとする。フンデルトがあわてて、代わりにそれを持ち上げた。

「レオリーノ様、馬車をご用意しております。いつでも出せますよ」

「馬車かぁ。うちの紋章入りなのだよね。オリアーノ兄様ならともかく、僕みたいな立場がそれで防衛宮にお伺いするのは失礼じゃないかな……そうだ！　乗合馬車をどこかでつかまえよう」

ヨセフが呆れた声を出す。

「坊ちゃん。どこから乗合馬車なんて発想が出てきたんですか。ここは貴族街の第一区ですよ。乗合馬車なんて通っているわけがないでしょうが」

「そうか、それなら徒歩で行こう。いや、あの距離だと歩くのは難しいかな……どうしよう、フンデルト、ヨセフ。このままでは永遠に返しにいけない」

途方に暮れかけた主人を、侍従がなだめる。

「馬車に乗りましょう。レオリーノ様が馬車で乗りつけても、まったく失礼ではありませんよ」

「では王宮の門まで馬車で行って、そこから歩いて防衛宮には向かう。それでどうかな？」

「よろしいのでは。少し距離がありますが、王宮の中に入ったら、徒歩でも問題ないでしょう」

レオリーノは力強く頷いた。

初めての個人的な外出に、期待と興奮で胸が弾んでいるのだ。

オリアーノから、このマントを「レオリーノ自身で返しにこい」というグラヴィスの伝言を聞いたときには、レオリーノは歓喜した。

グラヴィスやディルクに、もう一度会えるかもしれない。その機会を、グラヴィス自ら与えてくれたことがうれしかった。

この勢いのまま、色々な計画を実行していきたいと、レオリーノは希望に燃えた。

ヨセフがずい、とマントを差し出す。

「はい、フード付きのマント。これを被ってください。坊ちゃんの顔出しは色々とまずいですからね」

ヨセフはレオリーノにマントを纏わせると、首のところで釦を留めてくれた。

何度かレオリーノの頭にフードを被せて角度を調整している。ヨセフが、よし、とつぶやいたので、準備ができたと判断した。

先に階下に下りていった侍従を追いかける。


「殿下はいらっしゃるかなあ。突然お邪魔するのだから、会えないかもしれないね」

「そうですね。まあ、それほどお偉い方なのなら、会えなくてもしかたないよ」

「そうだね。ご不在だったときには、副官のディルクさんに預けて帰ることにしよう」

「では、坊ちゃん。くれぐれも俺達から離れて、一人で行動しないように、何か危険があったら絶対に俺の指示に従ってくださいね」

「わかった。一人では行動しない」

ヨセフはよし、と頷いた。基本的にヨセフはこんな態度でレオリーノに対しても偉そうなのだ。

「ヨセフ。『坊ちゃん』って年でもないから、その呼び名は止めてほしいな」

「わかった。じゃあこれからは『レオリーノ様』とちゃんと呼ぶよ」

幼馴染と埒もない会話をしながら、玄関で馬車を待っていると、マイアとエリナが見送りに出てきた。


「母上、エリナ義姉さま、ごきげんよう」

「レオリーノ、グラヴィス殿下のところへ？」

「はい、母上。先日の御礼と、お借りしていたマントをお返しに行ってまいります」

レオリーノのうれしそうな顔に、マイアは目を細める。しかしその眼差しには心配も含まれていた。

「殿下のところへ、先触れは出しているの？　いきなり訪問するのは失礼ではなくて？」

「いえ。私ごときが先触れを出してお時間をいただくのも失礼なので……お会いできなかったら、マントをどなたかにお預けして帰ってまいります」

「そう。気をつけてね」

「はい、ヨセフもいるので大丈夫です。お見送りありがとうございます」

レオリーノは力強く頷いて馬車に乗り込む。しかし、突然何かを思い出したように振り向いた。

「そうだ母上、帰りが遅くなるかもしれません！」

「……？　なぜです。王宮はすぐそこですよ。御用をすませても、一刻もかからないでしょう」

不思議そうに首をかしげる母に、レオリーノは不敵に笑ってみせる。

「はい。せっかくの外出なので、帰りに職業斡旋所に寄ってこようと思います」

マイアが目を瞬いた。

「……なんですって？　いまなんと言いました？」

「仕事探しです。体調も回復しました。そろそろ就職活動を本格化しないとなりません」

「仕事探し……」

「はい。母上はご存じありませんか？　平民も貴族も受け入れてくれる職業斡旋所があるのです」

「職業斡旋所……」

「はい！　そこで仕事を探してまいります。僕にもできるような見習い仕事があるかもしれません」

「見習い……」

ついにマイアがふらつきはじめた。あわててエリナが支える。

「お義母様！」

「母上……！　大丈夫ですか」

次の瞬間、レオリーノの頭上に護衛役の手刀がゴツンと振り下ろされた。

「いたあっ……ヨセフ！　な、なに？」

レオリーノが頭を押さえて振り返ると、ヨセフがものすごい形相で睨み下ろしている。

「却下」

「え？」

「決まってるでしょう。職業斡旋所は却下です！」

「なんで？」

「なんでもクソもあるか！　生まれて初めて王都に外出する奴が、いきなり職探しなんぞ無理だ！」

ヨセフの罵声が前庭に響き渡る。それを聞いたレオリーノはぐっと息を呑んだ。

護衛役は砂色の頭を掻きむしると、レオリーノの両肩をがっしりとつかんで目を合わせる。

「……坊ちゃん！」

「……は、はい！」

レオリーノは護衛役の迫力に直立不動になる。

「いいか！　坊ちゃんが王都で単独で外出するのは……これが？」

「は、初めてです」

なぜかレオリーノが敬語になっている。

「よし。まずは、単独で初めてのおつかいをこなしてからだ。仕事探しはそれからだ」

「……はい」

「おつかいもできない男に仕事ができるわけもない！　いいか！」

「はい！」

「よし、行くぞ！」

レオリーノを言いくるめると、ヨセフはその背中を押して無理やり馬車に乗せた。呆然と様子を見ていたフンデルトも、あわてて荷物を抱えて乗り込む。

ヨセフはいまだ言葉もないマイアとエリナに向かって頷いてみせる。

「今日はおつかいだけで帰らせますので」

そう言い残し、自分も馬車に乗り込んだ。


防衛宮の守衛は、マントを深々と被った青年とその連れを胡乱げに観察した。

青年が纏う白いマントは最上級のもので物腰も洗練されている。顔はよく見えないが、どうやら貴族の青年らしい。背後には従僕だろうか、お仕着せを着た初老の男と、帯剣している護衛役と思しき青年を付き従えている。

　防衛宮はその性質上、民間人が用もなく訪れる所ではない。部外者であれば、他の執政宮の人間か、あるいはあらかじめ先触れを寄越してから訪れる人間がほとんどだ。当然、訪問の約束のない人間は誰何(すいか)することになる。


「貴殿はどなたで、防衛宮に何の御用でしょう」

　青年は涼やかな声で用向きを話しはじめた。

「レオリーノ・カシューと申します。こちらは私の侍従と護衛です。本日は、将軍閣下に先日お借りしたものを、返却しにまいりました。あの……閣下にお目にかかることはできますでしょうか」

　カシュー家とは、あのブルングウルト辺境伯家であろうか。しかし、守衛は貴族の系譜に精通しているわけではなかった。あのカシュー家の子息なのか確信が持てず、申し出を却下する。

「申し訳ありません。当日にお約束なく、将軍閣下にお目通りすることはどなたも叶いません」

　マントに隠された頭が少しだけ下を向く。しかし、再び顔を上げて、はい、と頷くと、背後の従僕に合図した。従僕が手荷物を掲げて前に進み出る。

「それでは……これを、副官のディルクさんにお預けいただけないでしょうか。あの、レオリーノ・カシューが届けたとお伝えいただければ、たぶん、あの方ならわかると思います」

　嵩(かさ)のある包みの中身はなんだろう。

「念のため、包みの中を検(あらた)めてもよろしいでしょうか。不審物を持ち込むわけにはいかないので」

「あっ、はい。おっしゃるとおりですね。どうぞ」

　青年は従僕から荷物を受けとると、はい、と守衛に差し出した。

守衛は丁寧に包まれたそれを開封する。最高級のマントだった。ほぼ黒に見えるが、よくよく見ると闇夜のような濃紺の生地である。たたまれた生地を掌で探ってみたが、とくに不審物は隠されてはいないようだ。

「これは……もしや将軍閣下のマントですか？」

「は、はい」

声からしてまだ少年といっても良さそうな青年が、王国軍の将軍から、いったいどういった事情でマントを借りることになったのであろうか。

「失礼ですが、これをどちらで」

つい好奇心で尋ねてしまった守衛に、マントの青年は狼狽えた姿を見せる。

「あの……それは……」

すると、それまで背後に控えていた砂色の髪の青年が口を開く。

「中身を検分するまでがおまえの役目だろう。坊ちゃんがこれをどこで将軍様に借りたかなんて、おまえの知ったこっちゃないだろうが」

詮索する守衛を牽制する。マントの青年は飛び上がって背後を振り返る。

「ヨセフ！　……失礼だよ！」

「何が失礼ですか。坊ちゃんを……ちっ、レオリーノ様をここに立たせっぱなしで、不躾に詮索するそいつのほうがよっぽど失礼でしょう」

「それがこの方の仕事だからしかたないよ……あの、護衛役が失礼いたしました」

守衛はムッとしたが、目つきの悪い青年の指摘ももっともだ。守衛にそこまで詮索する権利はない。将軍から借り物をするような高貴な青年を入口に立たせて詰問し続けるなど、相手によっては後々問題になりかねない。

守衛は念のために、青年に少しおもねっておくことにした。

「わかりました。ベルグント副官なら約束がなくともお会いいただけるかもしれません。呼んでみましょうか」

「良いのですか？　はい！　お願いします」

青年の声がうれしそうに弾む。

「……最初からもったいぶらずに呼べよな」

「なっ……貴様！」

「もう、ヨセフ！　……申し訳ありません。彼も悪気はないのです」

申し訳なさそうに頭を下げる青年に免じて、守衛は冷静さを保った。

「ここでお待ちいただくことになりますが、よろしいですか？」

マントの青年が小さく頷くと、それには背後の初老の侍従がささやかに反対の声を上げる。

「恐れ入りますが、こちらにどこか待合の部屋などはございませんでしょうか。主人を長く立たせておくのは忍びないのでございます」

「フンデルト、僕は大丈夫だよ。申し訳ありません。ここで待ちます……あの、立っているのがお邪魔じゃなければ」

「邪魔ではありませんが、少々目立ちますね……しかし来客用の部屋をこれから用意するのは」

砂色の髪の青年が小さく溜息をつく。

「こんなにデカい宮殿なのに、不意の来客用に部屋の一つや二つ用意もできねえのか……」

守衛はいきり立った。

「なんだと？　先程から貴様の態度はなんだ。ここをどこだと心得ている！」

「レオリーノ様は来客だぞ？　立って待たせようとするおまえのほうがよっぽど失礼じゃないのか？」

「ヨセフ！　……もう、本当に口を慎みなさい」

守衛を睨む青年を、マントの青年が押し止める。

「――何を騒いでいるんだ」

そのとき、数名の足音とともに、背後から声がかかる。

　その低い声を聞いた瞬間、レオリーノは震えた。

　聞き覚えのある、なつかしい声。

　振り向くと、太陽のような金色の髪をした巨躯の男が、複数名の軍人を付き従えて、入口から入ってくるところだった。

　守衛が男に向かって敬礼する。

「副将軍閣下！　おかえりなさいませ」

「何か問題でも？　……こちらの方々は」

　琥珀色の瞳がレオリーノ達を睥睨する。男はまだ、レオリーノには気がついていなかった。

「は！　その、将軍閣下にお届け物をと、ご来客でありまます。こちらの、レオリーノ・カシュー殿が」

　その名前を聞いた途端に、男は目を見開いた。

「……レオリーノ・カシュー……!?　レオリーノ、おまえなのか」

　巨躯と思えぬ素早さで、男が一気に距離を縮めてくる。二の腕をつかまれて引き寄せられる。その勢いで、レオリーノの頭からフードがずり落ちた。

「……あっ」

「……レオリーノ……！」

　二人の視線が、六年ぶりに交錯する。

　フードの下からレオリーノの顔があらわになると、周囲からどよめきが起こった。

　しかし、レオリーノとルーカスは、お互いの視線だけに囚われていた。

「レオリーノ……」


（ルーカス……ルカ……）


　息がかかるほど至近距離で見た男の顔は、夢の中同様に、男らしく逞しい。しかし、十八年の歳月は、確実にかつての恋人の上を通り過ぎていた。

　今年四十になる男は、グラヴィスと同様に、年齢を重ねた男だけが持つ凄みを備えている。

　イオニアの記憶だけが、十八年前のあの日で止まったままだ。

よく知っているようで、まったく見知らぬ男を前にして、レオリーノは言葉を失っていた。

ルーカスも同様に、しばし呆然と、腕の中の青年を凝視している。ようやく腕の力を弱めたが、レオリーノを解放することはなかった。

「……俺を覚えているか」

「覚えて……もちろんです、副将軍閣下。ご無沙汰しております」

レオリーノは我に返ると、あわてて小さく身をよじって、ルーカスから距離を置こうとした。

しかし、両腕をつかんだ男の手は外れない。

きちんと挨拶することもできず、レオリーノは眉尻を下げた。

男は困惑するレオリーノをなだめるように、親指で細い二の腕をさすった。その指がもたらした感触に、レオリーノの背筋に小さな電流が走る。

「ルーカスと呼べ、とあのときに言っただろう」

「……そのように失礼なことはできません」

「ルーカス、だ。それか、ルカ、でもいい……王都に来ていることは知っていた。どれほど、おまえに会いたかったか」

周囲は、フードの中から顕れた青年の美貌に言葉もなく驚いていたが、それ以上にその青年を前にした副将軍の態度に困惑していた。

いつもどっしりと落ち着いている副将軍が、興奮したように目を輝かせて、青年の華奢な身体を、いまにも抱きしめそうなくらい近くに引き寄せている。

レオリーノはいたたまれなかった。

どう考えても適切な距離感ではない。きっと周囲も二人はどういう関係なのかと、さぞや不審に思っているだろう。

しかし、ルーカスはまったく周囲を気にしてない。

「ああ……六年前も美しかったが、成年になって眩しいほどに綺麗になったな」

レオリーノはその言葉に恐怖を感じた。まだ、夜会で男達に追いかけまわされたトラウマがある。

「副将軍閣下……！　手をお放しください」

「ルーカス、だ。ああ、相変わらず……この、菫色の目だ」

レオリーノの身体が、ぎくりと強張った。

「放して……お願いです……ルーカスさま」

名前を呼ばれて、ルーカスは満足げに笑う。

「それでいい。それで、防衛宮に何の用だ」

嘘はつけない。レオリーノは素直に答えた。

「グラヴィス殿下に届け物をしにまいりました」

「なんの届け物だ」

「あの……その前にお手をお放しください。どうか」

何度お願いしても、男はいっこうに手を放してくれない。


六年前も思ったが、ルーカスはこれほど強引な性格だっただろうか。それとも、この十八年の間に変わってしまったのだろうか。

「ルーカスさま。副将軍閣下……恐れ入りますが、私事につきご容赦ください」

「なんの届け物かも言えないのか？」

ルーカスはなぜ、グラヴィス宛ての届け物にこれほどこだわるのだろう。レオリーノには、男の思考がさっぱりわからなかった。

拒絶の意味で小さく身をよじる。いよいよ危機感を感じて、声にも怯えが覗いた。

「放してください。ルーカスさま」

本気の抵抗だった。

そのとき、背後でかすかに金属が擦れる音がした。

次の瞬間、レオリーノは思いきりルーカスの胸元に引き寄せられる。

「……っ？　なに」

レオリーノは頭を押さえつけられながらも、はるか上にある男の顔を必死に見上げる。

ルーカスは厳しい目でレオリーノの背後を睨みつけていた。

「……どういうつもりだ。貴様は誰だ」

ルーカスが睨んでいるのは、ヨセフだった。

レオリーノは逞しい腕の中で身をよじり、必死に振り返る。ヨセフが剣の柄に手をかけて、鞘からわずかに白刃を見せていた。

「なっ……ヨセフ！　だめっ！　ここで剣を抜いてはだめだ！」

レオリーノは真っ青になって制止した。

防衛宮では、有事のとき以外、あらゆる抜剣を禁じられている。その禁を犯した者は王国軍所属かどうかにかかわらず厳しく罰せられるのだ。

（それに……ヨセフが剣を抜いたら）

ヨセフに剣を抜かせると、下手をすると死人が出てしまう。ヨセフは剣を持てば、どんな相手でも一撃で瞬殺してしまう。そんな風には見えないが、ブルングウルトでは狂戦士と称されるほどの剣技の持ち主なのだ。

それに、レオリーノは知っている。ルーカスの剣も敵には容赦がない。

「……坊ちゃんを、放せ。嫌がっているだろう」

ルーカスが凶暴な顔になる。

「……ここで俺に剣を向けようとするとは、貴様、いい度胸だ」

ヨセフは厳しい顔を崩さず、ルーカスの凶悪な眼力にも負けずに睨みつけている。

（どうしよう……どうしよう！　僕がしっかりとしなかったせいでとんでもないことに……）

ただでさえ厳しい罰を課されるところ、しかもヨセフはこの国の副将軍にその刃を向けようとしているのだ。完全に白刃を晒せば、それだけで下手をすると極刑もありえる。

「だめだ！　ヨセフ、剣から手を放して……！　放しなさい！」

　レオリーノが叫ぶ。それをきっかけに、ルーカスの側近達も、次々と剣の柄に手をかける。

「貴様！　副将軍閣下になんたる無礼を……！」

「ここをどこだと心得ているのか！」

　側近達の恫喝にも、ヨセフは表情を変えない。厳しい顔で、じっと主人を拘束する男を見つめている。

　ルーカスも炯々と光る目で青年を睨んでいた。

　周囲に緊張が走る。

「ヨセフ……！　剣をしまって！　お願いだ！」

　レオリーノが泣きそうな声で叫んだ。

　主の悲鳴に、ヨセフがようやく柄から手を放す。

　しかし、ルーカスを睨むことはやめない。

「……レオリーノ様から手を放してください」

「ふん、綺麗な顔してなかなか肝が据わっているな。主をとことん守る気概は気に入った……だが、レオリーノの近くで刃を抜こうとするのは、感心せんな。怪我をさせたらどうする」

「俺がレオリーノ様に怪我をさせるわけがない」

　レオリーノは、自分を抱きしめている男を仰ぎ見て必死に懇願する。

「ルーカスさま、申し訳ありません！　違うのです……ヨセフはただ僕を守ろうとしただけです」

　ルーカスがレオリーノを見下ろす。

「……どうも気に食わんな」

「申し訳ありません。まだ、この男も王都に来て間もないのです！　それに、防衛宮のしきたりも知らないのです！　ですから……！」

「いいぞ、おまえがそこまで言うなら不問にしよう。ただし」

レオリーノの必死の訴えは、男によって強制的に中断させられた。

「…………あっ……うっ！」

いきなり男の腕に、抱え上げられてしまう。

「……この男の罪の贖いに、おまえの時間をもらおう。しばらく俺に付き合ってもらうぞ」

レオリーノは腰を持ち上げられ、片方の手で後頭部を肩に押し付けるように拘束されてしまった。

逞しい腕でレオリーノを抱え込んだまま、副将軍は踵を返す。

それを見た従僕と護衛役の顔が蒼白になる。

「てめぇ！　坊ちゃんを放せ！」

ヨセフが再び剣に手をかける。ルーカスが振り返ってその様子を嘲笑った。

「おまえは主人の献身をすべて水泡に帰すつもりか。ならばそこで剣を抜け。そして後悔するといい」

ヨセフはぐっと唇を噛んでこらえる。

すぐさま追いすがろうとするが、背後から走り寄った側近達によって阻まれた。

防衛宮の入口に太い声が朗々と響く。

「シュルツ！　レオリーノの届け物は、副官のベルグントにでも届けておけ。責任を持って届けろよ」

「……は。承知いたしました」

そう答えたものの、ルーカスの副官であるシュルツは突然の事態に困惑し、迷っていた。

伯爵家出身であるシュルツは、守衛が告げた来訪者の名前から、レオリーノの出自を正確に理解していた。

上官がその腕の中に抱えた青年に何をするつもりかわからないが、相手はただの貴族ではない。

ブルングウルト辺境伯の末息子に防衛宮内で何か起これば、大問題になる。

上官に声をかけずにいられなかった。

「副将軍閣下。その方は、ブルングウルトの……そのような真似をして、大丈夫ですか。それに、この者達はどういたしましょう」

「そいつらは放置しておけ、先程の抜刀沙汰は、不問にしてやる。この主人に免じてな」

「レオリーノ様を放せ！　訴えてやる！」

階段の中ほどで足を止めた男は、激昂するヨセフをちらりと振り返る。

「おまえ達の主人は傷ひとつつけずに……すぐに返してやるよ。ようやく会えた、俺にとっても大切な宝石だからな」

狂恋の檻

副将軍が去った後は、空虚なまでの沈黙がその場を支配していた。副将軍がどれほどその覇気で、極限まで空間の圧を高めていたかがよくわかる。

誰もが身じろぎひとつしない中、ルーカスの副官シュルツは、唇を噛む青年と対峙していた。

青年がシュルツに食ってかかる。

「あの副将軍の行動はどういうことだ……！」

「敬称をつけて呼べ。無礼者が」

シュルツは青年の問いには答えなかった。

上官のいつにない行動に戸惑い、理由を知りたがっているのはこちらも同じだと思いながら。

「あの青年は、ブルングウルトのレオリーノ・カシュー殿で間違いないか」

「そうだ。ここへは届け物に来ただけだ。それをあんたのところの副将軍……閣下が、いきなり現れたと思ったらかっ攫っていったんだ。あいつが坊ちゃんに何かしてくれたらどうしてくれる」

「副将軍閣下は傷一つつけずにお返しすると言っていた……約束を破られる方ではない」

「わかんねぇだろ！　あんなに……話せないように押しつけて引っ抱えていったんだぞ！」

「そもそもおまえの浅薄な行動が招いたことだろう。主人が連れ去られる事態を招いた、己の愚かしい行動をまず反省しろ」

青年は再びグッと唇を噛みしめる。すると、青年の背後から、従僕と思しき初老の男が、青ざめた顔で前に進み出た。

「恐れ入りますが、なんとか副将軍閣下にご寛恕をいただけないでしょうか。主人はとても繊弱な体質で、あのような乱暴な扱いに耐えうる身体ではございません」

「そうだ。レオリーノ様は脚が悪い。乱暴に扱えば壊れてしまう」

生意気な護衛はともかく、切々と言いつのる従僕には同情する。かといってシュルツに上官の行動を止めることはできない。

「……申し訳ないが、こちらでお待ちいただこう」

従僕が悲しげにうつむいた。

シュルツは胸の痛みを無視して、呆然と事を見ていた守衛に手を伸ばす。

「……おい、その包みがレオリーノ・カシュー殿の届け物か。こちらに寄越せ。私がベルグント中佐に届けよう」

「はっ、はい！」

守衛から包みを受け取ったシュルツが踵を返そうとすると、二の腕をがっとつかまれた。

「なっ……、貴様。何のつもりだ!?」

砂色の髪の護衛役がシュルツに追いすがる。

振りほどこうとするシュルツの腕を逃さない。細身のわりにはかなりの握力だった。

「そのベルグントさんのところへ俺も連れていけ」

「なんだと？　貴様、どの口でそんなことを」

ヨセフの目がギラリと光る。

「ああ、今回は俺の不始末だ。反省ならいくらでも後でしてやる……とにかく、いまは一刻も早くレオリーノ様を取り戻したい。その将軍の副官なら、なんとかしてくれるんじゃないか」

「は？　ベルグントに閣下の行動を咎めるような、そんな権限はない！」

「それでもだ。将軍様に伝えてもらえるかもしれないだろう。そもそもレオリーノ様は、将軍様の指示で、預かり物を届けに来たんだぞ」

レオリーノが防衛宮にやってきたのは、将軍の指示だったということか。それはいっそうまずいことになったと、シュルツは眉間に皺を寄せる。

「将軍様宛ての来客に、万が一何かあってみろ、問題になるのは、あんたの上官じゃないのか」

ヨセフが痛いところをついてくる。

シュルツは迷いはじめていた。


「……ずいぶんと口達者だな」

「必死なだけだよ。それに、レオリーノ様が壊されないか心配なんだ……あんたも見ただろう。あいつの目、ギラギラと興奮して、普通じゃないかった」

シュルツは言葉に詰まる。そして考え込んだ。

たしかにレオリーノ・カシューを抱えて駆け上がる副将軍の様子は、尋常ならざるものだった。

内心では介入したいのも事実だが、忠実に指示を守るタイプの副官であるシュルツには難しい。しかし、この礼儀知らずの青年が、ベルグントに直訴したことにすればどうだろう。

「……よし、ついてこい。しかしいいか、わきまえろよ。ここは防衛宮だ。先程のような振る舞いをすれば、今度こそ拘束して処罰するからな」

ヨセフは真剣な顔で頷いた。


レオリーノは抵抗する間もなく抱え上げられ、階上の部屋に連れ込まれた。

階段を駆け上がる振動に耐えながら必死で腕を突っ張って逃れようとしたが、男とのあいだにほんのわずかな隙間も作ることができなかった。

ようやく後頭部を押さえられていた手が放されると、あわてて顔をのけぞらせて周囲を見渡す。ルーカスの執務室のようだった。

グラヴィスの執務室よりは狭いが、それでも充分立派な個室だ。

もはやなりふりをかまっていられない。レオリーノは、ルーカスの逞しい胸を拳で叩いて抗議した。

「放してください！　この扱いに抗議します！」

「なんだ。護衛の無礼を贖うのではないのか」

「先程の非礼はお詫びします。罰則があるなら償います。でもこんな扱いをされるいわれはありません」

必死で殴り続けても、目の前の壁はびくともしなかった。そっと手首を握って制止される。

「やめろ。おまえの手が痛むだろう」

大きな手だ。レオリーノの両手は、男の片手でたやすく纏めてつかまれてしまった。そっと握られているだけなのに、力の入れどころにコツがあるのか、まったく腕が動かせない。

（なんて馬鹿力なんだ……！）

必死で手首をひねっていると、目の前の壁が規則的に揺れはじめる。見上げると、ルーカスがレオリーノの奮闘を見下ろして嗤っていた。

「イオニアと同じ目をしていながら……ずいぶんとか弱く生まれついたものだな」

レオリーノの中に瞬間的に強烈な怒りが湧いた。

「下ろしてください！　いますぐ！　……あまりに、あまりにも失礼が過ぎます！」

激怒したレオリーノは、必死でもがく。蹴り上げてやると足をばたつかせた。回復したばかりの脚を痛めてもかまわない。非礼だと罰を受けてもかまわなかった。

「よせ！」

真顔になったルーカスが、腰に回していた腕でレオリーノの身体をぐいと引き上げ、膝裏にもう片方の腕を回して固定する。足が動かせなくなった。

「……よせ。脚を痛める」

あまりの無力さに、悔しさで眦が熱くなる。

戦士の身体に生まれなかったことは、誰よりも自覚している。

ルーカスが、この菫色の目と、ツヴァイリンクの悲劇の翌朝に生まれたことを関連づけて、自分のことをイオニアの生まれ変わりではないかと疑っているのはわかっていた。

実際、そのとおりである。レオリーノ・カシューは、イオニア・ベルグントの記憶を受け継いでこの世に生を享けた。前世の記憶がある人間など聞いたことがない。それを『生まれ変わり』というならばそうなのだろう。

そして、イオニアの代わりに記憶の中にある秘密を暴く。それが自分の運命だと思っている。

しかし、レオリーノは『イオニア』ではない。

自分にできることはないかと模索し、必死で前を向こうとしている、ただの無力な人間だ。

(悔しい……悔しい……っ!)

非力なのはしかたがない。己の弱さを誰よりも悔しく思っているのは、レオリーノ自身だ。しかし、それを他人に馬鹿にされるいわれはない。

レオリーノは、拘束された状態でさらにもがこうとする。ルーカスはさすがにあわてた。縦抱きに高く抱え上げた状態でもがかれると、怪我をさせないように拘束することは難しい。

「レオリーノ、危ない！　やめろ！」

ルーカスは歩き出して、その身体を一人がけの椅子にそっと下ろした。

なだめるように両肩を押さえる。

「これ以上暴れるな……いいか。おまえが傷つく」

ルーカスはそのまま膝を折り、肘掛けに両手をついて、細い身体をゆるく閉じ込めた。

レオリーノは、肩で息をしていた。それでもその目に怒りを込めて、ルーカスをきっと睨みつける。

ルーカスはその瞳に魅入られたように、指先を伸ばしてきた。こめかみに触れようとすると、レオリーノが顔を背けた。

「触らないでください」

ルーカスの琥珀色の瞳に後悔が宿るのを、視界の端に捉えた。レオリーノの胸がつきんと痛む。

「悪かった」

「……」

「おまえに久しぶりに会えたうれしさに、我を忘れた……失礼な態度を詫びる」

レオリーノは執務室の壁を睨み続けた。

そうでもしていないと、さまざまな感情に襲われて、泣いてしまいそうだった。

「……乱暴して悪かった。身体は、どこか痛くないか？　脚は？」

その声にようやく男を見る。ルーカスも興奮から醒めたのか、レオリーノを気遣った。

そうしていると、記憶の中の優しい男のままだ。

心の中に吹き荒れていた怒りや混乱が、徐々に霧散していく。しかし、尊厳を無視して自由を奪われたという、恨めしい気持ちはまだ残っている。

ふいと目を逸らすと、男は悲しげに顔を歪めた。

「すまなかった」

(そんな顔をするくらいなら……無理矢理あんなことしなければいいのに……ルーカスのばか！)

心の中で悪態をつくと、少しばかり溜飲を下げることができた。

改めて自分の四肢に意識を巡らせる。どこも痛めている感覚はなかった。手首を見ても、つかまれたところが痣になっている様子もない。

あれほど動けなかったのに、見事な拘束術だ。

「……大丈夫です。痛めたところはありません」

そうか、とルーカスが目尻をゆるめた。机上の水差しからグラスに水を注いでレオリーノに手渡す。

「飲め。副官もいないから、茶を淹れてやれなくて悪いが」

「ありがとうございます……いただきます」

礼を言って受け取ると、渇いていた喉を潤す。

こくこくと素直に飲む様子を見たルーカスが、何を思ったのか、また笑った。

レオリーノがなんだと目で問いかけると、さらにおかしそうに、男は声を上げて笑った。

またもや自分の態度がどこかおかしかったのかと、レオリーノは羞恥に唇を噛んだ。あわててルーカスが弁明する。

「いや、馬鹿にしたわけではない。すまない。こんな扱いをされても、ちゃんと礼を言うんだなと思ったら……おまえの育ちの良さに感心しただけだ」

「なっ……お礼は……お礼は申し上げます。親切を受けたら、どんな無礼な相手でも」

精一杯の嫌味を混ぜて答える。その答えがおかしかったのか、さらにルーカスは目尻を下げた。

「しかも、その水に何が入っているか疑いもしない」

「えっ……な、何か入って……？」

あわてて半分ほど飲み干したグラスを見つめる。

味も匂いも、ただの水だ。

ルーカスは苦笑した。

「もちろん、何も入れてない。しかし、そうやってすぐに警戒を解くのはやめたほうがいい。とくに男と二人きりのときには。睡眠薬でも入れられていたら大変だろう」

男の忠言に、レオリーノはまた腹が立った。

イオニアの生まれ変わりではないかと疑うのなら、いっそイオニアのように扱ってほしい。女性のような心配をされるいわれはない。

ルーカスを睨むと、いたって真面目な顔つきだ。それがまたイオニアとの違いを揶揄されているようで、悔しくて、いたたまれなくなる。

「僕を女性のように扱うのはやめてください。これでも男子です。身の処し方はわかっています！」

「警戒もせずに出された水を飲んでいるくせに、それを言うのか」

「た、たまたまです。それに僕は、副将軍閣下のお人柄を疑うことはいたしません。高潔で、立派な方だと信じております」

ルーカスがお手上げというように両手を挙げた。

「それを言われると降参だな。からかって悪かった」

二人のあいだに、気まずい沈黙が落ちる。

「そんなことより、ここに連れてこられた理由はなんでしょうか。護衛の無礼については何重にもお詫び申し上げます。その処罰に関することならば、当家としても、つつしんでお受けします」

「あれは不問にすると言っただろう。おまえに改めて、個人的に聞きたいことがあっただけだ」

ルーカスが向かいの椅子にどっかりと座る。

「……僕に聞きたいこととは、なんでしょうか」

「俺が聞きたいのは、おまえが王都に来た理由だ」

予想外の質問に、菫色の目が見開かれた。

「……ユリアン・ミュンスターと結婚するのか。求婚されたんだろう」

「……どうしてそれを」

「王都では有名な話だ。レーベン公爵家の跡継ぎが同性と結婚するために公爵に直談判したと。当代一人気の独身貴族を射止めたのは誰なのかと、おおいに話題になったぞ。ミュンスターはしょっちゅうブルングウルトに通っていたからな。自ずと推測できる話だ……で、どうなんだ。やつと結婚するのか」

　レオリーノはブルブルと首を振った。

「しません！　結婚なんて……そんな。それに、副将軍閣下に私的なことをお答えするつもりはありません」

「そうか……まあいい、ミュンスターはまだ諦めてないだろうが。では、なぜ王都へ来た？　……もしや、何かを思い出したのではないか」

　ルーカスが再び熱のこもった眼差しでレオリーノを見つめている。


　レオリーノは咄嗟にうつむいた。

「僕が王都に来たのは仕事を探すためです」

嘘はつけない。でも真実も言えない。

「ほう……それで防衛宮に来たのか」

「ちがいます！　こちらへは、届け物に来ただけなのです。将軍閣下からのお借り物を……」

「そうだったな。殿下には何を借りた」

　レオリーノは適当にごまかす術を持たなかった。

「マントです……夜会の日にお借りして、それを返しにまいりました」

「ああ……成年の誓いか。おまえと殿下だったら、まったく丈も体格も合わんだろう。毛布になるのがおちだ。そんな、マントをこの国の将軍から借りるようなことが、どうして起こった。何があったんだ」

　まさしく毛布の代わりに包んでもらったのだ。


　レオリーノはルーカスの追及にうまく答えることができなかった。

　男に襲われかけたことも言いたくないし、危ういところで救いの手を差し伸べてくれたグラヴィスに家に運んでもらったことも、なぜかルーカスに教えてはいけないような気がした。


「……まあいい。おまえが王都に来るなり、グラヴィス殿下と俺に会った。しかも防衛宮に来た……この意味がわかるか？」

レオリーノには、何ひとつ答えられない。

「わかりません。副将軍閣下が何をおっしゃっているのか」

「……『イオニア・ベルグント』という名前に、覚えはないか？　何か、心に浮かぶことは……？」

浮かぶことなど山ほどある。

向かいの椅子から突き刺さる視線が痛い。何かを期待するような男の表情に、胸が詰まる。

「俺のことを見て、何も感じないか？　『ルカ』と呼んでくれと言っても、何も？」

レオリーノは、やはり言いたくないと思った。

ルーカスが求めているのは、どこまでいってもイオニア・ベルグントなのだということがわかったからだ。

「僕は何も感じません。六年前も……いまも」

ルーカスはそうか、とつぶやく。しかし、真実を探すような眼差しでレオリーノを見つめ続ける。

やはりルーカスは、少し変わった。

当時の太陽のような陽気さはなりをひそめ、その代わり、暗い情念に支配されているように見える。

「副将軍閣下は、僕のことを……その『イオニア・ベルグント』の生まれ変わりだと、本気で思っているのですか？」

「そうだ」

その声は、確信に満ちていた。

「なぜ……どうして？」

「どうして、と言われても、ただの勘だ」

「勘で、なんて……そんな理由で、僕を別の誰かだと決めつけているのですか」

「別とは言ってないだろう。おまえの中に、イオニアがいる、と思っているんだ。おまえの瞳を見たときから、姿形が変わっても、あいつが俺の前に戻ってきてくれたと、そう確信したんだ」

「違います……僕は、レオリーノ・カシューです」

「レオリーノ……」

「そう、僕はレオリーノ、アウグスト・カシューの息子です。イオニア・ベルグントではありません！」

二人のあいだに、沈黙が落ちた。

「……何度も申し上げます。僕は、イオニア・ベルグントではありません。この話はもう、今回だけにしてください」

「……あくまで、俺を知らないと言うのか」

男の気配が剣呑さを増す。

レオリーノは内心で怯えながら立ち上がった。

無言の男に向かって頭を下げる。

「……お話がそれだけなら、ここで失礼いたします。家人達を待たせておりますので」

震える足を叱咤して扉に向かう。

これ以上ここにいてはいけないということだけがわかっていた。ルーカスに追い詰められる前に、レオリーノ・カシューの人生に戻らなくては。

扉に手をかける。そのとき、背後からレオリーノの細い指を、大きく熱い掌が覆った。

「……っ！」

びくりと身体を震わせたレオリーノの首筋に、熱い息がかかる。全身に震えが走る。

（うそ……うそだ……）

「……ここを……こうされたこと、覚えているか？」

火傷しそうなほど熱い感触が、首筋に触れた。

「……なにっ……い、いやだ！」

無防備に晒された項を唇でたどられる。

レオリーノはぶるぶる震えながら、必死でつかまれた手を引き抜こうとする。しかしまったく歯が立たない。そのままもう片方の手に囲われて、動けなくなる。

男の吐息が耳をくすぐった。

青草のような匂いが、レオリーノを包みこむ。

「覚えていないか……？　あの日、こうして……」

「やめて……やめてください！　閣下」

熱い唇が首筋をなぞり、留まると、なめらかな白い膚をきつく吸い上げてくる。

「……やあっ、いやだ、いや！」

レオリーノは背中を反らして衝動に耐えた。

あの夜の記憶が、レオリーノを一気に過去に引き戻す。

「思い出してくれ……俺のことを。俺がおまえの何だったのかを」

男の熱が華奢な身体を覆う。

イオニア、と囁く声。死んだ男を呼ぶ声が、レオリーノの記憶を呼び覚ます。

心の在り処

ヨセフは軍人の早足についていきながらも、防衛宮の広さと壮麗さに圧倒されていた。

ヨセフにとって一番豪華な建物はブルングウルト城だった。

しかし、王宮はやはり格が違う。目が眩みそうな壮麗さは、そのままこの国におけるファノーレン王家の権力を象徴している。

防衛宮の深部に入るにつれ、その威圧感が、平民であるヨセフの心を萎縮させていく。

気が強いヨセフだったが、内心は己の無知によって主を窮地に陥れてしまったことを、深く反省していた。

早足で歩きながら、自分の頬をバシンと叩いて気合を入れる。

「……っしゃ！」

王宮に圧倒されそうな気持ちを奮い立たせる。

反省なら後からいくらでもできる。いまヨセフがすべきことは、副将軍の腕から大切な主を救い出す方法を防衛宮で見つけることだ。

シュルツは鋭い音に振り返ったが、ヨセフのかすかに赤くなった頬を見ても、何も指摘しなかった。

「ええと、シュルツ。どういう状況なんだ？　そしてこの人は誰？」

ディルクはどう見ても民間人の青年を指差して、ブラント副将軍付きの副官に尋ねた。

「あたたた……！　ちょっと君、いきなり何なんだ!?」

その青年が、突然ディルクの指をものすごい力で握ったのだ。

「人を指差すのは失礼だ。俺はレオリーノ様の護衛役だ、です」

ディルクが仰天して、振りほどこうと指を振る。

「指差したのは申し訳ない！　だけど、ええと？　レオリーノ君の？　君が護衛？　で？」

青年はしかし、かたくなに指を放さない。

「ディルクさん、あんたにお願いがある、んです」

「わかった！　事情はわからないけど、とりあえず落ち着こうか青年。僕の指を放してくれないか！」

「あんた偉い人なんだろ。荷物を受け取って、そのままいなくなったら困る」

「説明を聞くまではいなくならないし、シュルツと同じでたいして偉くもない！」

「そうか。ならいい」

青年はようやく指を放す。ディルクはようやく自分の指を取り戻した。

いてぇな、とボヤきながら、呆れた顔で様子を見守っていた同僚を睨む。

「……シュルツ。このレオリーノ君の護衛役を名乗る青年が、なぜ貴殿とこんな防衛宮の奥深くに？　頼むからこの状況を俺がわかるように説明してくれないか」

「じゃあ俺から説明する」

すかさずヨセフが手を挙げると、両側に立つ軍人が強めに制止した。

「おまえはいい」

「君はちょっと静かにしていようか」


シュルツが事の次第を簡潔にディルクに説明する。隣の護衛役は真剣な表情だ。よほどレオリーノが心配なのだろう。

「……なるほど。それで副将軍閣下がレオリーノ殿を、拐かすようにどこかに連れていったと。行き先は？　副将軍閣下の執務室か」

「ああ、それ以外には考えられん」

ディルクは首をかしげた。

「……レオリーノ殿と副将軍閣下は、以前から知り合いだったのかな？　どうして連れていったんだ」

「話ぶりから、以前お会いしたことはあったようだ。しかし、なぜ連れていったのかはわからん。ただ、閣下はいつになく……なんというか」

我慢できなくなったヨセフが口を挟む。

「恐ろしい勢いでレオリーノ様を抱えていった。なんというか、尋常じゃなく……目の色が変わるほど、レオリーノ様に執着してるみたいだった」

「……ううん、なるほど」


ディルクは頭の中で色々と考えながらも、レオリーノの護衛役を観察する。

細身の青年は、隙のない立ち姿からして、いかにも腕が立ちそうだ。しかし、そのつるりとした膚を見れば、レオリーノとそう年も変わらないだろう。

悔しそうに唇を噛むその顔は、こめかみのうっすらとした傷痕さえなければ、いっそ優しげに、たおやかに見えるほど女顔だ。

しかし、いきなりディルクの指をつかむ無礼さといい、高貴な青年貴族の護衛役にはまったくふさわしくもない人物に見える。

ディルクはこの砂色の髪の青年に興味を抱いた。

「で、どうすればいいんだ、ディルクさん」

いっこうに何もしないディルクに苛立った様子で、砂色の髪の青年は地団駄を踏む。

レオリーノの護衛役になるのならこの青年がまず学ぶべきは言葉遣いだな、と思いながらディルクは真面目（まじめ）な顔つきになる。

「その状況だけで副将軍閣下の行動に介入するのは難しいな。ブラント閣下がレオリーノ殿に乱暴を働くとは思えない。君もそう思っているから、ためらっているんだろ、シュルツ君」

「……」

副将軍が『無事に返す』と約束したからには、レオリーノは無傷で帰ってくるだろう。ルーカスの人柄を知るディルクは、シュルツに同意だ。

しかしその確信があるなら、なぜこの堅物の副官は、荷物を届ける名目でこの護衛の青年をディルクのもとに連れてきたのか。

「……とにかく私はこの届け物を貴殿に届けた。それで閣下の指令は全うしたからな」

「了解……で、この護衛のお兄ちゃんが、俺に直訴した、という体を取るわけね」

「……判断は貴殿にまかせる」

ディルクは堅苦しいシュルツの返答に苦笑する。

この答えで確信した。

この副官がディルクに、ひいては将軍自ら介入してほしいと思うほどに、副将軍ルーカス・ブラントの様子は尋常ならざるものだったということだ。

ここで副将軍を止められるのは、たしかにディルクの上官しかいない。すなわち、この防衛宮の頂点にいる男だ。

（護衛くん。シュルツについてきたのは良い判断だ）

ディルクはにこりと笑って頷く。

「この届け物は、たしかに将軍閣下がレオリーノ殿自らお届けに上がるように命令したものだ。レオリーノ殿から、たったいま確実にお届けいただいたと、すぐに閣下にお伝えしよう」

ヨセフは突然のディルクの発言に、意味がわからず狼狽（うろた）える。だが、次の瞬間、ハッと息を呑んだ。

「では……」

「ああ、将軍閣下もレオリーノ殿には直接御礼を申し上げたいとお考えになることだろう」

ディルクが暗に匂わせたのは、グラヴィスの介入だ。シュルツがわずかに肩から力を抜く。

「そうか……では、私はこちらで失礼する」

「よくわからないけど、それは助けてくれるってことか？」

ディルクは曖昧に笑う。こういったことは明確に言葉にすれば終わりだ。しかし、ヨセフはそんな世渡りなどまったく理解していない。

「助けてくれるってことだな。ディルクさん、恩に着る！　給料が出たら何かうまいもん奢るから、連絡先を教えてくれ」

言葉の裏を読み取ることもなく、真面目な顔で無粋な礼を言うヨセフにディルクは脱力した。


ディルクは執務室に戻っていた。状況を上官に報告する。

「どういたしましょうか、閣下」

グラヴィスは机の上の包みを無言で見つめた。その包みの中身は、あの夜会の夜にレオリーノを包んだマントだ。レオリーノはグラヴィスとの約束どおり、自らそれを届けに来たのだ。

緊張しながら守衛に話しかけているレオリーノの様子が目に浮かぶ。同時に副官の申し出について、思考を巡らせていた。


ルーカスとは三十年近くの付き合いになる。彼の人となりはよく知っている。レオリーノのようなか弱い相手に乱暴するような男では、絶対にない。

しかし、六年前に辺境の地でルーカスが見せたレオリーノに対する執着は、尋常ではなかった。イオニアの再来ではないかと、ルーカスの目に宿っていた危ういほどの情熱を思い出すと、放っておくべきではないと、グラヴィスの勘が伝えていた。

副官がさらに男の懸念を後押しする。

「あんなか弱い青年を無理矢理連れていったんです。よしんば何事もなかったとしても『副将軍に何かされました』って訴えられたら、副将軍閣下の評判は……ひいては王国軍の名誉はガタ落ちですよ」

「冗談にならないぞ。ディルク」

「冗談ではありません。それこそ辺境伯に訴えられたら、下手をするとブルングウルトとのあいだで戦争がはじまりかねませんよ。レオリーノ君の実家は、まがりなりにも国内で唯一、我が王国軍に対抗できるほどの軍事力を有する貴族なんですから」

副官の訴えももっともだ。

軍事力だけではなく、カシュー家は、ファノーレン王家がないがしろにしてはならない、唯一無二の貴族である。

「わかった。ルーカスの執務室に行く」

グラヴィスはそう言って立ち上がった。

ディルクの発言に押されたような姿勢を取るが、実際は話を聞いたときから、介入することを半ば決めていたのだろう。

「……この後の予定は」

「は！　半刻ほどで次の会議がはじまります」

「ではもう半刻ほど開始を遅らせろ。しばらくこの部屋に誰も入れるな……おまえも許可するまで入室するな」

「は」

ディルクが頷いた瞬間、フッと上官の姿が消えた。

明るいはずの部屋にもかかわらず、レオリーノは男の巨躯にのしかかられて暗い翳りの中にいた。

首筋を嬲(なぶ)る熱を振りほどこうと、必死で首を振る。

「いや！　……閣下、放して……！　こわ、こわい」

いきなり身体をひっくり返され、強引に正面から向き合わされる。

「あっ……っ」

扉にドンと背中を押しつけられる。息が止まった。

頭上から注がれる高揚した視線。熱い吐息が近づいてくる。

「ルカと呼べ。ああ、イオニア……会いたかった」

「いやだ……っ！」

ルーカスはその熱い身体で、レオリーノをきつく抱きしめる。

「……あの日、グラヴィスのために炎に灼(や)かれたおまえを……俺が、どれほど……どれほど」

くぐもったその声を聞いた瞬間、こらえきれずレオリーノの目から涙がこぼれた。


――ああ、この男はずっと、ずっと『彼』を待っていたのか。

十八年前のあの夜からずっと、ルーカスはイオニアの面影を探して生き続けてきたのだ。

あのどこまでも優しく明るかった男が、イオニアに対する恋情をどす黒い情念に変質させるほどに。

せつない。せつなくて苦しい。

（でも……ルカ……、ごめんなさい。僕はイオニアじゃない。レオリーノ・カシューなんです）

レオリーノは自覚した。

イオニアの記憶がどれほど残っていても、この胸の中には、グラヴィスへの思慕以外に、イオニアの『心』は残っていないのだということを。

ツヴァイリンクへの出陣前に、イオニアはルーカスに言い残したことがあった。

イオニアがルーカスに伝えたかった思い。それは、グラヴィスへの絶対的な感情の背後でひそやかに育まれていた、ルーカスへの愛情だった。


しかしその『心』は、イオニアだけのものだ。

残酷なほどに、レオリーノはイオニアであって、イオニアではない。ルーカスの思いに応(こた)えることはできないのだ。

「……っ……っ、ごめんなさい……」

涙が溢れて止まらなかった。

その涙すら愛おしそうに、ルーカスの太い指が掬いとる。

「……それは何に対する謝罪なんだ、イオ」

レオリーノは男に掻き抱かれながら、いやいやと小さく首を振る。小さな雫が散る。

「っ、ぼっ、僕は……イオニアじゃありません……っひ、ごめ、ごめんなさい……っ」

「違う、おまえはイオニアだ。俺を見てくれ」

後頭部をつかまれて、強引に上を向かされる。

「表向きおまえが誰でも……かまわない」

「……っ！　ルカ……」

レオリーノの脳髄を、絶望が貫いた。

何が間違っていたのだろう。

レオリーノが間違ったのだろうか。それとも、イオニアが間違っていたのか。

この男の心をここまで歪めてしまった責任は、やはり自分にあるのだろうか。


「……っ……っいや」

ルーカスの唇が近づいてくる。レオリーノは恐怖に震えながら、耐えきれずに目を瞑る。

怖い。怖くて、とてもせつない。

心が壊れそうだ。

（ごめんなさい……ごめん……ルカ……）

レオリーノが絶望に囚われそうになったとき、突然レオリーノの涙に濡れた顔が、誰かのあたたかな手に覆われた。

「そこまでだ、ルーカス」

ルーカスとレオリーノの間に差し込まれた腕が、優しく、だが有無を言わせない力で、レオリーノを安全な場所に連れ戻す。

次の瞬間、レオリーノは、どこよりも安心できる冬の森の匂いに抱かれていた。

ルーカスは呆然としていた。

のろのろと顔を上げると、グラヴィスの腕の中に先程まで抱きしめていたレオリーノがいた。

ドクドクと首筋を打つ鼓動が、いまだルーカスの視界を暗く狭めていた。

グラヴィスが厳しい声で問い詰める。

「自分が何をしたのかわかっているか。ルーカス」

（あれは、俺のものだ……ずっと待っていた……俺の……）

ルーカスの濁った思考を、一刃の叱責が切り裂く、

「ルーカス・ブラント！　そこで恭順を示せ！」

鋭い声で放たれた命令に、軍人の性が本能的に反応する。即座に腕を後ろに組み恭順の姿勢を取った。

「俺の目を見ろ、ルーカス・ブラント」

グラヴィスが、暗く静かな目でじっとルーカスの様子を見つめていた。

男達はしばし無言で睨み合う。

星空のような輝きを放つ瞳と視線を交わしているあいだに、ルーカスの心の中に渦巻いていた激情が吸い込まれるように霧散していく。

ルーカスはようやく我に返った。

「落ち着いたか」

　恭順の姿勢を取っているあいだは、いっさいの発言を禁止されている。恭順の姿勢は命令者の権威を示すためのものではない。姿勢を取る者自身の、己の行動に対する内省を促すためのある種の儀式である。

　ルーカスは激情に駆られていたあいだの、己の行動を省みていた。そしてグラヴィスの腕の中に保護されている青年の様子を見て、激しい衝撃を受けた。

　レオリーノの様子は、完全に無体を強いられた被害者のそれだった。

　白金色の髪は乱れに乱れ、首にかかったままのマントもずり落ちかけている。首元の服は乱暴に乱され、さらにそこから覗く膚にはいくつか、自分がつけた痕が見える。

　自分の何倍も大きな男に乱暴されて、さぞかし怖かったのだろう。いまもグラヴィスの腕の中で、ぶるぶると震えている。蒼白な貌はいまだに止まらない涙に汚れ、瞼も腫れて痛々しいほどだった。

　その悲しげな菫色の瞳に、嗚咽を呑み込んで震える唇に、ルーカスは胸を引き絞られる。

――ごめんなさい……僕は、イオニアじゃありません。

　儚い抵抗をしながら、レオリーノはそう何度も、ルーカスに謝り続けていた。

　レオリーノがなぜ謝る必要があったのか、もはやわからない。だが、その謝罪がルーカスを煽り続けた。イオニアと言ってくれ、イオニアであってくれ、と。

　あそこでグラヴィスが止めなければ、おそらく、あのまま青年の身体を奪っていただろう。

そうすれば、あの菫色の瞳を持つ青年を再び手に入れれば、イオニアが自分のもとに戻ってくるような気がした。

しかも、「表向きおまえが誰でもかまわない」と、青年に対して最低なことを言った。欲望の赴くままに、せめて身体だけでも我が物にしようとした。

十八年間に降り積もったイオニアへの思いが爆発した結果が、いまのレオリーノの哀れな姿だった。

(俺は……なんてことを……)

ルーカスの目に理性が戻ったとみると、グラヴィスは静かに命令した。

「恭順の姿勢を解け」

「……は」

後ろで組んだ手はそのままにしていた。そうしないと、無様な姿を見せてしまいそうだった。

理性を失った失態に、そしてレオリーノに対する罪悪感に己の喉を掻き切りたくなる。

後ろに回した男の拳は、自分に対する怒りで震えていた。しかし、この恥辱に耐えなくてはいけない。反省の弁を述べる資格もないと、ルーカスは頭を垂れる。

「何か、言い訳することはあるか」

「ありません。レオリーノ・カシュー殿には乱暴を働いた私を告発する権利があります。いかなる罰も謹んでお受けします」

「レオリーノ、どうする。おまえにはこの男を糾弾し、王国軍に対して処罰を求める権利がある」

グラヴィスは腕の中でいまだに震え続けている青年を見下ろした。

ルーカスを悲しげな目で見つめていたレオリーノは、グラヴィスの問いに首を振った。

「……必要ありません……副将軍閣下を、どうか処罰しないでください」

ルーカスは顔を歪めた。

グラヴィスが再びレオリーノに問いかける。

「なぜだ。実際に無理やりここに連れてこられて、無体を働かれたのだろう」

「……いえ、僕は、どこも、傷つけられていません」

「だが……心は傷ついた。そうだな？」

グラヴィスがそう言うと、レオリーノの菫色の瞳から、再びコロリと大粒の雫がこぼれた。

「ぼ、僕は……ぼくは、」

何度も口を開こうとしては失敗して震える唇が、小さく嗚咽する。

グラヴィスが華奢な身体を抱きしめる。

「安心しなさい。もう大丈夫だ」

その言葉に、レオリーノは嗚咽をこらえきれず、グラヴィスの胸にすがりついて泣き出した。

グラヴィスは、自責の念に苦悶の表情を浮かべる部下を静かに見つめる。

「ルーカス」

「……は」

「前も言っただろう。イオニアはもういない。この子に、どれだけ俺達がイオニアの面影を見出(みいだ)しても、レオリーノは『イオニア』本人ではない」

「……はい」

ルーカスは罪の意識に苛まれた。

「レオリーノ……本当にすまなかった。二度とこのような無体はせぬ。謝罪のしようもない」

ルーカスが痛苦に満ちた表情で言葉を絞り出す。

レオリーノが泣き濡れた顔を上げ、ルーカスを菫色の瞳で見つめた。イオニアと瓜二つの、美しい夜明け色の瞳。

目が合った瞬間、やはりルーカスの胸が狂おしいほどの恋慕に掻き乱される。

しかし、ルーカスは間違えたのだ。

「ルーカスさま……ルカ」

レオリーノの呼びかけに、二人の男は瞠目する。レオリーノは無意識だった。

「『イオニア』になれなくて……ごめんなさい」

その言葉に、男達は息を呑んだ。

レオリーノが自分自身をイオニアではないと言ったことで、グラヴィスは安堵と同時に、失望を感じた。

グラヴィス自身も、レオリーノがイオニアの生まれ変わりであってくれればと、ルーカスと同じ望みを抱いていたことを自覚した。

どうしようもない。愛する男を永遠に失った二匹の獣の中に長年巣食っている狂おしい思いがそうさせるのだ。

しかし同時にその執着は、健気に懸命に生きている『レオリーノ』という少年の存在をないがしろにしている証（あかし）でもある。

「……レオリーノ、すまない」

グラヴィスはレオリーノに詫びた。その言葉に反応したのはルーカスだった。

「殿下！　なぜ私が犯した過ちについて、貴方が謝罪するのか！」

無様にも理性を失い、成年してまもない青年に執務室で襲いかかるという失態を犯した部下を、厳しく糾弾すべき立場のはずなのに。

「なぜだ……なぜ貴方が謝る」

「ルーカス。俺にはおまえを責めることはできん」

「なぜ……」

「俺もおまえと同罪だからだ。俺も、イオニアを忘れられない。あいつの面影を探して生きている」

その言葉に、なぜか腕の中の華奢な身体がびくりと震えた。

グラヴィスは、ルーカスに向かって語り続ける。

「……俺もおまえと同じだ。俺とてイオニアがこの手に戻ってくるのならば、いまこの瞬間、どんな犠牲でも払うだろう。この命でさえもなげうってもかまわない」

「殿下、俺は……」

「おまえもそうだろう？　夢の中で何度も墓を掘り起こした。あいつが生きていてくれるのなら、と。だから、イオニアとそっくりなこの子の瞳にまったく何も感じないと、嘘偽りを言うことはできない」

レオリーノの震えが徐々に大きくなる。

グラヴィスは安心させるように小さな頭を撫でた。

「……大丈夫だ。レオリーノ、おまえに俺達の『イオニア』であることを求めはしない……だが」

再びルーカスを静かに見つめる。

「ルーカス。俺の中にも、おまえと同じ執着がある。だから俺におまえを責めることはできん。俺も同罪だからだ。何かあれば、俺もおまえのように爆発するだろう」

「閣下！　しかし私は実際にレオリーノを……！」

グラヴィスはレオリーノを立たせると、その前に跪いた。

「レオリーノ。すまない。俺達の執着に、おまえを巻き込んでしまった。すまない」

レオリーノは胸のあたりをぎゅっとつかんで、痛みに耐える。ポロポロと涙が溢れて止まらなかった。

グラヴィスの思いを聞かされたときから、胸が苦しくてたまらない。

男達の十八年に及ぶ愛情と執着に、レオリーノの心が激しく揺さぶられる。

もういっそ、告白してしまったほうが楽なのかもしれない。

言え、告白してしまえと、囁く声がする。

かつて『イオニア・ベルグント』だったということを――そして二人と、もう一度同じ関係を築けばいいと。

　だが、その瞬間に、『レオリーノ』の存在価値は消える。そして、熱に浮かされた男達が素に戻ったとき、あまりに脆弱なレオリーノに、きっと男達は失望するだろう。

　堂々巡りだ。


　心の均衡がいよいよ保てなくなる。ふらつきはじめた華奢な身体(からだ)を、グラヴィスは立ち上がって、再び腕の中に抱え込んだ。

　ルーカスに向かって頷く。

「レオリーノはこのまま連れていく」

「……申し訳のしようもない」

「レオリーノはおまえの犯した罪を不問にすると言ったが、しばらく謹慎するがいい」

「謹んで承ります。いかなる罰でもお受けする。それにカシュー家への謝罪も」

　レオリーノが小さな声で、二人の会話に割り込んだ。

「……この件はここだけにお願いします。父や兄達を巻き込んで、大事にしたくないのです」

　それでなくとも、かつて王国軍の兵士がレオリーノに一生癒えぬ傷をつけたのだ。温厚な辺境伯とて、今度こそは許すまい。


　狭いと思いながら、グラヴィスはルーカスの命を惜しんで、レオリーノの申し出をありがたく受け入れた。

「レオリーノの寛容に生かされたな」

　ルーカスはその言葉に頭を下げた。

「ルーカス、俺がなぜ冷静なのか、おまえは不思議に思っているだろう。この子を前にして、なぜこうも落ち着いているのかと」

「は……」

「おまえと俺が違うのはなぜかと、以前聞いたな。それは、俺がおまえのように、純粋にイオニアを思う資格を、もはや失っているからだ」

男達は視線を交錯させる。

「あの悲劇を未然に止められる方法は、本当になかったのかと、繰り返し、他の選択肢を探す夢を見る……だが目覚めたときの結果はいつも同じだ」

イオニアは、炎に灼かれて死んだ。

「目覚めるたびに、あいつが死んだのは俺のせいだと、指揮官としての俺の失策だと悔やむ。だが悔やんだところで、俺が犯した罪を償えることはない」

「閣下……」

ルーカスが苦悩に満ちた声を絞り出す。しかし、その先の言葉を続けることはできなかった。

「俺は王族だ。ファノーレンを預かっている責任がある。俺が守るべきこの国を、イオニアはその命を犠牲にして守ってくれた。それだけで、俺は満足しなくてはならんのだ」

「……！」

「俺はおまえとは立場が違う。ただの『親友』だ……だから、それだけで満足しなくてはいけない。どれほど狂おしいほどの思いに苛まれても」

レオリーノは男の腕の中で、涙をこぼしながらその告白を聞いていた。

「イオニアがあの日命を賭して門を閉めてくれた。そして、翌朝に生まれたのがこの子だ。わかるか。アウグスト殿も言っていただろう。この子は、イオニアが俺達に……そしてこの国に残してくれた『希望』の象徴だ。この国の未来そのものなんだ」

グラヴィスはレオリーノの膝裏に手を回し抱き上げた。最後に呆然と立ち尽くすルーカスを見る。

「ルーカス、だから、この子自身を見てやれ。『レオリーノ・カシュー』として生きる、この子自身の、命の輝きを」

この執務室に連れてこられたのは二度目だ。防衛宮は豪奢な建物だが、執務室はその性質上、無駄を省いたしつらえになっている。広さ以外は、ルーカスの部屋とさして変わらない部屋だ。


グラヴィスはレオリーノを抱えたまま、長椅子に座った。男の硬い膝の上で、レオリーノは途方に暮れた様子で男のすることを受け入れていた。

フードを下げると、涙に汚れた小さな顔があらわになった。赤く腫れた目をさまよわせ、ぼんやりとしている。痛々しく哀れだ。

だが、どんな姿になっても、やはり美しい。

軍服の装飾がやわらかな頬に当たっているのが痛そうだ。グラヴィスは釦を外して、胸元を開くと、再び小さな頭をシャツにもたれかけさせる。

涙の痕も生々しい湿った頬を拭うと、洟(はな)を小さく啜る音が聞こえた。

「……おまえは泣き虫だな」

小さな頭が胸元でふるふると揺れる。泣いていない、とでも言いたいのだろうか。


「ルーカスがすまなかった。改めて謝罪する」

「……また殿下にご迷惑をかけてしまいました」

腕の中の青年は、哀れなほど萎(しお)れている。

「おまえが謝る必要はない。俺が『マントを届けろ』と言ったことを実践したのだろう。おまえの社会勉強のために、良かれと思って言ったことだったが、失敗したな」

「お約束を果たせませんでした」

「いや、まさかルーカスが、あんなことをするとは思わなかった」


そのとき、なぜかグラヴィスがふっと溜息をついた。疲れたような、どこか自嘲するようなそれに、レオリーノはおずおずと男を見上げる。

「いや、おまえは行く先々で災難を拾ってくると思ってな」

　男は優しくレオリーノの目元を、指の甲で擦る。

「すまない……ルーカスがおまえにしたことを考えると失言だった」

　湿って束になっている睫毛が震えた。それをくすぐり、束をほどいた。男の指先が湿る。

　レオリーノはくったりと男の胸に頬を預けた。グラヴィスは子どもにするように、その身体を優しく揺らした。

「……守衛の方にご相談して、マントをディルクさんに預けて帰ろうと思ったのです」

「聞いたぞ。頑張ったな」

　レオリーノはこくりと頷く。

「おまえの家族を過保護すぎると思ったが、こうも問題に巻き込まれる様子を見ていると、外に出したがらない気持ちもわかる。片時も目が離せないな」

　レオリーノはうつむいた。ごめんなさいと、もう一度謝罪する。

「……俺が怖いか。こうしているのが」

　レオリーノは少し考え、いいえ、と答えた。

　この部屋に入ったときから緊張は解けていた。グラヴィスの香りが満ちている気がする。

　だから怖くない。

　むしろこの身を完全に委ねたくなる。永遠にこの腕の中に囚（とら）われていたいと思うほどに。

「殿下のことはお会いしたときからずっと……いまも、怖くありません。むしろ、とても安心します」

　そうか、とグラヴィスは笑う。

「まったく警戒心を持たれないのもつらいな」

「……？」

「そんな顔で見るな。それにようやく自覚しただろう。おまえが、男をおかしくさせることを」

「でも、ルーカス様は、僕をイオニア……さんだと思って……だから、あ、あんなことを」

　レオリーノは再び悲しげに顔を歪めた。

「いや。レオリーノ、おまえ自身がいい年の男達をおかしくさせているんだ」

「でも、殿下は、違います。いつだって優しくて……」

　レオリーノの頭に、男の顎が乗っけられる。固い顎の感触にびっくりして。思わず首をすくめた。

　男が含み笑う振動が頭頂部に響く。

「言っただろう？　俺の中にも、ルーカスと同じ衝動があると」

「……それは、僕がイオニアさんだったらって、殿下も思っているからですか？」

「そうかもしれんな……いや、違うな」

　グラヴィスは何かを思案するように一瞬黙ると、やがて静かに笑った。

「俺はどうやら、おまえから目が離せないようだ」

　節高で美しい指に首筋をたどられて、レオリーノは小さく喘ぐ。ルーカスに嬲られた膚は、ひどく敏感になっていた。

「これは、ルーカスにつけられたのか」

「……っ、これ……？」

「ここに、痕がついている」

　そう言って、首筋の一点を押される。そこから奇妙な痺れがとろりと背骨を伝い落ちて、レオリーノの心臓を搦(から)め捕(と)った。

「……殿下」

「もう一度聞く。レオリーノ、俺が怖いか」

「こ、怖くありません……殿下のことは」

　男は口角を引き上げた。

「それではだめだ。前にも教えただろう。おまえは俺も警戒するべきだと」

　低い声が額にかかる。ゆっくりと首筋に男の顔が寄せられた。

「……あ」

「……おまえのこの白い膚に、他の男の痕がついているのは許せないな」

産毛をくすぐるような熱が、先ほど指でたどられた箇所に一瞬強く押しつけられ、火花のような小さな痛みを残して消えた。

「これでいい」

満足そうな男の声に、レオリーノの心臓が痛いほど音を立てて跳ね上がった。

レオリーノは困惑した。

「……どうして?」

「さて。これで俺も、おまえを傷つけたルーカスと同罪だな」

その言葉にレオリーノは衝撃を受ける。

(ひどい……)

この男は、ルーカスの無体の痕に自分が上書きすることで、彼の責任を自分に転嫁させたのだ。

菫色の瞳が潤む。

レオリーノはグラヴィスを精一杯睨んだ。

「こんなことしなくても、ルーカスさまを訴えたりしません」

喘ぐような抗議に、グラヴィスは瞠目した。

「まさか、俺がルーカスの罪を肩代わりしたとでも思ったのか」

頷き、ひくひくとしゃくりあげはじめた唇を、グラヴィスは指で押さえて、小さく溜息をついた。

「どうしたらそんな誤解をするんだ。そんなことでおまえに痕をつけるわけがないだろう」

「……っ、だったらどうして、こっ、こんな」

クラヴィスは苦笑した。

「……色恋に疎(うと)いとはいえ、おまえという奴は、まったく……本当に困りものだな」

「あっ」

後頭部を引っ張られる。レオリーノは無防備に喉を晒した。

呼吸がかかるほど近くに、完璧に整った美貌が近づいてくる。禁欲的な気配を纏う唇が小さく笑っていた。深い眼窩(がんか)に嵌まる星空の瞳に囚われる。

「さっきは、ルーカスに……こうされそうになっていたな」

奪われていないな、と低いなめらかな声で囁かれて、レオリーノはコクと喉を鳴らした。息苦しくて小さく喘いでしまう。

「ここは、誰にも許したことはないんだろう」

ふに、と唇を親指で押される。敏感な輪郭を撫でられて、んっと声を漏らしてしまう。小さく笑う男の大きな身体がゆっくりと傾いてくる。

レオリーノを覆ったのは、優しい宵闇の影だった。項から後頭部にかけて、男の指がゆっくりと滑る。

そして、男の指先にほんの少し力がこもったかと思うと、次の瞬間、レオリーノは優しく引き寄せられて、ゆっくりと唇を塞がれた。

「……っん」

唇に柔らかな感触を残して、グラヴィスの精悍(せいかん)な美貌はすぐに離れていく。

「……口づけは、初めてか」

呆然としたまま、反射的にその問いに頷く。

たったいまレオリーノの初めての口づけを奪った男は、満足そうに唇の端を引き上げる。

「これで、ルーカスを庇い立てたわけではないとわかっただろう？　この痕に……こうしたのも」

「あっ……」

無防備な首筋をもう一度軽く吸い上げられる。

「俺が、この痕に上書きしたかっただけだ……それに、ここにも」

不埒な唇が、もう一度レオリーノの唇を奪う。どれもが一瞬で、羽のように軽く去っていく。

「……おまえの初めてを、俺がもらいたかった。ただそれだけだ。わかったか」

レオリーノは言葉もなく、目を丸くしていた。唇は、溶けてしまってはいないだろうか。

指先で唇に触れる。そこはいつもより少し湿っていたが、何も変わった様子はなかった。腫れぼったいそこを、そっと舌でも探ってみる。

「こら、無自覚に挑発するな。言っただろう。俺にとっても、おまえの存在は危ういんだ。それに、その菫色の瞳は、やはり……あいつに瓜二つだからな」

おそるおそる、男を見上げる。

グラヴィスはレオリーノの瞳を通して、別の誰かを見ているようだった。

誰かなんてわかっている。レオリーノよりも強く逞しく、男達の絶大な信頼と友情を勝ち取っていた男だ。

レオリーノはグラヴィスに『自分』を見てほしいと、せつに願った。男の気持ちが自分にないことが、いまはとても悲しい。

しかし、卑怯なのは自分のほうだと、レオリーノは落ち込む。

失望されることを恐れて、イオニアの生まれ変わりだと伝えることもできない。

イオニアとしてではなく、レオリーノとして関心を持ってほしい。そんな己の浅ましさに嫌気が差す。

「イオニアさんは、ディルクさんのお兄様ですね」

レオリーノとして男の関心を得たいと願いながら、同時にイオニアのことを語ってもらいたい。それは矛盾した感情だった。

「そうだ。ディルクの家族には、本当に悪いことをした。イオニアは平民の、鍛冶屋の息子だった。だが俺と出会って、あいつの運命が変わった。結果的に戦場まで連れていったのは俺のせいだ」

レオリーノは無意識に首を振っていた。

「……殿下にとって、イオニアさんは……どんな存在だったのでしょうか」

一番知りたくて、そして一番知りたくない答え。


おずおずと見上げると、グラヴィスもレオリーノを見下ろしていた。

「あいつがどんな存在だったか、か。そうだな。言うなれば、あいつは俺の『運命』だったんだろう」

「運命……」

「そうだ。なぜかわからんが、生まれて初めて傍にいてほしいと思った唯一の人間だった。そして、半ば強引にそういう状況を作った」

イオニアをあの学校に呼び寄せたのは、グラヴィスではないのにと、レオリーノは悲しくなった。

「俺を守るためにつらい道を歩むことになった」

レオリーノはまたもや無意識に首を振った。


「……彼にとっては、それは喜びだったのでは」

レオリーノの言葉に、グラヴィスが目を見開く。

「わからん。だがたった一人、俺の宿命を一緒に背負ってくれた男だ。イオニアは、俺が背中を預けた唯一の男だった」


グラヴィスは、レオリーノの頭に手を置いた。

「俺の中にも、ルーカスと同じような執着があると言っただろう」

「……はい」

「あいつが死んだ後は、ひたすら復讐の思いに駆られていた。戦を終えた後は、正直何もかもどうでも良くなっていた。俺の『未来』も、あの日ツヴァイリンクで死んだようなものだからな」

当時十九歳だったグラヴィスが、別れの日にイオニアに向けて言った言葉を思い出す。

『この戦が終われば……そのときこそは、どうか……おまえも選んでくれ、俺を』

そうだ。十八年前、グラヴィスはイオニアに向かってそう言ったのだ。戦争が終われば、と。

次に会うときが、永遠の別れになるとは思わずに。

「だが、イオニアの父親に叱咤された。『息子はおまえのためにこの国を守ったんだ。だから生きて使命を全うしろ』と」

レオリーノは目を閉じた。

「その言葉は、正しかったのだと思います」

レオリーノを見下ろして男は苦く笑う。

「俺の人生は残り滓みたいなものだ。だからルーカスほどは燃え立たないだけで、だが、ここに来て……おまえの存在は、ちょっとやっかいだな。おまえを見ていると、どうにも落ち着かない」

レオリーノは、気になっていることを尋ねた。

「殿下は……もし、イオニアがここにいたら……副将軍閣下のようになりますか……?」

グラヴィスはその質問にあっさりと頷く。

「なるだろうな。それこそ、今度こそ片時も離さないだろう」

衝動的に告白しなくてよかったとレオリーノは思った。失望されるのはつらすぎる。

「僕は、イオニアではありません……」

「……ああ、わかっている」

「同じ目を持っていても、僕は彼ではないのです」

「わかっている」

グラヴィスがその腕に力を込め、励ますように細い身体を揺らす。しかし、レオリーノの慰めにはならない。

レオリーノはうつむいて、じっと自身の手を見つめた。

男としてはあまりに頼りない手だ。

ルーカスにもやすやすとつかみとられて、まったく抵抗することも敵わなかった。

（つらいなぁ……）

「僕は何もできません。剣を振るうことも、それどころか、人並みに走ることもできない。さっきも何もできなかった……そんな僕が『イオニア』と同じだなんて、冗談にもなりません」

「レオリーノ」

「男として失格なのです。戦うことができない。この手はもう、何の《力》も持っていないのです」

その瞬間、グラヴィスの身体がこわばった。

しかし思考の海に沈むレオリーノは、グラヴィスのその様子に気がつかなかった。

「だから僕は……」

レオリーノ、と、遮るように低い声で名前を呼ばれる。見上げると、そこにはいままでとは様子の違う男の眼差しがあった。

「……おまえは、いま……」

そのとき、執務室にノックの音が響いた。

二人は同時に息を呑んだ。

レオリーノを無事に同伴者に引き渡した副官は、執務室に戻って上官に報告する。

「閣下、レオリーノ君を無事に馬車に乗せました」

部下の報告も聞こえない様子で深く考え込んでいる上官に、ディルクは首をかしげた。

「どうされました？」

男は沈黙したまま、険しい表情で虚空を見つめ続けている。

疑惑の火種が、男を炙(あぶ)りはじめていた。

甘い奈落(ならく)

主の首筋があらわになった瞬間、そこにある痕跡にフンデルトは息を詰めた。

侍従は主人に起こった最悪の事態を想像して蒼白になった。

「レオリーノ様……まさか」

「ちがう」

レオリーノは侍従が抱いた疑惑を否定する。

フンデルトは厳しい表情になった。

普段はどこまでも穏やかな侍従だが、彼もブルングウルトの出身だ。主を傷つけられて黙っていられる性分でもない。

馬車の中でフードに隠れ続けてよく見えなかった美しい顔には、乾いた涙の痕跡がある。

「……フンデルト、お願いだから、何も言わないで」

「……オリアーノ様にご報告申し上げます」

「だめ！　お願いだ、フンデルト」

「レオリーノ様。ブルングウルトにとって、レオリーノ様が汚されたとあっては由々しき事態です」

「ちがう。誰にも、何もひどいことはされてない。だから、父上にも兄上達にも何も言わないで」

主らしからぬ強い口調にフンデルトは驚いた。

しかし、フンデルトは専任侍従である。

「では、お身体を検めさせていただきます。そうでなければ、オリアーノ様に申し上げます」

レオリーノは少し迷ったが、侍従の一歩も引かぬ強い態度に、しかたなく頷く。

無言で浴室に移動し、いつものように脱衣の介助を受けながら、順番に服を脱いでいく。

やがて、陶器のようなつるりとしたミルク色の膚が侍従の目に晒された。レオリーノは少し手を広げて、侍従に確認するように促す。

「……これで安心した？　何もないでしょう？」

綺麗に肩の張った細身の優美な肢体は、首筋の紅い痕以外に、何の性的な痕跡もなかった。いつものように清らかになまめかしい。

肌に溶けるような淡い色合いの乳首も、わずかな和毛に包まれた性器も肌に溶ける色合いのまま、やわらかくさらりとしたいつもどおりの様子だ。

ひとまず全身を眺めてようやく安堵の表情を浮かべる侍従に、レオリーノも息を吐く。

「後ろをお向きくださいませ」

レオリーノはここで初めて頬を染めて躊躇したが、侍従の言葉に素直に壁に手をついて後ろを向く。

「……これでいい？」

「はい。失礼します」

フンデルトが小さく柔らかな尻臀を開き、そこに隠された奥の窄まりを目視する。主のそこは、薄桃色の無垢な色合いのまま窄まっている。蹂躙を受けたような痕跡はない。

フンデルトはそこで本当に安堵の息を吐いて、白い双丘から手を放した。

「何事もなく、よろしゅうございました」

幼い頃から侍従に肌を晒すことに慣れているレオリーノにとって、全身を検められることにためらいはない。二人にとっては淡々とした日常の行為である。

「レオリーノ様に万が一のことがあれば、ご当主様の怒りは恐ろしいことになるでしょう」

「そうだね……」

侍従は悄然とするレオリーノに言い聞かせる。

「ファノーレンにに牙をむく力が、ブルングウルトにはあるのです。カシュー家の一員として、重々認識なさってください」

「……ん、わかっている。心配かけてごめんなさい」

「首筋の痕については、兄上様方にはお伝えしません。事情もお伺いしません。ただし今回かぎりです。よろしいですね」

「うん。そうしてほしい……僕は、誰にも、何もされてない。いいね」

初老の侍従は主の言葉に頷いた。

主も成年を過ぎて、自分で考え判断するようになっている。おそらく自分のことで、王国軍とブルングウルトに軋轢を生じさせたくないのだろう。

「……グラヴィス殿下に、余計なご苦労をかけたくないんだ」

レオリーノの頬はわずかに紅潮していた。主から性的な色気がほのかに匂い立つ。

湯を使いたい、という主人に頷いて、侍従は入浴の準備をはじめた。


レオリーノは夕食はいらない、と告げて、早々に一人寝室にこもった。

猫のごとく身体を丸め、枕に頭を埋めている。

帰宅するまでは、精一杯自分を保っていた。先程のフンデルトとのやりとりもそうだ。

しかし一人になると、こらえていた感情が決壊した。ひとしきり感情の赴くままに涙を流す。

やがて涙も涸れ果て放心状態になった。

レオリーノはようやく、冷静に今日の出来事を考えられるようになっていた。


グラヴィス、そしてルーカスと会った。男達のことを交互に思い出しては、心に嵐が吹き荒れる。

正直に言えば、ルーカスに襲われかけたときは本当に怖かった。その身体の大きさ、力の強さは純粋にレオリーノを怯えさせた。

ルーカスが欲しかったのは『イオニア』だ。レオリーノではない。さらに、レオリーノの人格を無視する愛情という名の暴力。それをぶつけられたことが最もつらかった。

しかし最終的に、レオリーノからより多くのものを奪っていったのは、どちらの男なのだろう。

『おまえが誰でもかまわない』と言った、ルーカスのイオニアへの狂おしいほどの想い。

『おまえの初めてが欲しかった』と言った、グラヴィスの唇がもたらした熱情。

動と静。光と闇。正反対の男達が、無垢だったレオリーノから、それぞれ何かを奪っていった。

大人の男の本気の情熱に振り回された時間は、まるで嵐に舞う木の葉になったような、なんとも言えない心もとなさだった。

身体の奥に否応なく灯された熱が、いまもまだレオリーノを混乱させている。

それは、どちらの男が灯した熱なのか。

レオリーノは猫のような姿勢から、ごろんと横向きに倒れた。そのままの姿勢で、ふに、と、グラヴィスに奪われた上唇をつまんでみる。あの瞬間、下腹に滴り落ちた熱が、なぜかずっと消えないのだ。

(ヴィーがここに……唇で触れて……)

羽のように触れて去っていったそれは、冷たく硬質な見た目に反して、火傷しそうに熱かった。思い出すと、カッと身体が熱くなる。

——もっと……奥まで来てくれてよかったのに。

夢の中のイオニアは、男達と濃厚な口づけをしていた。

舌を絡める心地よさを、この身体にも教えてほしかった。自分の細い指をそっと口に含む。指の腹でおそるおそる舌を撫でる。

「……んっ、……うっ」

その瞬間、下腹の奥がぎゅっと締まる。

「んっ……あっ」

泡で綺麗に流されたはずなのに、二人の男に嬲られた首筋がずっとトクトクと疼いている。

小さな口が舐め転がしている指とは反対側のそれで、そっと自らの首筋をなぞる。

「んぅ……っ」

ルーカスの凶暴な熱にあぶられた箇所。その痕に上書きされた、火花のような痛み。

その記憶さえも、グラヴィスの甘い闇に上書きされたいまは、仄暗いスパイスとなって、レオリーノの身体を熱くしていた。


「ヴィー……もっとしてください、もっと……」

何も考えられない。

わかっているのは、この瞬間の身体の叫びだけだ。あの唇が求めたのが、イオニアではなく自分であればいい。あの節高で美しい指に、冷たく熱い唇に、もっと蹂躙されたい。

初めて自覚する己の浅ましい欲望に嫌気が差す。しかしどうしようもない。

この熱は、自分で慰めるしかないのだ。

若い身体は生まれて初めて感じる激しい欲情に屈服した。いつのまにか固く勃ち上がっている陰茎を、服の上からそっと握ってみる。

「ンッ……」

気持ちがいい。

自らを弄る手を止められない。細い指で快感の在り処を探り、慰める。舌を刺激する指も、股間を刺激する指も、どちらも気持ちがいい。


「ヴィー……ヴィー……」

寝台の上でひとり、たどたどしくも淫らな行為に耽溺するレオリーノの姿は、見る者がいれば目眩がするほどいやらしく淫らなものだっただろう。

白い膚は薄紅色に染まり、指をしゃぶる唇は腫れ、ごまかしようもないほど色づいていた。

なまめかしく悶えるしなやかな身体が、シーツに不規則な官能の波を描く。はあはあ、と子犬のようにせわしない吐息が、天蓋に反射した。

完全に勃ち上がった陰茎から指を放して、レオリーノはおそるおそる、尻奥の慎ましやかな窄まりに指を伸ばす。

そこに指先が触れた瞬間、足の指先がきゅっと丸まる。レオリーノは、生まれて初めて制御がきかない性欲の高まりに支配されていた。


イオニアのように、その最奥に逞しい男を埋め込まれてみたい。グラヴィスに、そこを熱い昂りで揺さぶってほしい。身体の最奥の熱い泥濘(でいねい)に、放埓(ほうらつ)を感じてみたい。

朧げなイオニアの閨の記憶を、レオリーノは必死に思い出し、なぞっていた。

無垢なはずのそこがどうしようもなく疼き、綻びかけてさえいるような錯覚を覚える。

「あ……あっ……」

しかし男を受け入れたことのない窄まりは固く閉じたままだ。頭を支配する欲求と、性交を知らない身体の乖離が、レオリーノを追い詰める。

後肛はどうしようもなかった。自慰の方法もよくわからない。しかたなく前に手を回し、今度は下穿(したば)きをかいくぐり、直にまさぐる。先走りで濡れたそこを拙い手つきで擦り上げた。

内部から勝手に漏れる欲望を満たすだけの拙い動きだったが、徐々に男としての本能で、快感を生む指の動きを速めていく。


イオニアの想いが、心に居座っているからではない。レオリーノ自身が、グラヴィスに惹かれているのだ。

いまとなっては十九歳も年が離れている。身分も違う男だ。かつてのイオニアの想(おも)い人でもある。だが、あの男に会うたびに、どうしようもなく心が揺さぶられてたまらない。

これは自分自身の気持ちだ。レオリーノだけの。

普通なら交わりようもない人生のはずだ。

それがどういった奇跡なのか、王都に来てすぐに、二度もあの男の体温を感じるほどの距離に近づいた。そして今日、その唇の熱を知った。

重ねられた唇の熱さをなんとか再現したくて、レオリーノは小さな舌で自らの唇を舐めた。

「違う、違う……」

せつなく啼きながら、そっと舌を丸めてみる。細くなめらかな喉を惜しげもなく晒しながら、レオリーノは夢中で空想の中の男の舌を求めた。

高みまでもうすぐだった。

欲望を吐き出した先には、甘い絶望と、自分自身への失望が待っている。

レオリーノは自ら甘い奈落に身を投げた。


荒い息を吐きながら、掌に吐き出した欲望の証をじっと眺める。垂れ落ちるそれが、もっとグラヴィスに近づきたいと、欲深い自分がいる証だ。その欲望に背中を押されて落ちた先には、いくつもの矛盾した思いがあった。

イオニアの記憶を持っていることを告白してしまえ、という声が聞こえる。十八年もの長い間、あれほど切望してくれていたのだ。今度こそ、二人で歩む未来が待っているかもしれない。

一方で、やはり自分はイオニアとは違うのだと、レオリーノは自覚した。振り向いてほしいのはただ一人、グラヴィスだけなのだ。

レオリーノとして、彼の傍にいる資格が欲しい。たとえそれが、だいそれた望みだとしても。


欲望、期待、怖さが混沌と混ざりあう場所に、レオリーノは丸腰で放り出されていた。

どの思いも、同じくらいに強く、同じくらいレオリーノを混乱させる。レオリーノの心は、不安定に揺れ動き続けている。

でも、それが『いまのレオリーノ』の真実だ。矛盾を抱えたまま、みっともなくあがいている無力な只人（ただびと）、それこそが現実なのだ。

『この子自身を見てやれ。レオリーノ・カシューとして生きる、この子自身の、命の輝きを』

あの言葉だけが、混沌とした未来の唯一の道標（みちしるべ）だ。

（そうだ。グラヴィスのために唯一できるかもしれないこと。それを成し遂げるための勇気は、もうもらえた……だから、がんばれる）

大人にならなくては。

きっとこれから何度も、自分に歯噛（はが）みすることになるだろう。それでも現実から目を背けず、『レオリーノ』としての人生を生きる意味を見つけなくてはいけない。

そのためには、まず自分の弱さに向き合ってみようと、レオリーノは決意した。

防衛宮訪問の翌日、ヨセフは失態を詫びようとレオリーノの部屋を訪れた。しかし、迎え入れてくれた主を見た瞬間、ヨセフは衝撃を受けて、用意していた謝罪の言葉はすべて頭から吹っ飛んだ。

呆然と立ち尽くすヨセフを見て、レオリーノは小さく笑う。

「どうしたの、ヨセフ……ほら、座っていいよ」

「坊ちゃん……それ、や、レオリーノ様……」

レオリーノは一夜にして、ヨセフが知らない『誰か』になっていた。

外見上は何の変化もない。いつもどおり奇跡のような美貌にして、儚い雰囲気の麗人だ。

だが、明らかに昨日（きのう）までの彼とは纏う空気が違っているのだ。

「レオリーノ様……昨日、何があったんだよ」

「馬車の中でも言ったでしょう。何もなかったよ」

「……っ、でも」

主人は金色の羽毛のような睫毛を伏せる。ヨセフは息を呑んだ。

視線を引き剥がすようにして目を逸らすと、後方に控える侍従に目で問いかける。フンデルトは無言で小さく首を振るだけだ。彼も主人の変貌に気がついているのだろう。

幼馴染であり、いまは主でもあるレオリーノは、昔からどこかフワフワとした雰囲気の浮世離れした青年だった。

それが一夜にして、生きる者としての生々しさを宿して『人間』に生まれ変わったようだ。

ヨセフはようやく気がついた。

主の頬の輪郭は、なめらかだがけして幼くはない。美しく張った肩、水鳥のようなすっと伸びた首筋、優美な腕と手足。男らしさとは無縁だが、けして幼いわけでも、女性的なわけでもない。

そこにいるのは天使でもなんでもない。大人になりつつあるひとりの青年だった。しかしそれでもなお、言葉を奪われるほど圧倒的に美しい。

つるりとしたなめらかな膚、血管の透ける瞼、産毛の一本一本がリアルに、そして鮮明に、見る者の視線を奪い続ける。レオリーノが動くたびに、そこから色と光が溢れ落ちるようだった。

（なんて綺麗なんだ……）

「ヨセフ、座って」

「……っ、うん」

落ち着いたレオリーノの声に、ヨセフは夢から醒めたように我に返る。

「昨日の防衛宮でのことを話しておきたい」

「はい」

「僕はヨセフが好きだ。年が近い子がいないブルングウルトで、兄様達以外で唯一遊んでくれた幼馴染だ。だから、今回も護衛になってくれると聞いて、本当にうれしかった」

「それなのに……俺は、本当に、昨日のことはすみません……坊ちゃん」

そしてあっと口に手を当てる。『坊ちゃん』と呼ぶ癖が抜けないヨセフに、レオリーノは微笑んだ。

「僕たちはどちらも、王都に出てきたばっかりで、頭でっかちの世間知らずだ」

「……はい」

「だから、色んなしきたりや規則を学ぶまでは、慎重に振る舞う必要がある。いい？」

「はい。わかります」

レオリーノはくすりと笑った。なんとも魅惑的な笑顔だ。ヨセフはまたドキリとした。

「ふふ、嘘みたいだ。いつもお兄ちゃん風を吹かすヨセフが、僕に『はい』だって」

「俺だって、ちゃんと反省するところはするよ」

主のからかいに、ヨセフの細面が赤くなる。

「これからも僕の傍にいてもらうために、お願いがある。僕を守るためとはいえ、今後は気軽に剣を抜いてはいけない。どうか、慎重に振る舞って」

「はい……」

「ヨセフは気が強いから心配だ、とくに目上の方々や、これから社交でお会いする方々に対する口の利き方には、気をつけてほしい。ここは僕達のよく知るブルングウルトじゃないのだから……わかってくれる？」

「はい……今日は謝罪に来たんです。坊ちゃんの面倒を見ているつもりで、むしろ俺が迷惑をかけてしまった。すみません」

レオリーノはその瞬間、何かを思い出したようにせつなげな笑顔を浮かべた。しかし、頭を深々と下げげているヨセフは気がつかない。

「……あの後、フンデルトさんからもたっぷり絞られました。俺のせいで坊ちゃんが危ない目にあったこと……反省してる。護衛として失格だ」

「ありがとう。頼りにしている」

「レオリーノ様……」

レオリーノは再び微笑むと、向かいに座るヨセフの手をおもむろに握りしめる。その細い指から伝わる熱。

生身を感じさせる主の体温に、ヨセフはなぜかせつなくなり、強烈に胸が締めつけられた。

「王都で生きていくために、この手を貸してほしい」

「レオリーノ様……？」

「この腕で、僕の『剣』になってくれ。ヨセフ」

ヨセフの手を細い指がぎゅっと握りしめる。

「僕はとても無力だ。それがよくわかった。一人でも、なんとかしようと思っていたけれど……やっぱり無理なんだ」

「……？　なんとかしよう、って？」

「僕には『力』が必要なんだ。戦うための『力』が」

「……レオリーノ様は何と戦おうとしているんだ」

レオリーノは小さく首を振るだけだった。

どうやら答える気はないらしい。ただ菫色の美しい目が、真摯な眼差しでヨセフに訴えかけてくる。

その目は強い光を放っていた。

「命を差し出せという残酷さを、誰よりも知っているはずなのに、僕はずるいね……でも」

ヨセフの頭は疑問だらけだ。

「ヨセフ。僕についてきてくれる？　たとえ僕が、どの道に向かうことになっても」

ヨセフは即座に頷いた。

「どこまでもついていく。必ずレオリーノ様を守る。剣になるよ」

レオリーノの目にみるみる膜が張る。菫色の瞳がキラキラと輝いた。

「ありがとう……危険な目にあうことになるかもしれないけど、それでもいい？」

「かまわない。それが俺の役目だし、わかっているだろう？　俺は強い」

「うん、ありがとう……僕の『心』は、僕自身で守る。だから、甘やかさなくていいからね。君はこの頼りない身体を守ってくれればいい」

　部屋に入った瞬間に感じた違和感は、幻想ではなかった。昨日防衛宮で、主の身に確実に『何か』があったのだ。彼の内面を大きく変容させるような出来事が。

　そしてその出来事によって、主は『幼さ』を捨てようとしている。自立した大人になろうとしているのだ。その一歩がまず、こうして自分の弱さを認めることなのかもしれない。

　ヨセフは決意した。もう二度と、レオリーノのことを『坊ちゃん』と呼ばない。

　それは、ヨセフがレオリーノを生涯の主と定めた瞬間だった。

　ヨセフの胸に強烈な庇護欲が芽生える。しかしその庇護欲は、これまでのように、幼馴染を見守る兄のような感情ではない。一命を賭す『任務』としてのそれだ。

　レオリーノは『主人』、ヨセフは『護衛』として、それぞれが与えられた宿命を全うする。レオリーノは、ヨセフにその覚悟があるのかと問うている。そしてヨセフに期待しているのだ。

「俺も、心を入れ替える……と、まず、言葉遣いを気をつけてみる」

　主はまばゆい笑みを見せると、まずは礼儀作法だね、と笑い出す。その涼やかな笑い声を聞くうちに、ヨセフの顔にも笑顔が浮かんだ。

「二人で、王都でがんばってみよう。ヨセフ」

「はい。レオリーノ様……全力でお守りします」

遠雷

「よく戻った、アロイス。遠路ご苦労だった」

「は、閣下。お待たせいたしました」

フランクル王国にグラヴィスの個人特使として派遣していたアロイスが帰国した。

アロイスは、ディルクと同じくグラヴィスの副官である。アロイスの母がフランクル出身の貴族であるため、フランクル語に堪能だ。そのため頻繁にグラヴィスの特使を務めている。

今回、アロイスが将軍の命によってフランクルに派遣されたのは、ツヴェルフの情報を同盟国である彼の国と共有するためである。

アロイスが持ち帰ったフランクルからの情報を聞くために、将軍の執務室には副官のディルク、そして副将軍ルーカス・ブラントと彼の副官シュルツとアーカーが招集されていた。


「閣下、先にお送りした伝書は」

「ああ、読んだ。ここにいる者はおよその状況は把握している。それで、最終的に伯父上の判断は」

グラヴィスが言う『伯父』とは、母后アデーレの兄である、フランクル国王のことである。

「はい。ツヴェルフがグダニラクと何らかの契約を結んだのは間違いなかろう、と」

グラヴィス以外の男達は、一様に険しい顔で唸り声を上げる。


グダニラクは、ファノーレンの北東に位置する比較的小さな国である。しかしツヴェルフとファノーレン、フランクルという大国が近接する地域にその国土を細く突き刺すように位置している、地理上無視できない国である。またその実態は、北方の大柄で頑強な戦闘民族の集合組織に近く、軍事力を主な輸出品とする傭兵国家である。

　グラヴィスは表情を変えず、アロイスに続きを促した。


「伯父上がそう判断された根拠は」

「はい。同席された宰相によれば、フランクルがそれぞれの国に忍ばせている密偵によって、昨年秋から今年にかけてツヴェルフのズベラフ将軍の腹心が、三度グダニラクを訪れていることがわかっています。その後、フランクルからグダニラクを経由して我が国に通じる主要な路が二つ、グダニラクによって定期的に封鎖されるようになったとのことです」

「フランクルはそれにどう対応しているんだ」

「はい。フランクル側も正式に使者を送って抗議したそうです。しかし、グダニラクはのらりくらりと理由をつけ、明確な返答をしていません。どうやらフランクル側の反応を探っているようです」

　ルーカスが盛大に眉を顰めた。

「おい。それはツヴェルフに依頼されて、グダニラクがフランクルと我が国の間を隔てようとしているということか」

　ルーカスの問いに、アロイスが頷く。

「グダニラク経由の路が封鎖されれば、フランクルと我が国が通じる路はあと二つのみになります。いずれの路もかなりの迂回路。フランクルから援軍が派遣される場合に、障害になることは間違いないでしょう」

「ヴァンダレンめ……小賢しいことを」

　ルーカスは雄々しい顔を歪めて、ツヴェルフの国王の名前を吐き捨てる。

「だが、ヴァンダレンが穏健派を粛清しまくって、廃太子から一転国王に成り上がってから何年だ？……まもなく三年か。あれ以降、条約は破棄されたとはいえ、それまでツヴェルフは十五年も我々に賠償金を払い続けてきた。はたしてツヴェルフの国庫にグダニラクを雇う資金があるのか」

ルーカスの言葉に、男達はしばし考えこむ。

「ディルク。グダニラクの東には、何がある」

「……？　ああ、なるほど」

グラヴィスの静かな問いに、すぐにディルクがぽんと手を叩く。

「あの周辺にばらまきはじめた、ということですか」

「すまんが、話についていけん。どういう意味だ？　ディルク」

シュルツがディルクに質問する。

「鉄だ。大陸で鉄鉱脈を持つのは、ツヴェルフと我が国、そしてフランクルにわずかな鉱山があるのみだ。戦後賠償金で貧しいツヴェルフが、唯一外貨を稼げる手段は鉄資源しかない……ここ六年ほど、ツヴェルフの鉄が国外に流出しなくなっただろう？」

「それが？　国内に保有して、戦に備えて武器の製造をしているのではないのか」

「それもあるが、先程副将軍が言ったとおり、外貨を稼ぐ必要がある。そうでないと傭兵国家のグダニラクを雇うことはできない。閣下の言葉を思い出せ」

「……まさか」

シュルツはようやく得心した。ディルクも頷く。

「グダニラクの東にあるグダニス海には、ジャスターニャ諸島がある。あの地域の情報は大陸にはほとんど入ってこないが、あそこは多民族国家で、昔から紛争が絶えない。おそらくそこに、武器の素材となる鉄を無節操にばらまいて資金を得ている……ってところですかね？　閣下」

グラヴィスはよくできたと、元参謀部の副官に頷いた。

「おそらく。武器の加工にも優れているグダニラクを経由することで、鉄を武器化した状態で輸出している可能性もある。おそらくそれでグダニラク側にも旨味を持たせているのだろう」

グラヴィスの答えに一同は唸り声を上げた。

「……ツヴェルフも考えたな。大陸内で動けば目立つところを、国体の曖昧なグダニラク経由でジャスターニャの紛争に目をつけるとは。アロイス、それで、フランクル側にその他の実害は出ているのか」

「は。まさにグダニス海の港湾で何度か衝突があったそうです」

グラヴィスは頷いた。無表情な中にも、その瞳は炯々と光っている。

「当たりだな。ツヴェルフはグダニラクを雇い入れる資金を手に入れた。そして、彼らを雇う契約を交わしたことは間違いないだろう」

執務室を、重苦しい沈黙が支配する。

「ルーカス」

ルーカスの目には剣呑な光が宿っていた。

「は」

「先の戦から十八年。幸いにも我が国はその後大きな戦に見舞われていない。現場の兵士達は戦を知らない者も多いだろう。各部隊の部隊長を順番に呼び出せ。実戦に耐えうる状態か、戦力をいま一度確認してくれ」

「承知した」

二人は目を見合わせて頷く。

「まずは、北西部の山岳部隊と、ツヴァイリンクだ。それにフランクルとの交易路にも兵を配備して、常時安全を確保しろ。部隊を増強してもかまわん。増強にかかる資金は、ギンター経由で財務宮に渡りをつけろ。あとはまかせる」

「御意。準備にもらえる時間はどれくらいだろうか」

グラヴィスはディルクに視線を投げる。

「……ディルク。開戦の時期をどう読む」

グラヴィスの副官に任官するまで参謀部にいた副官は、これまで収集していた情報と、同僚が新たにもたらした情報を照らし合わせて分析をはじめる。

「早ければ今年の秋。危機感を持つべきかもしれません。実際は雪解けを待って、来春が濃厚かもしれませんが」

「根拠は」

「ひとつは、ツヴェルフの軍事力です。当初より多めに見積もったとしても、せいぜい我が国の三分の二といったところでしょう。ヴァンダレン王も、さすがに馬鹿じゃない。二度目の戦を、戦力が匹敵しない状態でしかけてくることはありえません。グダニラクをフランクルの足止めだけに使うはずがない。こちらとの実戦にも参加させることを考えているはずです。一方、グダニラクは傭兵国家、その行動原理は『金』ですが、さすがに我が国とフランクル、大陸の一、二を争う大国を敵に回すことには慎重になっているはずです」

ディルクは顎に指を当てながら独り言のように滔々(とうとう)と説明する。

「……それにグダニラクの国王、というか首長は、俺の知るかぎりは相当腹黒く強欲な男です。金額を吊(つ)り上げてツヴェルフと交渉を図るでしょう。二つめの根拠は、その契約がまとまったとして、そこから軍備を整えて……と考えると、さすがに冬山に突っ込むことは選ばないだろうと。ゆえに、開戦の時期は来春。しかし、なにか特別に資金を積めるようなことがあれば、今秋に早まる可能性も大いにあり得ると、そう考えます」

グラヴィスが頷いた。

「的確な読みだ。おまえは宰相と、ついでに参謀部とも連携を取って、裏取りを進めろ。フランクルとの連携はアロイスにまかせる。今秋にもはじまる前提で準備をしておいたほうがいいだろう」

「御意」

緊張感を増した男達を、将軍は暗く光る星空の瞳で見据える。

「覚悟しろ。グダニラクも交えて戦がはじまるとすれば、今度こそ、最初の火種が落ちる場所は、あのツヴァイリンクだ」

副将軍達が去った後、グラヴィスはサーシャを呼ぶようにディルクに命じた。


「閣下、お呼びだと伺いました……あら、アロイス君、フランクルから帰ってたんだ～。お帰りなさい」

「サーシャ先生」

サーシャは執務机の前に立つ。

「それで、私にご用はなんでしょうか」

「サーシャ、俺はこれからブルングウルトへ跳ぶ。辺境伯と話しておかなくてはならんことができた」

「ああ、アロイス君から情報が……なるほど。ですが、閣下自ら赴く必要が？」

「あそこは遠い。俺が直接行ったほうが効率も良いだろう。しばらくはそうするつもりだ」

察しの良いサーシャはすぐに、グラヴィスが辺境へ跳ぶ理由を推察する。

「なるほど……それでは、いよいよという感じですかねぇ。はあ、また仕事が増えるのはやだなぁ。年寄りを労(いたわ)ってほしいよ、本当に」

嫌だとぼやきつつも、軍医の表情にはある種の諦(てい)観(かん)とふてぶてしい開き直りが感じられた。

しかし、次の瞬間、上官の言葉に驚く。


「ついでに辺境伯にレオリーノを防衛宮で預かると言ってくる。おまえは長男と早めに渡りをつけて、話をまとめておけ。先日軽く前振りはしておいた」

「ちょっ、閣下？　たしかにお願いしたのは私ですけど！　あれほど様子を見てと慎重になっていたのに、突然すぎませんか」

グラヴィスはサーシャの問いに答えなかった。そして、何かを思い出したようにディルクを見る。

「あの日、レオリーノはなぜ泣いていたんだ」

「はぁ……うーん、なぜでしょうか。とくに泣かせるような話をした覚えはないんですよね」

「何を話していたのか、改めて説明しろ」

ディルクはレオリーノとの会話を思い出す。

あのときはとにかくレオリーノに不埒なことをして泣かせたと軍医に誤解されて大変だったのだ。

「あのときは、私が学校を出た後で入軍し、参謀部に配属されて、数年前に閣下の副官に任命された、という話をしました。そしたらいつのまにか、レオリーノ君がボロボロって泣いてて」

サーシャが首をひねる。

「なんだ、そんな話をしていたんだ？　でもディルク君の経歴のどこに泣く要素があるのかね？」

「さあ……わっかんないんですよね」

サーシャの疑問ももっともだ。ディルクも困惑気味に頭を掻く。

「他に、何か話をしたのか」

「あとは……そうですね。俺の死んだ兄貴が学生時代に閣下の護衛だったという話をしました」

黒髪が、わずかに揺れる。ディルクは上官の表情の中に感じるものがあり、咄嗟に謝罪する。

「……余計なことを、申し訳ありません」

「いや、かまわん。それで、レオリーノは何か言っていたか」

「いいえ、何も。その代わり、なんというか……ただ泣いていました」

「……そうか」

ディルクはそのときのことを思い出す。

そうだ。亡き兄にそっくりの、紫紺に一筋の暁の光を垂らしたような夜明け色の瞳に、ディルクは衝撃を受けたのだ。

ちらりと上官を見る。

ディルクは気がついていた。上官から兄の話を聞いたことはほとんどなかったが、それでも長い時を経て雰囲気で察するものがある。

兄の存在が、グラヴィスにとって特別だったこと。いまだに未練というにはあまりにも重い執着となって、男の胸に兄の存在が刻まれていることを。

しかし、グラヴィスの今回の判断と、レオリーノがあの日泣いた理由に何の関連があるのか。洞察力に優れたディルクでも、よくわからなかった。

だから聞いた。

「レオリーノ君のあの日の様子と、彼を早めに防衛宮で働かせることに関係があるんです？」

どこか厭世的で感情のゆらぎを見せぬ将軍が、あの青年が現れてから、どこか様子がおかしい。

グラヴィスはしばらく沈黙した後で答えた。

「とにかく、あの子はしばらく手元に置いておく必要がある。いいかサーシャ、頼んだぞ」

「待ってください。まず本人にも話してからって」

グラヴィスは暗く光る目を虚空に投げた。

「無用だ。あの子の意向がどうであれ、俺の目の届くところに置くことに決めた」

「……閣下！」

「これは命令だ。逆らうことは許さん」

古城の秘密

グラヴィスはブルングウルトに跳んだ。

六年前のあの日のように書斎に通され、当主であるアウグストを待っている。

過度な装飾はいっさいない、質実剛健な書斎だ。

ここと比べると、王宮は煌びやかだ。しかし、光がまばゆいほど、落ちる影も濃い。グラヴィスにとって王宮は生まれ育った場所であったが、とうてい気を抜ける場所などではない。

この石と木で作られた古城のどっしりと落ち着い

た雰囲気に、グラヴィスは安らぎを覚える。

それに、ブルングウルトの実直で飾り気のない佇まいは、カシュー家の気質と通じるものがある。

レオリーノもそうだ。

その麗容は荘厳華麗な王宮こそ似合いそうなものだが、実際に話してみると、虚飾とは無縁の、素朴で実直な気質をのぞかせる。傍に置くと、不思議としっくりと安らげるのだ。


それにしても古い城だ。王宮よりもさらに歴史の重みを感じさせる。いかにも無骨で堅牢な、戦が続いた時代の城といった風情である。

地方領主の領館としては不相応なほど巨大で、高い城壁に四方を囲まれた要塞（ようさい）型の城だ。

それもそのはず、ブルングウルト城は元々領館ではない。この城はファノーレンが二百年前に侵略し併合した、亡国ブルングウルト王国の王宮だった。

アガレア大陸に小国が乱立していた約二百年前まで、現在カシュー家を名乗る一族は、この領域一帯を治める国主であった。

しかし、ファノーレン王家との戦に破れ、ブルングウルト王国は滅びた。

当時のファノーレン国王はブルングウルト王家を無下に扱うことはなかった。ただし、ブルングウルト家の姓は没収し、この地に自生する『カシア』という植物の名から『カシュー』の姓を与え、侯爵位を授けた。

しかし、代々の君主を慕っていた領民達は、君主の家名を取り上げられたことに大いに反発した。反乱を恐れた国王は、最終的には、称号に『ブルングウルト』の名を残すことを許した。

その後も、この地域は他国との領土争いの主戦場となった。王都から遠いこの地を守るのに苦心したファノーレン王家は、結果的に、この地をよく知るカシュー家を頼みとした。

国王はカシュー家に自治権を与え、さらに独自に自治軍を保有することを許す代わりに、北方国境線の国防の要として役割を果たせと命令した。

ブルングウルトの地をこよなく愛するカシュー家は、自分達が治めていた地に戻れるならばと、その条件を進んで了承した。

それ以来、カシュー家はブルングウルトに封じられ、『侯爵』から『辺境伯』へと称号を変えて、自治軍を保有し、代々この地を守ることになったのだ。


当時王家とは血縁がなかったため、公爵の地位こそ与えられなかったが、ファノーレンにおいて『ブルングウルト辺境伯』の爵位は、どの貴族よりも古い王家の血脈を持つが故に、実質公爵家とほぼ同等の――むしろそれ以上の家格として扱われている。

ファノーレン王家は、ブルングウルトが独立や造反をすることがないよう政治的配慮をしながら、定期的に姻戚関係を結ぶことによって、巧妙につかず離れずの関係を維持してきた。

公爵家に降嫁した王妹の娘であるマイアに、現当主のアウグストが一目惚れしたのは偶然であった。

しかしその偶然の出会いがなくとも、アウグストとマイアが結婚させられていた可能性はある。

マイアは前国王の従兄妹(いとこ)だ。王家の血筋でもかなり主筋にあたる血の濃い姫である。アウグストに嫁いでいなければ、どこか国外の王族に嫁に出されていた可能性が高い。


今回、次代の辺境伯である長男オリアーノの嫁候補として、実は幾名かの王家筋の姫の名前が挙げられていた。しかしマイアと血が近すぎることを理由に、カシュー家が断った。結果として、王族とは数代前の血縁にあたる、レーベン公爵家の長女エリナ・ミュンスターがオリアーノに嫁ぐことになった。

こうしてきわめて高度な政治的配慮のもとに、これまでファノーレン王家とカシュー家の関係は維持され続けてきたのだ。

何代かおきに繰り返される、ファノーレン王家との婚姻。それゆえに、血統主義者達は、カシュー家をひそかに『もうひとつの王家』と呼んでいた。

歴史ある城の壁を見るともなしに眺めながら、グラヴィスはブルングウルトと王家の関係について思いを巡らせる。

そしてふとあることに思い至る。

現在のファノーレン王家とブルングウルト、それぞれに縁を持つ、もうひとつの血筋があることに。

それはラガレア侯爵の血筋だ。

グラヴィスの異母兄である現国王ヨアヒムは、親戚筋から侯爵家の養子になったラガレアの従兄妹が産んだ。カシュー家に嫁いだエリナは、レーベン公爵家に嫁いだラガレアの妹の娘である。

これは、はたして偶然の産物なのか。

（それに、アウグスト殿の親友でもあったな）

恣意的に仕向けられるようなことではないだろうが、それにしても不思議なほど、ラガレア侯爵はこの両家に強い因縁を結んだものだ。

グラヴィスがラガレア侯爵についてさらに思考を巡らせようとしたそのとき、ノックの音が響く。

「入れ」

ブルングウルトの当主アウグスト・カシューが現れた。背が高く頑強な身体は衰えを見せない。しかし、髪はすでに白髪混じりで、男が老境に差し掛かったことを窺わせる。

改めて見ても、上の息子三人は当主にそっくりだ。

一方、末子のレオリーノは完全に母親似だとわかる。

アウグストは、あっさりした礼を取る。もとよりグラヴィスも、アウグストに形式張った振る舞いなど望んではいなかった。

「殿下。お待たせして申し訳ございません」

「いや、先触れの伝書も出さずに突然訪問したのは俺だ。貴殿が城にいて良かった」

グラヴィスが座るように促すと、アウグストは頷いて将軍の向かいにどっかりと腰をかける。

「……直接殿下にご足労いただいたということは、いよいよ……ということですかな」

前置きもなく、いきなり切り出す。

グラヴィスも前置きをせずすぐに本題に入る。

「ああ。残念ながら、またそのときが来たようだ」

「時期はいつ頃と、殿下は読んでおられる」

「裏取りを急がせているが、我々は来春と読んでいる。だが、万が一にも早まることもあるかもしれん。秋には向かい討つ態勢を整えておきたい。諸々覚悟しておいてほしい」

「御意。もとより三年前から覚悟しておりました」

「ありがたい。あともうひとつ、重要なことを伝えねばならん」

アウグストは色の薄れた青緑色の目を光らせた。その目はまだ充分、力強さと覇気を備えている。

「ツヴェルフはグダニラクと契約した。いまはまだ、フランクルと我が国のあいだの通商路に干渉するだけに留まっているが、おそらく彼の国の傭兵どもが実戦に参戦してくる可能性がある」

アウグストは頷く。

「とすれば、戦火が開かれるのは、十中八九ツヴァイリンクからですな」

「おそらく、な」

アウグストの表情には、悲嘆も恐怖もなかった。

「我々の準備も、ひそかに進めておりました。秋口までには我々にできる備えは、ほぼ完了するでしょう」

我が軍の備えをご覧になりますか、と、アウグストが立ち上がる。

その言葉に、グラヴィスは眉を上げた。

「いいのか」

「ええ。お見せいたしましょう」

ブルングウルト自治軍が、その軍事力を明らかにすることはまずない。自治軍というだけあって、王国軍でさえも非干渉の権利を有しているのだ。

破格の申し出に、グラヴィスはこれ幸いと立ち上がり、辺境伯の背中を追った。


二人は馬に乗り、城を出てブルングウルトの森に分け入る。随行する者はいなかったが、時折人の気配を感じる。一定の距離に警備兵が配備されているからだろう。

半刻ほど馬を走らせ、複雑に入り組んだ森の奥深くに分け入ると、突然拓けた場所に出る。

「これは……」

そこには、巨大な平屋の建物が、岩場を背後に森を切り拓く形で三棟建造されていた。十数名いた警備兵が、アウグストの姿を認めて敬礼する。

馬を警備兵に預け、グラヴィスはアウグストの先導で、武器庫に案内された。

ギギギと重厚な音が響く。開いた庫内には、王国軍でもここまではというほど、大量の武具・防具、大型の武器が整然と並べられていた。


「……なんということだ」

グラヴィスは息を呑んだ。ゆっくりと武器庫に足を踏み入れる。暗くひんやりとした庫内に、重々しい二人の男の足音が響く。

「我が軍の武器庫と備蓄庫です。ここの他にも、あと四箇所、領地内にこの規模の備えがあります。場所をすべてお教えするのは勘弁していただきたい。

ここまで装備を増強するのに三年……あとは兵の数も増やしました。これで恥ずかしくない程度には、戦力になるでありましょう」

　グラヴィスは、辺境伯が成し遂げたことに感嘆していた。

「……よくぞ、ここまで。我々としては頼もしいかぎりだ。アウグスト殿の覚悟、並々ならぬものがある」

　賞賛の言葉に、アウグストが低い声で笑う。

「長男の結婚も間に合いましたのでな。あとは来春までに子どもができれば、我が家としては申し分ないが……子ばかりは天の采配（さいはい）。まぁ、そこまでの贅沢は申しますまい」

「オリアーノ殿は、諸々承知の上か」

　もちろん、と、アウグストは頷いた。その目には、優秀な跡継ぎに対する深い信頼と誇りが見てとれる。

「あれは充分、儂のもとで学びました。戦がはじまれば、オリアーノはこちらで儂とともに指揮をとることになる。エリナと一緒に、まもなくこちらに戻る予定です」

「エリナ殿には」

「まだ、伝えておりません。オリアーノはここを離れることが叶いませんのでな、半年のあいだは二人で過ごさせます。そしてたとえ子を授かっても授からなくても、秋口にはエリナはマイアとともに王都へ戻します。レーベン公爵ともそう約束しておる」

　グラヴィスは足を止めた。

「レーベン公爵とも話していたのか」

「ええ。いまだから、殿下には告白いたしましょう。オリアーノの嫁候補に王家筋の姫の名を何名かいただいた折にお断りしたのは、マイアと血が近いということ以外に、もうひとつ理由がありました」

「どういうことだ」

「資産です。実は、我々もレーベン公爵の資産に、つまりエリナ・ミュンスターに目をつけておった。ただ、カシュー家とミュンスター家が姻戚を結ぶとあれば、中央の方々はすわ我が家の造反か、と大いに警戒するに違いない。それゆえに、血の濃さを理由に王家との縁談をお断りしたのです。こちらから申し出ることなく推薦いただくかたちで、目をつけていたエリナの名前が挙がったのは、本当に僥倖でありました。そして、エリナがもたらした持参金の使い途が……これです」

そう言って、武器庫を満足そうに見渡す老練の男に、グラヴィスは苦笑した。

「まったく政治に興味がないとされている御仁が、本気を出せばこれか。頭の切れることだ。王宮は貴殿の掌の上で転がされたな。さすが、ブルングウルトの当主の称号は伊達ではない」

「誤解されては困りますぞ。けして私利私欲からではない。ましてやファノーレンに造反することなど、夢にも考えておりませぬ。次なる戦の準備のために、我が領地で投資できるものはすべて投資した。軍備の増強のために、さらなる資金が必要だったのです」

「わかっている。しかし、よくレーベン公爵がその話に乗ったな」

「レーベン公爵の人となりは、ブルーノ経由でよく知っておりましたのでな。裕福で鷹揚な男だが、彼奴も貴族としての義務をよくわかっている」

その言葉に、グラヴィスも穏やかな白髪の公爵を思い起こす。中立派を貫き、どの派閥にも与することなく穏健に過ごしている男だ。誰にも恨まれることなくしたたかに処世し、莫大な資産を築いている。

「実は三年前、あのツヴェルフの条約破棄の後に、単身で彼奴に会いにいったのです……ちょうどオリアーノの嫁候補が選定されていた頃ですな。狙いを王宮に悟られぬように、ひそかに会いました。その際に腹を割って話したのです」

「レーベンは、そこで貴殿の申し出に乗ったのか」

アウグストが重々しく頷く。

「レーベンも先の戦を知る男です。来たる国難に共に立ち向かおうと、志をひとつにしました。そして長女をもらい受け、持参金というかたちで莫大な資金を提供してもらったのです。我々が公爵家に返せるのはこの血筋しかなかったが」

　ブルングウルトの血筋には、それほどの価値がある。対価としては充分だとグラヴィスは頷いた。

「結果的にオリアーノとエリナの仲も良く、親としては安堵しております」

　グラヴィスは、謹厳な顔つきの老練な当主の顔をじっと見つめた。しばし見つめ合った二人だったが、やがてグラヴィスが笑った。

「俺も王家の端くれの自覚はあるが……よく話してくれたな」

　アウグストが目尻の皺を深くする。

「殿下が端くれならば、国王陛下以外はすべて端くれですな。僭越ながら、殿下のことは信頼しております。前回の戦の折も、裁きの神のごとき強さで、ツヴァイリンクを奪還し、迫りくる敵からブルングウルトを、ひいてはこの国を守ってくだされた」

「それが俺の役目だからな。それにあのときは、正直大義名分のもとに滅ぼせるものなら何でもよかった。その程度の男の行動に、貴殿のような高尚な信念があったかと言われると、何とも言えん」

　グラヴィスが苦笑すると、アウグストは生真面目な顔で首を振る。

「それでも、この国がいまだ大陸一の大国として平和を享受できているのは、殿下のおかげです」

「俺ではない。すべての戦った男達のおかげだ」

「それも真なり、ですが。それともうひとつ、我が家には殿下を信頼する理由がございます」

　グラヴィスは眉を上げた。

「それは何だ」

「我が末の息子を二度も助けていただいた。一度目はツヴァイリンクで。次は王都で。あの子を王都に出したことを一生悔やむところであった。それだけで一生分の借りがございます。感謝申し上げる」

　グラヴィスは、そこであることに思い至った。

「レオリーノは『仕事探しに王都に来た』と言っていたが……なるほど。貴殿はあの子を一足先に王都に逃がしたのだな」

　アウグストは否定も肯定もしなかった。

「本当は、すぐにレーベンの息子ユリアンに嫁がせようと考えていました」

「……」

「レーベンは『男と結婚する』などと、跡取りにあるまじきことを言い出した長男の暴走に目を剥いておりましたが……まあ、結婚式でレオリーノを一目見て、長男の惚れ込みようもいたしかたないと、最終的には諦めておりました」

　アウグストは何かを思い出したのか低い声で笑う。

「もちろんユリアンと好き合ってくれれば、とは思っておりましたが、あの子は初心(うぶ)で、ユリアンの口説きにもいっこうになびかない。それどころか、『男に守られるしか能がない』と泣く始末でしてな……話を聞いてみたところ『守られるのではなく、誰かを守れるようになりたい』と、カシュー家の男子らしく一丁前の気概を見せた。それで王都に送り出したのです」

「……ユリアン・ミュンスターとの話は、貴殿から断ったとレオリーノが言っていた」

　アウグストは首を横に振る。

「実際には、まだ破談になったわけではなく、保留です。知らないのはあの子だけです」

「……」

「事が起こってからでは、あの繊弱な子を逃すのは容易ではない。王都への移動ですら負担になる子だ。しかし、戦の懸念もありましたが、何よりも、王都でゆっくりとあの子の歩みにあわせて事を進めてほしいと、ユリアンに頼みました」

その瞬間、グラヴィスの中に、なぜか老獪な辺境伯に対して猛烈に苛立ちが湧き上がった。咄嗟にその感情を、奥歯を噛んで抑え込む。

「儂とオリアーノに万が一のことがあれば、それは即ち、ブルングウルトが滅びるときです。ヨーハンとガウフで領土を取り戻し、再興するのは容易ではないでしょう。それでもあの二人は良い。只人になろうとも生きていける。ですがレオリーノは無理だ。おそらく本人がどうあがいても、一人で生きていくのは無理でしょう」

グラヴィスの脳裏に、男としてはあまりに儚く清婉な美貌が浮かび上がる。

目を離した瞬間に、邪な欲望に搦め捕られてしまうような青年だ。

「あの子に『猶予は二年』と申し上げましたが、実際は次の戦がはじまるまで……と考えておったのです。ツヴェルフが戦をする気になるまで、あと二年はかかると思っておりましたが……彼の国は何らかの仕業で、グダニラクの傭兵どもを雇う資金を得たのですな」

「……そうだ。詳細は言えんが」

アウグストはかまわないと頷いた。

「いずれにしても、殿下の情報のおかげで、猶予はさほどないとわかりました。レオリーノには可哀相なことをするが、秋口まではユリアンとの婚約を結ばせようと思っております」

「……それは」

奥歯が、さらに軋む。

レオリーノが、ユリアン・ミュンスターの伴侶になる。冷静に考えれば、それがレオリーノにとって最良の道であると頭ではわかっている。

しかし、なぜかそのことを考えるだけで耐え難い。

小さく震える唇に触れたときの、ささやかな熱を思い出す。初めて唇を奪われた驚きに目を潤ませながら、腕の中で小鳥のように震えていたレオリーノ。

あの瞬間、潤んだ菫色の瞳を見つめながら、この胸の中に湧き上がった感情は、なんだったのか。

もう枯れ果てたと思っていた、柔らかく熱い情動を再び揺さぶる存在に出会った。


それが、永久に他の男のものになる。

自分以外の誰かが、あの柔らかな身体と純朴な魂、その両方を我がものにする。


「……それはならん」

グラヴィスの口から、無意識に言葉が滑り落ちていた。

アウグストが訝しげに首をかしげる。

「ならん、とは？　なぜでありましょうか」

「今日はそれも言いにきたのだ。貴殿の末息子は、我が防衛宮で預かることにする」

アウグストが表情を変えた。

「……お待ちください、それはなんのご冗談か」

「冗談ではない。サーシャの下でレオリーノにもできる仕事をさせようと思う」

「働きたいという志を汲んでいただく御心はありがたいが、あの子は予定通りユリアンに嫁がせます」

「だめだ。それは……それだけは許さん」

二人の男が睨み合う。


「あの子を王都に流したのは何のためだと？　戦がはじまるというのに、よりにもよって王国軍に入れるとでも？」

アウグストの厳しい言葉に、グラヴィスは首を振った。

「レオリーノを前線に出すわけがなかろう。むしろ王都から一歩も出すものか」

「ではなぜです。それに、我が家に何かあった場合、誰があの子を守るというのか！」

「俺が守る」

グラヴィスが断言した。アウグストが瞠目する。

「俺が、あの子を守る」

そう言って、グラヴィスは己の手を見る。

そして、腕に抱いたレオリーノのぬくもりを思い出す。

守りたい。だが同じくらい強い気持ちで、あの存在を独占して誰にも見せたくない。

そうだ。初めてイオニアと会ったときのような、絶対に手に入れたいという、激しい衝動をレオリーノに感じているのだ。

なぜ、いつのまに、これほど惹かれてしまったのだろう。会ったのはわずか数回でしかない。しかしあの存在が自分の手から離れると思うと、強烈な焦燥感にかられてしまう。


「殿下……まさか」

グラヴィスのただならぬ様子に、アウグストは何かに気がついたように息を呑んだ。

「俺が、あの子を守る。防衛宮に置くのはそのための大義名分だ」

「殿下……グラヴィス殿下……なりません」

「いかなる災いからも必ず守ると約束する」

「殿下……なぜそこまで、あの子を」

いっこうに応じる気配のないアウグストに、グラヴィスはさらに激しい苛立ちを覚えた。

「なぜ？　理由などない。あの子は成年だ。許可など本来はいらんだろう」

冷たい瞳を暗く光らせて、その覇気で目の前の男を威圧しはじめる。アウグストは額に汗を浮かべた。

「殿下、お聞きください！」

「……っ！　先程からなんだ！」

「グラヴィス殿下！」

男達の怒声が、空気を切り裂く。

入口からガタリと物音が聞こえ、男達ははっと我に返った。大声を聞きつけたらしい兵士が、大丈夫ですか、と遠くから声をかけてくる。

　アウグストが太い声で問題ないと応じると、武器庫内に再び静けさが戻る。

「……グラヴィス殿下よ。ご自分が、どんな表情で何をおっしゃっているのか、自覚しておられるか」

　アウグストのどこか疲れたような声に、グラヴィスは目を上げた。

「……自覚？」

「儂には、先程から、まるで殿下があの子を手放したくないと、おっしゃっているように聞こえる」

「……俺が、なんだと……？」

　アウグストが、なぜか哀れむような顔でグラヴィスを見つめている。

「違いますかな。あの子を、ユリアンにも……ご自身以外の誰にも渡したくないと、そうおっしゃっているように聞こえます」

　グラヴィスは己の手を見つめる。

「俺が、レオリーノを、誰にも……」

　アウグストは厳しく追及した。

「貴方とレオリーノが深く知り合うほどの機会などなかったでしょう。貴方もあの子の外見に惹かれ、肉欲で欲しているだけではないのか」

「違う！　そうではない！　ただ……」

　レオリーノは言ったのだ。無力だ。この手は《力》を持ってない、と。

　単なる比喩（ひゆ）か、それとも、何かの符丁か。

（……俺が欲しいのは、ルーカスと同じようにイオニアの面影なのだろうか）

　それだけなのか。本当に欲しいのは、イオニアの面影なのか。それを確認したくて、レオリーノを手元に置いておきたいだけなのか。

　わからない。

ただ、真実を突き止めたいという思いがある。偶然を、必然と思い込みたいだけなのかもしれない。それはルーカスと同じ、イオニアを求めるがゆえの、執着なのかもしれない。

だが、レオリーノがイオニアの生まれ変わりでないとわかっても、この腕の中から逃すことができるだろうか。

「俺は、レオリーノを……」

彼を腕に抱いているときに湧き上がった想いは、愛おしいと思う気持ちではなかったのか。

鍛冶場でイオニアに出会ったときと同じだ。

永遠に傍におきたい。あれは俺のものだという、無自覚で強烈な衝動。

その瞬間、グラヴィスはようやく自分自身の真の感情に気がついた。

この年にもなってと、グラヴィスは己の鈍感さに呆れ果てる。

イオニアの生まれ変わりでなくてもかまわない。

ただ、レオリーノが欲しいのだ。

「すまない、アウグスト」

その声は、苦い自嘲に満ちていた。

「……その謝罪はどういう意味ですか」

アウグストの声も、また苦々しい。

「レオリーノは、やはり俺の手元に置く」

「親として許可できません。レオリーノを捨て置いてください。貴方は王族だ。ユリアンのように名を与えて守りきれるわけではない！」

アウグストは苦渋に満ちた顔で首を振った。

「わかっておいでか？　貴方がレオリーノ一人に関わっていられるような状況ではないのですぞ」

そうだ。まもなくツヴェルフとの戦がはじまろうとするこの大事な時期に、たかが一人の青年にこだわり続けるなど、どうかしている。

「貴方が背負っているものは、あの子には荷が重すぎる。あの子を愛しいと思ってくださるなら、どうかあれのことはご放念ください。遠くからあの子の幸せを願ってくだされ！」

父親の必死の嘆願だ。

「わかっている。俺自身が戦場に出る可能性もある。どう考えてもユリアン・ミュンスターに託すべきなのだろう。だが……」

グラヴィスの眉根(まゆね)に痛苦の皺が寄る。

「あの子が他の男のものになるのは許せない。年甲斐(としがい)もないと笑うなら笑うがいい」

「殿下……」

「あの子の幸せを思いやることが愛情ならば、俺は愛がなんたるかを知らないのだろう」

アウグストが怒りに満ちた目で男を睨む。

「……我らブルングウルトを、敵に回すおつもりか」

「そんなつもりはない。俺とてあの子を守りたいと思う気持ちがある。けして無理強いはしないと誓う」

グラヴィスは首を振った。

「……だが、あの子の心が、今後少しでも俺に傾くことがあれば、そのときはもう、二度と手放すことはできん」

男の心の奥深くで、感情を閉じ込めていた扉が、軋みながら開いていく。

その軋轢がもたらす擦過傷は、人を愛してしまった証だ。久しぶりに感じるその感情は、苦く甘い。

グラヴィスはアウグストの目を正面から見つめると、はっきりと告げた。

「あの子の心を得ることができたら、そのときは俺のものにする。覚悟しておいてくれ」

あの唯一無二の存在を、奪って、この手に閉じ込めたい。

どうしようもなく、狂おしいほどに。

次巻に続く

雪よ、降り積もれ

湿った空気の匂(にお)いに、イオニアは目を覚ました。

夜明けまでもう少しあるが、窓の外はすでに明るい。いつのまにか降り出した雪のせいだった。

白く輝く雪が、カーテンの引かれていない窓から二人を照らしていた。

身体(からだ)の左側が温かい。隣で熟睡している青年を起こさないように、イオニアはそっと首を傾けて、青年の顔を見上げる。

先程まで、あれほど情熱的に抱き合っていたのに。

いまはその表情はとても穏やかで、隣で静かに寝息を立てている。長い睫毛(まつげ)を伏せた端正な顔は、普段より子供っぽい。

初めてその寝顔を見たイオニアは、思わず微笑(ほほえ)んでいた。

（ヴィー……）

グラヴィスは深い眠りに落ちながらも、イオニアを抱きしめて放さなかった。

右腕はイオニアの首の下に、左腕は腰に添えられている。青年の熱いくらいの体温が、あまりにも心地よすぎて、離れがたい。

グラヴィスの熱情を受けとめ続けた身体は、甘く重だるい。とくに、後ろはまだ痺(しび)れたように、何かモノが挟まっているような感覚が抜けない。

はたして、どれほど抱き合ったのか。

最後のほうは、二人とも気絶するように、汗だくで寝台に倒れ込んだ。そこから記憶がない。

イオニアはそろそろと腕を上げて、ずっと揺さぶられていた自身の最奥の窄(すぼ)まりを探った。

そこはまだ柔らかく、どちらのものかわからない体液でぬるぬると湿っている。

イオニアは苦笑した。節操のない己の肉体を笑う。

先程までの交歓が、よほど気持ちよかったのだろう。

自分の指にさえ反応して、また何かを咥え込もうと、ゆるゆると綻んでくる。そんな、自身の肉体の淫らさに、一抹の羞恥と、なぜかそれ以上の満足感を覚える。


（我ながら、節操ないな……）


イオニアは、前を使った経験はあまりない。

男に愛撫されればもちろんそこでも快感を覚えるが、後腔の内壁を擦られるほうに、より多くの快感を覚える身体になった。

こういう肉体にしたのはルーカスだ。

今夜自分を抱いたのは、その恋人ではない。

しかし、イオニアの中には、恋人を裏切ったという、後悔も罪悪感も存在しなかった。


指でたしかめているうちに、中に刺激が欲しくなり、そっと中指を挿し込む。

自身の内部はもっと熱く、ぬめりを帯びていた。

グラヴィスがイオニアの内部で精を放った証が、こぽり、と音を立てて溢れてくる。


「……んっ……あ」


グラヴィスがすでに閨教育を受けていたことは、間違いない。性急ではあったが、その行為に、いっさいの躊躇いも、戸惑いもなかった。

きつく締まっていたイオニアの蕾を手際よくほぐし、締まった奥をノックするようにして拓かせ、そして、嵐のように奪った。

最奥の、さらにその奥まで。

イオニアは奥を甘く苛められた感覚を思い出しな

がら、自涜に耽った。散々擦られた粘膜は、ぽってりと厚みを増して、自分で刺激しても気持ちが良い。

――ヴィーは、気持ちが良かっただろうか。

この身体に失望しなかったか。ちゃんと、快感を得てくれたのだろうか。

吐き出された情熱の証は、やがて消える。窓の外に降り積もる雪のように。

この痺れるような身体の感覚も、しばらくはお互いの心の中に降り積もるだろうが、やがて、いつか溶けて消えるのだろう。

だが、記憶だけは永遠に残る。

今日だけ、今夜だけと思いながら、十一歳のあの日、出会ったときからずっと抱いていたこの思いが、ひとつの結論を迎えた。

いまこの瞬間の、絶望と歓喜を。

(……愛してる、愛してるよ。これからも、ずっと)

イオニアは、青年の胸に預けていた頭を、そっと持ち上げた。いつのまにか目尻からこぼれ、グラヴィスの胸元を濡らしていた雫を拭い去る。

グラヴィスの腕の囲いをそっと抜け出す。いまは柔らかくうなだれているそこに、指を添わせた。全裸の身体をすべらせるようにして、グラヴィスの下肢に、ゆっくりと顔を近づける。

「ん……イオ……?」

たっぷりとした嵩のあるグラヴィスの陰茎を、そっと舌で掬い上げる。同時に、後ろの睾丸を片手で柔らかく揉み、刺激しはじめた。

「……っ、イオ……何をして……っ」

口腔内で、先端の膨らみに舌を絡めて、きゅっと甘やかに吸い上げると、若い身体はあっというまに硬さを取り戻し、むくむくと屹立する。

「……イオ…おまえ」

若々しく長大な剛直は、あっというまに、イオニアの口に半分も収まらなくなった。

呼吸が苦しくなったが、口内で育てた欲望があまりにも愛おしくて、イオニアは口から離すことができない。

グラヴィスは、イオニアのいたずらに急速に覚醒しつつあった。まだ、どこか理性よりも本能が勝っている状態なのだろう。夢うつつながらも、熱心に奉仕するイオニアの頭を、髪の毛をかき乱すように撫でる。

イオニアのなすがままに、与えられる快感を素直に貪るグラヴィスが、イオニアは愛おしくてたまらなかった。

口に含んだ陰茎はどんどん大きく育ち、いつのまにか菫色の瞳から涙がこぼれていた。

愛おしさと、苦しさで、息が止まりそうになる。

イオニアは我慢ができなくなった。

甘く苛めていた睾丸から指を離すと、そのまま再び、柔らかくほぐれた自身の後ろの窄まりに指を入れて、ちゅぷちゅぷと抜き挿ししはじめる。

「あ……っ、ぅん……あ、あ、」

背中を這い上がる快感に、ついにグラヴィスの陰茎から口を離してしまう。

そのまま指を増やし、激しく後孔を刺激し続けていると、グラヴィスに腰骨を両側から掴まれた。

気がつくと、完全に覚醒したグラヴィスが、熱い視線でイオニアの痴態を観察していた。

その瞳に瞬く金色の星が、これ以上ないほど強い光を放っている。


「イオ……いやらしすぎる……そんな姿を見せられて、我慢できるわけがない……」

イオニアは欲情しきったグラヴィスの呟きがうれしくて、そそのかすように微笑んだ。

イオニアは頬を紅潮させた青年にねだる。

「なあ、ヴィー……もう一度……いいだろう？　朝まで、もう少しある……だから」

「……ああ。乗ってくれ……そのまま上に」

グラヴィスの手に促されるままに、完全に屹立した剛直の上にまたがる。

イオニアは、ゆっくり腰を下ろした。

先程まで、長時間男を受け入れて、いまも自身の指で解された孔は、嵩の張った剛直をすんなり受け入れる。内壁が、その硬い欲望に歓喜して絡みつく。

「ああっ……あっ……う……あ、いいっ……」

「はあっ……イオ……イオ……ッ」

熟れきったイオニアの中は、強烈な快感をグラヴィスにもたらした。目の前が白く霞むほど、気持ちがいい。

限界まで皺を伸ばして広がった入口が、陰茎の根本をきゅっと引き絞って刺激する。

腫れて膨らんだ内壁はやわやわと肉棒に絡みつき、ぬめりを帯びた火傷しそうに熱い最奥が、蠕動しながらグラヴィスの先端に吸いついた。

窄まりの最奥は、グラヴィスの出したもので、信じられないほど濡れきっている。

そこは女のそれのように濡れていたが、熱くきつい締めつけは、男を抱いているのだと実感させる。

　これだけ淫らな媚肉に育てたのがルーカスだと思うと、グラヴィスの胸に、強烈な嫉妬が渦巻く。


　その憤りをぶつけるように、グラヴィスはイオニアの腰骨を固定して、うねり絡みつく穴を激しく突き上げた。イオニアは鍛えられたしなやかな身体を反らせて喘ぐ。


　快感を感じる場所は、最初の交歓ですでにわかっている。太い自身のそれで、あますところなく腫れた粘膜を擦り上げ、最奥に嵩の張った先端を何度も叩きつけた。イオニアの熟れた媚肉を、ますます腫れ上がらせ、さらに男を喜ばせる性器に育てていく。

　イオニアは躊躇なく腰を振り、グラヴィスの肉がもたらす快感を享受していた。

「いい……きもちいい……ヴィー……ッ！　あああっ、あっ、あぅっ、ぐっ……っん!!」

　イオニアが自ら腰を動かすのをいいことに、グラヴィスは身体を起こして、対面座位に持ち込む。

　その衝撃で、剛直が最奥まで嵌まりきった。


　イオニアは、ぶるぶると足を震わせる。

　うねりつづける腰を抱きしめながら、グラヴィスは目の前に晒された膨れた乳首を舐め、もう片方を親指で転がし、刺激する。

　イオニアが悲鳴じみた嬌声を上げはじめる。

「ああ、あっ、あ、ヴィー、そこ……いっしょに、は、だめだ…っ」

「……なぜだ、ココ、舐められるのが好きだろう……？」

　イオニアは両手を伸ばし、下から規則正しく突き上げてくる首にすがりついた。

「達ってしまう……すぐ、すぐに……だめだっ、ヴィー、だめ……っ」

痙攣するイオニアの肉鞘は、恐ろしいほどの快感をグラヴィスにもたらした。これほど強烈な快感を、どんな女からも、男からも、得られたことはない。

グラヴィスは、イオニアの内部を穿つ自身の欲望が、さらに膨れ上がるのを感じた。

思いきり精を放ちたいところを、必死で耐える。

（愛している、イオ、愛している。一生、おまえを傍に……だから、もう少しだけ、俺に時間をくれ……）

三歳の年の差がなければ。

王族と平民という、身分の差がなければ。

しかし、それは言い訳なのだろう。

イオニアとの未来を選択する力のない、優柔不断な己の無力さが、グラヴィスは悔しかった。

二人の未来を不確定にしているのは自分だ。つかみたい未来を、迷っているのは自分自身なのだと、グラヴィスはわかっていた。

熱を分け合った肌が、互いの境界線がわからなくなるほど、固く、きつく、絡み合う。その心地よさとせつなさに、イオニアは固く目を閉じた。

グラヴィスの荒い息が、耳を擽る。

「イオ……目を開けて、俺を見てくれ」

菫色の瞳と星空の瞳が絡み合う。互いの存在を離したくないと、泣き叫ぶグラヴィスの、そしてイオニアの魂が、そこに垣間見える。

（この目に、焼き殺されたい。このまま……このまま、ずっと二人で）

「イオ……俺は……」

「……言っちゃだめだ……ヴィー。代わりに、キスしてくれ。何も言わないで、このまま……」

このまま、身体だけ。溶け合うままに。

グラヴィスはイオニアの後頭部を引き寄せて、唇を寄せる。触れた瞬間、二人はお互いを激しく貪りあった。

——永遠になればいい。この時間が、永遠に。

上も下も、どこまでもひとつになるように。

熱い粘膜を絡み合わせて、二人は飽きることなく肉の悦びを貪り続ける。

この夜のあいだだけ、二人は、互いを互いのものにできる。


もっと、もっと、雪が降り積もればいい。

この時間が、永遠に続くように。

降り積もる雪が多いほど、きっと、この夜の記憶が、互いの心と身体に刻み込まれるから。

いつかこの命が尽きるそのときまで、この熱は、きっと、互いの心を温め続けてくれるから。

背中を預けるには1

2021年3月1日　初版発行
2021年6月30日　3版発行

著者　小綱実波

発行者　青柳昌行

発行　株式会社KADOKAWA
〒102-8177
東京都千代田区富士見2-13-3
電話：0570-002-301（ナビダイヤル）
https://www.kadokawa.co.jp/

印刷所　株式会社暁印刷

製本所　本間製本株式会社

デザイン　内川たくや（UCHIKAWADESIGN Inc.）

イラスト　一夜人見

初出：本作品は「ムーンライトノベルズ」(https://mnlt.syosetu.com/)掲載の作品を加筆修正したものです。

ISBN 978-4-04-111141-3　C0093　Printed in Japan